U0118391

花自飄零鳥自呼

章詒和

花自飄零鳥自呼

OXFORD
UNIVERSITY PRESS

OXFORD
UNIVERSITY PRESS

牛津大學出版社隸屬牛津大學，以環球出版為志業，
弘揚大學卓於研究、博於學術、篤於教育的優良傳統
Oxford 為牛津大學出版社於英國及特定國家的註冊商標

牛津大學出版社（中國）有限公司出版
香港九龍灣宏遠街 1 號一號九龍 39 樓

ISBN: 978-988-8635-71-9

10 9 8 7 6 5 4 3 2 1

Published & Printed in Hong Kong

書　名　　花自飄零鳥自呼
作　者　　章詒和
版　次　　2017 年第一版（精裝）
　　　　　2024年第二版（平裝）

目錄

二

三

自序

這本散文集是我十年文字（二〇〇七—二〇一六）的梳理和歸結。其中，已刊稿十三篇，修訂稿八篇，未刊稿六篇，計二十七篇。

七十歲以後，覺得自己變成一個真正的老人，一切都在衰老，所有的事都感到難以為繼，心中一片黑暗。

社會堅固如磐石，而我的歲月如流水。坐在寫字台前，望著窗外，遠的是樓，近的是樓，只剩下敲擊鍵盤的「得、得」聲，再也沒有別的什麼東西了。我寫得很慢，為許多人和事傷感。寫李宗恩，我從冬寫到夏，從瑩瑩欲淚到伏案大哭。似乎每個人都在沿途顛仆掙扎，身上千瘡百孔。

集子仍在海外出版，而我仍需牢記三條：一、不能指望別人幫助我。二、你無法留住已有的東西。三、生活從來都是不公平的。

章詒和寫於二〇一七年一月

一

雲山幾盤　江流幾灣

——章伯鈞在一九五七

其實，我不必為紀念反右五十周年，而專寫一篇懷念父親（章伯鈞）文字，因為我日日在祭奠，夜夜在追想。臥室裏端放父親的遺像，逢忌日，必在遺像前磕頭。臨壽誕，會對着遺像說：「小愚今天祝你生日快樂！」人懈怠了，則立於遺像前，閉目自省。出書了，第一件事就是捧到遺像前，說：「爸爸，這是小愚對你的報答，高興嗎？」書中每一行字所積澱的沉重與激情，都屬於他。

命是父親給的，我是他的延伸。這是不是有點像意大利西西里島人？家族代代相傳的自尊心、榮譽感超過一切。我必須感謝共產黨——是它掀起的政治風暴讓我們父女之情比石堅，比水柔，比命長。父輩的故事是一頁永遠寫不滿的稿紙，因為他們的生命都了斷在刪節號上⋯⋯

本文講述父親在一九五六、一九五七、一九五八三年間的情況，且以民盟為主，以民盟的反右為主。當然這是很不完整的，或許永遠無法完整。

我相信世上有許多事，會永遠淹沒在黑暗裏。

章伯鈞

發端——一九五六

反右發生在一九五七，發端於一九五六。

一九五六年，中華人民共和國成立七年了。七年間，毛澤東胸懷大志，馬不停蹄地搞了土地改革，鎮壓反革命，抗美援朝戰爭，農業合作化，工商業社會主義改造……一路行來，所向披靡。他從不知足，自有更大更高的目標，那就是要使自己一手建立的政權，強大，再強大，提前實現國家工業化，提前實現社會主義。「哪一天趕上美國，超過美國，我們才吐一口氣。」這是毛澤東於一九五五年十月二十九日在資本主義工商業社會主義改造座談會上講的一句話。把「我們才吐一口氣」改為「我才吐一口氣」，就更為準確了。

要達到這個強國目標，靠八路和共幹是不行的，單靠工人、農民也不行。他需要知識分子、特別是大知識分子。而這時留在大陸的知識分子是個什麼樣子呢？他們大多處在游離狀態。一方面，他們想在中共政權下繼續從事自己的專業工作，教書，研究，寫作，辦報，唱戲；另一方面，持續幾年的思想改造運動，並未使歸順新朝的知識分子變得俯首帖耳，反使其內心產生反感和壓抑。

一九五六年一月十四日中共中央召開了人數眾多、聲勢浩大的知識分子問題會議。周恩來做報告，坦言中共低估知識分子的鉅大進步和重大作用。宣佈知識分子的絕大部分已成為工人階級的一部分，並允諾要改善對知識分子的使用、安排，給以必要的工作條件和待遇。陸定一等人也在大會發言。一月二十日，毛澤東在會議閉幕式上講話，號召全黨努力學習科學文化，同黨外知識分子團結一致。於是，一個叫「知識分子問題」的名詞，在當代中國產生了。提出問題就意味着解決問題，知識分子問題提到中共高層的議事日程上了。請注意：無論是周氏還是毛氏，都沒有否定那些打擊知識分子的一系列的思想改造運動。

歷來，中國的統治者與文人就是一對天生的矛盾，彼此需要又相互排斥，相互依附又彼此猜忌。曹操和楊修堪稱典型，毛澤東也不例外。加之，他年輕時被大知識分子輕賤的經歷，使其內心有着更多的排斥與嫉恨。在這種矛盾心態下，毛澤東制定的知識分子政策自然是兩手政策：使用和改造。當時民主黨派一些負責人聽了，心裏不是滋味。啥叫「使用」？怎麼「改造」？父親白天在民盟和農工黨的會議上解釋這個政策有多好，回到家裏，就罵：「什麼使用？還不是利用！」

自一九四九年後，具有獨立意識的知識分子，對共產黨政權在表示歸順的同時更多地是觀望。同是文人卻靠武力成功的毛澤東卻要求他們絕對歸順：政治歸順，思想歸順，心的歸順，越是大知識分子，就越要你歸順。歸順的辦法就是一系列的知識分子思想改造運動，批判《武訓傳》，批判梁漱溟，批判胡適，批判俞平伯，批判胡風，有意製造知識分子整體性的精神恐懼。也許只有自卑感、報復心、權力慾三者集於一身的君王，才如此惡毒地對付文人。我曾讀到張東蓀在燕京大學的幾次自我檢查，也看了潘光旦先生、劉王立明女士在民盟中央的檢查全文，不禁淚下！中國最優秀的知識分子一遍遍地違心檢討，一步步退出了一生堅守的精神家園，只剩下一具軀殼，掙扎生存。表面的俯首帖耳，內心的壓抑，情緒的消極，怎能符合並配合毛澤東一心要掀起的建設高潮呢？於是，毛澤東又作出了迅速調整對知識分子政策的決定。二月二十四日《中共中央關於知識分子問題的指示》下發了，毛澤東力圖以最快的速度推行中共對知識分子的新政策。一時間，大報小報都刊出宣傳知識分子重要作用的文章。

三月初，赫魯曉夫秘密報告翻譯印發，頓時成為民主人士熱議的話題。本來父親就反對斯大林模式與蘇聯道路，何況胞弟章伯仁就是斯大林在「大清洗」時期以間諜罪殺害的。所以那段時間，家裏屋外都聽到父親帶着憤怒的議論：「斯大林就是代表最醜惡的名詞。」一次，他對農工中央外地來京的朋友說：「你們看，蘇聯一定要變，中國也不能讓許多小斯大林統治下去……現在世界社會主義運動與民主運動將要匯合。」[一]

四月二十五日，毛澤東作《論十大關係》報告。四月二十八日，毛澤東在中共中央政治局擴大會議上提出了「百花齊放、百家爭鳴」方針，且明言實施這個方針的前提，是遵

一　一九五七年六月二十日《人民日報》。

守中華人民共和國憲法。為開出「百花」、形成「爭鳴」，毛澤東還是真想了些辦法。比如，他讓《人民日報》改版四版，擴為八版，以接納中共之外的聲音；把《光明日報》和恢復的《文匯報》交還給民主黨派主辦；活躍學術爭鳴活動，放寬期刊出版限制，鬆動文藝政策，禁戲全部開放。

中國的知識分子都很興奮！父親也興奮，說：「社會主義民主有待我們來創造！」又說：「民主黨派有搞頭了，民主黨派責任很重……國家機關裏的每一級，如司長、局長、科長，都是共產黨員作主，知識分子是農奴勞動，怎樣叫人去發揮積極性呢？」[二] 傳達毛澤東的《論十大關係》時，他還說：「現在許多人，都說資本主義不好。事實上，資本主義也還是有活力的。為什麼還有活力？就是因為有多黨制度，有眾議院和參議院，有在朝黨和在野黨。光緒皇帝為什麼完蛋？就是因為沒有民主。資本主義國家的辦法是，你不行，我來；我不行，你來。在朝的罵在野的，在野的罵在朝的，這就是活力。這在我們叫做批評和自我批評，在他們就叫做『哇啦哇啦』。所以說，資本主義也有好的地方，也就是說有互相抑制、互相監督的作用。」[三]

調動知識分子的積極性，單靠活躍文化學術是不夠的。羅隆基認為關鍵是要解決「黨

二　一九五七年六月二十日《人民日報》。
三　一九五七年六月十六日《人民日報》。

與非黨的關係問題」，因為是中共一系列的思想改造運動形成的「戒慎恐懼」，才使十萬高級知識分子對中共「敬而遠之」。毛澤東心裏清清楚楚，若要消除知識分子的思想壓抑和政治恐懼，還需政治方面出招。這個招數就是請出民主黨派。現有的材料表明，斯大林早在一九四七年就察覺到中共有可能在「統一戰線」的旗號下實施一黨專政，毛澤東自己打心眼兒裏也想這麼幹。但他也十分清醒：現階段團結民族資產階級、民主黨派、民主人士是「我們需要採取這個策略」[四]。而啟動民主黨派，自是中共的策略的重要部分。為此，毛澤東揚鞭策馬，放出話來：「人要有統一性，也要有獨立性；要有紀律性，也要有無紀律，要有集體主義，也要有自由主義。」「蘇聯只有一個黨，到底是一個黨好，還是幾個黨好？看來還是幾個黨好……共產黨萬歲，民主黨派也要萬歲。」「他們（指民主黨派）可以監督我們，這也是一種民主。共產黨有兩怕，一怕老百姓，二怕民主人士。」[五]說的多麼有胸襟氣派！簡直區別不出此刻的毛澤東和前不久搞「肅反」、「肅胡」的毛澤東，怎地會是一個人？

為了改善黨與非黨的關係，中央統戰部在全國範圍做了一年的內部檢查，聽取黨外人士對他們應如何「監督」、「共存」提出具體意見和辦法。那些被邀參加座談會的人，都

四　一九五六年毛澤東聽取第二次彙報時的講話，《黨的文獻》二〇〇四年第一期。

五　同上。

非常感動。章伯鈞覺得無論是民主黨派還是他本人，政治上有所作為的時機快要來臨。第三黨提出的「民主社會主義」政治主張，也有實踐的可能性。故而他在農工黨中央放言：「中國正面臨着一個轉捩點，世界也面臨一個轉捩點。今後形勢要大變，我們的責任很重，每人要立志作一個政治家。」「社會主義國經濟民主，政治不民主；資本主義國家政治民主，經濟不民主。我所說的轉捩點，就是要在今後作到民主制度和社會主義相結合。」[六]

父親有着很突出的兩面性和政客色彩。這與他長期搞第三黨，在夾縫中求生、在夾擊中求存的政治生涯有着直接的關係。在統戰部那裏，他的話都是跟進、擁護中共的。回到民盟和農工，他就站到了中共的對面。「一個人穿的是蘭開夏的呢制服，坐的是小汽車，吃的是山珍海味，雞鴨魚肉，但如果不讓他獨立思考，一切都聽從別人指揮，要坐就坐，要站就站，這種人也會鬧革命的。」[七]——這是他的牢騷，也是他的內心真實。儘管身處高位，生活優越，但這不是章伯鈞的人生追求。對一九四九年後的民主黨派被排擠在國家權力邊緣的處境，早就有所不滿。現在好了，毛澤東提出「監督」方針，讓一個政黨光明正大地插手政治。父親私下裏對羅隆基說：「現在我們民主黨派大有可為，可以大做

六　一九五七年六月三十日《人民日報》。

七　一九五七年三月二十一日在全國工作會議預備會上的講話，《中國農工民主黨歷史參考資料》，第五集頁四四五。

特做。」[八]他雖然在民盟中央和農工中央的公開場合，提倡大家學習馬列主義；而他在很多座談會和私人場合裏卻說：「我認為《詩經》、《論語》還有用，馬列主義只有那麼幾條，我就沒興趣，不值一學。《人民日報》所刊載的也完全是教條，毫無意義。」「新中國需要『新人文主義』，我打算搞一套『文藝復興』……如得不到精神自由，就沒什麼可搞的。」[九]

父親在一九五六年七月五日的農工黨中委座談會上，談到對「共存」與「監督」方針的感受，說：「在大革命時期，由於共產黨執行統戰政策，它就有了威信。後來有個時期不與黨外人士合作，反對中間勢力，共產黨的威信就降低，作用就減少……現在資本主義國家的科學技術力量相當雄厚，還有力量；它們的民主自由的政治組織，也還有一定的作用。我們要搞社會主義，一是經濟民主，二是政治民主，但還要加上一條思想民主。政治自由的具體表現，就是要發揮民主黨派的作用。思想自由的具體表現，就是要『百家爭鳴』自由討論。『共存』和『監督』，這是兩個大問題。全世界都在討論。在我國，可能出現一個到處演說和做文章的局面，大家可以自由發揮意見。我打算開始演說，準備在政協禮堂先同民主黨派的幹部來談談。錯了也沒關係，反正問題是開始了。昨天，我在政協

八　《章伯鈞的反黨反社會主義言行》，中國農工民主黨中央執行局編印，一九五七年六月。

九　同上。

和民盟唱了兩曲。我主張中國搞兩院制，人民代表大會是眾議院，政協是上議院。資本主義國家是實行兩院制的，這種制度過去發生了作用，今天也還在發生作用。在我們國家實際也在發揮着兩院制的作用，不過就是沒有取得法律手續。有人大和政協，這就說明已經有了兩院制的架子，已經在某種程度上能夠發生資本主義兩院制的作用。現在只要把形式更完備一些，並具備法律手續，問題就解決了。具體意見是：政協有監督權和不同意權，對人大的某些方案，政協可以表示不同意。不同意，兩院再協商，這在資本主義國家也是如此。同時，我們也不必硬搬硬套別人的東西，我們可以走『文不成法』的道路。不管什麼形式，只要能發揮兩院制的作用就行了。所以，我認為不修改憲法也是可以的——這就是我的主張。我的話會引起很多人的注意的。既然講民主，就要搭個架子。我不怕出醜，也不怕犯錯誤。」[一〇]

章伯鈞果真「不怕出醜，也不怕犯錯誤」。在統戰部七月、十月兩次召集的貫徹「長期共存，互相監督」方針的座談上，針對監督中共的問題提出了一系列政治主張。比如監督應該有法律保障，民主黨派對政府部門應有質詢權；民主黨派可以在人民代表大會中設立類似資本主義國家的「議會黨團」，每個黨派的「議會黨團」有權單獨向中外記者發表

一〇《章伯鈞的反黨反社會主義言行》，中國農工民主黨中央執行局編印，一九五七年六月。

主張；政府部門對民主黨派提出的批評建議，要認真處理，不得敷衍。此後，他提出的政治設想就更多了。諸如政協應成為建議、監督、審核機關，具有監督權、否決權。各民主黨派領導人組成政治討論會，定期討論國家大事，向政府和中共提出方針、政策的建議等等。果然，就像他生前所料——「我的話會引起很多人的注意！」章伯鈞的一系列急切又激烈的政治主張，給中央統戰部部長李維漢留下了很深的印象。三十後，他把這些情況寫進了自己的回憶錄。[一一]

要有作為，就要有人馬。別忘了，從在鄧演達手下工作開始，父親就是專門從事組織活動的。一九四九年後，中共對民主黨派的組織限制頗多。「八個黨派加起來才九萬人。」這是他常說的一句話，是感慨，是無奈，更是不滿。一九五六年秋，他在國外接受記者採訪。人家問：「中國民主黨派的成員一共有多少？」

父親心想，九萬人還是八個政黨的總和，說出去都丟人。自己索性把數字翻了一倍，說：「十八萬。」事後，他告訴了中央統戰部副部長邢西萍。

邢西萍大笑，沒責怪他一句。回家後，不禁對妻子李健生歎道：「看來，連徐冰（即邢西萍）也覺得我們可憐哪！」

一一　李維漢《回憶與研究》，中共黨史資料出版社，一九八六年，頁八一九—八二〇。

現在機會來了，章伯鈞怎能放過？對民盟、農工的組織發展工作，早就憋足了勁兒。他在民盟放出話來：「共產黨有一千萬，民主黨派只有幾萬，如何談得到監督？民主黨派要發展到一百萬！」[一二]

他在農工黨沒放話，卻真放手大幹了。七月間，農工民主黨中央為貫徹六屆二中全會關於在醫藥衛生界開展工作的精神，在北京飯店舉行了一次大型招待會，招待當時出席中華醫學會、中國藥學會、中國微生物學會、中國生理學會、中國解剖學會全國會員代表大會的部分代表及北京著名中西醫共五百餘人。父親精神抖擻，容光煥發，在致辭中介紹了中國農工民主黨在醫藥衛生界所做的工作，表示今後願意繼續在這方面更多地做些工作，希望和大家進一步加強聯繫。——他的誠意和大度，博得了掌聲和好感。一方面使得上述五個學會的許多代表對農工民主黨在醫衛界進行的工作任務和方針有了更多的瞭解，另一方面，也是章伯鈞用心所在：它為各地組織在醫衛界重點開展工作、發展組織打開了局面。這次招待會在民主黨派中非常惹眼，大家都說章伯鈞辦事就是有氣魄。結果也是滿意的：從農工黨六屆二中全會到一九五七年二月，一年中全黨吸收成員的人數為一九五二年至一九五五年的兩倍，醫衛界成員佔總數百分之四十點五二，其中有許多是全國和地方著

一二　一九五七年六月二十六日《光明日報》。

名的中西醫專家。

組織要大發展，就非要取消「防區制」不可。因為中國農工民主黨在組織上實行的是以醫藥衛生人員為重點，以大中城市為主和以中上層分子為主的方針，這是中共定下的規矩，還形成了決議。父親認可了決議，執行起來卻表現出極大的靈活性。他主張發展年青人，說：「在發展中只要不是反革命分子，只要不是工農兵，我們都歡迎！」[一三] 他還主張把組織發展到縣城，父親的理由是：「縣城裏『以黨（指中共）代政』的現象，比上面更嚴重，如果有了民主黨派的監督，這個問題就可以解決。」[一四]

章伯鈞積極佈置舉行民盟在京中委、候補中委座談，整個夏季一共搞了三次，後根據發言記錄，八月三日民盟中央編輯了一本「關於長期共存、互相監督的意見彙集」，裏面提出一百零三條意見。內容包括如何監督共產黨；縣級也應發展組織；今後發展盟員最好不要交叉；關於法制與運動的關係；民盟紀念先烈是不是只有聞（一多）李（公樸）等，不一而足。

當月，章伯鈞也在農工中央召集座談會。會上他說：「知識分子問題提出後，情況有了很大的變化。共產黨過去對知識分子是『打』，現在是『拉』。為什麼先打後拉？這就

一三 《關於章羅反共聯盟的資料》第三集，中國民主同盟中央整風辦公室，一九五七年八月。
一四 《章伯鈞的反黨反社會主義言行》，中國農工民主黨中央執行局編印，一九五七年六月。

是政治。搞政治的人不懂得這一點，連做漢高祖都不行，更不必說做毛澤東。蔣介石為什麼不行？就是因為他只會打，不會拉。拿牙齒和舌頭比，牙齒總是先落。」一五

九月，中共召開了八大。父親西裝革履地應邀列席。這次會議確定生產資料私有制的社會主義改造已基本完成，認為國內主要矛盾是先進的生產關係與落後的生產力的矛盾。會議決定，把共產黨的工作着重點由階級鬥爭轉移到社會主義建設上來；提出了以計劃經濟為主、商品經濟為輔的社會經濟模式；規定了「多快好省」的經濟建設方針。毛澤東在致開幕詞的時候，就提到黨內存在着違反馬列主義的觀點和作風，即思想上的主觀主義、工作上的官僚主義和組織上的宗派主義。後來，這三個主義被稱之為「三害」。顯然，斯大林的錯誤教訓和本國的現實狀況，讓毛澤東感到要迅速成為一個強國，主要問題在執政黨。那時，他也自信，也聰明：不讓大家提「毛澤東思想」；選舉中央委員，不事先排定中央委員名單；唯一被他指定的人，是曾經反對過他的王明、李立三——這些舉動於民主人士而言，可謂出乎意料又驚歎不已。他們認為：毛澤東七年來都在改造別人。現在終於轉變了，共產黨準備改造自己了。

父親在《前進報》第二期上發表《建議與感想》的文章，對中共八大給予了很高的評

一五　《章伯鈞的反黨反社會主義言行》，中國農工民主黨中央執行局編印，一九五七年六月。

價。他說：「其中所提示的理論、原則、政策、方針和對於每一個問題的分析與解決的方法，都直接影響到每一個中國人的政治生活，物質生活與精神生活。我們不能置身事外，漠不關心，加以曲解。代表大會文獻是一部偉大的精深而又實用的馬列主義教科書，它豐富多彩，生動有力，充滿戰鬥精神……」父親又應《俄文友好報》之約，發表了《我對於「長期共存、互相監督」的方針的淺見》一文。他這樣寫道：「民主黨派的奮鬥目標同共產黨是一致的。即一切為了社會主義。隨着階級的消滅，民主黨派將通過自我改造逐步成為一部分勞動人民的政黨。那時民主黨派同共產黨的關係，將是進一步的親密合作，即接受共產黨的全面領導，又同共產黨平等共事，有職有權，互相監督，根據憲法所賦予的權利和義務，民主黨派在政治上有言論自由，在組織上是獨立自主，在學術思想上可以『百家爭鳴』……為了更好地發揮『長期共存、互相監督』的作用，今後民主黨派應該積極地發展組織，團結更多的人在共產黨的周圍，加強馬列主義學習，提高社會主義覺悟，發揮獨立思考能力，來為社會主義服務。」——在冠冕堂皇的詞句下，誰都能領會章伯鈞的真實意圖。

突然，發生了東歐波匈事件。舉世震驚，毛澤東也震驚：原來紅色政權是可以喪失於瞬間的！國內也出現了許多的「鬧事」，工人鬧，農民鬧，學生鬧，工商業者也鬧，退（合作）社，罷工，罷課，遊行，請願。毛澤東分析再分析，民主黨派琢磨也琢磨，兩者立場不同，結論卻也相似：鬧事的原因源於共產黨政權不能正確解決社會內部矛盾，源於執政黨因脫離群眾而引起的普遍不滿的社會性情緒。毛澤東當機立斷：提出了人民內部矛盾的概念，提出了開展黨內整風。

章伯鈞、羅隆基這樣的民主人士，也空前關心時局。他們有所預測，預測形勢即將發生鉅大變化，共產黨政權在受到鉅大挑戰的同時，民主黨派將得到空前的機遇。那些日子父親天天等着看「參考」，他們聚會頻繁，大會，小會，私人聚會。他們議論國事，議論中共的執政失誤，議論社會主義制度的缺陷，他們傳遞社會上頻頻「鬧事」的消息。被壓抑多年的知識分子心底掀起了波瀾，起伏跌宕。那段時間，父親在家請客像開流水席一般。大家高談闊論，以父親說話的聲音最高，毫無顧忌地指責共產黨。而說到鬧事，他的表情真的有點幸災樂禍呢。

這些活動都被當作思想動向，報告了毛澤東。也難怪毛澤東後來說：誰知道章伯鈞背後罵了我們那麼多！

運動——一九五七

時間進入了一九五七年。

一九五六年十一月至一九五七年二月，父親隨彭真作為全國人大代表團副團長，赴蘇聯和東歐訪問。

二月二十七日開始，舉行第十一次最高國務（擴大）會議。毛澤東提出了關於正確處理人民內部矛盾問題。父親對毛澤東的講話非常欣賞。說：「這是老毛一九四九年以後最好的講話，是政治的，也是哲學的。」

三月一日，毛澤東主席做總結講話。父親那日精神欠佳，本想不去，後民盟中央來電話，說是毛澤東主席要講話，父親馬上更衣，鑽進「吉姆」車，直奔會場。還好，講話剛剛起頭。

會議結束，父親回到家中，氣色極好。不是中午還覺得「身體不適」嗎？氣色好原來是聽報告聽好的！是什麼讓父親氣色轉好呢？我以為最重要的一點是毛澤東把「長期共存、互相監督」作為中共對民主黨派的總方針。毛氏不但重申「長期共存、互相監督」方針，還做了明確的說明。啥叫「長期」？毛澤東說：「共產黨的壽命有多久，民主黨派就有多久。」啥叫「監督」？就是「批評和建議」。多麼甜的口號，多麼棒的解釋。八個字方針一出口，立馬解決了民主黨派多年以來的存亡問題。別的黨派不說，一九四九年後單是民盟成員就有不少人對民主黨派是否應該繼續存在，持懷疑態度。年壽有盡，花開有時。民主黨派的年壽，也到了「盡數」。為了對付「取消論」，擔負組織工作的父親會上、會下，不知說了多少好話。現在好了，民主黨派非但要「長期」了，還要「監督」中共了。無論是民盟還是農工，作為一個政黨的政治作用終於可以兑現了。章伯鈞、羅隆基畢竟不是傳統的「士」，他們搞的是政黨，而非「幕業」。做中共政權的「幕友」「幕賓」，決非他們的政治抱負。你說，他們能不激動嗎？

毛澤東的講話又是中共黨內整風的動員令，老人家還要邀請民主黨派參加，幫助黨整風——這是從未有過的。從前只有共產黨整別人或關門整自己。應該說，是那時國際與國內的緊張形勢，讓毛澤東把思考集中到如何解決人民內部矛盾的問題上。他覺得只有用批評的方法，才能解決這個矛盾。那時的毛澤東不怕批評，怕的是中共因為自身的原因，而失去執政的絕對優勢。所以，他要以內外結合的新形式開展黨內整風。由於這個決定受到了來自中共高層的阻礙，毛澤東從三月中旬到四月上旬，八方遊説，四處煽風，搞思想發動。與此同時，父親為了配合中共整風，更為了民主黨派自身，他在三月中旬到五月，也在四處煽風，八方點火，搞思想動員，搞組織發展。要說野心，父親是有的，羅隆基也是有的。野心不是為自己再往上爬，而是他們覺得作為一個政黨，民盟也好，農工也罷，真正起點政治作用的時候到了。

三月十二日，父親請曾昭掄、吳景超、費孝通、錢端升吃飯。目的很明顯，聯絡感情以調動其參與政治、參與盟務的積極性。席間，父親說：「民盟是政治組織，要對國家大事加以討論。」接着，又談到兩院制問題，說「政協要起上院的作用」。[16] 錢端升聽了，很佩服，感到父親「真的是抓住了形勢」。

三月十八日　章伯鈞作為全國政協副主席，在政協二屆三次會議的大會發言，就貫徹「雙百」方針和加重政協工作任務問題，發表這樣的意見：「我希望在百家開始爭鳴的今日，大家要有寬容的心情，不要急於以『衛道者』自居，對那些求進步或勉強求進步的多數知識分子，開始發言的時候就給他們攔頭一捧，以阻塞鳴路，這是不妥當的。舊的文化遺產中，有好的成份，讓他們鳴，讓他們放，對豐富馬列主義是有益的。新的東西裏面也有壞成份，讓他們鳴，讓他們放，教條主義或修正觀點也就顯露出來……在擴大和鞏固人民民主統一戰線的要求下，政協的任務和工作將要日益加重起來，政協工作的內容和方法也將要日趨完善和充實。我認為可以考慮從第三屆起給以更多的政治任務，如協商、建議和監督三方面權力是可以加強起來的。從實踐政治生活中，政協這個組織可以逐漸成為中國人民民主所需要的議會制度的民主一環。」[17]

父親在農工民主黨全國工作會議三月二十一日的預備會議和三月二十七日的大會上講話。他說：「『長期共存，互相監督』方針的基本要求，是進一步地充分發揚人民的民主

一六 《關於章羅反共聯盟的資料》第三集，中國民主同盟中央整風辦公室，一九五七年八月。

一七 一九五七年三月二十三日《人民日報》。

自由，調動一切可以調動的積極因素為社會主義建設服務。民主黨派組織獨立、政治自由，其實並不是什麼新東西。」

三月下旬四月初 民主同盟和農工民主黨分別召開了全國工作會議。三月二十八日，父親在農工民主黨全國工作會議上作黨的工作報告時說：「民主黨派進步了，不要統戰部過多的幫助。好像孩子大了，保姆還要囉嗦他，那就要家庭革命。民主黨派過去在政治上、思想上以至在組織上全面接受共產黨的領導是需要的，不這樣就搞不起來。今天民主黨派是政治自由、組織獨立了，在工作上不需要依靠共產黨。這是合乎時代發展規律的。我們黨內的工作，就是要當家作主，就是要自己負起責任來搞。統戰部的大衙門是不會管民間的事了。老實說，過去統戰部對農工黨的一些是非問題上就搞得不好。

「你們還記得以前統戰部總派一些小辮子（指年輕女幹部）來和我們這些部長來談問題，她們懂得多少？今天不來了吧？你們沒有看到那些小辮子了吧……過去，什麼事都要統戰部點頭，我們有些人常常要跑統戰部。有人說我們是共產黨的特務，我曾在民盟建議以後由我、羅隆基、史良等輪流來做這種特務。」[一八]

後來，整理這份講話記錄的人告訴我：「當你父親講到最後一句的時候，頓時全場氣

一八 《章伯鈞的反黨反社會主義言行》，中國農工民主黨中央執行局編印，一九五七年六月。

氛緊張。」我想，那時父親心中恐怕已經沒有任何警戒線了。

三月三十日　在民盟全國工作會議第七小組會上，父親作了發言。說：「我是主張大發展的，我們應當以六億人口來想問題。要團結一切可以團結的力量。民主黨派的隊伍小了是不行的。只要不是為個人打算可以好好發展一下組織，太保守不能適應客觀發展的需要。當然也有些人想以發展組織來作為政治資本的。過去民主黨派一切都由黨包下來，什麼都依賴黨。以後在社會主義建設中誰都包不乾的。國家大，事情多，要包也包不了。要民主黨派自己獨立自主，發揮積極性。我個人看法，將來會發展到賢者當道，不好的就會被淘汰，誰也不能包誰。民主黨派被輕視、冷視的情況會很快改變。以後我們的責任大了，共產黨不包，我們不能坐在保險櫃裏過生活了。以後要逐步做到民主黨派的幹部比政府同級的工作人員權力還要大的。」[一九]

四月二日，章伯鈞、羅隆基召集「民盟地方負責幹部座談會」。晚上，章伯鈞、羅隆基、史良等副主席在和平賓館八樓東客廳，舉行與地方盟員見面座談會。與會者都非常高興，說這次座談會似於大家庭，很親切。吐出苦衷，也獲得收穫。對人民內部矛盾問題的認識，更加明確。父親最後講話，說：「今晚我覺得很愉快，真正表現出民盟同志的友誼

一九　一九五七年三月三十日在民盟全國工作會議第七小組會上發言記錄。

和民主黨派的新氣氛。我們中常會對同志們所批評的意見，都會全部整理出來。對應該辦的，就辦。可能辦的，就擬辦。有些不可能辦的，也向同志們有個交代，中央不該敷衍塞責的態度。中央研究機構方面要加強起來，擬建一個政法研究會，其次，再搞一個財經研究會，再次文教委員會，各地根據自己的條件也可以這樣做。幹部政策方面，我們中央很對不起大家，目前還不能具備建立專門的人事機構的條件。今後民主黨派的幹部由民主黨派管理。這方面的工作我想會漸漸健全起來，對地方幹部要加強培養提拔，配以職稱。宣傳方面，五七、五八年主要以提倡貫徹『百花齊放、百家爭鳴』和『向科學進軍』為中心工作。另外，盟務、簡報的工作也都要做好。總之，靠中央力量不夠，則靠地方協助；地方不夠處，中央要大力支持。我們要向地方學習，把太平胡同（即民盟中央所在地）搞出名堂！」[二〇]

羅隆基也講了話，說：「我們的會，溫暖夠，批評不夠。我們民盟的進步是有的，進步從哪裏來？進步是因為有了從下而上的批評。」[二一]

四月三日上午，在和平賓館一樓後廳召開地方負責同志座談會，羅隆基主持，父親做了長篇講話。他說：「一、中央工作有些進步，從去年確立集體領導，四個副主席加上秘

二〇　一九五七年四月二、三日「民盟地方負責幹部座談會」記錄稿。

二一　同上。

書長，成為一個小組。我們幾個基本一致，有過同當，有功同賞。每週開幾次會。去年試搞檢查，提了一百多條意見。當然，這樣做還是不夠，以後要加強。二、全國的盟員增加了九千多，地方同志很辛苦。我們表示感謝！三、有些問題是理論性的，比如社會主義的民主黨派的存在。它不只關係到我們少數人的政治生活前途或是三萬盟員問題，而是聯繫到中國人民政治生活問題。現在的中國有三樣新東西，一是農業合作化，一是資本主義工商業改造，再一個就是民主黨派。中國的民主黨派，除了民盟、農工兩個政黨，其他黨派的成立，基本都是共產黨發起的。成立民主建國會時，中共向民盟借了二十幾個人去。解放後，中共全面領導，政治、組織領導，交叉幹部、兼職幹部等問題都產生了。去年，毛主席提出了『長期共存、互相監督』問題。民主黨派組織獨立，政治自主。它產生了極大的影響。『長期共存、互相監督』這個方針也是民主黨派的任務，也是中國民主生活方式之一。我們的思想落後於實際，實際已經發展，而思想還停滯在過去。毛主席說馬列主義有很多話沒講，民主黨派馬列主義就沒講，很多問題是歷史浪潮推動出來的，而歷史的徹底改變，要一個長的時期，不是一下子就可以完美的。我們民主黨派的產生、性質和發展也是隨着歷史的發展而發展變化的。要知道『長期共存、互相監督』的提出，也有鬥爭。不少人懷疑，中共內部也有很多人搞不通。民盟盟員多，影響大，多大知識分子，尤其要加強思想認識。今天我們自己當家作主，幹部問題，兼職問題，交叉問題，都可以逐步解決。過去有問題找統戰部，今天請示我們的民盟中央，大事要共同研究，什麼馬都騎就會弄成五馬分屍。民盟的代表性人物需要統籌安排，但要準備新的人物代替。民主黨派既沒有太子，也沒有第一書記，第二書記。所以，我們人事安排是個不斷需要研究的問題。另外，中國有三大落後，落後之一就是文化落後。而向科學進軍就能解決文化落後。民盟面對知識分子，包括大知識分子，今年我們和文教部門合作，做出成績來，五八年總結經驗。社會主義建設中，我們就是搞文化科學的一部分，重點突破。把工作做好了，組織發展也就不成問題。」[二二]

父親講完話，史良緊接着說：「章副主席對民主黨派工作有專門的研究，有獨到之處。他剛才的講話值得大家研究。」[二三]

四月四日上午，父親在民盟全國工作會議作《訪問東歐六國的報告》。他說：「中國人民生活問題是存在很多困難，需要我們來解決的。另一方面是精神生活。有物質生活沒有精神生活是不行的。有文化生活，思想生活就會提高，自由、民主就來了，人的尊嚴問題就來了，這都是問題……要做到真正民主不是容易的，民主生活的經驗還遠遠不夠，還要創造。六億人在政治上單打一的做法是搞不通的，必須要有很多黨派共同來搞。民盟是

二二　一九五七年四月二、三日「民盟地方負責幹部座談會」記錄稿。

二三　同上。

知識分子的集團，都是有學問的人，有權威的人，在我們力量所及，應負擔起這個任務，在學術方面搞起一個高潮來。」[二四]

當晚，民盟全國工作會議領導小組舉行第十一次會議，由胡愈之主持。當大家議論發展組織工作問題時，父親說：「從全國看，我們的發展是合乎民主黨派發展規律的。在肅反以前幾個大運動，如果發展太多，那一定有很多頭痛和麻煩的問題。今天情況變了，多做些發展工作是應該的、必要的。我過去就是主張積極發展的，我還主張發展青年，但有人不同意我的意見。」[二五]

當胡愈之談到大家對中心工作意見很多，要求把「長期共存、互相監督」加進去的問題時，父親說：「今天我們是練習民主，過去認為民主黨派、民主人士不大吃香，自毛主席提出『百花齊放、百家爭鳴』和『長期共存、互相監督』後，民主黨派又吃香了。民主是不簡單的，民主要能聽別人的話。為什麼民盟的中心工作不提『長期共存、互相監督』？有三方面的情況：一、互相監督是雙方面的，我們還有些困難和不習慣。二、毛主席說黨內有百分之九十以上反對。這也是困難的一面。三、如果民盟大喊監督，各民主黨

二四　一九五七年四月四日民盟全國工作會議作《訪問東歐六國的報告》記錄。

二五　一九五七年四月民盟全國工作會議領導小組舉行第十一次會議記錄。

派都大提倡互相監督，黨內百分之九十以上有抵觸，這將產生很多困難和問題。」[二六]

四月五日上午，父親在中國農工民主黨的全國工作會議上說：「現在講民主還不習慣。因為我們中國是由封建專政一下子就跳到人民民主專政，沒有經過資產階級的民主。資產階級的民主是文明的，比封建社會的野蠻專政進了一大步。我們沒有經過資產階級的民主階段，所以在這一段講民主就很難講得起來。昨晚民盟爭論一個問題，有兩種不同意見。一個意見是說民盟是大知識分子集體，應以『百花齊放、百家爭鳴』為重點工作，一部分人同意；但另一部分的意見主張把『互相監督』也作為工作重點，我不同意第二種意見。因為民主黨派的互相監督的工作是中共展開民主運動的一個措施。我們如以此作為重點貫徹，必然會影響目前的整個政治生活。因為共產黨內高級幹部中對此有百分之九十的人思想不通……今後發揚民主是穩步的，要在中共內部對『長期共存、互相監督』的思想改變了時，才可以更好地貫徹。我們要保衛民主，使民主健全地發展，不致受波動，受損害。某地一個人來找我，他在肅反運動中搞了十一個月，被打得遍體鱗傷，來京伸冤。我呢，我只能請他吃餐飯，安慰他一番。」講到國際形勢的時候，父親說：「資本主義經濟危機的說法，淺薄無聊。日本、德國的生產提高幾倍。美國生產也還有提高。資本主義是

二六　一九五七年四月民盟全國工作會議領導小組舉行第十一次會議記錄。

有活力的！」二七

後來，父親又在政協文化俱樂部召開的農工座談會上，說：「我總以為不要把資本主義看得那麼一錢不值，也不要以為打敗蔣介石就是共產黨一黨的力量，馬歇爾就曾說過，中國（指中華民國）『亡國』不亡於共產黨，而是亡於中國民主同盟。馬歇爾為什麼這麼說？就因為中國民主同盟在當時給美國一種錯覺——中國第三種力量可以走資本主義的民主道路，不會步蘇聯後塵。由於有這種錯覺，美國就放鬆了軍事力量的補充，結果上了大當，弄得蔣介石很快垮台。」二八

四月八日，父親主持農工民主黨六屆三中全會並致開幕詞。他說：「民主生活的具體內容，我們還在摸索，還在創造。蘇聯和新民主主義國家都各有它的民主生活內容。但我們不能完全照它們的辦法。中國的各民主黨派與各人民民主國家的民主黨派不同，主要有兩點：第一是中國的民主黨派是中國人民民主統一戰線長期間發展起來的；第二是中國的社會階層很複雜，許多具體情況與波蘭、捷克等國家不同。我們的政治生活在不斷變化，自『長期共存、互相監督』的方針提出後，民主生活更日新月異，組織和各方面都有很大變化……由於中共與各民主黨派有密切關係，有許多共產黨員一開始就交叉了民主黨派，往後

二七 《章伯鈞的反黨反社會主義言行》，中國農工民主黨中央執行局編印，一九五七年六月。

二八 同上。

民主黨派成員中，也有不少參加了共產黨，現在由於新的方針的提出，這些人都要逐步撤回去，有些人已經撤回。這是一種趨勢，我們首先要對此有所認識，要有對策。我之所以一再提出，是要大家用當家作主的精神辦好黨的工作，把責任擔負起來，意思就在這裏。」[二九]

父親還在農工民主黨機關刊物《前進報》第十三號上發表了一篇《平凡之談》的短文。他寫道：「在中國各民主黨派當中，我黨的歷史是較長的。它對中國革命運動有一定的貢獻。但它也有很多弱點，需要我們用力克服。我們已經決定召開第七次全國代表大會，這是我黨政治生活中一件大事……我黨第七次代表大會就是要為黨增加新生力量，尤其是新生的領導力量。」

四月二十四日下午，在京的農工黨中委舉行「正確處理人民內部矛盾問題」座談會。父親再作長篇講話。他說：「老毛現在是一則以喜，一則以懼。喜的是一下子就得到這個六億人口的天下。懼的是中國六億人口，吃什麼？穿什麼？我們常說很多國家伸手向美國要美金。其實，也有不少國家伸手向蘇聯要盧布呀！老實說，哪個國家都是很現實的，沒有錢，誰跟你跑？像東德，波蘭，捷克……還不是在那裏向蘇聯伸手，但蘇聯哪有這麼多盧布給他們？於是，中國的責任就更加重了。中國自己有六億人，天天要吃穿，還有別

二九　一九五七年四月八日在農工黨六屆三中全會上的開幕詞，《中國農工民主黨歷史參考資料》，第五集，頁四六七—四六八。

人向你伸手，你們看怎麼辦？我看中國儒家那套『正心、誠意、修身、齊家、治國、平天下』的道理。還是有用的，不過要加上新的內容。我看馬列主義還是少說一點，因為馬列主義不能吃，也不能穿。二、斯大林這個人是很野蠻的，我們歷史上的一些帝王就是如此，革命就是大殺。不狠當不了英雄！大家查查歷史，劉邦一得到天下，把那些武官都砍了。朱元璋更兇，一得天下，不但武官砍了，文官也砍，因為武官會造反，文人還可以給武人出主意。斯大林也是這樣，等到他一掌握大權後，把過去的很多老布爾什維克幾乎都殺了。今天看起來，像托洛茨基、布哈林這些人，當時與斯大林在建設社會主義的道路上存在分歧，例如對富農的問題。一個要消滅富農，一個是要暫時對富農讓步。今天，人民內部矛盾問題提出來以後，是否可以這樣看，將來還可以研究。三、毛澤東思想現在有了很大的變化，這種變化莫說黨外人士跟不上，就是共產黨內部也有百分之九十的黨員跟不上，這是個大問題。我就是機會主義，我們要掌握。

「很多共產黨看不起民主黨派，這是錯誤的。他們不瞭解民主黨派的作用。中國是一個六億人口的大國，光靠共產黨能搞好嗎？比如中共像個理髮店，它開在王府井，北京幾百萬人都要跑到王府井去理髮，那多不方便，也理不了那麼多人呀！所以，民主黨派也就要在鼓樓、西單開起理髮店來。不過，王府井理髮店比鼓樓、西單的理髮店好一點就是了。但都是理髮店，都是為人民服務呀。這個道理不是很簡單嗎？所以，很多共產黨員就

不懂這個道理。老實説，我們不要自卑！有些地方，我們是可以教育共產黨員的。」三〇

從四月份起，民盟中央開始進入了幫助中共整風的實幹階段，從國家體制，即科學研究與高等院校兩個領域的問題入手。四月八日，沈鈞儒家中，民盟中央召集自然科學家座談會，章羅二人特地邀請盟外科學家錢學森、李宗恩參加。座談的問題有這樣幾個：一、中央同地方的關係問題。中央和地方的科學力量，如何利用與安排。地方是否也需要科學研究機構？二、中央各部門之間力量如何擺的問題，如科學院、高等院校以及業務部門的研究機構，科學研究的重點應該擺在哪裏？三、自然科學與社會科學的比重。四、科學研究的經費問題，設置科學基金問題。章伯鈞、羅隆基決定通過《爭鳴》月刊展開科學體制、高校黨委負責制問題的討論。先後於四月九日和二十四日發出徵稿通知，對象主要是科學家、教授、專家。許多人提出自己的看法，先後發表在第五、六期的《爭鳴》（十餘名撰稿人後被劃為右派）。

四月二十七日，中共中央發出關於整風運動的指示。這次整風，對於非共產黨員有如下的指示：「非黨員願意參加整風運動，應該歡迎，但是必須完全出於自願，不得強迫，並且允許隨時自由退出。」

三〇《章伯鈞的反黨反社會主義言行》，中國農工民主黨中央執行局編印，一九五七年六月。

四月三十日，毛澤東在最高國務會議上發表講話。講話涉及「民主人士有職無權」、「教授治校」、「共產黨有術無學」等問題，毛澤東深知這些話題既是社會問題，也是黨外呼聲。它們若獲得一定程度的緩解，不僅有利於剛剛建立的紅色政權，還能證明中共是踐行政治諾言的。講到「有職有權」問題，毛澤東展現出開國明君的博大襟懷，笑眯眯地把眼光投向台下端坐的馬寅初（時任北京大學校長、無黨派人士）、許德珩（時任水產部部長，九三學社主席），問：「馬校長，許部長，你們是否有職有權？」如此一問，會場氣氛活躍起來。不等馬、許二人回答，他就下了定語：「我看沒有好多權。」「現在民主人士還是早春天氣，還有些寒氣，以後應作到有職有權，逐步解決這個問題。」談到高校，毛澤東說：「大學校的管理機構應如何辦？可以找些黨外人士研究一下，搞出一個辦法來，共產黨在軍隊、企業、工礦、機關、學校都有黨委制，我建議首先撤銷學校的黨委制。請鄧小平同志召集民盟、九三等單位的負責人，談談如何治校的問題。」另外，毛澤東還坦言中共缺乏學習，對治理國家沒有經驗。用毛的話來說，就是「共產黨不懂就學，長時期的學，不懂要懂，要學懂科學，過去我們沒有經驗，現在開始學，一直學到懂得為止。」再如毛澤東也道出民主人士的思想狀態，說他們「都不大相信社會主義」，但「都相信民主主義，都要求民主、自由」。

不佩服毛澤東不行，一番話能把個中國攪得春意盎然，滿城飛花。知識分子個個攘臂軒眉，精神意氣自是不同了。五月五日　父親決定以風的速度，在民盟中央舉行的座談會上，傳達這個講話[附件一]。他認為毛澤東這次是「治病治到根兒，說話說到點兒」上了。

自五月八日起　中共中央統戰部為徵求對共產黨和黨的統一戰線工作的意見，幫助共產黨整風，邀請各民主黨派負責人和無黨派民主人士舉行了十三次座談會。十一日，李維漢部長在統戰部召開的座談會上，就民主黨派搞不搞整風問題作了說明：「在這次運動中，要集中地批評共產黨的缺點。因此，我們已經同各民主黨派人士商量好，在一個時期內，不要號召民主人士整風，而着重地發動黨外人士來給共產黨提批評意見，幫助共產黨整風。」

五月八日下午，李維漢約請章伯鈞（代表民盟）、羅隆基（代表民盟）、許德珩（代表九三）、章乃器（代表民建）、陳銘樞（代表民革）等人舉行座談。請大家就「長期共存、互相監督」方針和中共整風問題提出意見。父親第一個發言[三一]，他說：「在這次座談會召開以前，中國民主同盟中央中常委舉行了擴大會議，就黨與非黨關係、民盟對中共中央統戰部的意見等等問題進行了座談。這次會上，有人說某機關一個計劃科長，因為是非黨員，不能參加國家計劃委員會召開的他本應參加的有關會議，很感苦惱。過去選拔留學生、學校留助教，都是首先考慮政治條件。有些有能力、有專長的人，常因歷史複雜而不

三一　《關於章羅反共聯盟的資料》第三集，中國民主同盟中央整風辦公室，一九五七年八月。

能入選，非黨人士出國學習的機會不多。非黨幹部要得到提拔很困難，黨員提升得快，好象只有黨員才有能力、有辦法。」

關於有職有權問題，父親說：「有人說，職、權、責三者不可分，要做到非黨領導人有職有權，必須同時要非黨人士負責。但是現在，在非黨人士擔任領導的地方，實際上是黨組決定一切，什麼都要黨組負責。既然要黨組負責，就不能不要權。這是形成非黨人士有職無權的根本原因。因此，有人提出國家機關中黨組和行政領導的職權要弄清楚，各機關的工作應由法定實行集體領導的行政機構來決定。」

在談到對統戰部意見的時候，他說：「有人認為，統戰部徵求意見不止一次了，到今天還要人家提意見，有些人都不願意提了，因為過去提的意見都沒有下文，沒有交代。如去年統戰部無準備的制定各民主黨派幹部制度，開了幾次會徵求意見，毫無結果。再如一九五〇年統戰部就曾強調有職有權問題，迄今七年，這個問題還沒有很好解決。民盟中有人認為：黨中央對統戰工作從理論、政策到貫徹執行和宣傳教育都重視不夠。民盟中央是『帶病延年』，對『長期共存』方針無獨立見解，也無具體辦法。這點也是統戰部對我們的『病』幫助不夠，即互相監督不夠，統戰部也應該檢查。」

五月八日上午，父親邀集北京市部分著名中西醫和科學文化專家學者座談如何學習和幫助中共整風的問題。出席座談的有葉恭綽、張申府、李宗恩、趙樹屏、陳邦賢、沈謙、李克鴻、吳朝仁、劉士豪、傅一誠、王雪濤、汪慎生、周太玄等。會上，他號召農工民主黨成員在正確處理人民內部矛盾問題、幫助中共整風和加強自我改造、參加體力勞動、向科學進軍、參加社會主義建設中，發揮積極作用。為了貫徹上述任務，他倡議先在北京就中醫、西醫、工程技術、農林水利、文化藝術、科學教育這六個方面，組織高級知識分子（包括成員和所聯繫的群眾），分別進行廣泛深入的學習討論。在學習討論中，不僅要敞開思想，大膽揭露錯誤和缺點，還應提出正確處理問題、改進工作、增強團結的意見和方法。與會同志一致同意這種作法，決定成立六個工作組開展工作。會上還確定學習討論的內容應圍繞以下三個問題：一、關於貫徹「雙百」方針的問題；二、關於共產黨同民主黨派、非黨群眾之間的關係問題；三、關於農工民主黨貫徹長期共存、互相監督方針和發展組織、做好政治思想工作問題。會後，上述六個工作組在北京市主委李伯球的佈置下，召開了中醫、西醫、工程技術、農林水利、科學教育、文化藝術六個方面共二十一次五百多人參加的幫助中共整風、貫徹「鳴放」方針的座談會。

五月十三日，父親和羅隆基二人以民盟中央的名義，邀集了教育界、科技界的專家、學者、教授舉行會議。會上，父親首先宣佈開會的企圖是動員全國盟員爭鳴，組織大家座談黨委制、科學體制問題。會議首先研究了民盟北京市委為推動鳴放而召開的十四個座談會的計劃。針對現實的急迫需要，父親提議在民盟中央成立「高等院校黨委負責制」、

「科學體制規劃」工作組；羅隆基提出「有職無權」和「長期共存、互相監督；百花齊放、百家爭鳴」工作組，共四個工作組。用兩個月時間從中央到地方搞這四個問題，以回應和配合毛澤東的倡議。父親提議「高等院校黨委負責制」由黃藥眠、陶大鏞、褚聖麟等人參加，羅隆基建議增加吳景超和費孝通，父親同意，這個組以黃藥眠為召集人。父親提議「科學體制規劃」組的人選是由曾昭掄（化學家）、錢偉長（力學家）、華羅庚（數學家）、千家駒（經濟學家）、童弟周（生物學家）等組成，由曾昭掄召集。章、羅二人當面商定：羅直接抓「有職無權」工作組，由父親直接抓「長期共存、互相監督；百花齊放、百家爭鳴」工作組。但首先展開「高等院校黨委負責制」、「科學體制規劃」工作組的工作。工作安排完畢以後，章羅兩人流露出滿意的神情。父親說：「以前民主黨派是被動的，今後要變被動為主動。」

在四個組裏，「科學體制組」實力最強、最積極。這個組於五月十七、二十三、二十四日先後三次召開座談會，討論科學體制問題。二十四日的會是以五個副主席的名義，約請參加科學院學部會議的全體盟員來討論的。很快，五人起草了一份《對於我國科學體制問題的幾點意見》[附件二]。在這份文件裏提出應該保護科學家，培養新生力量，改善科學研究領導，協調科學院、高等院校和其他業務機構之間的關係，協助科學家妥善解決時間、助手、經費、設備等問題，針對升學、升級、選拔研究生和留學生片面強調政治條件的傾向提出批評。五月二十八日，《對於我國科學體制問題的幾點意見》以民盟中央辦公廳名義分送民盟中委、候補中委，科學院學部委員（盟員），徵求意見。六月五日民盟通過。六月九日，全文發表在《光明日報》，反響極其強烈。發表後父親立馬獲得許多消息，一致稱讚他和羅隆基為中國知識分子和學術界做了件大好事。

《關於高等院校領導問題的建議》〔附件三〕由黃藥眠親自執筆，於六月十日脫稿，打印了二十五份，分送章伯鈞、羅隆基、史良、胡愈之等人，準備召開擴大會議修訂。由於反右鬥爭已經開始，這份《關於高等院校領導問題的建議》一直沒有公開發表。

整風運動原本是按毛澤東思維邏輯和他鋪排的軌道進行的。他以為經過七年的一系列運動，中國人都服帖了。治國關鍵全在執政黨自身。當「教授治校」、「民主人士有職無權」、「共產黨有術無學」等說法傳到耳朵裏的時候，毛澤東甚至是贊同的，因為他希望黨外能幫助中共整風。五月四日，毛澤東起草了《關於請黨外人士幫助整風的指示》。

人們都知道：毛澤東在五月十五日寫出了《事情正在起變化》，決定把整風轉反右。那麼，是什麼原因讓他在五月四日至十五日的時間裏變了主意，決定把整風轉為反右？我想，唯一可以解釋的理由是毛澤東從大量的民主黨派公開座談會的言論裏和同樣大量的民主人士內部言論及私人談話的秘密彙報裏，感到事情並非合乎他的判斷。中國第三勢力的心未死！知識分子並不服氣！民主人士的順從也是表面的，他們的批評、直言、抨擊和嘲諷，還贏得了眾多的機關幹部、教師、學生的喝彩。人們不僅要求黨改進作風，還要求改變制度，撤銷黨組、取消黨委制，民主黨派要政治獨立，民主人士要有職有權……它們是言論，更是呼聲。這呼聲撼動的是毛澤東本人的權威和共產黨的領導。特別是章伯鈞早期說的那句「毛澤東是中國歷史上第一個大流氓」[三二]，羅隆基說的「現在是馬列主義的小知識分子領導小資產階級的大知識分子」[三三]的言論，尖利無比，直刺他的敏感神經，挑起他的戒備心理，更加重他的猜忌疑慮。諳熟人情世態的人都知道：事情超過了限度，就要翻過來，一定要翻過來！更何況他是毛澤東。果然，十日之內，毛澤東的談話腔調變了，一伸手就把個運動翻了個兒，整風變為反右，花旦改唱銅錘了。毛澤東是個當機立斷的人，快刀斬亂麻，說幹就幹。十四日晚，毛澤東召集中共中央常委開會，通過了一份《關於報導黨外人士對黨各方面工作的批評的指示》，現在學界公認它是整風變為反右的標誌，因為這個「指示」裏出現了右派分子、右傾分子和反共分子的提法。

五月十五日，蒙在鼓裏的父親根據中共中央關於整風運動的指示精神，在農工民主黨中央機關報《前進報》（第十四號）發表《關於一件大事的說明》一文，希望全黨黨員在完全自願的基礎上參加所在單位的整風運動。同日，毛澤東致送《事情正在起變化》一

三二　《章伯鈞的反黨反社會主義言行》，中國農工民主黨中央執行局編印，一九五七年六月。

三三　《關於章羅反共聯盟的資料》第二集，中國民主同盟中央整風辦公室，一九五七年八月。

信，給黨內高幹閱讀。信中指出：最近這個時期，在民主黨派和高等學校中，右派表現得最堅決最猖狂。現在右派的進攻還沒有達到頂點，他們正在興高采烈。我們還要讓他們猖狂一個時期，讓他們走到頂點。他們越猖狂，對於我們越有利益，誘敵深入，聚而殲之。五月十六日，開始行動了——以「鳴放」為圈套，「引蛇出洞」，內定右派名單，拉名單上的人參加正在舉行的統戰部座談會，以網羅罪名。並指示報紙以突出位置刊出他們的言論。

「毛澤東是中國歷史上第一個大流氓。」父親說對了，沒冤枉他。

五月十九日，北京大學出現了第一張大字報，學生言論的激烈態度和深刻程度，遠遠超過了民主黨派，也超過了章伯鈞、羅隆基。全校性的停課學潮以及罷工事件接踵而至，社會對抗情緒以極快的速度蔓延，蔓延。這個現象說明了什麼呢？用當時擔任合眾社香港分社社長的話來回答，那就是：「在今年五月第一次出現公開批評的時候，支持者（指提出『鳴放』的毛澤東）就被擊倒了。批評是猛烈的，是出人意料的坦白的，提出批評的大多數都是非黨人士。毛的『百花齊放』政策就在這一階段出了破綻。它失去控制，毫無疑問，北平是知道這一點的。」[三四] 這些境外人士的話，無疑更加堅定了毛澤東反右的決心。

五月二十日，民盟中央在北京師範大學座談高校黨委制。由陸宗達主持，參加者有董

三四 一九五七年九月二十日《內部參考》。

渭川、朱啟賢、陳友松、毛禮銳、邰爽秋、廖泰初、陶大鏞、羅志甫、鍾敬文、胡明、謝斯駿、張禾瑞、白壽彝等十四人。會上經過熱烈討論，大家一致主張民主辦校。具體如下：一、取消黨委制。黨委作本份的工作（如思想工作等）對學校工作只能提出建議，不能發號施令，黨員靠模範行為影響群眾。二、成立學術委員會，為最高權力機關。校長由學術委員會選舉產生，報國務院；或由國務院任命，但學術委員會有權撤換。三、取消現有人事制度。解放初期仍有作用，但現在被小娃娃所掌握，已成為不必要。人事任免由學術委員會決定，人事部門只能是辦事機構，沒有決定權。四、取消黨團的彙報制度。彙報制度已成為升官發財的捷徑，「搞情報」的人都不懂業務，流毒很深。要搞情報，就派公安局的人來。

讓教授們萬萬沒有想到的是，旁邊坐着的師大黨委的黃彥平，就是個搞情報的。會剛結束，他就拿起了電話，隨後寫成書面彙報[三五]，遞交上去。

從五月二十日起，中國作家協會連續召開了四次黨外作家座談會，其中以協會內部民盟召開的座談會的意見最為尖銳。他們認為：文藝界的整風工作沒有接觸主要問題，主要問題是周揚同志的教條主義，給文藝創作和理論批評的影響；肅反運動和肅胡運動的遺留

三五　第九八四期《黨內參考資料》。

問題，在人們心頭很難消除。比如《人民文學》編輯部二十四人，肅反時確定六個對象，四個重點，結果都無問題。而鬥錯了人的積極分子一直受到表揚提升。[三六]

五月二十一日，父親「入套」了。頭天午夜已過，李維漢親自打來電話，請他出席統戰部下午的座談會。有些腹瀉的父親對李維漢說：自己說的已經很多了，對中共沒什麼意見可提。李維漢就是不放電話，非要他出席不可，真是「盛情」難卻。下午，車行路上，父親還沒想好說什麼。沒有話說，也得說話。

以下，就是父親在中共中央統戰部舉行的幫助黨整風提意見的第八次座談會發言摘錄[三七]：「學校中的黨委治校的問題，引起了很多的討論……大家也都感到這種制度有缺點，因此，認為應該更多地聽取教授和學生的意見。

「最近我參加了北京的一些座談會，感到有人沒有把話說完……下面也可能顧慮更多。因此，今後應該徹底地廣開言路。現在光是中上層人物的意見，固然能夠反映很多方面的意見，但是，還應該普及到下層才好。下層幹部在幾年來對國家貢獻很大，其功不小，但犯了不少錯誤。因此希望這次整風能聽一聽基層人民的意見。

「今後有關國家政策、方針性的重大問題，可以多聽一聽各方面的意見。如這次整

三六　一九五七年六月十日《內部參考》。

三七　一九五七年五月二十二日《人民日報》。

風，結合檢查改進工作，當然是好。過去做了許多轟轟烈烈的好事，但是有些事情也給國家帶來了損失。如果在工作進行之初，就多聽聽人大常委會、政協、民主黨派的意見，就可以少走彎路。如掃盲運動……如果事先經過國務院的部長們，根據材料多方面地進行討論，或經過民主黨派、高級知識分子、專家的討論，就可以減少損失。如果黨內一決定，就那麼幹下去，是不能達到預期目的的。如體制問題，中央和地方分權問題，去年只交地方黨委書記和少數黨外高級幹部進行討論。主要是黨內討論。應該利用政協、人大的各種委員會、民主黨派去討論，這些人都有相當的經驗。如文字改革，我認為既不是國防機密，又不是階級鬥爭問題，是一個人民內部矛盾的問題，卻只由少數熱心分子作了討論。如果文字改革問題，等於社會主義、共產主義，我沒有意見，我不反對；如果是文化問題，就應該在黨內外展開討論，多從學術、政治、道理上進行討論。陳夢家在《文匯報》上發表的意見，我部分地同意。

「現在工業方面有許多設計院，可是政治上的許多設施，就沒有一個設計院。我看政協、人大、民主黨派、人民團體，應該是政治上的四個設計院，應該發揮這些設計院的作用。一些政治上的基本建設要事先交他們討論。三個臭皮匠，合成一個諸葛亮。現在大學裏對黨委制很不滿，應該展開廣泛的討論，制度是可以補充的，因為大家都走社會主義的路。這樣搞，民主生活的內容就會豐富。政協、人大不要等到期滿，今年就可以進行明年所要做的大事的討論，不能全靠視察制度。對國家準備做的事情要經常的討論。近來，政協委員到下面視察工作，工作是增多了，但還不能僅限於視察工作，要進一步讓大家經常討論國家的重大問題。

「大多數教授都反映說會多，這要看開什麼樣的會。假使是千篇一律的報告會，形式主義的會，最好還是少開一點。比如國務院開會常常是拿出成品要我們表示意見，這樣形式主義的會，是可以少開的。但如果提出問題，拿出材料認真討論，有豐富的內容，能夠發揮各個人的見解，這種會大家不會感到多的。關於體制外問題，如何搞？大家可以深刻討論，文字改革也可以由大家討論。在政協、人大常委會裏面，共產黨要考慮放上一些能幹的共產黨員。共產黨的許多領導同志有知識、有精力，可否在統一安排的原則下，分配一部分參加到上述機構裏面，經常同各方面人士交換意見，而不要像現在的一些共產黨的同志那樣，只是看看你們怎麼講。今後人大常委會、政協討論問題，各部應該有常務部長出席，代表各部說明政策。

「近一兩年來，政府對於老年的知識分子有所安排，收到極大的效果。但是，還有些名望較小的社會知識分子，思想已起了很大變化，生活也有困難，政府應當有適當的政策，逐步地解決他們的問題。

「鎮反、三反、肅反中的遺留問題，一再討論，黨和政府應該下決心，檢查一下，檢查要有準備，要好好做。

「中國共產黨的統一戰線政策，在革命中發生了極大作用。這方面的經驗還得總結一下。從馬克思、列寧那裏找到理論根據教育共產黨員，固然必要；但是還不如從實際生活中，從孫中山同中國共產黨合作開始直到現在的統一戰線工作，作一個總結，對黨員的教育作用更大。在作某一部門的總結的時候，也可以請有關的民主黨派參加，這也可以少發生一點主觀主義的毛病。」

該「入套」的都入了，中共中央統戰部邀請民主黨派和無黨派民主人士舉行座談會於六月三日結束。李維漢最後說：中共中央十分重視這些批評和意見，並向朋友們表示衷心的感謝！感謝？大禍要臨頭，也説得出口。「笑提常向尊前舞，醉解多從醒後贖。」

學潮像洪水爆發，傾瀉而下，淹沒校園，撲向社會。父親還真着急了。六月二日晚七時半，民盟中央及北京市委會舉行座談會，聽取北大、清華、師大、人大、航空學院五個高等院校的基層組織負責人褚聖麟、李酉山、陸宗達、侯大乾、連琪祥彙報幫助共產黨整風的情況[附件四]，章伯鈞代沈鈞儒主席主持了座談。

在聽取了這幾個著名大學的民盟負責人的情況介紹後，民盟北京市委負責人聞家駟先講話。他說：「聽了彙報，幾個學校都鳴起來了，形式也活躍，但鳴、放的程度怎樣，還要估計。目前黨員、盟員及群眾都有顧慮，一種是思想認識問題，怕鳴了會影響關係；一種是事實問題，怕現在鳴了，將來會遭到報復、打擊。盟組織應幫助盟員解除顧慮，多給他們鼓勵和支援，盟組織是願給他們保證，希中央與市委研究。」

父親最後講話：「今天的彙報，由於時間關係，就此先告一段落。五個大學的彙報，談出了很多情況，使我們知道盟基層的負責同志，盡了最大努力，做了很多工作，是符合黨的要求的。個人認為整風運動在展開，我們還應幫助盟員推動整風運動，採取自由、志願的原則參加各工作崗位黨組織的整風，使整風運動更好地開展。從今天的鳴、放情況看來，大家鳴得很好，黨的政策已收到良好效果，第二階段是分析、研究問題，弄清問題。這個工作很艱鉅，也很重要，民主黨派還應該積極參加工作。

「剛才有同志提到，盟員出大字報可否用盟組織的名義，個人認為同志們是以個人身份，按自由志願原則參加各工作崗位整風的，可以不用盟組織的名義進行活動。

「關於解除顧慮的問題，毛主席已講得很清楚，這次整風黨內有錯誤的同志（違法亂紀者例外）一律不給予紀律處分。黨內尚且如此，難道提意見的人還會遭受打擊嗎？我們要相信黨的領導，但能否保證小小的暗箭都沒有呢，我也不能保證。至於是不是要組織保證的問題，由中央與北京市委地方組織研究。

「我這次在統戰部座談會上的發言，不一定都對，也許有部分對，部分不對；也許有很多對，很多不對；將來都會弄清楚的，我提的意見，也許有部分被採納，也許不被採納，即便提錯了也是幫助黨。政協已組織專門委員會，對提出的問題都要進行研究、分析、處理，同志們怕報復的問題，我準備在這個會上提出來。

「人大同志對中央負責同志的發言有意見，我只提一個要求，希望同志們給一些發言自由給我們，你們發言我們也不過問，彼此自由，互不干涉。中央委員也不能保證不犯錯誤，搞政治要有肩膀，錯了就錯了，有錯就要勇於承認。」

回到家，父親的情緒仍處在亢奮狀態。他高聲道：「看看吧，中國現代歷史上幾項輝煌的功業，不都是由不滿現實的青年人搞出來的？辛亥，五四，北伐，哪一件不是呢？」

接着的一件大事，就是有名的「六六六」教授會議了。敘述者已經很多，因為凡是研究中國當代知識分子問題的人，都要談到它。六月五日下午，曾昭掄、錢偉長、費孝通、胡愈之四人在民盟的「科學規劃」工作組開會後，一同到我家找父親，說有重要的事情要商量。錢偉長、費孝通、曾昭掄談了一些學生在「鳴放」中的情況，認為學生鬧得很厲害，形勢很嚴重，現在是放，還是收？如果要收，民盟可以在學校裏起點作用。父親同意他們的見解，於是他們決定第二天再多找幾個人談談，並由章伯鈞報告周總理。當天晚上，父親曾給習仲勛、李維漢打電話，但是沒有接上頭。

「絡緯常通夜，抛梭直到晚。」六月六日上午十時在南河沿全國政協文化俱樂部，心情急迫的父親召集了幾位知名學者開緊急會，討論當前形勢並決定行動。參加的有曾昭掄、錢偉長、費孝通、陶大鏞、吳景超、黃藥眠和民盟辦公廳主任葉篤義。此外，還邀了史良、胡愈之（中途退席）、金若年和閔剛侯（中共、民盟交叉成員）。會議的氣氛，如今的知識分子已難以想像。我這裏就引用閔剛侯反右中揭發材料[三八]來描述——

> 這的確是一次緊張的集會，很多人激昂慷慨地發了言，這些發言不像是人民的共同語言，因之給我的感受極其深刻，不易磨滅。我現在把幾個主要人物的發言寫下來給全國人民看看章伯鈞是在做些什麼勾當。這些學者們對黨、對社會主義的道路是採取什麼態度，愛護呢？還是仇恨反對呢？請他們自己向人民說個清楚吧！
>
> 在章伯鈞說了現在學校的情況十分嚴重，請大家來研究並考慮民盟在運動中應該怎樣工作以後，費孝通首先說：「現在各大學的學生都動起來了，情緒激烈，從這次運動揭露出來的問題看，情況是十分嚴重的，聽說北大有兩個學生控訴在肅反中被錯鬥，有人聽了流淚，這種事情在我們知識分子看來是不能容忍的，想不到在解放以後還有這些事，簡直是太黑暗了。今天在我內心中產生了一種新的感情，我對學生所揭發的這些事實是同情的，學生搞起來，事情很容易擴大，現在

三八　一九五七年七月四日《人民日報》。

學生到處找領頭的，如果老師加上去，事情就可鬧大。當然要收也容易，三百萬軍隊就可以收，但人心失去了，黨在群眾中的威信也就完了。今天的問題主要是制度造成的，非黨人士有職無權，黨團員掌握大權，作威作福，我看不是個人的作風問題，而是制度所造成。我已聲明不參加共產黨以表示態度（這時錢偉長插口說我是堅決不參加共產黨的）。有人說，沒有黨的提名，我們什麼都當不上，我不相信，要是能夠參加競選，看群眾是不是贊成我。」

曾昭掄說：「今天學生的問題很多，一觸即發，他們一上街，市民就結合起來，問題就鬧大了。因為今天群眾對黨也是不滿的，不要看秀才造反三年不成，中國知識分子鬧事是有傳統的，從漢朝的大學生到『五四』都是學生鬧起來的。過去以運動的方式對待知識分子是不能容忍的，我就害怕。同時知識分子還喜歡『清議』，應該給他們機會多講話和尊重他們，但黨不給。解放之初，學生因為解放前鬧的太多，想安下心來學習，那時功課也重，黨的威信也高，所以平靜了幾年。現在情況不同了，黨嚴重地脫離了群眾，加以波匈事件的影響，形勢就一觸即發。目前情況很像波蘭統一工人黨八中全會的前夕，這次整風可能黨的估計有錯誤，黨可能認為高級知識分子問題多，青年學生一定不會有什麼問題，結果恰恰相反，弄得很被動。並說西安交大已鬧事，上海問題可能比北京更嚴重。」

錢偉長說：「現在學生運動的特點是要找個頭，如有老師領頭就可出亂子。近來有些學生的家長寫信給我，要我勸勸他們的子弟不要參加鬧事，我曾做過，但學生的表示十分堅決，這真像『五四』前夕，和我們做學生的時代一樣不接受家長的勸告。」他分析知識分子最根本的問題是出路問題，學生鬧事的原因是沒有出路，他認為只有黨團員和靠近黨的人才有出路。人有沒有出路，命運是掌握在黨員手裏。有發展前途的課程都得由黨員來擔任，不論他懂得多少，而將一些真正的專家放在一邊。黨是運用這樣一套機構和制度來為它工作的，這就是一切通過黨團員，或所謂『無恥』的積極分子（他說這句話是引用別人所說的），隨時隨地記錄別人不正確的『言行』，向上級彙報，批判這個，批判那個。有時黨委公開做報告，雖不指名，但被批判的對象，心裏是有數的。黨就是這樣偏聽偏信，運用這樣一套官僚制度來進行工作是不行的。錢偉長說：「黨對知識分子的政策是有問題的。上個星期蔣校長在報告中居然說了這樣的話，他說今天知識分子是吃共產黨的飯，這句話引起了老教師們很大的不滿（這時費孝通很激動地說，誰說我們吃共產黨的飯！我們從來也沒有吃共產黨的飯，我們是吃勞動人民的飯）。」錢偉長又說：「現在的情況要收也容易，只要民主黨派站出來說話就可以。現在民主黨派說話是有力量的。學生到處找自己的領袖，希望我們能站出來說話，不過話也很難說，清華就有人提出請蔣校長下來，要錢偉長當校長。」陶大鏞就師大的情況說明問題的嚴重性。他說：「師大黨的領導問題很多，但至今不敢承認錯誤，師大問題比較多的是肅反問題和評薪問題。黨首先應該對肅反搞錯的承認錯誤，進行平反。並說北大曾有學生來師大，要求聯合罷課。還反映有人說現在的情形是『五四』以來所沒有的。」

黃藥眠認為一九五三年以前民主革命階段黨和非黨知識分子是在一道的，一九五三年進入社會主義革命，實行無產階級專政，從此一切只有黨員可以信任了，黨員人數不多，於是只有相信年青的團員，這樣就造成黨脫離了群眾。又說黨對知識分子『團結教育改造的政策』，在北京實際執行的是『利用限制改造的政策』。」

對以上講話，章伯鈞是欣賞的，有時還要插話。

在吃飯的時候，父親講的話就多了，閔剛侯概括如下幾點：

一、章伯鈞的插話中說，「交通部在漢口的學校，學生要請願，其他地方也有學生罷課，形勢十分嚴重。」「共產黨內部問題也大，計委差不多都是黨員，但撤換李富春的大字報貼在李的門口，這是估計不到的」。又說「學生上街，市民跟上去，事情就難辦了。」

二、章伯鈞要費孝通去掉專家局、民族學院和民委會的職務，多花時間搞民盟的工作。他認為現在民盟大有搞頭，黨應該對民主黨派重新估價，這樣才能真正做到在社會主義制度下的長期共存，才能真正解決有職有權的問題。章伯鈞還說：「我主張民主黨派要大大的發展，至少應該發展一兩百萬人。無黨派的人都應參加組織，現在黨團員有三千幾百萬，民主黨派發展一兩百萬人不算多。同時民主黨派應該深入到縣一級，這樣才能真正發展民主黨派的監督作用。」在談到知識分子入黨問題時，章伯鈞說：「知識分子不一定要入黨，真的參加了，一看黨內問題也不少，就會感到加入不加入沒有什麼不同了。」

三、章伯鈞說：「蘇共二十次代表大會以後，斯大林被批判了，各國共產黨員所遵循的唯一的理論和行動的教科書——蘇共黨史也要修改，現在已沒有一個理論和實踐的標準了。列寧死後有兩個人，一個是南斯拉夫的鐵托成為反對派，另一個是中國的毛公，他繼承了列寧主義。這次整風運動，要黨外的人提意見，其後果我想毛公一定是估計到的。民主黨派提意見想來總是客客氣氣的，但估計不足；沒估計到黨會犯這樣多的錯誤，現在出的問題大大超過了估計，真是『超額』完成了任務，弄得進退失措，收不好，放也不好。現在我們民盟有責任要幫助黨。」最後章伯鈞提出要大家見總理、彭真、康生和李維漢。

六月七日，國務院開會。史良對父親說，前一天晚上她已和周總理談了，總理未置可否，她要章伯鈞再和總理談一談。會上父親寫了條子給總理，說明情況嚴重，大家反映問題的態度很誠懇。總理看了條子後也未置可否。他哪裏知道——自己的末日到了，就在明天。中國的政治風雲，恐怕是任何西方星象學家、東方算命高手都無法預測的。

六月八日　中共中央發出指示《組織力量反擊右派分子的猖狂進攻》和人民日報社論《這是為什麼》。當晚父親獨自一人到史良家中做客，是表達對當天《人民日報》社論的不滿。他講了很多，最後說了一句：「將來胡風、儲安平要成為歷史人物。所謂歷史人物是幾百年後才有定評……」

《人民日報》報於九、十、十一日又相繼發表了《要有積極的批評，也要有正確的反批評》、《工人階級說話了》等社論。整風運動轉變成為全國規模的急風暴雨式反右鬥爭。

從六月中旬起，民盟中央和農工民主黨中央分別多次舉行反右派鬥爭座談會、常委擴大會議。民盟集中批判章伯鈞、羅隆基的右派言論。農工民主黨中央批判章伯鈞的右派言論。開初把批判會稱為座談會，父親也沒認識到事情的嚴重性。

六月九日，民盟率先表態批判右派的是吳晗。他在民主同盟中國人民大學支部座談會上，談到他不同意章伯鈞、羅隆基、儲安平的意見。他說：「章伯鈞主張另搞一個政治設計院，是否不同意憲法？羅隆基提出另外建立平反委員會，就是不信任黨的領導。」三九

六月十日晚，父親在民盟中央舉行的第三次座談會上表態說：「感謝各方面在報紙上對我在中央統戰部發言的批評。一個人的講話不能保證都對。不對的，自己說出來的時候總以為是對的。經過大家的批評、提醒，自己記憶檢查一下，有哪些不對，這對我是有幫助的，是好的。」又說：「批評要有民主的風度，要有傾聽不同意見的雅量。中共中央統戰部開了十三次會，有七十三人發言，大家提了很多意見，都是批評……對我的批評，我暫不辯論。我的發言可能是百分之百的錯誤，也可能是不利於社會主義，可能是對抗黨的領導，損害黨的領導權的大錯誤，也可能不是那麼嚴重的問題。如政治設計院的問題，討論文字改革和國務院開會程序等問題，也可能因為我是國家的一個負責人而不適於提出這些問題。也許我的話說得含糊，我決不辯護，不說言不由衷的話，總之，要用一番動心忍性的功夫，向大家學習。」四〇

六月十二日 下午，父親在農工民主黨中央擴大座談會上說：「我過去發言有三次。一

三九 一九五七年六月十一日《人民日報》。

四〇 一九五七年六月十一日《人民日報》。

次是在交通部談話，《人民日報》上已登，在《公路報》上也登了。另外在統戰部召開的座談會上有兩次談話，一次代表民盟談話，一次是發表我個人的意見。我認為在這幾次會議曾經談到政治設計院，國務院會議程序拿出成品和文字改革問題，此外提到國務院機構下各辦各委應當改變，權放在各部會，多發揮管理機構的作用。談這些問題只是個人想對國家提出貢獻，可是有些朋友們指責我說錯了。

「對這些問題我是有意見的，不是憑靈感和一時高興，但是語焉不詳。可能犯了反對無產階級專政，違背黨的領導，走資本主義道路的錯誤。但這錯誤要等我加以說明以後再做結論，這才比較合乎民主精神。我在民盟小組會上也說過，我犯的錯誤可能很嚴重，也可能不是那麼嚴重，但不作辯論。因為，馬上就辯論，就等於抗拒批評，不合民主精神。打球有球規，你打來，我打去。」[四一]

六月十三日，父親發表了《我在政治上犯了嚴重錯誤》一文，說明自己在中央統戰部召開的座談會上的發言是思想上犯了嚴重錯誤。父親說：「這說明我的立場不穩，認識模糊，以十分不嚴肅的態度，對待國家政策，以致造成政治上不良的影響，為右派分子所利用。」[四二] 父親對各方面的批判想不通，私下對人說：「我只就四個方面提出一點意見，而

四一　一九五七年六月十三日《人民日報》。
四二　同上。

且我的政治設計院的話還沒有説完，就來批評我。」

當晚，在民盟中央小組舉行的座談會上，史良、千家駒、胡愈之、羅涵先等人先後發言批判章伯鈞、羅隆基（本人尚在國外）。史良第一個站出來，做長篇發言，狠揭章伯鈞，批判儲安平，要求羅隆基回國立即檢查。胡愈之立即跟進，同意史良的意見，並要求民盟中央向全國人民作嚴正表示。翌日，《人民日報》、《光明日報》、《北京日報》等所有大報均以頭版頭條新聞刊出史良發言的全文。香港《星島日報》於十六日發表了《中共清算『民主同盟』》的社論，社論也幾乎全文發表了史良的講話。社論說：「中共很狡猾，他們不親自出馬，卻用『民盟』的人去清算，分裂『民盟』。首先出馬的是『民盟』的頭子史良……一經分裂，中共便很容易將之消滅。『民盟』一垮，其他小黨派當然命不久矣！中共跟着便建立蘇維埃獨裁政權。這是短期內必然的事。」[四三]

六月十五日，農工民主黨召開中委（擴大）座談會，開始批判章伯鈞錯誤思想和言論。

這段時期，一些學生也在尋求社會幫助，不懂政治的孩子們甚至找到民盟。十五日下午，北京鋼鐵學院冶金系一年級學生黃心峰等四人訪問民盟中央，反映高校問題。由民盟中央機關的幹部接待。

四三　一九五七年六月十九日《內部參考》。

晚上六時半，父親在家接待了一個叫王襄的人，他是農工黨員，黃埔軍校四期，鄧演達的學生。王自我介紹說：一九二七年就見過父親，現在特地從湖北趕來北京探望。父親非常感激，不但請吃，且吐露心曲。父親向他表示：「現在苦悶得很，想退下來，保留一個政協委員，讀讀古書。」並說：「你看我的幾次發言到底錯誤在哪裏？」脆弱是人性，父親也是極度不安。遂問：「你聽到共產黨要準備如何對我？」兩人一直聊到十時。父親哪裏知道，此人竟是統戰部派來摸底的暗探。王襄把談話稿交給統戰部副部長張執一後，十七日乘車返回武漢。[四四]

官方的確派了一些眼線，以記者、老友、親戚的身份到家中探訪民主人士。他們分頭到了梁思成、陳仁炳、王造時（均為民盟中委）等人家中，做反右動向的摸底工作。教授們都把來者當朋友，說不上推心置腹，也算得真誠相待。陳仁炳說：「現在我有空，逛逛公園，逛逛城隍廟，生活很好。我好久沒休息了，這次我想休息幾個月。我的民盟副主委和市政協副秘書長，還是拿掉吧……我這次問題不小，頭腦發熱，小事聰明，大事糊塗。我對民主黨派的作用和地位的認識，大有在野黨的味道。」[四五] 這些真心話，都以書面形式匯報上去了。在被打探的民主人士和知識分子中，有警惕性的要數馬寅初了。他對

四四　一九五七年六月二十五日《內部參考》。

四五　同上。

記者說：「如果毛主席要找我個人談，我可以說，但也只能適可而止。總之，我不給你談！」[四六]

六月十五、十六日，《光明日報》連續兩天舉行社務會議，檢查報紙的資產階級的方向。在十五日的會議上，父親首先發言，說：「儲安平在《光明日報》的工作，我要負政治責任。」[四七] 並要求在座的儲安平準備承認錯誤，說：「資產階級思想我們都有，然而可以改正。」十六日的會上，父親再次發言，說：「近來報上有四個新聞人物，在座的就有三個（指章乃器、儲安平和自己）……有人說儲安平的『黨天下』擊中了要害，這是指其嚴重性來說的。昨天乃器說我是投降將軍，也是擊中了要害，思想上的要害。有人說，我是兩面派，我看我不止是兩面，還多一面。有資本主義一面，也有社會主義願望一面，另外還有封建思想殘餘一面。古人說『四知』，是假的。我想只有一知，自家心事自家知。」[四八]

六月十七日，中國民主同盟主席沈鈞儒就章伯鈞、羅隆基等發表錯誤言論的事情向新華社發表談話，號召全盟團結起來，向反黨、反社會主義的言論和行動進行堅決的鬥

四六　一九五七年五月十八日《內部參考》。
四七　一九五七年六月十七日《人民日報》。
四八　同上。

爭。[四九]農工黨中委繼續舉行座談會批判章伯鈞。

六月十八日，在統戰部的部署下，胡愈之主持召開了民盟中央常務委員會擴大會議。會議指出：最近我們民盟成員中暴露出來的反黨反社會主義的言論，證明知識分子的思想改造的確是一件很艱鉅的工作，整風對於革新民盟的政治面貌是完全必要的。——在這個會議上，民盟中央通過了號召全盟開展反右派鬥爭和盟內整風的決定。[五〇]決定具體提出：一、本盟最基本的政治立場是走社會主義的路，接受工人階級共產黨的領導；二、章伯鈞、羅隆基、儲安平等所發表的反社會主義、反共產黨領導的言論是極端錯誤的，全體盟員應該盡情加以揭發批判；三、對犯錯誤的同志盟組織應當責成他們坦白交代，深入檢查；四、本盟立即開始盟內進行整風。——這個決定，被研究者認為是中國民主同盟歷史上的重大轉折。會上，鄧初民做了《請看章伯鈞的本來面目——兼斥羅隆基陳仁炳的謬論》長篇發言，與「決定」一併刊登。鄧初民的發言從反動歷史談到當下罪行，是對章羅二人的徹底清算。它被認為是官方藉以釋放出的反右基調。

這時，父親感受到的是一個世界的顛覆，劍一樣鋒利，鉛一般沉重。章伯鈞明白了：自己已然被推入毛澤東掀起的政治狂瀾的中心。六月十九日，《人民日報》等中央一級報

四九　一九五七年六月十八日《人民日報》。

五〇　一九五七年六月十九日《人民日報》。

紙，全文刊出毛澤東《正確處理人民內部矛盾的問題》的講話全文。它與毛氏原來在最高國務會議的講話差異極大。父親震怒，在客廳轉來轉去，把報紙拍得直響，對母親說：「我沒有講錯吧，他是個大流氓。」

對這個修改版的「人內」講話，境外人士是這樣分析的：「「人內」講話原來為何不發表？因為它的內容「頗與蘇聯政策有所抵觸，有與蘇聯分庭抗禮、互為領導之嫌。現在為何又發表？那是由於黨外人士的批評，直斥國家制度。這種表面是諍諫，實際是需要更多民主的呼聲一擴散開來，會造成比匈牙利革命更重大的事件……中共不得不找尋一個收場的辦法，於是公佈了訂正了的毛澤東演說。」[五一]

六月十九日上午，清華大學電機系一年級學生劉國成等四人訪問民盟；下午，北京醫學院醫療系三年級第一組學生任平生等二十三人來訪。二十日又有北師大學生訪問。

六月二十四日晚，農工民主黨中委（擴大）座談會繼續揭發批判章伯鈞。

六月二十五日，民盟中央常務委員會舉行第十五次會議，會上通過了《關於盟內整風運動的補充指示》。「指示」中的第五條內容是：「本盟中央即日成立中央整風領導小組及中央整風辦公室，領導全盟整風運動。」會議還通過了整風領導小組成員和整風辦公室

五一　一九五七年六月二十日《內部參考》。

主任、副主任名單。在領導小組的主席團成員裏，除了主席沈鈞儒，副主席馬敘倫、史良、高崇民以外，還有胡愈之，並兼任整風辦公室主任。民盟中央開始編發《民盟中央整風簡報》。「簡報」快速傳達盟內反右鬥爭的動向及成果。第一期「簡報」，就點明章伯鈞、羅隆基、儲安平是資產階級右派。當晚，民盟立即舉行了中常會擴大座談會，整風領導小組和整風辦公室集體登台亮相，他們做的第一件事情，就是揭發章羅反動言論，這也是羅隆基外事訪問回國後第一次接受批判。被人稱為羅隆基「無形組織」成員的費孝通、潘大逵、葉篤義、彭迪先、浦熙修等人先後揭發批判。胡愈之還出示了一九五一年羅隆基寫給他人的書信，以為反動罪證。

心似刀切，身如轉蓬，章羅二人當初對民盟付出了多少勞苦，現在就有多少傷痛！

六月二十六日（至七月十五日）在北京舉行全國人大一屆四次會議。

六月二十八日清華大學學生十二人訪問民盟，反映問題，由鄧初民接待。

晚上，在東總布胡同二十四號沈鈞儒家中，舉行了民盟中央整風領導小組第一次會議。出席者有（依簽到次序排列）費振東、陳望道、胡愈之、華羅庚、李文宜、高崇民、沈鈞儒、喻德淵、吳昱恒、馬敘倫、彭迪先、許傑、張國藩、鄧初民、周新民、吳晗、羅子為、梁思成、千家駒、史良、金岳霖、楊明軒、成柏仁、閔剛侯、吳作人。主席是高崇民（中共、民盟交叉成員）、閔剛侯（中共、民盟交叉成員）。

會上具體研究和佈置民盟的反右鬥爭工作，決定事項如下：一、關於盟內右派分子的組織處分問題：已經撤銷盟內職務者，暫不恢復職務。尚未作出處分者，暫不作組織處分。二、定於七月十日晚七時三十分召開整風座談會，通知章伯鈞到會交代：章羅聯盟的具體活動——北戴河的密議、如何策劃拉攏知識分子、中共整風中的進攻佈置、擅自設立四個工作組問題、全國工作會議中的活動、歪曲傳達毛主席講話問題、在國外的活動問題、與台灣特務的關係問題、六月六日六教授密議問題、搞軍事活動問題等。另，章伯鈞與楊虎的關係問題由農工民主黨責成交代。三、關於江西省委推出已被揭發為羅隆基右派集團中的許德援參加整風小組事，推定周新民同志與中共江西省委負責人聯繫後，再作處理。四、《爭鳴》自七月號起暫時停刊，進行內部檢查。檢查完畢，再行復刊。五、召集來京出席全國人大會議的地方組負責人在離京前，會商有關整風事項。六、請周新民同志協助中央整風辦公室的工作。最後，胡愈之傳達周恩來有關整風的講話。[五二]（注：以下民盟中央整風領導小組所有會議內容均為會議記錄稿，不再標出）。

六月二十九日，全國人大第四次會議江西小組批判羅隆基，章伯鈞參加安徽小組批判。黃紹竑到廣西小組。廣西代表訴說從前的苦難，斥責他忘記了廣西人民對他的寬恕。

五二 民盟中央整風領導小組第一次會議記錄。

六月三十日，民盟在文化俱樂部舉行中央第二次整風座談會，由羅隆基交代問題。由於他的態度惡劣，臨時決定晚上繼續舉行座談會，揭發批判羅隆基的反黨、反社會主義的言行。

七月一日，《人民日報》發表了《文匯報的資產階級方向應當批判》社論，文中在批判該報為資產階級右派充當「喉舌」的同時，指責民盟和農工民主黨「在百家爭鳴過程和整風過程中所起的作用特別惡劣。有組織、有計劃、有綱領、有路線，都是自外於人民，是反共反社會主義的」。「這兩個黨在這次驚濤駭浪 中特別突出。風浪就是章羅同盟造起來的。」

父親看了《人民日報》這篇社論，斷定社論是老毛寫的！說：「這次講話（指自己統戰部座談會發言）是上了大當。」又說：「共產黨真會變哩！除掉不能把男人變成女人，把女人變成男人外，什麼它都會變。」[五三]

羅隆基兩次跑到我家質問父親：「伯鈞，憑什麼說我倆搞聯盟？」父親說：「我也不知道，我沒法回答你。」羅隆基第二次離開我家時，怒氣衝衝，把自己的手杖折成兩段，拂袖而去。

五三　《章伯鈞反社會主義言行》續集，中國農工民主黨中央執行局編印，一九五七年六月。

民盟中央上下都知道，「章羅聯盟」是活天冤枉。毛澤東往知識分子抹了一臉的骯髒，你必須說他抹得好，做得對；還要把骯髒保留下來。你無法申辯，也無人替你申辯。

七月間，各民主黨派內部紛紛進行反右鬥爭，在一片斥責聲、質問聲中，被認定的右派分子，陸續作公開檢討。父親是最早低頭的人。其原因我以前的文章裏講過，不再贅述。

七月三日上午，父親在全國人大第四次會議的安徽省代表小組作檢查。

下午和晚上，父親在農工民主黨中央執行局擴大會議上做第一次檢查，檢查摘要如下[五四]——

「我自己思想上有一套，是從蘇共二十大以後發展起來的，我特別看重資本主義國家的兩點，一是它的科學生產技術，一是它的民主自由。我在許多場合都歌頌資本主義，說資本主義有生命力，有可用可仿效的地方。從蘇共二十大以後，我否定了斯大林的功績，對蘇聯的批評有很多不好的言論，對蘇聯的估計過低，成績估計過少。

「過去同羅隆基在盟內有矛盾，從去年開始合作，我思想上是資產階級右傾思

五四　一九五七年七月四日《人民日報》、《北京日報》。

想，羅有英美民主思想，我們思想一致。因為民盟是大知識分子的集團，我想通過羅隆基影響大知識分子，羅過去是反對我的，去年我思想變化，公開主張西方民主的一套，符合他的思想，他就開始同我接近。去年人大開第三次會議，我請羅的朋友，如馬哲民、潘大逵、沈志遠、彭迪先等人吃飯。我的一套理論如民主政治，議會制。他們完全擁護我。後來，羅在民盟沒有什麼地方反對我，我也沒有什麼地方反對他。如羅提出處理失業知識分子的一套方案交政協，我同意。羅提出在政協要成立知識分子委員會，我支持他，作為民盟的建議提出來。再有文化俱樂部的管理上，統戰部要收回，羅反對，我也支持他。在民盟辦刊物上，我們合作得很好。如《爭鳴》我原來打算自己辦，後來按分工給他辦，以這個刊物作為大知識分子的論壇了。在民盟人事安排上，羅把費孝通安排在文教部，把曾昭掄安排在文教委員會，我同意。羅要把陳新桂安排在《光明日報》，我也同意。在民盟交換政治意見，過去有爭論，從去年以來我們兩人就不大爭論了。

「我與羅談過知識分子問題，談到肅反和平反問題。我在中共的座談會上建議把勞改中的大知識分子釋放，由體力勞動改為腦力勞動。今年，羅隆基提出沈老年紀大了，作名譽主席。我作第一副主席，他作第二副主席。現在民主黨派獨立了，不做共產黨的尾巴了。羅說：『開會你來，我就來。只要你做的，我就做。』

「我罵共產黨是很多的，主要是有職無權，當面捧場，背後罵娘。我有一套政治野心，不是為作官，是為了實現我的政治主張。我有篇文章説得很清楚，就是三月間我在政協會議上的發言。這個發言的最後兩句——我愛護共產黨，也愛護民主黨派；我愛社會主義，也愛民主。王造時看了説很好！我是把民主和社會主義分開的。總認為蘇聯的制度缺少一些民主。我竭力反對教條主義，主要是不滿意共產黨的無產階級專政。這個思想和羅隆基相同，和儲安平相同，也和徐鑄成相同。

「我總覺得西方有科學技術，有民主。我受了南斯拉夫的影響，受蘇共二十大影響，受波匈事件的影響。我對波蘭十月事件以後的民主黨派很欣賞，他們有所作為。我感覺過去中國共產黨對民主黨派管得太緊，特別對地方管得太緊。民主黨派所有的幹部都是共產黨代為安排的。我很不滿意。因此，共產黨提出長期共存的方針，我以為大有可為了。我在民盟中央搞了四個座談會，在民盟北京市委佈置了十幾個座談會……我在三個崗位（民盟、農工、《光明日報》）都是負責任的，犯了錯誤，我負有更多的責任。我在各方面指導向共產黨提意見，也就是點火。我在政治上的企圖是發展組織，擴大我的政治影響。」

在這次會上經一些人當場發動，把揭批章伯鈞個人的鬥爭擴大為揭批「章伯鈞、黃琪翔、李伯球右派集團」的鬥爭。於是，父親在兩個黨派，有了兩個陰謀集團。

七月七日，民盟中央整風領導小組會佈置十日責令章伯鈞交代並舉行批判大會。

七月八日，交通部舉行全體職工大會揭發批判章伯鈞。在十四人發言中，部長助理孫大光最引人注目，第二天的各大報紙都以醒目位置刊登他的發言。孫大光說：「去年五月，我和他商量工作，順便談到『長期共存』方針。這時，章伯鈞很興奮，對我說：『我早就有這個意見。我就是不講。中國這樣大的國家，一個上帝，九百萬清教徒，統治着五億農奴，非造反不行。』我當時就請他解釋這是什麼意思。章伯鈞說：『所謂上帝就是馬列主義，教徒是指黨員。』其實，章伯鈞所說的上帝是指我們全國人民熱愛的偉大領袖毛主席……去年九月北戴河體制會議後，有一次問他體制會議開得如何？章伯鈞說：『現在部的許可權太少了，上面管的太多，有許多的委、許多的辦。你們黨組上面還有中共中央工業交通部。實際上也是管不了許多事。所以當部長的勁頭都不大，有勁的只是那些副總理或兼什麼委和辦的負責任的人。我是黨內的，我也要兼點旁的什麼事。為什麼一些生病的人還掛副總理的名義？現在文教界的問題很多，林楓怎麼能把文教工作辦好？』從這裏，我們可以看出，章伯鈞對我們國家制度是不滿的！」[五五] 一個房間裏的兩人對話，後

五五　一九五七年七月九日《人民日報》、《北京日報》。

來被選為定案材料的罪證。一九八〇年六月中共中央批轉的中央統戰部《關於愛國人士中右派覆查問題的請示報告》的文件裏，保留的右派有五個，章伯鈞位列第一。他劃右的定性材料基本推翻，僅僅保留了孫大光的揭發作唯一的憑證。關於右派覆查的文件宣佈的前一天，中共中央統戰部請母親和我到統戰部談話，副部長張執一懷着歉意對我的母親說：「李大姐，其實，這一條也不能成立。兩個人談話內容，誰能證明？」

交通部舉行的批判鬥爭大會搞了整整一天，氣勢威嚴，窮兇極惡，如飛沙走石，沉雷急雨。每個幹部在黨組煽動下都變成劣馬，在被批判者身上恣意踩踏。父親身心疲憊，難以支撐。回到家中打電話給李維漢，說：「這樣搞法，我還能支持三個月。」後來，交通部舉行批判章伯鈞的大會，父親都沒有出席，估計是李維漢打了招呼。現在，很多期刊報紙上刊登的章伯鈞接受批鬥的那張照片，會場就在交通部。

七月九日，民盟中央整風領導小組會繼續佈置十日責令章伯鈞交代和批判大會。

七月十日，父親在民盟中央做第一次檢查交代。

七月十二日晚七點半，在東總布胡同二十四號沈鈞儒家中，舉行了民盟中央整風領導小組第三次會議。出席者有劉清揚、李文宜、陸士嘉、童弟周、陳望道、胡愈之、華羅庚、高崇民、沈鈞儒、喻德淵、吳昱恒、彭迪先、許傑、張國藩、鄧初民、周新民、羅子為、梁思成、史良、楊明軒、成柏仁、吳作人。主席是高崇民、胡愈之。

會上決定事項如下：一、暫定七月十四日（星期日）晚舉行中央整風座談會，責令章伯鈞到會交代。二、人大大會閉幕後，要求外地負責同志留京兩天（參加十四日批判章伯鈞大會），並決定盟中央開會一天，以便商討盟內整風事宜。留京同志的名單，由周新民同志提出，不得有右派分子在內。三、同意陝西的成柏仁、韓望塵、任謙、李敷仁、李馥清、馬平甫、蘇資琛，黑龍江的石增榮，湖北的聶國青，四川的劉之畦等同志，留京參加盟中央的整風會議。四、要求在中央交代的馬哲民、韓兆鶚等，決定責成回原組織交代。五、右派分子的問題涉及多方面時，應在重點的單位交代。如盟內負責人，則盟內交代為重點。但須與其他有關方面密切配合。六、中央整風領導小組成員如收到地方組織的報告和情況，請及時轉交或報告中央整風辦公室。七、沈主席建議中共中央李維漢部長專門召集民主黨派共同商定整風的方針和計劃，以指示地方組織。

七月十三日，民盟中央派幹部到《光明日報》瞭解在章伯鈞、儲安平領導下，該社到大城市點火與民盟各地方組織的關係問題。

七月十四日（星期日）晚，民盟舉行中央整風座談會，父親到會繼續交代問題。

七月十六日，李維漢部長召集各民主黨派整風負責人座談。下午兩點半至六點半，在文化俱樂部召開第五次整風座談會，責令章伯鈞交代問題，並揭發批判他的反黨、反社會主義言行。

七月十九日　農工民主黨中央執行局舉行整風擴大會議，父親繼續交代「反共反社會主義的言行和章黃李等右派集團陰謀活動」。會議由季方、徐彬如主持。會場上的人聽了他的交代，認為只說了一些工作關係過程，「沒有接觸問題的實質」，沒有談「章、黃、李右派集團的陰謀活動」，因而引起了一陣嚴厲的斥責聲，並高呼口號：「章伯鈞不徹底交代，我們要鬥爭你到底。」第二天，父親對母親和我說：「再搞下去，民主黨派恐怕要把共產黨延安整風的一套辦法拿過來了。」

《人民日報》從七月十五日起，發表了二十篇屬於各民主黨派知名人士的「自我批判」文章。其中有：章伯鈞、羅隆基、費孝通、儲安平、馬哲民、黃藥眠、葉篤義、章乃器、黃紹竑、陳銘樞、黃琪翔、李伯球、張雲川、韓兆鶚、譚惕吾、潘大逵等人的檢討。曾經的勇士沒能成為光耀歷史的偉人，而極端的權力卻輕而易舉地把歷史塗改得面目全非：無中生有地製造出一個「章羅聯盟」，把「右派分子的猖狂進攻」說成是「其源蓋出於章羅聯盟」；在幫助共產黨整風中民盟提出的《對於我國科學體制問題的幾點意見》和《對於高等學校領導制度的建議》，被認為是「章羅聯盟」的反動綱領；章伯鈞邀集六教授舉行的座談會，被認為是「反黨陰謀緊急會議」；這兩個黨派分別召開部分成員及聯繫群眾提意見的座談會，被認為是向黨進攻的「點火會」；前一時期根據黨派「重點分工」進行組織發展的工作，被認為是「招兵買馬惡性大發展」。這兩個黨派很快地把反右鬥爭擴大到地方組織，民盟許多地方組織紛紛揭批「章羅聯盟」的「分店」和「骨幹」。

七月二十一日下午，在沈鈞儒家中，民盟舉行中央整風領導小組第四次會議。劉清揚、李文宜、胡愈之、高崇民、沈鈞儒、吳昱恒、許傑、鄧初民、周新民、梁思成、史良、楊明軒、薩空了、楚圖南、千家駒、吳作人等人出席。主席是沈鈞儒、高崇民。會上決定事項如下：

一、通過《關於進一步展開反右鬥爭和盟內整風的指示》。二、確定通過中央整風領導小組召集人、各工作組、辦公室負責人名單。召集人：沈鈞儒、馬敘倫、史良、高崇民、胡愈之；地方工作組組長楊明軒；宣傳工作組組長鄧初民；調查組組長胡愈之；整風辦公室主任胡愈之。工作組負責人應盡速提出組員名單，立即開展工作。三、定於本周內（七月二十二日至二十八日）、最遲於月底召開中央整風座談會，責令羅隆基交代。四、史良傳達李維漢部長於七月十六日對民主黨派整風負責人所作的報告；胡愈之報告盟內最近整風情況。

七月三十一日下午三時，民盟中央整風領導小組宣傳組約請新華社、《人民日報》、《光明日報》等有關人士研究反右鬥爭的宣傳問題。

八月一日　民盟中央全體幹部參加中央統戰部機關黨委辦公室的慶祝「八一」建軍節三十周年紀念大會。

八月十日 上午，民盟中央整風領導小組宣傳組在文化俱樂部招待新聞記者。下午在文化俱樂部舉行中央第六次擴大整風座談會，揭發批判羅隆基反動言行。

八月十二日下午，在文化俱樂部舉行中央第七次擴大整風座談會，羅隆基初步交代了反蘇反共的歷史問題。

八月十六日下午，在沈鈞儒家中召開民盟中央整風領導小組第五次會議，主席史良。一、會議通過以鄧初民、李文宜、陳翰伯、張畢來、楚圖南、薩空了等六人組成《爭鳴》月刊檢查組，以鄧初民為召集人。二、民盟中央領導小組成員費振東在華僑事務委員會盟支部被揭發有嚴重錯誤言行，責令其在盟內徹底交代，並中止民盟中央領導小組成員及所兼整風辦公室副主任職務。

八月十九日，在政協禮堂舉行中央第八次擴大整風座談會，繼續揭發批判羅隆基。

八月十九日，《光明日報》登出章羅聯盟的各地人員名單，列舉其「興風作浪」的事例。該報稱「章羅反共聯盟」，是全國右派分子的司令部，在北京、上海、廣州等各大城市均有「據點」和「首領」。

八月二十二日 下午三時，民盟中央全體幹部聽取中央統戰部蕭處長關於民主黨派反右鬥爭問題的報告。第二天 下午兩時半，民盟中央全體幹部座談中央統戰部蕭處長關於民主黨派反右鬥爭問題的報告。

八月二十八日下午三時，在沈鈞儒家中召開民盟中央整風領導小組第六次會議，胡愈之主持。史良在會上說：「雖然對右派的揭發批判仍要徹底，能由右派分子自己交代問題更好。不交代才揭發。羅隆基的會，準備在本周進行兩次。」

八月三十、三十一日，文化俱樂部舉行中央第九次擴大整風座談會，繼續揭發批判羅隆基反共、反人民、反社會主義的言行。

九月三日、十二日，在沈鈞儒家中召開民盟中央整風領導小組第七、八次會議。主席史良，商議並通過中國民主同盟於九月十三日至二十一日召開全國整風工作會議的決定。看來，別人收拾自己還嫌不夠，要自家整自家了。

九月二十日至十月九日中共中央八屆三中全會擴大會議在北京舉行，會議聽取了鄧小平《關於整風運動的報告》。會議充分肯定了偉大的反右鬥爭。

九月二十八日下午，在沈鈞儒家中召開民盟中央整風領導小組第九次會議。主席高崇民。會上，周新民報告民盟地方整風的情況。決議通告要「注意防止右派分子發生自毀事件」，通告「地方整風領導小組徹底貫徹反右方針政策，堅持說理、大辯論方式，避免簡單粗暴。」比如武漢各高等學校在反右鬥爭中，一周之內發生自殺、逃跑事件十五起。

就在這個月，地方就開始催促中央盡快處理右派。來自重慶的一份內部報告[五六]說：

到目前為止，重慶市已反出右派分子三千七百四十四人，估計最後將達到五千人。目前各單位已鬥了的右派分子一般都還沒有處理，多數單位是鬥了就擱在一邊。這些被鬥過的右派分子不少沒有做工作。目前，他們一般有以下幾種表現：一、到處控告、喊冤、進行翻案；二、滿不在乎。有些黨員高級幹部成了右派，表現無所謂。經常逛大街，吃館子，遇見另一右派分子，常開玩笑，互稱：「汪右派」「劉右派」；三、顧慮重重，怕開除後失業，少數問題嚴重的，怕當反革命懲辦。

與此同時，西方也在揣測運動的結果。前面提到的那個合眾社香港分社社長也撰文分析：「中國共產黨首腦今天面臨着一個重大的問題——對批評政權的人，應該怎麼辦？槍斃他們呢，還是發發慈悲心，對他們『再教育』呢？這個問題之所以重要是因為正是共產黨本身邀請他們進行自由的和坦率的批評的……北平敢讓明顯的批評者逍遙法外嗎？敢把他們槍斃嗎？作為對其他有同樣思想的人的儆戒。意味深長的是共產黨對六月間在漢陽發生的暴亂的領導採取了嚴厲的措施。他們把這些人都槍斃了。在此後的幾個星期中，還有別的槍斃人的消息。這些血腥的清洗是否會擴大到三個『右派』政府內閣成員……」[五七]——西方人

五六　一九五七年九月十日《內部參考》。

五七　一九五七年九月二十日《內部參考》。

哪裏曉得中國共產黨裏有個大人物，在處理右派的問題上和後來對付青年學生上，表現出富於創造性的、令人魂悸魄動的天才。他就是鄧小平。

鄧小平先從高校師生右派的處理意見入手，制定出一個方案。方案擬出，即在人大、北大等高校組織師生傳達文件的指示精神，並動員大家討論。討論的結果以內參形式[五八]上報。歸納起來大致如下：一種人反映平靜，即「事情是你們搞的，處理是你們的事」。一種是抱懷疑態度：「右派分子又沒殺人，我們不知道他們犯什麼罪。也恨不起來。」「處理右派分子的方法是專政？還是人民內部矛盾的方法？」多數人則不同意「右派分子就是反革命分子」的論點，不同意對右派學生採取「一般開除」的處理辦法，而高校爭論最激烈的問題就是：右派言論是否屬於犯罪？師生中的左派，當然是「一致擁護中央的原則」。

十月十日下午三時，在民盟中央辦公室召開中央整風領導小組第十次會議。主席史良。一、核准《民盟中央十至十二月三個月反右鬥爭計劃要點》及地方工作要點。二、推定閔剛侯同志代表本盟參加各民主黨派共同研究對右派分子的處理問題。

十月十九日至二十七日，民盟中央整風領導小組成員以及機關全體幹部到民盟北京市委會參加北京市批判右派分子大會。

[五八] 一九五八年一月十八日《內部參考》。

十一月十一日《光明日報》社務委員會邀請各民主黨中央負責人舉行會議，決定撤銷章伯鈞的社長職務和儲安平的主編職務。三天後（十一月十四日）的晚上，在沈鈞儒家中召開中央整風領導小組第十一次會議。主席高崇民。一、高崇民報告《光明日報》社務委員會決定撤銷章伯鈞的社長職務和儲安平的主編職務。另選楊明軒（中共、民盟交叉成員）繼任社長，陳此生（中共、民盟交叉成員）任總編輯。周新民提議：代表民盟參加《光明日報》社務委員會的曾昭掄應撤銷職務，另推薩空了繼任。二、決議通過月底舉行章羅聯盟批判大會計劃。

十一月十八日　按照：一、根本制度和基本政策問題；二、知識分子問題；三、民主黨派問題；四、政治背景陰謀活動等四個方面批判章羅聯盟問題，所分四個組分別於下午和晚上在民盟總部開會，準備批判大會的發言材料。

十一月二十八、二十九、三十日，連續三天在民盟中央舉行全體幹部大會，揭發羅隆基和批判章羅聯盟反共反人民反社會主義罪行。

十二月二日下午三時，民盟中央常務委員會擴大會議一致通過決議，決定給予周鯨文撤銷盟內一切職務及開除盟籍的處分，建議全國政協撤銷其全國政協委員職務，通報全盟並登報公佈。此前，父親從別處已知周去了香港。

父親吃飯時說：「如果不走，周鯨文一定是右派。」

我說：「走得好！爸，你也走。」

母親狠狠瞪了我一眼。哦，忘了，家裏有「眼線」。

十二月十二日下午三時，在民盟中央會議室召開中央整風領導小組第十二次會議。主席史良。決定：一、千家駒彙報駁斥羅隆基、批判章羅聯盟大會的籌備情況。二、大會決定在十二月二十、二十一、二十二三天舉行。三、沈志遠等右派分子的發言一律作書面發言。四、決定在執行主席裏增加胡愈之同志。五、決定在大會的第一天，會議結束後留羅隆基半個小時，讓他表示態度。六、討論胡愈之的發言稿。七、推定胡愈之、周新民、千家駒、薩空了、閔剛侯五位同志審閱全部發言稿。

十二月十九日，在沈鈞儒家中召開中央整風領導小組第十三次擴大會議。主席史良。決定：一、千家駒報告批判羅隆基大會籌備情況及議程。二、討論批判章羅聯盟發言稿內容。

十二月三十日下午兩時，在沈鈞儒家中召開中央整風領導小組第十四次會議。主席史良。決定：一、討論民盟中央中委中的右派分子的處理問題及處理程序問題。決議：原則通過五人小組提出的十四個標兵處理意見的材料。所謂「標兵材料」，就是在統戰部直接領導下，由各個部門聯合商議執筆寫出的示範性、指導性材料。標兵材料一律呈送鄧小平；再由鄧小平呈送毛澤東過目。這十四個標兵是：章伯鈞、羅隆基、曾昭掄、費孝通、黃藥眠、沈志遠、韓兆鶚、潘大逵、馬哲民、宋雲彬、陶大鏞、浦熙修、費振東、彭文應。

會上，推選楊明軒、周新民、李文宜、汪世銘、閔剛侯、羅子為、關世雄等七位同志（全部為中共、民盟交叉成員）組成小組，對中委中的右派分子處理問題進行研究並提出全部處理意見。二、討論關於右派分子的處理程序。決議：於明年一月中旬左右召開中常會或二中全會對中委中的右派分子進行處理。三、討論批判章羅聯盟大會的時間問題。決議：於一月十日以前舉行。四、關於整風領導小組的分工名單：1. 右派分子處理方案小組——組長選楊明軒，副組長閔剛侯，組員周新民、李文宜、汪世銘、羅子為、關世雄。2. 起草民盟反右工作報告總結小組——組長周新民，組員千家駒、張畢來、陳鼎文。3. 繼續起草批判章羅聯盟發言稿小組——組長胡愈之，組員沈茲九（胡愈之夫人）、薩空了。

一九五七年的最後一天，統戰部和民盟中央已經在研究如何處理右派了。而父親從夏到秋、從秋到冬，一直在檢查再檢查，交代再交代，每一次都說不行，過不了關。口頭檢查交代了，還要書面檢查交代。中央統戰部和民盟中央責令父親的交代從幼年寫起。

「什麼名堂？這是清算！要清算我的一生。」父親自語道。

每次寫交代，他口述，一個洪姓的秘書做記錄。早已戒掉的煙，重新拾起，一根接一根。在煙霧繚繞中走來走去，或望着窗外兩眼發直。口述材料整理出來後，經父親修改，再用趙體小楷謄清。我喜歡看洪秘書寫字，有時一站就是好久。父親真是從安徽桐城地主家庭說起，說到讀私塾，說到讀桐城中學，說到赴德國留學，說到加入中共，說到脫離中共，說到鄧演達，說到第三黨……父親交代最多的，還是與國民黨軍界的關係。從陳誠開始，名字一排一排，密密實實的。有的姓名，我聽都沒聽說過。

一次，我從洪秘書的房間出來，忍不住對父親說：「難怪人家要說你是右派，你結交了那麼多的國民黨。」

「你懂什麼！」不過，父親是笑着說的，即使情緒低落到極點，父親對家人總是那麼和善。僅此一點，我就服他。

堅持中間路線的政治主張，堅守第三黨地盤，被認定是章伯鈞反黨、反社會主義的思想根源和歷史根源。一九四五年抗戰勝利後，一家人由重慶遷至上海。父親為制止內戰，僕僕於滬寧道上。那時父親就對農工黨的朋友說：「誰也消滅不了誰，誰也不能戰勝誰。至多是個南北朝。如果是相持局面，第三方面就大有可為了。」[五九]

一九四七年二月，自農工民主黨的全國第四次幹部會議以後。父親加緊了長江以南的組織活動。在工人、學生、農民中發展成員的同時，有目的地在國民黨黨、政、軍、警機關吸收成員，並通過這些人搜集軍事情報和彈藥物資，為將來時機成熟策動國民黨軍隊起義做準備。一九四七年十一月六日民盟被迫解散，農工黨立即轉入地下。農工黨公認為是

五九　一九五七年七月三日《人民日報》。

各民主黨派中與國民黨鬥爭最有經驗、警惕性最高的政黨。在民盟尚未解散前，父親就主持農工黨中央發出第一號、第二號《政治通告》和第一號、第二號《組織通告》，提出了「嚴密組織、保全機構、隱蔽分散、建立據點」的策略。十一月，父親到達香港。

從一九四八年開始，父親把工作重點幾乎全部轉移到軍事活動方面，在廣東、廣西、湖南、四川、浙江、安徽、江西等地，建立起了二三十支武裝，少則一二百人，多則四五千人。父親還派遣黨內許多軍人出身的幹部通過各種關係，到國民黨軍隊中進行策反活動。他本人就與李濟深合作，促成了吳化文部起義。他與陳誠、楊虎、龍雲、盧漢、潘文華、劉文輝、鄧錫侯、鄧寶珊、范紹增、周紹軒、吳奇偉、馬師恭、方師岳、李潔之、練惕生、李漢鍾等幾十位國民黨軍政人物保持聯繫。父親的軍事活動一方面是配合中共，打擊老蔣，另一方面與他對形勢的估計和堅持中間路線直接相關。父親認為共產黨佔據華北、西北和東北以後，暫時是不能南下的，即使南下，恐怕也要四五年的時間。美國也會幫助老蔣保持「南中國」。在這個時段裏，中間勢力必須依靠軍事力量在長江以南佔住腳，方能與中共鼎足分治。這一年的四月，陳其瑗在香港彭澤民家中見到父親，大家談起中共的軍隊佔領了東北、華北等許多地盤。陳其瑗認為蔣政權坍台在即。問父親是怎樣看

法？父親說：「嗯，我看始終是和局。如果毛澤東聰明一些，還是和好！」六〇

父親一向反對在中國建立蘇維埃政權。這一點，在他第一次與鄧演達見面時，就被確立下來。鄧演達被殺以後的幾十年，父親對第三黨人一再講：我們要像寡婦守節一樣，守住鄧演達的精神。他指的就是第三條道路。當年中共中央公佈了土地改革大綱，父親在華南民主黨派座談會上，就表示反對。他的軍事活動，為的是能夠變二分天下為三分天下，為中間道路掙得一片天，站得一壟地。章伯鈞、羅隆基在這個根本問題上，是一致的——一心把走中間路線的政黨搞成第三大黨。你國民黨有槍，共產黨有槍，老子也搞槍，免得受夾板氣。道理就是這麼簡單，這是現實教訓出來的；也是鄧演達教導出來的。父親的慷慨大度，父親的江湖作風，父親的兩面手法，都與他的現實處境和政治目的密切聯繫着。一九四八年農工黨在壓力下準備清算中間道路，父親拍桌子，要家長作風，拒不清算。父親對農工黨的朋友說：「中國是可以實行『聯邦制』的國家。」特別叮囑秘密前往上海的朋友：「不要再有交叉黨員，所以一定不要吸收中共的人參加農工。」六一

一九四八年九月間，中共中央邀請各民主黨派和無黨派民主人士進入解放區，共同籌備新政協會議。章伯鈞與沈鈞儒、譚平山、蔡廷鍇應邀首批秘密離開香港，乘蘇聯輪船

六〇　《章伯鈞反社會主義言行》續集，中國農工民主黨中央執行局編印，一九五七年六月。
六一　《章伯鈞反社會主義言行》續集，中國農工民主黨中央執行局編印，一九五七年六月。

「寶德華」號北上，抵達哈爾濱。他在東北逗留到一九四九年二月。在這期間，父親給留港的農工黨的中委寫信，說：「此間無事可為，求人無所得。我等多年輕視自己，就是很大損失。鬥爭是長期的，急起直追，還來得及。我平時的看法仍然正確，還想設法回香港來。」[六二] 這封信想必是保存在中央統戰部了。若問：章伯鈞想回香港幹什麼？當然是幹第三黨、走中間路了。仰望天空，天是解放區的天，環顧四周，皆為中共人馬。父親在東北一籌莫展，便成天和章乃器一起，宗兄宗弟結伴出入書攤、古董店。真有好東西，價錢又便宜，二人大買特買（後也成二人罪證）。

一九四九年二月到了北京，見到久別的老友季方，父親開頭的一句話，就是：「我做了政治俘虜。」[六三] 有朋友問及新民主主義與第三黨黨綱有無區別的問題，父親說：「根本沒有區別！我們的綱領，實際上還更符合廣大群眾的要求。不過搞政治要靠武力。今天武力、政權都握在共產黨手裏，你有什麼辦法呢？革命成功了，我們搞組織是失敗了。」[六四]

一九四九年底，在周恩來親自出面催促和壓力下，父親同意批判中間路線，在中國農工民主黨第五次全國會議上，承認第三黨的歷史是「七分反蔣，三分反共」。

六二 一九五七年六月二十五日《人民日報》。

六三 一九五七年八月四日《人民日報》。

六四 《章伯鈞的反黨反社會主義言行》，中國農工民主黨中央執行局編印，一九五七年六月。

而每一種妥協，都是放棄。

收煞——一九五八

一月二日下午三時，在沈鈞儒家中召開民盟中央整風領導小組第十五次會議。主席高崇民。內容如下：一、關於右派分子處理的程序問題。決議：召開中常委擴大會議處理右派分子，外地中委一般不另邀參加，出席人大會議的中委可邀請參加。在京的中常委中的右派分子可以參加會議，外地者不另通知參加。二、討論「各民主黨派中央關於處理右派分子的若干原則規定的意見（草案）」［附件五］。決議：一致通過，並一致同意新增加錢端升、錢偉長、吳景超、潘光旦、葉篤義、張志和、范樸齋、張雲川、楊子恒、陳仁炳、劉王立明等十一人為標兵。

一月九日晚七時，在沈鈞儒家中召開中央整風領導小組第十六次會議。主席胡愈之。一、胡愈之報告各民主黨派開會處理右派分子的情況。二、楊明軒報告七人小組工作進行情況。三、關於召開中常委擴大會議的問題。決議：一月十七日召開中央整風領導小組擴大會議，薩空了起草章羅聯盟批判發言稿；作反右鬥爭小結。一月十八、十九、二十三日分組座談右派分子處理問題。

一月十九日下午，民盟中央舉行批判章羅聯盟大會。宣讀了薩空了起草章羅聯盟批判發言稿。

此間，分別於一月十六、二十、二十四日，在沈鈞儒家中召開舉行了中央整風領導小組第十七、十八、十九次會議。連續三次會議的主要內容是研究和討論《關於處理民盟中央委員、候補中央委員中的右派分子的決定》〔附件六〕（草案）。其中兩項決議：一、關於張志和、舒軍、李康的處理問題，推薩空了與四川統戰部部長程子健聯繫後，再向民盟中央整風領導小組彙報。鮮英的處理，改為第四類；王文光改為第五類。二、推陳望道、胡愈之、薩空了、張國藩對處理決定草案作文字修改。

一月二十五日晚七時半，在民盟中央禮堂舉行中央整風領導小組第二十次會議。主席史良。出席者：劉清揚、李文宣、陳望道、胡愈之、高崇民、沈鈞儒、喻德淵、吳昱恒、許傑、張國藩、鄧初民、周新民、鄧初民、羅子為、史良、楊明軒、邵宗漢、沈茲九、千家駒、徐壽軒、楚圖南、閔剛候。一、胡愈之報告明天座談民盟中央右派分子處理決定，準備邀右派分子參加。向他們宣佈處理原則及名單。史良說：「明天上午的座談會右派分子也參加會議，今天在座的同志要作好思想準備。若他們對自己的處理表示接受，確已低頭就很好。萬一他們鑽空子，態度表現不好，我們要及時展開批評。」二、楊明軒代表整風領導小組，報告對張志和、李康、舒軍三個右派分子的處理，已經徵求四川統戰部的意見，並經七人小組研究決定：張志和、范樸齋為三類，舒軍為第二類、李康為一類。三、討論通過「民盟中常委關於右派分子的決議」。

一月二十六日，是我永遠記住的一個日子——中國民主同盟中央委員會召開第十七次中常委擴大會議，宣佈處理右派分子的決定。民盟中央一級的右派共五十九名（後為六十一名）。章伯鈞[附件七]、羅隆基被正式劃為右派分子。後來，在民盟中央整風領導小組第二十一次會議上，決議：民盟中央五十九名（後為六十一名）列為密件管理。中央和地方組織各保存一份。

據說，中共高層在早在一九五七年六月二十日就開過一次會[六五]，鄧小平、彭真提議審查這次的右派分子，北京有章伯鈞、羅隆基、章乃器三個部長，黃紹竑、龍雲兩個副主席，費孝通、錢偉長兩科學家，陳銘樞、黃琪翔以及學生譚天榮、林希翎等，共六十四名，應立即逮捕法辦。毛澤東未予採納。後來，改為走群眾路線，即對右派搞批判鬥爭大會，每人都經歷十幾、幾十次的批鬥。翻舊賬、追既往，找出現行，定出罪名，再做處理。

四天後（即一月三十日），毛澤東出席了在頤年堂召開最高國務會議。被收拾的老老實實、也嚇得戰戰兢兢的民主黨派領導人悉數到場。沈鈞儒、李濟深、黃炎培、陳叔通、

六五　《鳴放——重要經過報告書》，香港當代出版社，一九五八年。

許德珩、鄧初民、邵力子等三十餘人，相繼發言。一致表達對共產黨的忠誠，對毛澤東的愛戴，對反右鬥爭取得勝利的喜悅，對民主黨派內部展開整風的擁護，以及進行自我改造的渴望。當然，每人的發言都少不了批判章羅聯盟。難道他們真的那麼喜歡自我貶抑嗎？真的就那麼心悅誠服嗎？恐怕未必。但無論是政黨還是個人，欲存於當世，除了俯首稱臣，已別無他途了。

毛澤東在台上，聽得舒舒服服。怎地不舒服？從此，中國進入了「中共獨霸全國，毛氏獨霸中共」的歷史階段。會議最後，毛澤東作了總結性講話，向八個民主黨派提出五點指示：一、要適應工農業生產高潮下的新情況；二、每人每年下鄉四個月，老弱不勉強；三、整風勿太嚴；四、各地都可以開右派座談會；五、右派可以轉變，對他們要有信心。

聽着這五點指示，我已很難想像掛在李濟深、黃炎培、陳叔通臉上的是啥表情。這些民主黨派元老，兩腳跨入了新朝政治，心底仍存留着些許故國情感和文化眷戀。現在連心底的東西也要被除去、洗去、拔去。在今後的歲月裏，只能在被允諾的限度和不多的餘地裏選擇。一九五七年的黃炎培是左派，但與此同時黃家有五個孩子都劃為右派，其中就有著名水利專家、清華大學教授黃萬里。民主黨派圈子的人都清楚：黃炎培、程潛、陳叔通、章士釗幾個人是領袖平素最喜接近的黨外人士。有時還要特別送上些時新蔬菜，這是毛澤東的一點心意；把黃家幾個孩子都劃成右派，這也是毛澤東的一點心意。不奇怪！在毛澤東心底，黃炎培就是右派。

針對章羅繼續保留一些職務和較好待遇，毛澤東曾這樣解釋：「反革命要改造，如杜聿明、康澤、宣統皇帝。至於羅隆基、龍雲他們現在還有官做，那些人實際上是反革命。所以擺他們的位子，無非是以示寬大。因為有三十多萬右派，我們也擺他幾個。那些右派說：唉，我們朝中有人啊！這樣有利於改造那些右派（安子文插話：現有四十五萬）好多？四十五萬？哈哈，隊伍不少！」六六

我曾問父親：「你們的罪名不是反黨反社會主義嗎？」答：「我們的罪名嗎？那就是我們說得太多，我們懂得太多，我們幫得太多，我們受教育太多。」

我又問：「你們為什麼失敗？」

父親欲言又止，後道：「你年紀太小，以後再告訴你。」

五十五萬右派，絕大部分都失去工作——這話是後半輩子都深感歉疚的李維漢，在自己的回憶錄裏說的。中國任何一次的社會浪潮，都是極少的人興起了，很多人消失了，許多人被鎮壓了。

六六　李銳《廬山會議實錄》，河南人民出版社，一九九四年。

「雲山幾盤，江流幾灣，天涯極目空腸斷。」文革中，知道來日無多的父親以無比的痛悔和清醒，向我講述了自己的一生。我什麼都明白了，什麼都記住了……

先知先覺者，已命赴黃泉；後知後覺者，也難逃厄運。而我們這些不知不覺的人，起碼應該明白這五十年的慘烈與荒謬。

二月二十七日，各民主黨派共同作出《在各民主黨派內部進一步開展整風運動的決定》，號召各黨派成員通過整風，掀起自我改造大躍進的高潮。「決定」裏說，整風任務對於民主黨派的組織來說，是徹底清算右派路線的影響，進一步確立接受共產黨領導、真正為社會主義服務的路線。對於民主黨派的成員來說，是進一步辨明兩條道路的大是大非，進一步改造政治立場，使盡可能多的人從原有基礎上向工人階級立場前進一大步，堅決接受共產黨領導和走社會主義道路，在行動上今後力求做到：一、真誠跟着共產黨走，交出心來；二、積極工作，貢獻才能，全心全意為社會主義服務；三、積極主動搞好共事合作關係；四、努力學習政治、理論，認真進行思想改造；五、向工人、農民學習，樹立勞動觀點，積極培養勞動人民的思想感情。民主黨派的這次整風是自我檢查，也是揭發他人。所以，「決定」又規定：對於在一般整風中，被揭發出來的曾經有過反共、反社會主義言行的人，除情節特別嚴重、態度很惡劣，因而引起多數人公憤的分子，應當戴上右派帽子，按右派分子對待以外，其他可以不戴右派帽子，不按右派分子對待，但是應當進行嚴肅的批判。對於主動揭發自己的反共、反社會主義言行的人，不作右派分子對待，鼓勵和幫助他深入檢討，決心改造。在一般整風中，如果有人乘機進行反共、反社會主義，這種人是現行的右派分子，應該對他進行堅決的鬥爭。

三月二日，民盟中央整風領導小組召開第二十三次會議。會上，決定要搞一份「自我改造決心書」以號召全盟。決心書是由薩空了、金岳霖、張畢來當場擬就通過，會議開到半夜十二點，自始至終，情緒飽滿。翌日（三月三日），民盟中央舉行了一個名為的「促進一般整風和加速自我改造大會」。由主席沈鈞儒帶頭，老副主席史良、高崇民，新當選的副主席楊明軒、胡愈之、鄧初民、吳晗、楚圖南，中常委千家駒、劉清揚、周新民、聞家駟、薩空了，秘書長閔剛侯等共一百零三人，都在「決心書」上簽名。

三月十六日，在中央統戰部的策劃組織下，在天安門廣場舉行了一場聲勢浩大的各民主黨派和無黨派民主人士「社會主義自我改造促進大會」。大會主席為沈鈞儒，並致開幕詞。李濟深、黃炎培、郭沫若先後講話。大會通過了《社會主義自我改造公約》和上毛主席書。會後，全體走上長安街，高呼口號，列隊遊行。新聞報導和大幅照片刊登在《人民日報》、《光明日報》的頭版。不久又聽說，民主黨派許多體面人物踴躍要求加入中共。被婉拒後，還心生愧痛。

看了報導和照片，父親歎道：「都下跪去了。」

下跪？必須下跪。這是唯一的、也是被迫的選擇。如果章伯鈞不是右派，他也得簽名，也得遊行。民主黨派的負責人包括史良、吳晗、鄧初民等反右積極分子在內，他們感受最深的恐怕不在「作宦之危」。最不堪的，還是「依人」。「我這輩子已不妄想做共產黨員……現在民主黨派的負責人中能夠幫助共產黨提些政治上的建設性意見的，簡直沒有多少。李濟深？黃炎培？張治中？」六七 陳叔通在黨派圈子裏，一向被認為諳熟世故、練達人情。而這話就是他說的。

三月中旬，全國政協把包括章伯鈞、羅隆基、儲安平、費孝通、黃紹竑、陳銘樞、龍雲在內的五十多名大右派分子，統統弄到中央社會主義學院，集中進行學習改造。由於右派在單位都很孤立，在家也十分無聊。現在有個機會把大家聚集起來，同吃同住。個個高興透了，見面的時候，又是拉手又是拍肩膀。一個小組就是一個沙龍，有說有笑。父親第一周放學回家，臉色就不錯，心情也不錯。他說：「頭兩天，我們住的房間的門上，都標出學員名字。我的房門貼着章伯鈞三個字。結果，遠近學校的教師、學生、幹部都跑來看。我和努生（羅隆基字）、老儲（安平）以及龍雲的宿舍門前，整天的水泄不通。兩天後，姓名標籤就撕掉了。」父親邊說，我邊笑。

六七　一九五八年五月十九日《內部參考》。

父親故意板起面孔，瞪着兩眼，對我說：「笑什麼？在西方，那些政治犯個個是英雄呢！他們在監獄裏待遇最好，可以寫作，容許接見記者。」

從四月十一日開始，上邊就叫他們「交心」。所謂交心，就是交代過去沒有交代過的反黨反社會主義的言行，交代對自己被處理的反映（即對被劃為右派分子服不服）。到五月五日為止，他們一共交出八千八百四十條[六八]。平均每人一百七十條。交代最多的有黃紹竑、顧執中，一人三百條以上。中等的，有羅隆基、儲安平，一人二百多條。父親交代最少，三十條。陳銘樞說：「我有三不交代。已揭發的不交代，和朋友有關係的不交代，歷史上的事不交代。」父親說：「要鄧初民、高崇民來。他們的問題很多，我不相信他們都能交代出來。」說到認錯、認罪。絕大多數是不服的，理由很多，如：「不過是說錯了話」，「六條標準發表太晚了」，「沒有構成犯罪」，「過於熱心」。

知名右派難得會聚，他們話題多，故事多，趣事多。會打橋牌的，找到了搭檔。會下圍棋的，找到了對手。即使寫交代，也是你寫的，給我看；我交代的，給他看。個個飽經風霜，地老天荒，無不以「過關」為準則。等到了五月份快結業時，大家竟然是難捨難分了。陶大鏞建議：「學期是否可延長兩年，把右派帽子摘掉再走。」宣寧說：「什麼時候

六八　一九五八年八月十六日《內部參考》。

恢復健康，什麼時候出院。」費孝通主張：「可放暑假，九月再來搞理論。然後再下放勞動。」陳銘樞說：「我們已經來啦！改造好了再出去吧，要改造得像個樣子再結束。」最有意思的是羅隆基，他嫌老師水平低，說：希望能調一個到兩個理論高的人來，從理論上幫他從頭學起。[六九]

反右之後，民主黨派轉入以改造政治立場為主的整風運動。這個運動到九月收場，其間經歷大鳴大放大字報，集體向黨交心，梳辮子自我檢查及大辯論四個階段。每個人必須以書面形式向黨交心，交心成果則按「條」計算。左派裏，交心最少的是吳晗，八條。交心最多的是鄧初民，二百零六條。右派裏，交心最少的是曾昭掄，五十一條。交心最多的是費孝通，二百八十二條。在民盟中央，每個人幾乎都被別人貼了大字報，大字報以「張」為單位統計。吳作人被貼大字報的數目最少，三張。最多的是胡愈之，二百一十八張。民盟幹部的意見從強烈要求盡快把章伯鈞、羅隆基開除盟籍，到質問許廣平為何不來民盟開會，從批評史良的嬌、驕二氣，到楚圖南、胡愈之請求大家不要叫他們「楚老」、「胡愈老」，五花八門，應有盡有。

運動進入自我檢查階段，首先主動提出作自我檢查的共有五人，頭一個就是胡愈之。

六九　一九五八年八月十六日《內部參考》。

繼而，史良檢查，吳晗檢查，千家駒檢查……一路下來，中國民主同盟無論是左派、右派還是中右轉左，全都做了檢查，且均為書面檢查，並上繳中央統戰部。這似乎應了毛澤東的那句話：「民盟最壞，男盜女娼。」說句老實話，要在民主黨派裏當個左派也不易。用父親的老友顧頡剛的話來形容就是：「如今知識分子真夠苦的！要有一手畫圓，一手畫方的功夫。」

毛澤東把個民主黨派整成一灘提不起來的爛泥，心滿意足了。此後的民主黨派幾乎是看到什麼，就讚揚什麼。讓擁護什麼，就擁護什麼。最可憐處是某些人居然為此而自得。中共深知他們，他們也深知中共，無非彼此需要罷了。民主黨派負責人，不管你是副主席、還是政協常委，凡是毛澤東說個什麼，共產黨幹個什麼，民主黨派都緊跟着表態。我問父親：「為什麼要民主黨派也表態呢？」

父親說：「你想呀，皇帝雖然是專制權力的頂點，但是若無官僚、文人的合作和服從，他的權威性和影響力就會大打折扣。」

九月十日，毛澤東視察江南，邀請張治中作陪。視察歸來，張文伯（張治中字）就給父親通了電話。掛了電話好一陣，父親才對母親和我說：「剛才是文伯打來的電話。老毛真壞呀，在北京收拾了我還嫌不夠，又跑到老家敗壞我。」

母親忙問怎麼回事。父親說：「老毛這次特地去安徽，特地帶上文伯。他知道章伯鈞是安徽人，用意不是很明顯嗎？在合肥，老毛對文伯說：『你們安徽有人才呀，遠的不講，近的就有三個。』文伯問：『哪三個？』老毛說：『李鴻章，陳獨秀，章伯鈞。』說罷，手掌一晃，笑着對文伯說：『你不夠格呢。』」

悲矣，痛哉！「一生癡絕處，無夢到徽州。」父親一直想念家鄉，反右以前，同鄉黃鎮總約他一起回家看看，父親忙得顧不上。現在顧得上了，卻已無顏見江東父老。到死，章伯鈞也沒能回去走一趟，看一眼。

深秋了，沈鈞儒約父親到他的住所談話。朋友關係依舊，客廳陳設依舊，可說話的內容全變了。沈鈞儒勸父親「好好改造思想」，說他自己也在「努力改造」。沈鈞儒還告訴父親：今年四月到上海，白天開會，晚上還請沈志遠、徐鑄成到賓館吃飯談話，也是希望他們好好改造，對前途不要喪失信心。父親很感動，明知他的談話可能是奉統戰部之命。

一年後，沈鈞儒送了父親一冊正楷書寫的毛澤東詩詞，線裝本，很講究。父親拿給我看，說：「抄誰的詩詞不行，何必花那麼多的功夫去抄他的。」

後來得知，沈鈞儒常在衣袋中放一紙條。上書：「你是不是聽黨的話？你是不是聽毛主席的話？你是不是走社會主義的道路？你對人民究竟做了些什麼事情？」[七〇]沈鈞儒何

七〇 沈譜、沈人驊編《沈鈞儒年譜》，中國文史出版社，一九九二年。

許人也？出身書香門第，官宦世家，曾考中殿試二甲，賜進士出身。又留學日本，專攻法政。一生歷經多次改朝換代，始終以民主立憲為志。辛亥革命前夕積極倒袁（世凱），因反對曹錕賄選，受北洋軍閥通緝。「四·一二」事變，險遭槍決。上個世紀三十年代組織「政治討論會」和「憲政促進會」以推進憲政運動。著名「七君子」之首；著名大律師；著名教育家；他是中華人民共和國最高人民法院首任院長。輕塵弱草，月折日磨。一場場政治運動的蕭蕭風塵，捲走了所有的流光遺韻。

沈老的字條，給我很深的刺激。它讓我常想起與父親關於楊樹的談話。我們一家人從香港遷到北京不久，父親便帶我去北海公園。從後門進去，便看到颯颯作響的楊樹。樹皮白如梧桐，樹葉色似冬青，微風掠過，淅瀝有聲，悲涼又淒清。香港沒有楊樹，我就站在那裏一聽再聽。父親過來拉我的手，朝前走。

我問：「這楊樹怎麼會有響聲呢？」

父親說：「你知道釘耶穌的十字架嗎？那沾血的十字架，就是用楊木做的。從此，楊木就不停地顫抖了。」

想到一步步衰萎的沈鈞儒、看着一點點憂鬱的父親，我覺得中國的文人、知識分子就是楊樹。即使人已歸去，靈魂仍在顫抖，不堪，不平啊。

「爸爸，我和你在一起。」

我是父親的小女兒。父親喜歡我，我喜歡父親。講一個小故事吧！一九四七年春，我們一家人住在上海愚園路的聯安坊（即現在上海長寧區區政府所在地）。我五歲了，大人覺得該叫我進幼稚園。母親挑了一家很好的幼稚園，在交了十三塊錢學費、辦好手續的第二天，就把我送進去。母親轉身離去，我就大哭。所有的保育員都拿我沒法子。在園裏待多久，我就哭多久。下午，見母親來接我，眼淚才算止住。進了家門，見了父親，我便號啕大哭。強烈要求：「我不去幼稚園！」

父親安慰道：「好，好，不去，不去。明天不去。」

我說：「不是明天不去，是再也不去。」

大人沒答應，我就繼續哭，一直哭到天黑。父親心軟了，掏出手帕給我擦去滿臉的鼻涕眼淚，說：「好，我們小愚從明天就再也不去幼稚園啦！」

我緊緊抱住父親，說：「爸，我和你在一起。」

隨後，父親問：「你今天在幼稚園學了些什麼呢？」

「學認字。」

「說說，你認了什麼字？」父親高興了。

「就認了一個字。」

「一個什麼字呀？」

「『牛』字。」

父親哈哈大笑，說：「我家的小愚，真有出息！十三塊錢買了條牛回來。」

從此，我就愛和父親在一起，老跟在他身後，不讓跟的話，我躲在背處偷聽偷看。

這是我第一次說：「爸爸，我和你在一起。」

十年以後，一九五七年的夏季，我又第二次說：「爸爸，我和你在一起。」

七月四日，《人民日報》刊登了民盟中常委閔剛侯揭發的「六六六」教授會議情況。會上，父親說，國家計委把李富春的大字報都貼到他家的門口了。當日下午，國家計委以及統計局、財金局、外貿局、交通局等單位的幹部集會批判章伯鈞。晚上他們為表示自己的強烈憤怒，來敲我家的大門，高呼：「章伯鈞出來！」

全家剛吃過晚飯，門衛來報，說：「一群國家機關幹部在門外，要求與章部長見面。」

父親問：「哪個單位的幹部？」

答：「國家計委的。」

「這是我的家，又這麼晚了。和他們商量一下，明天上午我去他們機關。」

幾分種後，得到的答覆是：不行，就是現在，就在這裏。

父親聽罷，起身道：「他們不用進來，我自己出去。」

我想外面是一群人，父親是一個人。不行，說啥我也得陪着！我從沙發站起來，說：「爸爸，我陪你去。」

父親有些吃驚，說：「好。」

我倆一出場，國家計委的幹部們就喊的喊，叫的叫，揮拳的揮拳，厲聲質問：「國家計委的幹部把大字報都貼到李富春的家裏去了。章伯鈞，你現在交代——這事兒是親眼所見，還是聽說的？」

父親說：「是聽說的。」

「聽誰說的?!」

「聽徐彬如同志說的。他是農工黨執行局委員，也是交叉黨員。」父親講的是老實話——因為前幾天徐彬如在我家，真的把這事兒當作頭條新聞大講特講，而我恰好躲在客廳玻璃屏風後面偷聽，聽了個正着。

其中的一個幹部立刻鑽進我家的傳達室，聯繫徐彬如。沒幾分鐘，他憤怒地衝到我們跟前，用手直指着父親的臉說：「我剛問了徐彬如同志，他說，自己根本沒說過！是你造謠！」

接着，口號聲一片，鬥爭者因憤怒、敵視而變得猙獰可怕。他們要求章伯鈞當場承認自己造謠。

沒有縫隙，何來退路？父親低聲說：「我造謠。」

「再說一遍，大聲點！」

「我造謠。」無奈無援，無措也無辜。

「你不承認也不行！」他們滿意地走了。

屈辱的父親還站在那兒，孤零零的。我忍無可忍，頓時心生仇恨，向父親大喊：「爸爸，我和你在一起！」父親望着我，眼裏閃着光。

滿地重重樹影，庭院寂靜淒清。我挽着父親的臂膀，剛才的一幕如夢如幻。進了客廳，母親迎上。問：「怎麼樣，還好吧？」父親點點頭。

過了好一陣，父親對母親說：「小愚，不錯。」

衝到我家的這群人裏，有一個來自李富春辦公室的幹部，叫鄭修明。當年他就被「選」為全國青年先進積極分子，很有名。《中國青年》雜誌曾以他為封面人物。我所就讀的北京師大女附中，很快請他到學校做報告，講述先進事蹟。在他的講話裏，一條先進事蹟就是如何衝到我家當面批鬥大右派分子。他形容章伯鈞的容貌是「肥頭大耳」，樣子是從「狡猾到狼狽」。我坐在下面，同學偷偷盯着我，我死死盯着他。心想：說吧，說吧！你的「光環」會消失，可我到陰曹地府都會記住你。

那年我十五歲，社會在提前教育我了。我對毛澤東、共產黨不像別人，仰視若神明。共產黨所講的一套，無論是報紙上的，還是課堂上的，我都懷疑。對所謂的公眾輿論的鄙視與對立，已胚胎於此時。反右後，學校增加了政治課。老師上來就講世界觀問題，叫每個學生寫一篇思想彙報，向黨交心。我寫道：「我不大相信共產主義，因為從來沒人見過！」

第二周，我的「交心」就被油印出來散發給全年級，當成批判材料。我覺得，自己真的和父親在一起了。不過，我回家沒敢和父親講，怕他難過。

我曾問父親：「我應該怎樣長大？」

「孩子，就按照你所表現的樣子長大下去，你會比人聰明。」

我沒能比別人聰明，但我比別人孝順。以致至於父親常對母親說：「健生，我們想個辦法，是不是做個盒子把她裝起來呀，不叫小愚長大吧！」

一九六八年春天，我第三次說：「爸爸，我和你在一起。」

「文革」中，被管制的我從四川省川劇團逃到北京。一日，天氣特別好。父親說：「我們今天去東單公園。」

為啥要去離家挺遠的公園？父親肯定有事，有話。我們從地安門搭乘上（三路）公共汽車，一路無語。到了公園，父親來到一塊空曠之地，停住了。

父親的表情非常嚴峻，就像命運對他一樣。眼睛盯着我，道：『我有三個孩子，最不放心的就是你。因為你太像我。」

我說：「我還就怕不像你呢。」

父親說：「你知道現在的形勢嗎？」

「知道。」

「知道就好。現在是中國歷史上最黑暗的時期，你對自己的前途最壞的估計是什麼？」

我笑哈哈，道：「最壞的估計呀，那就是坐牢唄！」

「怎麼坐？」父親逼問。

「充其量判我十年。你就放心吧！我現在二十六歲，出來三十六歲。我還是能幹事！爸爸，我和你在一起。」

父親拍着我肩膀，努力控制着自己。說：「好，是章伯鈞的女兒。」

對話結束。父親說：「我們回家。」

千山萬水，力倦心悲。如今，在滿面春風的政府官員和權傾朝野的政治人物中間，我已見不到任何一張熟悉的面孔。叱吒風雲的和終生受難的，一起走進了墳墓。人沒了，事實在，真相在。中國能承受事實嗎？共產黨能承受真相嗎？藝術家可以閉着眼睛幻想，政治家、執政者則必須睜着眼睛面對。可五十年來，我沒聽到一句誠實的聲音，真相成了禁忌！父輩的民主政治的希望毀滅了，毀滅了仍然希望着民主政治。

記得一本書裏有句話：「成熟的人可以為高尚的目標，卑賤地活着。」推愛甚摯，期許甚殷。我會用一生的時間卑賤地活着。

二〇〇七年三—五月寫於北京守愚齋，二〇一六年冬修訂

附件一　章伯鈞傳達毛澤東在最高國務會議講話的記錄稿

毛主席首先談到中共中央現在發表這個整風指示是一個好的機會。他說，凡是做一件事情必須要有機會、有條件。現在條件成熟了，自從去年提出了「百花齊放，百家爭鳴」、「長期共存，互相監督」的方針以後，各方面都動起來，空氣生動了一些，不是冷冰冰的，報紙上也放了一下，現在提出整風是有條件的，機會成熟了。

我們講了好多時候要整風。整風很重要的。黨在一九四二年開始的第一次整風，取得了很大的勝利。現在我們又要整風。這次整風的主題是處理人民內部的矛盾問題，就是用相互批評來調整人民內部的矛盾。提起矛盾，可以說處處有矛盾，矛盾是永遠有的，我們就是生活在矛盾之中。如在座的沈雁冰部長筆名就叫「茅盾」。上一次我在最高國務會議上提出人民內部矛盾問題以後，報上一談，就覺得矛盾更多了。各方面都揭發了許多矛盾問題。目前，批評意見最多的，是集中在高教部、教育部、衛生部等部門。有人很擔心，怕矛盾一揭發，一批評，不得了。毛主席說：我們對人家提出的意見不要怕，應該歡迎。矛盾沒有什麼不得了，到處唱對台戲，把矛盾找出來，分分類。如文學、藝術、科學、衛生等方面提出的問題最多，矛盾突出來，應該攻一下，多攻一下。越辯論越好，越討論越發展，人民民主政權就愈鞏固。幾年來不得解決的問題，可以在幾個月解決了。

我們要承認矛盾，分析矛盾，解決矛盾，腳就站得住了。不要採取一棍子打死的辦法，要與人為善，治病救人。整風是改善關係，並不要打破誰的飯碗。矛盾是公開化了，黨內外都搞起來了。只有一齊搞才搞得好。整風要有黨外人士參加，兩種元素可以起化學作用。但黨外人士不是自己搞，而是幫助共產黨整風。各省、市都要有黨外人士參加，幫助共產黨整風，打破沉悶的空氣。最近各民主黨派都開了一些會，開的不錯，提出了一些問題，只要由黨外人士談出來，大家一齊搞，這就更好談了。

自從「百花齊放，百家爭鳴」、「長期共存，互相監督」的方針提出以後，民主黨派、無黨派民主人士一致歡迎，只是黨內有些人不十分歡迎，這就需要做工作，共產黨第一書記要抓住這個問題進行工作。「百花齊放，百家爭鳴」的方針，在中國做得很好，但越南勞動黨也搞了一下，就搞出偏差來，現在正逐漸糾正。毛主席講這個話的意思是說我們的條件成熟了，每個國家的情況不同，不是都可能這樣辦的。

毛主席說，從今年二月以來，學習人民內部矛盾問題，事實上已經就是進行整風工作了。整風是歡迎黨外人士參加的。整風指示中提到，以共產黨為主，民主黨派可以自由參加，也可以自由退出。希望黨外人士對共產黨多提些意見，幫助共產黨進行工作。（章伯鈞在這裏補充說，隨後在五月一日那天，李維漢部長又找各民主黨派負責人談話，特別指出：各民主黨派中央對整風工作不要單獨自己搞，不要發指示，發號召，不然就會影響工作，把事情搞亂了。還是自願參加，主要是幫助共產黨搞好整風。《光明日報》最好也不要發社論。）整風期間，各機關的理論學習工作可以暫時停止，學習馬克思列寧主義是重要的，但是長期的，不要與整風同時進行，會沖淡了運動。

其次，毛主席談到整風指示中的第四節關於幹部參加體力勞動問題。他說明了勞動的重要性，主要是說明國家機關的黨員領導幹部，要親自動手參加勞動的重要性。毛主席說，我們要加強黨與廣大群眾的聯繫，要徹底改變許多領導幹部脫離群眾的現象。應當在全黨提倡各級黨、政、軍、有勞動力的主要領導幹部，以一部分時間來同工人、農民一起參加體力勞動，並要使這個辦法逐漸成為永久的不變的制度。毛主席說，我也可以做些體力勞動，我們這班人掃掃街道總可以吧！過去在延安時是這樣做的，後來，很多共產黨員不直接參加勞動生產了，現在做一下很好。陳雲副總理以前在延安就自己紡棉花，他自己有紡車，紡得很好。我們這些人如不直接參加勞動，與工農的思想感情是不容易打成一片的，有些幹部到合作社去工作，不參加勞動，群眾很有意見。我們黨在歷史上一直是長期的與工、農、兵同甘共苦的。正因為如此，革命才取得勝利。

現在的人大代表、政協委員到下面去視察時，如果不與工農共同生活，要想瞭解真實情況是不容易的。他們不認識你，為什麼要向你講真話呢？平素不聯繫，一見面就要他們講真話，我相信勞動人民是不會說真話的，至少不能完全說真話。只有與他們共甘苦，同勞動才能得到真實的情況。不管到南京去，到北京去，都要和人民群眾一道參加勞動，跟他們熟悉了，他們才會和你講真話。如南方的人可以打打秧耙，除除草也是可以的。多少參加一些勞動是有好處的。年高體弱的人，做些零星的體力勞動，也是好的。高級知識分子參加勞動，對於進行思想改造，改變一下階級意識有好處的。

我們國家有一個特點，就是有六億人口，十六億畝土地。有這樣多的人，可是土地不夠多。這是先天的困難。我們應當克勤克儉地來建設我們的國家。講起整風來，大家不知道怎麼整，實際上我們已經整了兩個多月了。我們在討論人民內部矛盾，揭發缺點，這就是整風的開始。我們要讓大家講，敞開地講。

再次是有職有權的問題。統一戰線中的矛盾是什麼呢？恐怕就是有職有權的問題吧！過去民主人士有職了，但是沒權。所以有人講民主人士不大好當，有些惱火。現在不但應該有職，而且應該有權。因此這次整風，對有職無權的問題也要整一整。毛主席問馬校長（馬寅初），許部長（許德珩），你們是否有職有權？毛主席說，我看沒有好多權。現在民主人士還是早春天氣，還有些寒氣，以後應作到有職有權，逐步解決這個問題。

大學的管理機構應如何辦？可以找些黨外人士研究一下，搞出一個辦法來，共產黨在軍隊、企業、工礦、機關、學校都有黨委制，我建議首先撤銷學校的黨委制，不要由共產黨包辦。請鄧小平同志召集民盟、九三等單位的負責人，談談如何治校的問題。

我們的社會主義，大家都在講，但我不相信一下子大家都能接受社會主義，特別是大家都能接受唯物辯證法。中國的知識分子很多，舊知識分子有五百萬，這些人都有進步，但是否真正完全改變了世界觀，還很難講，希望在五年、十年或十五年以後，五百萬知識分子中能有三分之一真正接受了馬列主義的世界觀，那就算是好的。可能改變的還多些，也可能少些，也許還有一些人是很難改變的。思想改造頗不容易，長期的習慣是不容易改變的。這是一個艱苦的工作，五百萬知識分子過去是為舊社會服務的，現在為新社會服務。大多數人好像是相信「猴子變人」，但要宗教家就辦不到。有些教師在課堂上講的是馬列主義，講得頭頭是道。可是一下課，對自己就不是馬列主義了。我在上海遇到一個左翼教授，我問他，高級知識分子的「爭鳴」情況怎樣？這位教授說：解放後教書，感到「魂魄不安」，舊知識分子中這樣的人還有，有話不肯講，怕講了會影響吃飯。今天工人、農民都知道有前途，只有知識分子「魂魄不安」，不知要過渡到什麼地方去？這究竟是什麼道理、什麼問題呢？這是一個經濟基礎問題。

關於上層建築與經濟基礎的問題，毛主席談到目前社會是處在大變動時期，許多知識分子生活在大變動中而感覺不到。經濟基礎基本上改變了，資本主義的經濟基礎被消滅，工商業實行公私合營，農業、手工業都合作化了，但是上層建築是不易變動的，資產階級思想還存在，與基礎脱節吊在半空中，成了「樑上君子」。過去知識分子依靠的東西沒有了。所謂「皮之不存，毛將焉附」。「皮」就是經濟基礎，舊的皮不存在了，新的皮就是工農階級，知識分子今後就要附在工農身上。今後是吃國家所有制和集體所有制的飯了。中國的產業工人，解放前有五百萬，現在發展到一千二百萬。加上國家軍隊、行政幹部、教職員、經濟工作人員總共是二千六百萬。我們這一千四百萬人是依靠那一千二百萬工人養活。這就是新的「皮」。我們的「毛」就要安定在新的「皮」上。社會前進不前進，不在於農民有多少，而在於工人多不多。全國的合作社要改為國營農業，還不知道要哪一年。我們要依靠工人，五百萬知識分子就是附在一千二百萬工人身上的。有些人不腳踏實地，不瞭解我們要依靠工人、農民才能生活，還是以過去的思想看問題，沒有瞭解到我們的牆腳早已被挖空了，若不瞭解要依靠工農，就成「樑上君子」了。必須瞭解，從舊社會到新社會，改變舊的世界觀到馬列主義的世界觀，要經過一個痛苦的過程。毛主席作了個比喻，說改變馬列主義的世界觀和中國人從不吃狗肉、蛇肉、螞蚱到吃狗肉、蛇肉、螞蚱的道理是一樣的。大多數人是不吃這些東西的，最初不喜歡吃變為吃，再變為喜歡吃，而且吃出鮮味來，是要經過很大的鬥爭。狗在中國是深入人心的，以為它是忠心於我們的，大家都認為吃狗肉不人道，不願吃。孔孟之道，不吃狗肉，我就不相信。養成吃狗肉要經過一番鬥爭。我們要學習馬列主義，也要經過一個艱苦、長期的鬥爭過程，要逐步地形成習慣。要知識分子的世界觀改變過來，不要勉強，這是長期性的。有些知識分子掛個小資產階級思想就比較舒服，掛個資產階級思想就不舒服，其實並無大小之分，兩者就是一個東西。小資產階級思想就是資產階級思想。沒有什麼資產階級思想與小資產階級思想之分，而只有資產階級思想和無產階級思想之分。

毛主席又說，社會主義是好東西，但大家是否都相信，是個很難說的問題。相信社會主義不是一件容易的事。現在知識分子中究竟有多少人相信社會主義？依我看，工人階級發展很快，成份很複雜，其中有一部分是不相信社會主義的。農民是否完全相信？依我看也有一部分是不相信的。知識分子也有一部分是不相信的。共產黨員也有一部分不相信。勢必有一部分知識分子，永遠不會改變世界觀。不要相信每個人都相信共產主義。有一批人包括一些共產黨員，他們只相信民主主義，不相信社會主義。例如河北省的副省長（黨員）反對統購統銷，贊成自由市場，這就是不相信社會主義的。我想，明年糧食和油，應由合作社自己去辦。有些事還是由他們自己去管好一些。我們要少管一些，地方要多管一些。共產黨員就有一部分是不相信共產主義的，民主黨派是否都相信社會主義，我不敢講，恐怕也有一部分是不相信的。這些人都相信民主主義，這是真的。要求民主、自由，這是事實。到了搞社會主義，對他不利，就不完全相信了。社會主義這個東西，不是容易的，各個方面都有一部分人不相信，工人、農民中有一部分人對社會主義搞得成搞不成有懷疑。另有一些人要看看，但他們不敢說。這好比上了「賊船」，非跟着「強盜」走不可了。

毛主席談到共產黨能否領導科學的問題。有人說，共產黨善於打仗，能領導階級鬥爭，共產黨不能領導科學。這話也有一部分對，我們過去搞階級鬥爭也翻過筋斗。現在要向自然開戰，就是要向科學進軍。對科學就是不大懂。一九四九年我寫過一篇文章說過，懂就是懂，不懂就是不懂，不要不懂裝懂。但也有的人認為知識分子是有學無術，共產黨有術無學。黨領導階級鬥爭三十多年，這是一個大學問，也是科學。黨懂得馬列主義、懂得階級鬥爭，也就是懂得科學，所以不能說共產黨無學。你說我們階級鬥爭無學，我不承認，我們外交部都是階級鬥爭。現在國內階級鬥爭基本結束了，新的鬥爭開始，今後主要是與自然界作鬥爭。新時代有新任務，要學會新的鬥爭，但要一個過渡時期，我們還沒有經驗，現在不能做總結。總結還需要幾十年的時間才行，要在不斷的學習和進行中積累一些經驗。過去的學和術都是階級鬥爭的學和術。現在這一套不懂就是不懂，可能還要照階級鬥爭那樣來學。

九三、民盟都有一些專家，向自然開戰是懂的。我們要在不斷學習中取得經驗，也許有蘇聯的榜樣，我們可以搞得快一點和好一點。我想，我們一定能夠搞得好一點。共產黨不懂就學、長時期的學，要學懂科學，過去我們沒有經驗，現在開始學起，一直學到懂得為止。

有人批評共產黨辦事朝令夕改，有一部分是這樣。我們常常開會，就是要改。因為我們做工作沒有經驗，常常有不合適的地方，發現了就要改，特別是工作計劃，訂了又改。五年計劃搞出後，我找了四十個部長談話，才知道搞大了些。去年提出十大關係，在中央與地方、輕重工業、沿海與內地工業、軍需與國防工業等方面的比重，都有所改變。今年已將國防工業減少了些，開了一個月會，才把思想打通。過去大家都重視軍需工業，怕搞少了，其實搞好國民經濟，國防也就加強了。所以計劃經濟要積累經驗，要總結國家的建設經驗，我們準備在今年做做看，總結一下經驗，暫不下結論，如合作社的經驗也可總結，總結的結果，可能比蘇聯搞得快些、好些，也有可能搞得差些或與蘇聯一樣，但要等二三十年後才能下結論。

附件二 《對於有關我國科學體制問題的幾點意見》

一、關於「保護科學家」的問題

我國目前科學家還很少，科學基礎還相當薄弱，要開展科學研究，爭取十二年內使我國最急需的科學部門接近世界先進水平，必須「保護科學家」，就是採取具體措施保證科學家，特別是已有一定成就的科學家有充分條件從事科學工作，扭轉目前科學家脫離科學的偏向，首先要協助他們妥善地解決時間、助手、設備、經費以及合理安排使用等問題，使他們真正能夠坐下來，好好安心工作。

(一)時間問題

科學工作者的時間問題雖然有了很大的改善，特別是去年知識分子會議後，已經有不少科學家能夠保證以六分之五時間從事業務工作，但其中有一部分今年又保證不了，至於那些負有行政責任、兼職過多和社會活動過多的少數人一直沒有時間進行過科學研究，而這些人又大多是在科學研究上能起領導骨幹作用的。

我們建議：①除少數例外，有領導科學研究能力的科學家，盡可能不擔任行政工作，特別是六十歲以上的老科學家，急需傳授後代，更應如此。②保證每個科學家每年有一定的時間連續從事研究工作。請政府考慮規定教授和研究員的休假進修制度。③除少數例外，科學家擔任人民代表、政協委員等職務的，一般只限擔任一職，地方的不兼中央，中央的不兼地方。④由於進行科學研究工作的需要，科學家對社會活動和行政工作得長期請假。⑤招待外賓，非必要時，不應作為科學家的任務。

(2) 助手問題

有些科學家還缺乏必要的研究助手或行政助手，影響工作效率。

我們建議：那些有領導科學研究能力的科學家（如科學院的學部委員）應配備一定的適當的助手，科學家的助手應由科學家自己選擇。

(3) 設備問題

目前有關科學研究的房屋、圖書、儀器、設備、試劑藥品、試驗材料、標本等問題仍未很好解決，向科學進軍的「後勤部」始終沒有很好地建立起來，在全國高等學校中，一般設備都很簡陋，科學院的個別研究機構（特別是社會科學研究機構）也是這樣。我們建議：應按需要與可能從速予以充實。

(4) 資料問題

保密制度過嚴過死，已成為科學研究重要障礙之一，既浪費人力和時間，又造成學術壟斷，成果私有，不能互相交流，以致研究重複，設備浪費，我們建議除軍事、外交以及新發明外，對於科學家、教授所有資料不必保密。

(5) 經費問題

關於科學研究經費問題，目前還有些地方存在着有人沒有錢和有錢沒有人的現象，今後應當是合理分配，用經費去保證科學工作，使有領導研究科學力量的地方有必要的經費。高等學校目前科學研究難於開展的主要原因之一就是缺乏經費。在科學研究工作上，當然要貫徹增產節約、勤儉辦科學的精神，但是必要的經費還是不能節省。我們建議在高等學校裏設置研究專款，以保證研究計劃不致因經費缺乏而不能完成，並設置科學基金，作為機動之用。科學經費、一般應允許跨年度使用。

(6)「歸隊」問題

凡沒有就業的或已就業而用非所學的科學家，應為他們安排「歸隊」。有的科學家雖在作本行的，但因調動工作，使他脫離了原來的研究環境，而在新環境中短期內無展開研究的可能時，我們認為應重新考慮，適當安排。

二、關於科學院、高等學校、業務部門研究機構之間的分工協作問題

(1)目前科學院、高等學校和業務部門之間存在的問題，主要是本位主義，大家都想保存本單位的幹部，不願外調，甚至怕談合作，怕這樣會被拉走了人，影響了自己。有些單位對於少量的必要的人員調動，也張大其詞，互相埋怨。因此，在單位與單位之間逐漸形成了一堵牆。

為了合理使用人力和協調彼此關係，我們建議：①科學研究工作除少數必需集中外，應盡可能把研究工作去「就人」，科學家在那裏，研究工作就放在那裏。不一定要擺攤子，主要是要把工作真正搞起來，同時也應從全域觀點以協商方式來考慮各部門間彼此的需要，予以適當安排，這樣才能取長補短，互助互利。並且要用互通有無、互相兼職、互相應聘為學術委員會委員等辦法（只兼業務職，不兼行政職），來解決一部分人少事多的矛盾。②分工上，業務部門的研究工作應當以當前業務上亟需解決的問題為主。科學院的研究工作應以科學上的基本問題和全國性、綜合性的問題為主，高等學校的研究工作可以是多樣性的，面也可以廣泛些，包括科學上的基本問題、有關教材上的問題、解決生產實際問題等，應視各學校具體情況來決定。

(2)為了滿足國家重要科學技術任務的需要，新設研究機構有時是必要的，但是我們過去有些機構的設立並沒有經過審慎的考慮，以致性質上有重複，發展太快，兵多將少，缺乏各層應有的技術領導。研究指導力量甚為薄弱。因此我們建議今後建立研究機構應特別慎重，對現有的機構有無收縮或合併的必要，請有關領導部門予以考慮。

三、關於社會科學的問題

(1)解放以來，由於國家工業化的需要，把自然科學提到最重要的地位，這是完全應該的，正確的。在我國目前情況下，社會科學可以比自然科學放輕一些。但是社會科學並不是不重要，也應該有相應的發展。

(2)要發展社會科學，首先要改變對待舊社會科學的態度。有人認為資產階級社會裏沒有社會科學可言。因為那些過去被稱為「社會科學」的東西都是不科學的。社會主義社會裏的社會科學要從頭創造，沒有可繼承的。對於資產階級社會科學只有批判，談不到接受。對舊社會科學不是改造，而是取消。因此，解放以來，過去研究資本主義國家社會科學的人，在情緒上受到了一定的影響。某些學科解放後竟被廢除，或不成為獨立科學。過去研究社會學、政治學和法律學的人很多轉業了。過去許多課程因為蘇聯沒有就被取消了。有些課程比如研究資本主義國家的政治情況、政治制度、國際關係、國際法等本來都是政治學系的主要課程，但至今未受到應有的重視，這些做法我們認為是不妥當的。對待舊社會科學應當是改造而不是取消。因此應當恢復的應即採取適當步驟予以恢復，應當重視的應重視起來。

(3)在社會科學方面的另一偏向是往往把政策措施或政府法令當成客觀規律。例如，有些財經上的重要政策問題。如果政府部門的負責人作過報告，學者們也就只能作些宣傳解釋工作。這樣是不夠妥當的。開國以來，在政法、財經等方面所採取的方針政策，基本上是正確的，但也不能說每一措施、每一階段或每一環節都是毫無缺點的。我們認為應該鼓勵社會科學研究工作者重視調查研究工作，根據實事求是的精神，對政府的政策法令提供意見。政府部門應主動地將有關資料盡量供給有關的社會科學研究工作者，並幫助他們創造研究工作的條件。只有這樣，社會科學研究工作才能與實際相聯繫，才能征服目前理論落後於實際需要的狀態。

四、關於科學研究的領導問題

科學研究工作應該有領導地進行，國務院成立了科學規劃委員會，這對加強科學研究的領導有積極的作用。我們希望科學規劃委員會的工作進一步加強，並建議有條件的省、市也設立相應的機構，以加強領導。同時，為了加強科學家之間的聯繫和交流，應該發揮科聯和各個專門學會的作用。國家對於專門學會應給予必要的支援。至於學術領導和科學研究的「火車頭」，我們認為應在實際工作中逐漸形成，不要主觀地先行規定誰是領導、誰是「火車頭」。

五、關於培養新生力量的問題

過去在升學、升級，選拔研究生、留學生時，有片面地強調政治條件的偏向，我們認為今後應當業務與政治並重。人民內部在培養機會上應一視同仁，對於有培養前途的青年都應當平等地看待，我們擁護並支持國務院關於考選留學生的決定，建議及早規定辦法並保證實施。

我們認為科學家都應當積極擔負起培養新生力量的責任，視作自己的義務，同時，應尊重科學家選擇培養對象的權利。

附件三　《我們對於高等學校領導制度的建議》（草案初稿）

目前高等學校中存在有好些問題，問題之所以產生，我們認為主要是由於：

一、有許多黨員同志對於黨中央的團結、教育、改造知識分子的政策認識不足；

二、有許多黨員同志沒有掌握到學術機關的特點，錯誤地把它和一級的政權機關等同起來；

三、有許多黨員同志的民主作風不夠，高等學校中的重大措施極少和群眾商量，甚至有些人錯誤地以為一切由黨員包辦，才算是實現黨的領導；

四、有些黨員同志沒有充分認識到知識技術力量在近代國家建設中所起的重要作用；

五、有些黨員同志對於目前要辦好高等學校，究竟應該依靠誰，沒有明確的認識。

除了這些有關思想認識的原因以外，學校的領導機構也的確存在着一些問題。

在解放初期，各高等學校是用校務委員會來執行領導的。後來學習蘇聯，採取了一長負責制（實際上也並沒有執行過）。黨「八大」以後又改為黨委負責制。最近人們對於黨委負責制表示了不少意見。但究竟什麼是學校的黨委負責制，直到現在我們還沒有看到黨中央對這方面的具體的規定。比方黨委負責制和普通機關裏面的「黨組」有什麼分別。它和校長、校務委員會之間的關係如何？在系裏面，黨總支書記（黨總支書記常常是兼系秘書）和系主任之間的關係如何？我們也很難說出一個輪廓。既然對於這個制度，我們還沒有研究，因此我們也就很難對它表示意見。不過就目前的領導機構的情況看，的確已經顯露出好些毛病。如嚴重的以黨代政和黨政不分的現象，如校務會議多流於形式，如非黨幹部有職無權，如教授的教權受到多方面的限制，難於發揮積極性，如群眾意見很難通過一定的組織系統反映上去，發揮監督作用，如系秘書實際上領導系主任，如在教師中佔相當大的比重的民主黨派，直到現在還沒有一定的地位等等。為了改正以上缺點，我們謹提出以下幾點有關高等學校領導機構的意見，請領導上加以研究和考慮。

一、總的方針和意見

我們不同意黨和民主黨派退出學校，或在學校內停止黨、團、民主黨派活動和民主黨派的成員不以黨派的資格在學校內活動的說法。我們認為這和今天以社會主義精神教育人民的總方針是不相符的。和各民主黨派健全各基層組織的精神也是不相符的。相反，我們認為學校的黨正應加強領導，民主黨派正應加強活動。

我們也不同意「教授治校」的說法，在過去反動統治時代，教授治校乃所以抵制反動派向高等學校的侵入。今天的形勢顯然已和以前有着顯著的不同。教授治校的提法，頗有和黨的領導對立的意味。再從教授治校作為制度本身來看，也是不夠妥當的。因為大多數教授所關心的是有關教學和學術研究的問題，對於行政事務未必感到興趣，即使少數人有些興趣，那也只能做到少數教授治校，並不是教授治校，則有可能把廣大的講師、助教、職工和學生群眾的利益都忽視了。因此我們的總的意見是：

(1)加強黨在高等學校內的思想政治領導。黨的中心任務是黨內黨外的思想政治工作，貫徹黨的文教政策。黨組是作為全校領導的核心。

(2)設立校務委員會作為學校行政的最高領導機構，它的中心任務是教學和學術領導。

(3)設立行政委員會處理學校行政事務，以便更好為教學和學術研究服務。

(4)在校務委員會和行政委員會之外，另行設立各種委員會，廣泛的吸引教職員工參加，協助各有關單位工作。

總的精神就是在黨的領導下實行民主辦校。

現在再把以上四點，分別扼要敘述如下：

二、關於黨的領導方面

(1)黨應抓住以下四種工作：①加強政治思想教育；②貫徹黨的方針政策；③黨的建設工作；④動員黨、團員起帶頭、保證作用。

(2)黨委或黨組對學校內的工作只作一般原則性的規定，關於具體的工作應分別交由校務委員會和行政會議去作詳細討論。

(3)黨通過黨組保證黨的方針政策能在校務委員會和行政會議中貫徹下去，但貫徹的時候必須注意靈活性和伸縮性，要耐心地用道理來說服人，不應強制執行。

(4)黨委或黨組在討論學校工作時，可以約請群眾列席參加。

(5)黨委負責人應抽出一定時間學習一門業務，慢慢做到由外行變成內行。

(6)黨委必須規定出一種制度，指定負責人和各民主黨派負責人以及無黨派人士定期（假定每一個季度一次）舉行聯席會議，聽取各方面的意見。如遇有重大事件，重大變革或措施可以召集臨時會議。

(7)黨委必須規定出一種制度，指定負責人和各民主黨派的負責人定期舉行碰頭會，互相交換意見和批評。

三、關於校務委員會

(1)校務委員會是學校的最高領導機關，它的成員包括教務方面的負責人，系主任，教授、副教授的代表，講師、助教的代表。教授、副教授應在校務委員會佔多數。（綜合大學如校務委員會的成員太多，則可以考慮過去分成文學院、理學院的辦法。）

(2)校務委員會應着重討論有關教學和學術研究的制度和人事問題。如學術研究計劃，如教師的聘任、升級，留學生的選拔等。

(3)一般的行政事務工作，交由學校的行政會議去討論。但其中比較重大的項目，如預算、決算，如基建，如重要的人事變動等，都必須交校務委員會討論通過。如遇到比較重大和複雜的問題，校務委員會可指定若干人組織審查委員會加以審查研究。審查委員會向校務委員會提出審查報告，然後再經由校務委員會討論決定。審查委員會在審查過程中，有權向主管部門調集有關資料，或請該部門的負責人出席解釋或陳述意見。

(4)校務委員會在制定規章制度的時候，黨的負責同志應把黨的政策方針加以説明，並陳述黨或黨組的意見（陳述意見可以精簡扼要，不必長篇大論）。校務委員會根據這個方針和意見加以討論。如遇重大的問題，校務委員會可以推選若干人（必要時還可以指定若干校務委員會以外的專家），組織委員會，詳細研究各方面的有關的資料，徵詢各方面的意見，擬訂草案，提交校務委員會討論決定。（必須避免一切規章制度都由黨委會決定，交由校務委員會形式主義地通過的辦法。）

(5)學校的各種委員會的委員，在校務委員會討論到與該委員會有關的某一部門的工作時，應有權出席聽取該部門負責人報告。而委員會則應對報告提出批評、建議或陳述意見。

(6)學校內的一切措施和重要人事變動，必須經過校務委員會的通過才能發生法律效果。校務委員會的決定交由校長負責執行。

(7)黨的校長或副校長，對於校務委員會的決議，持不同意見時，他可以有否決權，但如這個決議第二次再被通過時，則決議仍必須執行。

(8)少數人對校務委員會的決定持不同意見時，除執行決定外，他們有權向上級陳述意見，但不得向外宣傳。

⑼校務委員會應設置秘書若干人（可和校長辦公室聯合辦公），專門負責和各校務委員聯絡，及處理學校各部門向校務委員會提出來的批評和建議。

四、關於學校行政會議

⑴行政會議歸校務委員會領導，有關學校的重大措施的決定，必須經校務委員會批准才能發生法律效果。

⑵行政會議的成員，除學校的行政負責人外，應廣泛吸收教職員工參加。參加者不應由上級指定，而應分別由各部門的群眾選舉。

⑶校長或副校長為行政會議的當然主席。

⑷行政會議應着重於帶有全校性的問題的討論並作出決定。各部門的負責人向行政會議提出報告，行政會議如認為問題比較重大或者複雜，需要研究時可指定行政會議的成員或會外的專家組織臨時委員會加以審查，臨時委員會有權向主管部門調集有關資料，並請該部門的負責人出席解釋或陳述意見。

⑸行政會議應將會議時間及議題事先通知校務委員會的委員。校務委員會有權隨時出席聽取他認為必要聽取的某部門的報告。

⑹學校各部門的工會，如對於某一工作有意見時，它可以通知行政會議，在討論到該問題的時候派代表出席，提出批評、建議和陳述意見。

(7)學校的各種委員會，在行政會議討論到與該委員會有關的某一部門的工作時，該委員會的委員應有權出席聽取該部門負責人的報告，並提出批評、建議和陳述意見。

五、各種委員會

為了吸收各方面的工作同志共同辦好學校，因此在校務委員會和行政會議之外，應視各校的客觀需要設立各種委員會，目前至少可設置以下幾種委員會：

財務委員會

人事管理委員會

圖書設備委員會

基本建設委員會

(1)各委員會的任務是經常向各有關部門反映群眾的意見，並向它們提出質詢、批評和建議。

(2)委員會的成員由群眾選舉，由校長批准聘任。

(3)學校的行政部門應和有關的委員會取得緊密的聯繫，並經常向他們報告工作。而委員會的委員則有權向各有關行政部門瞭解情況並調集必要的資料。（保密文件的閱讀，另作適當的規定。）

(4)各委員會直接向有關的行政部門提出質詢、批評和建議以外，可以直接向黨委（或黨組）、校務委員會提出有關工作的批評和意見。

(5)圖書設備委員會和基本建設委員會，應有學生代表列席參加。

(6)各委員會對黨委、校務委員會，和有關工作單位的批評和意見，黨委、校務委員會和有關工作單位應負責答覆，不能置之不理。

六、附註

高等學校的教師，他的主要任務是搞好研究工作和搞好教學，不宜負擔過重的行政事務工作。因此教學工作者，無論是參加校務委員會、行政會議或各種委員會，都以一人一職為宜，而且每二年改選一次，這樣可以使每個人都有分負一部分行政責任的機會，至於在學校外面負擔有社會工作的同志，則最好不要讓他再在校內分擔行政工作。

本文件，只是對目前高等學校的領導機構一些基本性的意見，至於校工與校務委員會之間，校務委員會與行政會議之間，究竟應該建立怎樣的關係，這應該看學校的專業性質、學校的歷史、傳統等等具體條件來決定。我們不可能作出很詳細的建議也不可能作出對任何學校都適用的建議。

附件四　一九五七年六月二日晚七時半，民盟中央及北京市委會舉行座談會，聽取北大、清華、師大、人大、航空學院五個高等院校盟的基層組織負責人彙報幫助中共整風的情況會議記錄

主席：章伯鈞（代沈主席）

今天是本盟中央和北京市委會邀請北大、清華、師大、人大、航空學院盟的負責同志座談各校的整風運動進行情況。整風運動對全國的政治生活是有很大影響的，盟是一個知識分子團體，在大、中、小學和科學研究機關中盟員很多，對幫助黨整風負有一定的責任，所以今天有必要請大家彙報一下，可以互相瞭解，交換意見，使運動更好地展開。

褚聖麟（盟北大支部主委）：

各位同志，我把北大幾個星期來整風運動進行的情況向大家彙報一下。

第一，整風運動情況

北大在整風運動尚未佈置以前，黨委會正在研究如何加強領導、改進工作的問題，決定召開擴大幹部會議，邀請校務委員、民主黨派、工會等方面的黨外人士共一百五十人參加座談。採取按照一個系一組或幾個系一組進行分組討論和召開全體大會兩種方式，本着處理人民內部矛盾的精神，就學校中存在的問題，提出意見達到加強領導、整頓和改進學校工作的目的。這

樣的活動進行了兩三星期，大家提出了很多意見，有些在北大校刊和北京各報紙上已發表過。

通過第一階段的活動，學校裏的空氣逐漸活躍，大家都想鳴一鳴的形勢到來。有一次，一個學生貼了一張大字報發表意見，後來，在上團課時，有個學生寫條子給團委副書記，問他對大字報有什麼意見，團委副書記説，大字報比較簡單，不能説明問題，我們不鼓勵也不支持，結果，第二天又貼出很多大字報，質問團委副書記究竟鼓勵不鼓勵？於是黨委第一書記江隆基向同學們發表了一個簡短的談話，表示鼓勵大家盡量用大字報發表意見。從此，大字報的出現如雨後春筍。這時整風運動已佈置到校，隨着大字報運動的開展，又有人在露天發表言論，進行爭辯。這兩種活動方式同時進行了約一個多星期，現在大字報和辯論都比以前少些了。

第三階段是工會活動。工會號召各小組學習毛主席關於正確處理人民內部矛盾的報告，會員們都要求參加爭鳴，積極幫助黨進行整風。現在工會即按原有工會小組，同時還按教授、講師、助教、職工劃分小組分別舉行座談。黨委會也邀請教授、講師、助教舉行各種座談會。

北大盟支部在第一階段校黨委會舉行擴大幹部會議時，曾由各小組組長傳達本盟全國工作會議精神，並進行討論。各組的盟員同志都希望能展開爭鳴，就學校中存在的問題發表意見，有的組已舉行過座談。此外，還佈置過有關高等學校體制及非黨人士有職有權問題的座談會。

第二，在運動中教職員、學生發表的意見

教師在座談會上發表的意見，歸納起來，有以下幾個方面：

一、對知識分子的重視和信任不夠。有些教師提出學校裏有關大的問題在決定之前很少向年長的、在學術上有成就的學者們徵求意見，提到校務委員會時，已變成貫徹執行的問題，只談怎樣辦，而不談應不應當辦。各行政部門、系、科的重要職務是由年青黨員擔任，而學校領導對重大問題的處理就依靠他們的彙報，這些年青黨員的工作積極性很高，但由於知識不廣，看到的問題往往流於片面，致使領導上處理問題難免產生偏向。有些教授還提出助教本是教授的助手，最熟悉學生情況的是教授，但是學校裏留助教，選拔留學生，教授們都不知道，從來不聽取教授們的意見。在學術工作方面，青年教師應當向老教師學習，但他們往往是自作主張，常常問研究這個有什麼意義，作了一個時期的研究工作感到收穫不大，就產生急躁情緒，認為是老教師的指導不夠。有人反映，一位年青的黨員教師因為研究工作做不通就向黨委會彙報，而黨委書記對學術毫無經驗卻對這位年青的黨員教師說，你告訴教授，讓他換一個研究題目。

二、關於高等教育的方針問題，有些教師提出高教部處理問題比較輕率，例如在院系調整時，曾把全國哲學系教授集中在北大，但又毫無計劃，造成系裏工作困難，教授不知道應當搞什麼。現外地的大學又要成立哲學系，準備把他們調回，有的教師說在北京呆了幾年，沒有做事，回去怎樣教書呢？此外對專業設置的處理歸併也採取輕率的態度。例如心理專業不被重視，在院系調整前，取消了地質地理系，現又要重新設置。關於教學改革的措施，有些也是形式主義、主觀主義的，例如工作量的推行，有人認為是硬搬蘇聯，不結合中國的具體情況。去年佈置的國家考試也是主觀主義的。有人說高教部的方針搖擺不定給工作上造成一些損失。例如去年招生數字很大，今年又很小，各系的教學計劃年年修改，領導上沒有方針，下面不知該怎樣作。

三、學校裏存在着「行政主義」。訂計劃、填表格、作報告、寫總結的工作把時間都佔滿了，學術工作沒有很好地開展，學術空氣很稀薄。

學生提出的意見，包括以下幾個方面：

一、關於學校工作的意見

（一）對專業設置培養目標提出疑問。有人說東語系設置九個專業，目的何在？氣象專業、俄語專業培養目標何在？據我們瞭解，俄語專業的學生提出疑問是因為東語系招生過多，畢業後無處安插，感到很惶恐。氣象專業的學生提出疑問是因為，希望被分配到科學院或高等學校搞研究工作，不願作具體工作。最近風聞畢業後被分配到氣象台工作，多要求轉專業。

（二）對政治課的意見。幾年來，政治課的品質確有問題。有人提出政治課應作為選修課，有的說應為必修，引起了爭論。

（三）關於畢業生分配問題。有的說，分配畢業生，過去對黨團員照顧的多，有的黨員事前就知道被分配到哪裏，而非黨員就不知道。還有人反映選拔留學生不公平，只重政治、不重業務，有些被選拔的留學生出國學習，往往因業務水平差，半途而廢。

以修改修改。

（四）有人對人事檔案很關心，要求拿出來讓本人看看，認為正確就放心了，如不正確可以修改修改。

二、有一個物理專業的學生名叫×××，早在整風運動之前就發表過一些言論，最近他又發表「一株毒草」的文章，否定一切學術成就，認為二十世紀的物理已破了產，《再論無產階級專政的歷史經驗》是唯心主義的，引起了激烈的爭論，很多大字報反駁他的言論，支持他的很少，也有人贊成他的主張，而不贊成他的態度。

三、一天晚上，人民大學一女生名叫林希翎，到北大來發表演講，內容是說明胡風不是反革命分子。有一部分人贊成她的言論，也有不贊成的。第二天大字報更多了。反駁的，贊成的又爭論一番，學生會也針對這個問題舉行了辯論會。

還有與整風運動有關的一些爭論。例如有的提出既要展開爭鳴，就需要時間，要求學校停課、停考，又展開爭論，也有對批評的態度，運動的方式進行爭論的。

職工的意見多涉及到一些個人問題的處理不當，學校主管部門的官僚主義，行政部門的幹部對職員的態度不好。提出的問題比較具體。

從總的情況來看，在運動中各方面發表的意見很多，形成了自發的趨勢，而學校裏佈置的座談會，反而顯得落後於客觀形勢，例如學校裏佈置學習文件時，大家已要求展開爭鳴了。從教師、學生、職工三方面所發表的意見來看，是有所區別的。教師的意見多針對學校工作中存在的問題，談的比較集中、中肯，所提的意見基本上是正確的。學生的意見涉及的面很廣，枝節很多，其中有些意見肯定是不正確的，也有的是很偏激的，職工的意見比較偏於個人方面的，與生活有關的，也反映出了矛盾的一方面。

李酉山（清華）：

清華的壁報是遍地開花，假如想看一看，走一趟，總要花上兩三個小時。

鳴的面可以說是全面展開了。教授、講師、助教組織的座談會少則兩次，多則四次。出席的都在半數以上。職工、工友、實驗員、練習生鳴放比較多，自己組織了鳴放小組。同學鳴放得比較晚，是在北大的帶動下搞起來的。現在鳴放的程度如何，還很難估計，壁報到處有，都有同樣的版本，有的簽名、有的用別號。進修教師、職工家屬也組織了座談，部分黨員同志也在積極發表意見，中小學教師也談了一下，但內容不多。

鳴的方式各有不同。教師採用座談的方式，職工有座談，有大字報，現高潮已趨於下降，學生以大字報為主，也有自由論壇，發表演說。有鳴有爭。群眾與群眾之間、黨員與黨員之間、師生之間都有爭論。

提出的問題是各就所感、各擇所要。總的說來，教師的意見針對黨總支提出的多，如黨委會與校務委員會的關係，黨內外的關係，職、權、責問題，指出宗派主義現象，最近又提出領導路線問題，我的體會領導路線就是依靠青年教師還是依靠老年教師的路線。涉及到個人的問題很少，但也不是完全沒有。

職工批評的對象主要是人事處、總務處，有關生活、工作、進修、待遇等問題。對某某幹部、科長提名道姓提出意見的比較多。

學生提出的問題首先是針對着黨委、團委的領導工作。對政治輔導制度、班幹部的產生、畢業生分配、專業分配等問題有意見。最近又轉入教學方面，各年級所提出的教學問題有所區別。低年級的學生主要是對教學計劃、培養目標有懷疑，高年級的學生對教學品質、考試制度提的意見多，有些五年級的學生主張立即停止畢業設計，改學俄文。少數是因為入學時由於業務水平不高，身體不好，沒有學俄文，需要補課；還有一部分想提高俄文，還要求學習德、英、日文。目前總的情況是鋒芒轉向教學，三、四年級的學生已進入考試，也就沒有時間上了。

壁報多半用筆名發表，看不清是教師還是學生的意見。關於政治問題，有的對肅反不滿，提出質問，有的要求公審胡風，稿子的內容寫得很細緻，看上去是經過長時間的分析的。旁邊還貼着反對的意見。此外，也有對黨進行謾罵的，也有發牢騷的，看上去情緒很嚴重，頗有反動的味道。如有的説黨員專制，有的提出今後有關國家的政治、軍事、經濟的重要職務，應當由民主黨派輪流擔任。

學校對整風運動的作法，第一階段主要是創造條件，校長作動員報告、作檢討。當時對發動學生估計不足，考慮不周，事實上做到學習和整風兩不誤是不可能的，對學習的影響還是很大的，學生不穩定，學校的佈置也搞亂了。第二階段是邊整邊改。例如將政治課的考試改為考查，給學生們創造了參加整風的條件，這還是臨時措施。畢業設計也採取了臨時措施，讓沒學習過俄文的多學俄文。教權下放，但也有向上推的現象。對於長遠性的問題還要進行研究討論。

黨委會的工作主要是放在學生方面，一部分放在職工和青年教師方面。

「訴清華」對整風運動盡量作全面的報導，前幾個星期，黨委會與各民主黨派交換意見，制訂邊整邊改的計劃。在民主黨派的聯席會議上，也對黨委提了不少的意見，民盟的成員參加各種座談會，絕大部分都能積極發表意見。中小學教師討論得還不夠熱烈，主要是因為領導關係還未弄清楚。

盟內共分九個小組，其中七個鳴放，只有兩個還未開過小組會。鳴放的內容一般是針對着領導如黨委制，也有談「社會主義聯盟」的。從下星期起盟的小組將進一步鳴放，組織有關體制、教學與科學研究、黨群關係專題討論會，估計在盟內更深入地揭發問題還是有可談的。

總的估計是運動開展的面很廣，但不夠深，有所期待，認為黨員還沒有大鳴。教師方面即將進入專題討論，學生的矛頭已轉向教學，目前狂風暴雨已成過去，職工的鳴放也有下落趨勢，總的情況是將進入深入階段。

另外，我提出一個問題。昨天在學校裏九三學社曾向成員傳達了四月三十日毛主席在最高國務會議上的講話關於整風的一部分。我們盟員也有十幾個人參加，而盟內直到現在還沒有佈置。

陸宗達（師大）：

首先說明兩點情況。第一，師大方面動得最晚，群眾已經感覺到領導上發動的遲，因而運動起來以後，領導陷於被動。第二，師大對統戰工作一向不重視，民盟與九三的工作不能很好的配合。

關於師大進行整風運動的情況，我分以下三方面來談：

一、簡單情況

最初，師大盟支部傳達了全國工作會議的決議，並進行兩次討論，還對師大存在的矛盾問題進行瞭解，搜集了一些情況。在統戰部召集的一次座談會上，我們提出了對學習的意見，以及統戰部和民盟在師大工作中存在的缺點。後來，召開了一次盟員大會，分別由謝士駿同志和陶大鏞同志傳達本盟全國工作會議的決議和本盟宣傳工作會議的決議。同時，號召全體盟員參加正確處理人民內部矛盾的學習。但會後，大家對這樣的佈置很不滿意，認為外面已經搞得滿城風雨，而我們還沒有生氣。

五月十二日何副校長召開教員座談會，分中文系、俄語系、自然科學系、歷史地理系四個組進行座談、揭露人民內部矛盾。四個組都有盟員同志參加。在會上提出了師大的主要矛盾是黨群關係，同時對個別黨員提出批評。十三日何副校長才傳達毛主席在全國宣傳工作會議的報告和彭真市長的總結報告，並提出準備整風。十五日教授副教授繼續舉行座談會。十六日中文系穆木天教授揭露了何副校長不正當的戀愛問題，當時，座談會就開不下去了。有人提出這次整風究竟談什麼問題。以後《光明日報》登載了穆木天的文章，同學們都起來了，認為穆木天揭露的很對，居然學校裏有這樣的首長，感到非常氣憤，大字報隨之出現了。黨委會在這樣的情況下，趕快向教職員、學生作了兩個報告，又引起了同學們的反感，提出了是整群眾還是整黨的質問。後來，何副校長又作了一次報告，空氣才緩和下來。學校裏又開始了對老年教授的訪問，將他們的意見拿到大字報「師大教學」中發表。中文系又搞了兩篇小說，名叫《新今古奇觀》和《奇冤記》。目前大字報正在爭論任用學前組副主任左××來歷不明的問題。一般來說學生們搞的大字報基本上是健康的。也照顧到老教授的情緒。

盟師大支部在這一階段二十天的小組會召開的次數很多，召開一次的小組是很普遍的，有的多至五次。還邀請過問題最多的中文系、教育系的教師舉行座談，又召開過肅反善後問題的座談會，有關民主辦校的座談會。師大盟支部對「民主辦校」座談會上的意見並不完全同意。但是，昨天「師大教學」對這個問題又展開討論，都贊成和支持民主辦校。

二、師大存在的主要問題

師大存在的問題很多。主要的是黨群關係。宗派主義最突出，也特別嚴重。中文系最近召開了兩次全體教師座談會，會上集中揭露中文系教授彭慧和譚××的作風問題，當場有人氣得落淚。大家對彭慧（黨員）提出批評時常常聯繫到她的愛人穆木天（非黨員），第二次會上提出了不要對黨外人士提意見。但是這很難作到。大家一發言，揭露出來的還是穆木天的問題。第三次會上，大家向彭慧教授提意見時，她當場指責某人是打擊報復，引起了青年教師的憤慨，提出撤銷彭慧的召集人。教育系揭露的比較突出的是關於左××的問題，她是高教司司長××的愛人，經何副校長批准擔任學前組的副主任，她對業務外行，不稱職，大家認為這是宗派主義的表現。

其次，在教師和學生中間，多認為肅反運動搞得面太寬，肅反運動以高等學校搞得面最廣，而高等學校中又以師大搞得面最廣。

再有，大家對評級評薪有意見，也反映出黨群關係的問題。

另外，目前還未涉及到教學，剛剛談到收回附中、附小問題。

三、對盟中央和市委會提出要求

在運動中，我們感覺到盟員和群眾還有顧慮，表現在一部分盟員敢放是作了思想準備：（一）準備不升級；（二）準備被調走；（三）準備減薪。青年教師敢放，是下完了「我先不入黨」的決心。有的盟員還向組織提出究竟盟支持不支持的問題。確實，盟在歷次運動中對盟員是並不太支持的，只是幫助檢討，作黨的打手。盟員提出的這個問題也表現了盟組織還是有力量的。如有一盟員揭露了關於左××和 孫××的問題，說明黨的宗派主義，當時，會上一黨員同志（系秘書）指責他說話太尖銳，會後盟的小組請示盟支委後出了一張大字報，支持這個盟員，使他感到盟組織是有力量的。

我們瞭解盟員有顧慮，但如何動員他們大放大鳴，不知應當向他們說什麼，如果把黨方面所說的話用來動員他們是沒有用的。我們希望：（一）盟在《光明日報》發表有指導性的文章號召全體盟員鳴起來。（二）盟市委派人到師大具體領導盟員參加整風運動。

侯大乾（人大）：

（人大開展整風運動，大體分為三個階段。）第一，準備階段，由校黨委領導成立高級學習組，參加的有系主任、教授、副教授、黨總支書記、盟支部委員等約計一百餘人（學習時間從四月中旬開始到五月中旬結束，由於領導對如何領導群眾大放大鳴還不明確，因此，佈置了較長時期的學習，主要是學習文件，很少接觸實際。而其他學校在這一段時間中已紛紛揭露矛盾，人大顯然落後了，報上對人大也提出了批評意見，學校不得不轉入另一階段）。第二，宣佈正式進入整風，由黨委領導，召開全校教職員會議，並組織黨外教授、副教授座談會，在以上的會議上對學校行政提出了許多批評意見。第三，學生進入整風，到處張貼大字報，我們統計了一下，大約有三千張之多，其中有《西遊記》、《儒林外史》等報名。

揭露矛盾的方式主要是組織黨外教授、副教授座談會，青年教師的工作人員座談會，學生辯論會，大字報及黨委書記找教授個別交換意見等。

盟的工作，主要是解除顧慮，幫助揭露矛盾。整風開始時，盟員顧慮很多，有的怕報復，他們說：「不怕明槍怕暗箭」；有的怕影響黨的關係，特別是有入黨要求的人更有顧慮；有的怕不解決問題；還有人怕自己的意見片面或有錯誤，暴露自己落後。針對以上情況，盟組織召開了多種小型座談會，進行動員，同時又進行個別談話，對整風運動交換意見，並注意瞭解盟員所揭露的矛盾，然後經過分析研究，向黨委提出建議。

在揭露矛盾中，大家提到的問題很多，談的範圍也較廣，有過去的；有校內的，也有校外的；有國內的，也有國外的；有大問題，也有小問題。態度方面，有和風細雨的，也有狂風暴雨的；有訴苦的，也有慷慨激昂的。

教師對學校方針、任務的問題，談得比較多，大家認為人大的方針、任務不夠明確，有些四不像，有人主張理論與財經分開；也有人主張與北大合併。教師們並對以下幾種不良傾向提出批評意見，首先是民主空氣不夠，有關教學規劃的決定教師就不知道，黨對有些問題的貫徹，只是通過黨方面從上到下硬灌，很少聽取群眾的意見。次是宗派主義情緒，黨員驕傲自滿，有黨員說：「老教師的舊知識無用了，新的又不行，最多得兩分。」宗派主義還表現在提拔問題上，黨員提拔快，去年提拔為副教授的都是黨員，其中有的水平很差，文化程度不及小學，文字不通，解釋勞衛制為勞動、衛生。對非黨教師提拔慢，有的教了十多年書而未提拔；甚至新調來的非黨教師，由教授降為副教授，評工資也是先黨員後團員，此外表現在學術上也有宗派，只准發表系主任的意見，對相反的意見進行打擊，尚鉞是宗派核心，排擠反對意見。

評書也有宗派，財經學院一教授寫的書不讓出版，被評為資產階級的，把它焚了，每月還得扣除稿費。又南大教授反映，南大領導上有嚴重的宗派主義，副教務長排擠老教授，學生反映教授好，而副教務長說不好，最後把他排擠出去作圖書館工作。再次是機構官僚主義化，校長、部長、處長很多，機構龐大，行政人員多於教員。

此外，個別教授訴苦說，思想改造時，年輕黨員把他當成犯人整，使他很傷心，談得很生動，博得掌聲不少。

也有個別教授偏激，說共產黨脫離群眾十萬八千里，又說共產黨欺騙人民，如布票發了又打折扣，豬肉緊張，是飼料問題，而共產黨不從政策執行上去檢查，使人民和黨的距離越來越遠。這位教師發言後，有部分人很同情，他每天收到一些慰問信，但也有人不贊成他的。

學生中最突出的是法律系三年級生林希翎，她是參軍轉來的，學生起來後，展開揭露矛盾，她先後分別在城內外作了兩次報告，主要內容有下面幾點：一、關於上層建築與基礎的問題，她認為有些根本制度不適合基礎，如軍隊等級制、工資制（這裏指根本制度，推想是人代會）。第二，關於肅反問題，她認為中國肅反擴大化，如過去估計百分之九十五是好人，後改為百分之九十九，這當中的差額有幾百萬，有殺錯鬥錯的。後來她答辯比起蘇聯來不算擴大，但就中國說是擴大化。第三，人大是教條主義大蜂窩，其毒害流行校外，她認為這種教條主義是從蘇聯來的，是買辦性的。第四，關於黨的宣傳工作，她認為光明的一面反映多，黑暗的一面反映少。第五，黨的問題，四九年入黨的多，其中有的動機不純，應檢查，有的黨員水平與群眾差不多，應令其自動退黨；不好的應開除，批准黨員應由群眾表決，若有百分之五十的群眾不同意應罷免。第六，胡風問題，她認為胡風的材料不能構成反革命，對斯大林、貝利亞的材料也表示懷疑。

林希翎報告後有以下幾種反映：有的人佩服她的精神，讚美為「冬天臘梅」；有的人認為有個人情緒，因為過去學校很捧她，專門為她開闢一個寫作室，後來寫的東西未得到發表，受批評後黨對她態度不好；另外，也有人說她動機不純，立場有問題；盟員認為她講的有大部分對，精神可佩，也有人認為她是先發制人，先說毛主席好、共產黨好，而舉出的例子恰恰相反，有少數盟員不同意她分析問題的方法，另外也有人認為她講的都不對。

現在學生圍繞她的發言進行討論，昨天《哭聲》大字報要求「黨退出學校」，徹底實現按勞取酬的原則，主張民主黨派多做事就多得酬，或用募捐辦法。學生辯論會在城內已基本停止，城外還在繼續進行。

職工方面：把職工分為許多等級，對職工的提拔不重視，黨員教授態度生硬，大家很有意見。目前存在的問題：①未邊整邊改，應很好貫徹邊整邊改的原則，以實際行動表示整改決心。②青年教師動員不夠，顧慮多，主要是考慮入黨問題，如尚鉞教研室的問題很多，都不敢揭發。③黨員不發言，但一般都有意見。④盟員有的仍有顧慮，怕暗箭。

對盟中央的意見：指示幫助，個別盟員要求盟中央予以支持，也有人對盟中央負責同志的發言有意見，認為有的人未說真話，不是由衷之言，怕影響黨的關係；有的強調兩邊拆牆是否完全符合實情；有人說我的牆是萬里長城，是秦始皇築的，蒙古人並未幫助築牆（意即應由黨方拆牆）。另外，有人不同意揭露矛盾用和風細雨的方法，他說三反、五反整群眾就不用和風細雨，現在整黨就強調和風細雨。也有人主張分析問題時可以和風細雨。還有人對「黨派退出學校」的提法、民主黨派組織社會主義大同盟的說法有意見，認為中央的負責同志這樣一提，把人的思想搞亂了，對後一種提法也有表示贊同的，希望中央領導同志多講實話，發言應走群眾路線。

連琪祥（航空學院）：

我校整風是群眾走在黨的前面，黨委非常被動，整風學習開始，大字報就紛紛出來了，主要的內容有以下幾方面：

首先揭發了黨委領導的官僚主義。一件事是將青年社會主義建設積極分子中的假積極分子揭發了出來。另一件事是揭發了院長、副院長分配福利金問題，在十三個月內，每人共分得一千五百元左右，每月得的一百餘人（副院長說原因系盟員未分得）。再一件事要電氣冰箱的問題，院長家屬專用一個冰箱，校醫室的一個壞了，把院長家屬的換去，院長不高興，馬上又換回來。

第二，揭發了黨的宗派主義。航空學院的宗派，主要表現在保密問題上，三年級生要下廠實習，由於有些學生因親屬關係不合保密條例，學校就大量令其轉學，也不向對方交代轉學原因，使一般轉學的都受歧視。轉學的學生，後來發現沒有問題，又調回來，肅反後回來的學生很多，副院長解釋說：「你們回來了我很高興，你們沒有一個自殺，還經得起考驗。」宗派主義又表現在人事分配工作上，學校把下廠分為幾個等級，黨員下一等廠，團員二等，群眾三等，由於百分之八十的學生是團員，這樣，黨團關係搞得很不好。宗派主義還表現在肅反問題上，肅反時被鬥的有兩百多人，結果沒有一個反革命分子，肅反中被逮捕了一個，後來也回校了。學校黨方面在總結時，還狡辯說，成績是主要的，提高了警惕，對要求平反的人扣以「落後」帽子。此外，黨員有濃厚的特權思想，總是享樂在先，無論分專業、下廠實習、分配工作都是黨員佔便宜，平常他們口口聲聲動員群眾吃苦，而輪到自己頭上卻是兩樣，使群眾感到非常不滿。

座談會上還反映出發展黨員有問題，一位教師反映，由於他坦白，有意見就說，因而未被批准入黨，後來他故意有意見不說，你說我聽，黨支部反而認為他進步很快，這是鼓勵假的，壓抑真的。

總的來說，航空學院整風，群眾走在黨的前面，雖然猛烈，並無偏差，原因是大家都站穩人民立場，如大字報提出要求，另由正直黨員組織領導核心的口號，對現在的黨委會不信任，這個意見遭到很多群眾的反對。又如一繪圖員給副教授（黨員）提意見，黨員找繪圖員談話，實際上是加壓力，群眾很為不滿，出大字報進行批評，聽說這個黨員後來受了黨內處分。這兩個例子說明群眾是站穩立場的。

附件五　各民主黨派中央關於處理黨派內部右派分子的若干原則規定

各民主黨派中央根據《中共中央、國務院關於在國家薪給人員和高等學校學生中的右派分子處理原則規定》，並且根據民主黨派的具體情況，經協商制定關於處理黨派內部右派分子的若干原則規定。

資產階級右派是反動派，是人民的敵人，在政治上和思想上必須把他們徹底鬥倒，使他們處於孤立。對於右派分子的處理，應當採取嚴肅和寬大相結合的方針。一方面不宜過份，以便於爭取中間派，繼續分化和孤立右派；另一方面也不能寬大無邊，以致混淆敵我界限和是非界限。

七個月以來，各民主黨派在中國共產黨的領導下，對於自己組織中所出現的右派分子及其所代表的反共反社會主義的右派路線，進行了嚴肅的鬥爭，取得了鉅大的勝利。從鬥爭中所揭露的右派分子的罪行充分說明：一九五六年社會主義改造高潮以來，在右派路線的統治或者影響之下，各民主黨派又吸收了一批右派分子、反革命分子和其他壞分子，擴大了右派反共反社會主義的組織基礎。為了實現各民主黨派的根本改造，我們對右派路線必須徹底清算，對右派分子、反革命分子和其他壞分子必須嚴肅處理。

各民主黨派在社會主義改造高潮以前的原有成員中的右派分子，多數人在民主黨派內有較長的歷史，有一定的聯繫和影響，各民主黨派在政治上有責任對這些右派分子繼續進行監督和改造，所以對於這些右派分子一般應當留在民主黨派內嚴肅處理，少數人開除出黨。至於各民主黨派在社會主義改造高潮到來以後吸收進來的右派分子則有所不同，他們加入民主黨派的目的，是為了取得政治地位，便於進行反共反社會主義活動。各民主黨派在清算右派路線及其惡果的鬥爭中，既要清洗混進來的反革命分子和其他壞分子，又應當把這些右派分子一般地清洗出去，以清理和健全自己的組織基礎。

（一）對右派分子，主要應當根據他們的情節輕重、態度好壞，再參酌他們過去的表現和今後的作用，分別加以處理。

（二）對於一九五六年社會主義改造高潮到來以前原有成員中的右派分子，一般給予撤職（一部或者全部）的處分。

對於情節特別嚴重的右派分子，給予留黨察看、開除黨籍的處分或者開除黨籍並建議政府送勞動教養。

對於在國家機關受到留用察看或者監督勞動處分的右派分子，給予留黨察看或者開除黨籍的處分；對於在國家機關受到開除公職處分的右派分子，給予開除黨籍處分。

對於情節較輕的右派分子，給予降職、降級、嚴重警告或者其他適當的處分。個別確已悔改並且情節許可的，可以免予處分。

（三）在執行上項處分規定的時候，參酌下列不同情況，分別酌量從嚴或者從寬處分。

甲、有下列情形的，可以分別酌量從嚴處分：

(1)態度惡劣；

(2)歷史上一貫反共反人民；

(3)解放後表現很壞。

乙、有下列情形的，可以分別酌量從寬處分：

(1)確有悔改表現；

(2)反右派鬥爭中立了功；

(3)解放前對民主運動或者解放後在政治上、工作上有過相當貢獻；

(4)從今後作用等方面考慮，認為有必要從寬處分的。

（四）對於一九五六年社會主義改造高潮到來以後吸收進來的右派分子，一般應當把他們開除出去；其中解放前對民主運動或者解放後在政治上、工作上有過相當貢獻，並且確有悔改表現或者在反右派鬥爭中立了功的，可以保留黨籍，比照（二）項的規定，給予適當的處分。

附件六　關於處理本盟中央委員和候補中央委員中右派分子的說明（草稿）

資產階級右派是反共反人民反社會主義的資產階級反動派，他們和全國人民的意志是敵對的，他們是人民的公敵。對於這一小撮右派分子，我們必須在政治上和思想上把他們徹底鬥倒，使他們完全陷於孤立。七個月以來，全體盟員和全國人民一道在中國共產黨的領導下對章羅聯盟及一切盟內右派分子進行了徹底的揭發和批判，右派分子反黨反人民反社會主義的醜惡面目已經完全暴露，右派的反動路線已經遭到徹底粉碎，反擊右派的鬥爭已經取得了根本的勝利。

為了實現本盟的根本改造，我們對右派路線必須徹底清算，對右派分子、反革命分子和其他壞分子必須進行嚴肅處理。最近各民主黨派中央根據《中共中央、國務院關於在國家薪給人員和高等學校學生中的右派分子處理原則的規定（草案）》的精神，並且根據民主黨派的具體情況，共同協商制定了《各民主黨派中央關於處理黨派內部右派分子的若干原則規定》，作為各民主黨派處理黨內右派分子的依據。這一規定也就是本盟處理盟內右派分子的依據。在這個規定中主要貫徹了這樣幾項原則：第一，對右派分子的處理，應當採取嚴肅與寬大相結合的方針：一方面不宜過份，以便於爭取中間派繼續分化和孤立右派；另一方面也不能寬大無邊，以致混淆敵我界限和是非界限。第二，對於各民主黨派在一九五六年社會主義改造高潮到來以後吸收進來的右派分子，為了徹底清算右派組織路線，應該從嚴處理。第三，對右派分子應當根據他們的情節輕重、態度好壞，再參酌他們過去的表現和今後的作用區別對待。

按照以上幾項原則精神，對右派分子進行具體處理的時候，我們認為有必要把以下幾個問題作進一步的說明。

一、關於右派分子處理的性質問題。

中共中央鄧小平總書記在他的《關於整風運動的報告》中說：「在我國社會主義革命時期，資產階級反動右派和人民的矛盾是敵我矛盾，是對抗性的不可調和的你死我活的矛盾。」一九五七年七月一日《人民日報》社論說：「右派是反動派」，又說「因為人民的國家很鞏固，他們中許多又是一些頭面人物，可以寬大為懷，不予辦罪，一般稱呼『右派分子』也就可以了，不必稱為反動派，只在一種情況下除外，就是屢戒不改，繼續進行破壞活動，觸犯刑律，那就要辦罪。」我們在對右派分子處理的時候，不當作反動派處理，而當作右派處理，這是為了什麼？我們認為有如下幾點根據：

（一）右派是在社會主義經濟革命勝利以後，在社會主義陣營強大的時候發生的，而不是在革命失敗的時候發生的，資本主義復辟是沒有可能的。

（二）右派是資產階級右派，我國是把資產階級與工人階級的矛盾當作人民內部矛盾來處理的，資產階級中絕大多數是願意接受改造的，所以不是整個資產階級反動，不是整個階級跟着右派走。

（三）右派是經過反右派鬥爭之後的右派，經過反右派鬥爭之後，現在廣大人民和民主黨派的成員覺悟提高了，眼睛擦亮了，而且大部分右派分子表示了低頭認罪。

（四）右派分子之間情況有所不同，除極少數人至死不悟以外，有一部分或者更多的人是可以爭取分化、改造的。

（五）右派分子在一部分群眾中還有一些聯繫和影響。

二、為什麼採取嚴肅與寬大相結合的方針？

右派分子是我們政治上的敵人，他們違反憲法，對我們的國家進行破壞活動，廣大群眾和盟員要求對右派分子從嚴處理，這是出於人民的義憤，這種義憤是很可寶貴的，我們應該發揚的，沒有這種義憤，革命就搞不起來。在反右派鬥爭開始的時候，有不少人對右派有溫情，痛恨不起來，下不了手，就是缺乏這種革命的義憤。我們如果用對待敵人的辦法去對待右派，剝奪他們的政治權利也是應該的。我們對右派分子的處理必須嚴肅，不這樣就會混淆敵我界限和是非界限，就是沒有保護勞動人民的利益。倘若有人替右派分子擔憂，唯恐對右派分子嚴肅處理，就是沒有同右派劃清界限，沒有站在勞動人民的立場，但是對右派分子的處理僅有嚴肅沒有寬大也不好。對右派分子的處理適當寬大，採取嚴肅與寬大相結合的方針。這樣處理關係到兩個方面：一方面關係到爭取廣大的中間派；另一方面關係到分化和孤立右派。今天尚處於中間狀態的資產階級分子和資產階級知識分子數量是相當大的。中間分子有兩面性，一面是傾向進步與左派相通；另一面對資本主義制度還有所留戀與右派相通，他們在反右派鬥爭開始前受右派的影響很大。反右派鬥爭以後，大家受了一次極為深刻的階級教育，都有程度不同的變化，向左轉。但是完全向左還需要時間，需要一定的過程。我們對右派處理恰當，使中間狀態的人容易接受。從寬一點，可使中間分子，尤其是中右分子安心接受改造；同時必須嚴肅，才使中間分子尤其是中右分子知道反黨、反社會主義反不得。所以寬嚴結合對中間分子有十分深遠的教育意義。自然，這樣做，對分化右派更有意義，給右派分子一條出路，可以爭取其中更多的人向人民投降。

三、對盟內右派分子的處理辦法是否可以依照中國共產黨對黨內右派分子的處理辦法一律予以開除處分？

民盟對盟內右派分子的處理是嚴肅的，但是比共產黨對黨內右派分子的處理又要寬一些，因為民主黨派和共產黨的階級基礎不同，在領導社會主義事業方面的責任也有不同。共產黨是無產階級的政黨，如果黨內有一部分反對社會主義的人，那就不成為工人階級的先進部隊，就失去對工農群眾的領導資格，就不能領導建設社會主義的偉大事業。民盟從性質上講，是資產階級性的政黨，從作用上講，它應該是為社會主義服務的政治力量。因此它除了為社會主義建設服務的責任以外，還有一個特定的任務，就是要教育改造自己的成員和聯繫民盟所聯繫的群眾。對盟內一些右派是放在內部監督改造好呢？還是把他們開除出盟推出不管好呢？當然放在民盟內部監督改造比放在社會上更好一些，這樣民盟就更能起民盟應起的特定作用。民盟出了最反動的章羅聯盟，在一個時期內盟為右派路線所統治，這的確是民盟的污垢。有革命感情的人，對右派分子痛恨無比，表示羞與為伍，主張從嚴處理，開除他們的盟籍，這是完全可以理解的。羞與為伍是對的，這種義憤應該保持。但還有另一方面，那就是為了民盟的特定任務，又必須與之為伍，同他們保持聯繫進行考察和教育。我們既要有羞與為伍的精神，站穩立場；又要與之為伍，以便對他們進行教育改造。這樣做，才是盟發揮了自己特定的作用。

四、為什麼某些右派分子留在盟內，還要在領導機構中保留一些職務，如中央委員或是地方組織的委員？

右派分子保留盟內一定的職務，並不是他還有什麼資格來領導我們，右派分子還是右派分子，右派帽子並沒有摘掉，給他們一個較長的時期，看他們的表現，聽其言，觀其行，這樣更便於監督改造他們，改造好了，化毒草為肥料，這是我們所希望的。如果他繼續反動，我們對他們就繼續進行堅決鬥爭，並進一步對他們進行更嚴肅處理。保留幾個右派分子在委員會內，可以鍛煉我們經常提高階級鬥爭的警惕性，保持頭腦清醒，在階級鬥爭面前不睡大覺。而且當廣大群眾認識了他們的反動面目以後，不會有什麼害處。右派是從反面教導我們的人，留幾個當反面教員是有好處的。

五、對右派分子中頭面人物的處理有人説顯得寬了，這樣做是錯了還是對了？

對右派分子的處理，首先要考慮他們的反動情節的輕重，鬥爭中態度的好壞，再斟酌他們過去的表現和今後的作用，分別處理。有些右派分子在歷史上對人民做過一些事，社會上影響較大或其中確有真才實學的，特別是從事自然科學和從事工程技術工作的人，如果態度較好，在處理上可以從寬一些。為什麼這樣考慮呢？所謂社會影響較大，就是説他們過去對人民做過一些事，影響着知識分子中的一些中間分子，我們要從爭取中間分子着眼去考慮對這些右派頭面人物的處理。至於處理其他右派分子較嚴一些，因為他們過去沒有什麼貢獻也就沒有什麼影響，對他們較嚴處理也是合理的。要知道小右派是大右派的群眾，大右派依靠小右派為基礎。如果我們把小右派嚴一些處理了，把他的群眾剝奪了，右派頭子也就不成其為頭子，反黨的火也就燒不起來了。

六、為什麼以一九五六年社會主義改造高潮到來的前後為界限，在此以後吸收進來的右派分子一般要從嚴處理呢？

對於一九五六年以前民盟原有成員中的右派分子一般處理從寬，因為他們之中多數人在盟內有較長歷史，有一定的聯繫和影響，民盟有責任對這些右派分子繼續進行監督和改造，所以一般留在盟內嚴肅處理，少數人開除出盟。至於一九五六年以後吸收進來的右派分子就不相同，應該從嚴處理。一九五六年社會主義改造高潮到來以後，章羅聯盟對國內外形勢作了錯誤的估計，他們為了蓄積反共資本，竄改民盟正確的組織路線進行了惡性大發展。應該說明：一九五六年以後吸收入盟的極大多數並不是右派分子，但是經揭發出來的右派分子是抱有野心和企圖入盟的。他們為了取得政治地位便於進行反動活動，才參加民主黨派。因此，民盟在清算章羅聯盟惡性大發展的反動路線時，要把混進來的反革命分子和壞分子清洗出去，同時對這些右派分子一般應該予以開除處分，其中解放前對民主運動或者解放後在政治上、工作上有過相當貢獻，並且確有悔改表現，或者在反右鬥爭中立了功的，可以保留盟籍。

以上就是處理右派分子幾項原則的幾點具體說明。

民盟中央委員會和候補中央委員中揭發出來的右派分子有五十九名。其中：中委四十名（包括副主席兩名，中常委十一名），候補中委十九名。我們必須根據上述原則，按照《中共中央、國務院關於在國家薪給人員和高等學校學生中的右派分子處理原則的規定（草案）》，分以下六類進行嚴肅的處理：

第一類：情節嚴重、態度惡劣的，開除公職，實行勞動教養。屬於這一類的右派分子應開除盟籍。

第二類：情節嚴重，但是表示願意悔改，或者情節雖非十分嚴重，但是態度惡劣的，撤銷原有職務，實行監督勞動。屬於這一類的右派分子給予留盟察看或開除盟籍的處分。

第三類：情節與第二類相似，但是這種人在學術、技術方面尚有專長，工作上對他還有相當需要，或者本人年長體弱，不能從事體力勞動的，撤銷原有職務，實行留用察看，並降低原有待遇。屬於這一類的右派分子給予留盟察看或開除盟籍的處分。

第四類：情節較前幾類輕一些，或者情節與第一類第二類相似，但是他們在社會上有相當的影響，對這樣的右派分子撤銷原有職務，另行分配待遇較低的工作。

第五類：情節較輕，或者情節嚴重與第一類第二類相似，但在社會上有較大影響，或者在學術、技術方面有較高成就，需要特殊考慮的，對這樣的人撤銷一部分或大部分職務，降職、降級、降薪。

第六類：情節輕微、確已悔改的，免予處分。

根據以上處理盟內右派分子的原則和辦法，本盟中央整風領導小組就本盟中央委員和候補中央委員中右派分子五十九名提出處理意見。就處理的結果來說：撤銷副主席兩名，撤銷中常委十一名，撤銷中委三十三名（包括副主席及中常委），撤銷候補中委十七名，合為五十名，佔中委和候補中委中的右派分子總數五十九名的百分之八十四，撤銷兩個副主席，其中一個降為中常委，一個保留中委。中常委降為中委五名，中委降為候補中委三名，保留候補中委的有兩名。從上述的百分比看來，民盟處理中委和候補中委中的右派分子，是貫徹了嚴肅與寬大相結合的方針的。此項處理意見，經參加本屆中常委擴大會議的本盟中央常務委員、中央委員、候補中央委員（以上包括右派分子在內）、各省（市）本盟整風領導小組負責人和在京高等學校和政府機關中一部分盟員同志，分組討論，取得同意，經本盟中央常務委員會第十七次（擴大）會議審查決定。

附件七　章伯鈞右派定性材料

章伯鈞

安徽人。民盟盟員、農工黨員。

所任職務：全國人大代表，交通部長，全國政協副主席，民盟第一副主席，農工黨主席。

級別：三級。

一、主要反動言行：

章伯鈞是資產階級右派首腦，章羅聯盟和章黃李聯盟的頭子，向共產黨向人民向社會主義發動了猖狂進攻。

反對共產黨領導，反對社會主義制度，宣揚英美「民主」，污蔑社會主義「不民主」。妄稱「資本主義還有活力，有在朝黨和在野黨，我不行你來，你不行我來」。鼓吹我國應效法資本主義的「兩院制」，民主黨派和共產黨輪流執政。主張建立「政治設計院」，反對國務院開會提出成品來討論，污蔑這是「形式主義」。認為「有職無權是制度問題」。「中國由一個上帝，九百萬清教徒，統治着五億農奴，非造反不可。」」。妄想使我國政權脱離共產黨的領導，按照資產階級面貌從根本上改變我們國家的性質。

惡毒地詆毀馬列主義和詆毀蘇聯，説：「馬列主義只有那麼幾條，不值一學。《人民日報》所載的完全是教條，一文不值。」「馬列主義不如中國舊文化，讀馬列主義不如讀曾國藩家書。」説「蘇聯沒有可學的東西，學習蘇聯就是學習教條主義」，「斯大林就是代表最醜惡的名詞」，「斯大林的錯誤是社會制度問題」。

污蔑三反、五反。污蔑思想改造和肅反，説這些運動「傷了知識分子的元氣」，反對對知識分子進行思想改造，反對在知識分子中劃左中右。

歪曲「長期共存、互相監督」的方針。篡改民盟和農工黨的政治路線和組織路線，利用民盟和農工黨作為向黨猖狂進攻的合法工具。妄圖取消黨對民主黨派的領導。他用周公輔成王作比喻説：「成王已經長大，如果再不讓他獨立自主，恩人就會變成仇人。」主張「重新估計民主黨派的性質和任務」，「應當同共產黨平起平坐、平分秋色」。叫囂「打破防區制」，撕毀各黨派重點分工的協議，實行惡性大發展，擴大反動的組織基礎。説：「民主黨派要發展到幾百萬人，才能監督共產黨。」在民盟和農工黨內，從中央到地方有計劃地扶植右派，打擊左派，佈置力量，掌握實權。

利用民盟和農工黨在一九五六年的全國工作會議，大肆宣傳章羅聯盟和章黃李聯盟的反動政治綱領，積極進行反黨反社會主義的陰謀活動。在民盟會議上反對以知識分子的思想改造為當前中心工作，主張以「鳴放」為中心工作。在農工黨的黨章總綱中刪去了「接受工人階級和共產黨領導，以馬列主義、毛澤東思想為指導思想和行動方針」的規定。章羅聯盟和章黃李聯盟的反動路線、組織路線在這兩個會議上居於統治地位，向全國很多地方組織發號施令。造成右派向黨進攻時上下串聯、八方呼應的嚴重惡果。

利用共產黨整風的時機，策劃和發動了一系列的反黨反社會主義的陰謀活動，妄圖造成形勢，取而代之。在民盟和農工黨內歪曲傳達毛主席在最高國務會議的講話，説「毛主席建議首先撤銷學校黨委制」，並通過民盟、農工黨系統通報全國各級組織，策動反對學校黨委制。在民盟成立四個工作組，制定反動的科學綱領和對高等學校領導體制的建議。在農工黨，有計劃地佈置了文教、科技等六方面的點火座談會，發動基層單位，大舉向黨進攻，並親自到北京鐵道學院等處進行點火活動。利用《光明日報》大肆宣傳、報導右派言論與活動，並派出記者到九大城市策動和組織點火座談會。邀約六教授座談，做出了當時形勢的極端反動的估計，認為我國工人、農民、學生都要鬧事，要出匈牙利事件，共產黨對形勢估計不足，進退失措，內部要分裂，只有由民主黨派出面收拾殘局。

二、鬥爭中的態度：

表示低頭認罪。

三、處理意見：

撤銷：全國人民代表，交通部長，全國政協副主席，民盟副主席，農工黨主席。

保留全國政協常委。

降職，降級，降薪（降至七級）。

農工黨保留中央委員，民盟保留中常委。

中國是有悲哀傳統的

——五十年無祭而祭[1]

今年是二〇〇七年，我們要在五十年後的今天紀念反右。為什麼要紀念？

對這個問題的回答，我基本上認同學者徐賁先生的說法。他說：「記住過去的災難和創傷不是要算賬還債，更不是以牙還牙，而是為了釐清歷史的是非對錯，實現和解與和諧，幫助建立正義的新社會關係。對歷史的過錯道歉，目的不是追溯施害者的罪行責任，而是以全世界的名義承諾，永遠不再犯以前的過錯。」[2] 而我之所以說「基本認同」，就是另有個別部分是不太同意的。比如，記住過去「不是要算賬還債」。

據說徐先生已定居美國，其觀點或許適用於大洋彼岸，但不大適合於我們這塊土地。半個多世紀以來，我們的土地是呻吟的土地，哭泣的土地，流血的土地。從土改鎮反到

一　《五十年無祭而祭》，章詒和序，沈志華、章立凡、徐慶全、謝泳撰文，香港星克爾出版公司二〇〇七年出版。章詒和序《傷今念昔，恨殺子規啼》；沈志華：《從匈波事件到反右派運動》；章立凡：《「反右」與中國民主黨派的改造》；徐慶全：《「對丁玲、陳企霞反黨集團的批判」——一九五七年中國作家協會黨組擴大會議紀實》；謝泳：《一九五七年反右運動史料的收集與評價》。

二　徐賁《人以什麼理由來記憶》，《南方週末》二〇〇七年三月二十二日。

六四風波，運動無數，死亡無數，殃及無數。可是，運動的發動者、製造者、領導者、執行者至今一句交代的話沒有，一句道歉的話也沒有，更無一點悔罪之意，而是發文件，下各種禁令，搞愚民政策，要求遺忘和實施強迫遺忘。要知道，毛澤東搞的所有政治運動，都屬於群體性傷害。傷害最深的是社會底層、普通公民、無辜百姓。面對這種最嚴重的社會傷害與民族傷害，我們有權要求算賬，欠債者必須還債，況且很多是血債、命債。在中國，「算賬還債」是「釐清歷史的是非對錯」的重要組成部分。有了對施暴者罪行的揭示和受難者傾訴痛苦的權利，其實也就給了執政者一個悔罪的機會。只要他們請求寬恕，中國的老百姓立馬就寬恕。

欠債幾多？最完整的「賬本」，就是各種檔案、絕密文件、秘密會議記錄、秘密調查報告、秘密計劃、秘密決定、秘密決策等等。這些要緊之物，官方是不會解密的，不會公開的，更不會退還給你。有例為證：去年（二〇〇六），我到成都，向四川省高級法院索要作為「現行反革命」罪證的十六本日記、札記和手稿。人家熱情接待，細心查找，讓你等個夠，等到最後給你一句懷着歉意、帶着溫柔的答覆：「對不起，我們找不到。」請注意：人家是說「我們找不到」，可沒說「東西沒有了」，更不說「東西找到了，就是不給你」。狡猾得這樣出色，無賴得如此完美，想發個脾氣都叫你發不出來，不愧執政五十年哪！回到北京，就氣倒在床。「傷今念昔，恨煞子規啼。」我的日記是從一九五八年開始寫的，那上面有父親的交往行蹤、談話牢騷、一家人的生活記錄以及我的勞改日記。在當局封鎖真相，把持壟斷所有憑證、材料、檔案、文件的情況下，我們只有自己動手找「賬本」了。一個重要的賬本，就是記憶。由於我們這個民族患有普遍健忘症，由於許多個人保存的資料被銷毀，由於許多親歷者已經消失，餘下為數不多倖存者便十分寶貴了。

存留和守護記憶，是不可推卸之責任和歷史使命。記憶還是一種測試，測試一個人、一個民族的倫理責任和普世價值取向。俄國的普列漢諾夫臨終前曾自語：俄國無產者，你們還記得我嗎？蘇聯元帥朱可夫死後，一位詩人曾這樣寫道：「他（指朱可夫）為自己的士兵哭泣過嗎？臨終之時，他想起了士兵嗎？」這兩個細節都令人喟歎，它以悲情的方式告訴我們：回憶是飽含複雜情感感受的「向後看」。這個「向後看」內涵豐富，它蘊涵着對人對事的聯繫、關切、感受、感情、體驗。所以，記憶不只是記住從前的人與事，它們還留住了聯繫、關切、感受、感情、體驗。故而，記憶在本質意義上，代表並記錄着人與社會、人與歷史、人與環境、人與時代、人與自身最持久、最細緻，也最深刻的聯繫。

自拙作《往事並不如煙》（香港牛津版名為《最後的貴族》）出版，很多人給我來信或來電話，說：「我也想寫，但因不是名人，寫了也沒人看。」我聽了，一再解釋且焦急萬分。因為任何一個社會，都是由底層搭築而成。普通百姓的記憶當是社會最真實、人類最重要的記憶。個人的記憶，表面看來微不足道。但所有親身經歷者的記憶，聚合起來才能成為共同記憶。中國大陸的每一個政治運動傷及百姓都以數百萬、上千萬計，龐大的社會群體性回顧，都屬於共同記記。由於執政者長期查禁和親歷者大部死去，原本的「共同記憶」就成了問題。一個典型的例子，莫過於今年（二〇〇七）六月四日《成都晚報》第十四版登出的「向堅強的六四死難者母親致敬」的廣告語。我看到它，心潮洶湧，立即給成都朋友發送郵件，説：「我一整天都在激動！這個民族沒有死滅，真不知道應該怎樣地表達我的欽佩和敬意。」很快，興奮成了傷感。原來它的順利出台，是因為報社從業人員根本不知「六四」為何物，不知「六四死難者」為何人。這説明我們這個民族的「共同記憶」正在流失。掐指算來，距離天安門廣場那個血色夜晚，還不足二十年，而我們的年輕人已茫然不知——這是從愚昧貧瘠土壤培育出來的碩大無比的時代苦果，讓今天的每一個人都來咀嚼吞咽它。

殘酷吧？現實從來就殘酷。國內不少「八九」精英，他們中的絕大部分平素都在忙自己的事情，「六四」仍是他們的心結。到了那個日子、那個鐘點，有的撰文，有的燃香，有的開着私家車圍着天安門廣場轉一圈。三百六十四天上班、聚會、賺錢，唯此一日祭奠「六四」。年年如此，漸成儀式。這樣做也好，儀式起碼可以承載哀思，並提醒人們「今夕是何夕」。到了六月五日，各就各位，該幹嘛幹嘛了。這樣做，對不對？當然也對，再是英雄豪傑，不也得過日子嗎？但我心裏總覺得彆扭。事情是需要比較的。一比較，質的差異，深淺的差別，就顯現出來了。

我非常尊敬一個人，這個人就是芝加哥大學的王友琴女士。多少年了，她堅持不懈地調查文革的死難者，調查他們的姓名、籍貫、性別、年齡、家庭、死因。與宏大的文革敘事相比，她做的事簡直就是碎片，就是粉末。千萬別小看這些「碎片」和「粉末」，它們是珍貴的原材料，每一片、每一粒都黏肉帶血，是強力黏合劑。由於有了它們，「文革」作為一個歷史事件，才有難以撼動的基本資料和無法塗改的基本輪廓。有了資料，有了輪廓，就有了真相。人家王女士在美國，做了我們本當做的。我們當中有誰在調查「六四」的死傷者？也許有吧。要知道，這是最低限度的事情。難忘那個不斷揮臂擋住坦克去路的瘦弱青年。他死了，我們看到的只是一個背影，根本不知道他姓什麼，從哪裏來？為什麼那些政治人物都沒死，那些社會精英都沒死，那些學生領袖也一個沒死？死的都是無名之輩和可憐的孩子。無論何時何地，只要提起那些倒地之後就再沒有爬起來的孩子和百姓，我的眼淚就止不住。多少年了，國人還是不知道他們的姓名。二〇一六年夏季，我在荷蘭參觀享有盛譽的「荷賽」新聞攝影展覽，意外地發現了那張一個中國孩子站立在坦克面前的照片。它獲得一九八九年度大獎。

有個不知名的安徽作家。三年前一個深秋的黃昏，他給我打來電話，說自己是個小小行政幹部，也是個小小作家。要求和我見一面。

我說：「天色已晚。明天找個茶社或飯館，我們邊吃邊喝邊聊吧。」

「不。」他說，「我要說的事，是不能邊吃邊喝邊說的。」

口氣不容商量，我答應了。心想：什麼話有這樣重要？

第二天傍晚，他來了。儘管初次見面，可濃重的鄉音，把我倆的距離一下子拉近了。

在簡單介紹了自己的情況之後，就進入正題。

他說：「章老師，我看了你『往事』，我也要寫我的往事。」

「好呀！」

他說：「你寫的都是上層，我要寫底層。」

「那你能簡單說說嗎？」

「簡單說，就是你寫貴族，我寫饑餓。」說着，從黑色公事包裏抽出一卷圖紙，說：「我要寫的都在這裏。」

圖紙平鋪在茶几上，俯身看去，它們像是農家村落平面圖，毛筆手工繪製。除了豬圈、雞舍外，其餘均為大小不一的房舍，每個房舍都填有姓名。有的寫着三個人的姓名，有的是兩個，有的是一個。

他抬眼望着我，說：「你知道這是什麼嗎？」

「像是農家院落的平面圖。」

「章老師說對了。這是我家，是一九五八年的家，一個幾十口的大家。」他逐一指給我看，講給我聽，哪間屋住的是父母，哪間是祖父祖母住的，哪間是伯父伯母，哪兒是兄嫂子侄們的房子。繼而，他抽出第二張圖，第二張圖是一九五九年的家，第三張是一九六〇年。每張圖的格局都一樣，可房屋裏標注的姓名，越來越少。

翻到最後一張——圖上，一個小屋裏，只有一個人的姓名，其他房間都是空白。

我說：「只剩一個人了嗎？」

他抬眼望着我說：「只剩一個人了。」

「剩下的這個人，還活着嗎？」

「還活着。」

「他在哪兒？你認識他嗎？」

「他在這兒，就是我。」

愕然，啞然！悲而喜，喜而悲！過了好一陣，我問：「原先的那些人去哪兒了？」

「都餓死了。章老師，整整一個村子都是黃塵滾滾，不見行人哪。」

天乎天乎，百姓何辜！我一把抓住他的手，淚水沿着面頰滾落。

他告訴我：從成為孤兒，自己就立誓——長大後一定要寫家史，寫饑餓史。後來村幹部可憐他，負擔了他的生活，又供他上學。孩子聰明又用功，成了一名機關幹部，還入了黨。但他一刻也不曾忘記當年的誓言。

他對我說：「我要提前退休。」遂指着圖上那間小屋說，「我要回到這裏，開始寫往事。把我家的往事寫完了，就寫鄰居的；把我們村寫完了，就寫鄰村的。一個村、一個村地寫下去。」五十年來，多少鮮花是盛開在劇痛、死亡、刀口之上。現在，他要摘掉豔麗的鮮花，恢復原貌、原本和原色。

「長門柳絲千萬縷，總是傷心樹。」安徽老鄉告辭，我送至建外大街，看着他的背影消失在京城美麗的暮色之中，回到家裏久久不能平靜。他的記憶儘管是極其珍貴的直接見證物，但終因個人記憶的分散性，大概無須多久，或遺失，或流散，或被消滅。因此，我們必須把個人記憶納入一個公共空間。在這個空間裏，個人記憶得以聚合，得以交流。更重要的是在這個公共空間裏，個人記憶才有可能轉化為共同記憶，「粉末」與「碎片」才有可能糅合成一個完整的事件。而那些沒有親身經歷的人和我們的後代子孫，也才有可能通過這個公共空間承擔記憶，也承接記憶。二戰大屠殺的猶太倖存者的見證，已經為全世界受苦受難的個人和民族提供了「災難見證」與「災難見證保存」的典範性先例。一切災難都是人性災難。所以，這些「災難見證」，無一不是對一個民族最深刻的人性教育，最良好的素質教育和最完善的道德倫理教育。它相比於我們這裏搞的各種「愛國主義教育基地」，不知高出了多少！高就高在它既是對現實的見證，同時也是對未來的見證。它不是叫孩子們去「愛國」——愛某個政黨，而是使孩子們變得更好，瞭解自身，長得有個人樣兒，也活得是個人樣兒。

再把話題扯回到反右。究竟毛澤東的反右運動針對誰？是什麼性質？這話還用問，當然是針對包括青年學生在內的大陸知識分子和民主黨派的。但是，當我閱讀了西方學者漢娜·阿倫特（Hannah Arendt）對猶太問題研究資料以後，才明白自己的認識何其淺薄。漢娜·阿倫特是一個德國猶太女人，一個美國學者。她專門從事猶太問題和極權主義的批判性寫作與研究。前年是她百年誕辰（一九〇六—一九七五），大陸多家出版社都在推出她的系列作品。我目前看到的有《精神生活·意志》、《黑暗時代的人們》、《「耶路撒冷的艾希曼」：倫理的現代困境》等，讀她的書，內心非常震撼。

漢娜·阿倫特的與眾不同，要以一樁官司來說明。一九六〇年，以色列情報部門在阿根廷抓住了前德國納粹軍官阿道夫·艾希曼。這個人是貨真價實的劊子手。正是由他負責，將三百萬猶太人送進了死亡集中營。阿道夫·艾希曼在以色列開始受審。以色列這個猶太國家當然擁有審判權，而以何種罪行控告他，卻成為問題的關鍵。提出這個問題，在我們中國人看來簡直叫荒唐。負有三百萬命債的人，還缺少罪名嗎？自當「從嚴、從速、從重」處理，宣佈死刑，立即執行。

漢娜·阿倫特的與眾不同處正在這裏。她認為審判阿道夫·艾希曼面臨的是「由國家機器所組織的行政謀殺」，而西方社會在二戰後紐倫堡審判中首次把「行政謀殺」確認為是「具有現代特徵的新型罪行」。這種罪行的性質是對人類犯罪，納粹政權是人類之敵，她不同意將這一場人類的浩劫，僅僅放在猶太人受難史中去認識。大屠殺是非常殘酷的，從成因到過程也都異常複雜。其間有納粹的命令，也有猶太人的順從，甚至是合作。因為在納粹暴力下，猶太人為了個人的生存、利益，就盡量去妥協，對他人冷漠，對世事麻痹。結果呢，每個人胸前都戴上了羞辱性的六角星，生活成了只能喘氣兒的日子，到了後來連逃避恐怖的一點可能性也沒有了。數百萬人排着長隊被納粹送進集中營，送進毒氣室，送進焚屍爐。

一九六一年，漢娜．阿倫特作為《紐約客》(*New Yorker*) 的記者赴以色列參加報導審判。她想，這個劊子手能不是一頭野獸嗎？當阿道夫．艾希曼被帶進法庭，她手中的筆滑落到地板上，緊張又意外。這個人不單不像野獸，倒像一隻「被關押的綿羊」，說話措辭文雅，理智平靜，回答問題一絲不苟。阿道夫．艾希曼還表示能在耶路撒冷被當眾絞死，自己對此感到滿意。現場審判的情景，使漢娜．阿倫特認識到：有名的大戰犯原來是個級別不高的公務員：嚴格遵守紀律，認真執行命令，絕對服從了帝國命令而已——施暴者的兇殘和受虐者的順從，在漢娜．阿倫特那裏，具有了同等的份量和意義，它們一起指向了極權！所以，她要求審判艾希曼時，必須以全人類的名義，應該盡可能多地公佈真相！不是公佈一部分，遮掩另一部分，被遮掩的部分往往是「陰暗篇章」和「灰色地帶」，佈滿傷痕，也充滿教訓。但要想避免類似的災難再度發生，就必須這樣做，絕不能把災難的罪責全部放在具體行為者的身上。否則，就是一種「集體自我欺騙」和「集體失憶」。它的危害不在於給歷史留下空白，而在於危害全人類的未來。

反右不也是這樣嗎？一九五七年夏季，對章伯鈞、羅隆基從政治批判到組織處理，其間的每根鏈條、每一環節，皆由民盟中央領導人及其成員操作。當然，運動是毛澤東發起的，運動的步驟、方針、策略是由鄧小平領導和中共中央統戰部一手籌畫制定的。但具體落實到每一場批判會的佈置，每一篇批判稿的撰寫以及每一個右派的定性材料的確定與完成，都是民盟中央的人幹的（詳見拙作《雲山幾盤　江流幾灣——章伯鈞在一九五七》一文），其中不乏大名鼎鼎的教授和學者。沒有他們的熱烈擁護、積極配合、主動出擊，民主黨派的反右運能那麼酣暢淋漓、滿盆滿鉢嗎？徐慶全先生撰寫的《對丁玲、陳企霞反黨集團的批判》一文裏，詳細描述了大陸文壇的反右情況，全文讀罷，心膽俱寒：上邊為了搞丁玲，決定從陳企霞下手；為讓陳企霞低頭，決定從他的女友柳溪下手；為了叫柳溪開口，決定找到於她有知遇之恩的中共天津市委副書記下手……一番功夫，幾番撥弄，目的達到了，也準備停當。當柳溪站到了批判大會的講台前，一向嘴硬的陳企霞驚懼不已，精神幾乎崩潰，「像木頭似的杵在那裏」[三]。批判會前，中共文藝總管周揚還特地接見了柳女士，並對這個紀曉嵐六代孫指示道：「柳溪是起義，不要劃為右派，也不要開除黨籍。」[四]會後，陳企霞不得不低頭認罪，在家中向妻子表示自己要交代揭發問題。妻子趕緊向上彙報，周揚得知情況後，又連夜接見陳企霞，親切握手，說：「黨是要你的。」[五]沒幾天，當丁玲看到陳企霞站到批判大會的講台前，這個堅強高傲的女作家，同樣驚懼不已，精神失去支撐。她「無以作答，欲哭無淚，後來索性將頭伏在講桌上嗚咽起來」[六]。一切都是由周揚親自指揮的，但又是在整個文壇積極回應下進行的，又是在受虐者的密切配合下完成的。周揚早就說了：「利害之心勝過是非之心」[七]，為了身家性命，對朋友，對情人，再厚的交情，再純的愛情也都不得不拋撇於身後。結果，周揚並未兌現「黨是要你的」的承諾，他們被一網打盡。「在政治中，服從等於支持。」[八]「順從的工具，成了

三　徐慶全：《「對丁玲、陳企霞反黨集團的批判」——一九五七年中國作家協會黨組擴大會議紀實》，見《五十年無祭而祭》。

四　同上。

五　同上。

六　同上。

七　同上。

八　漢娜·阿倫特《「耶路撒冷的艾希曼」：倫理的現代困境》結語·後記，吉林人民出版社，二〇〇三年。

你倒霉的原因……」[九]

所有的順從，皆可用人的趨利避害之本能來解釋。實際上，這是國家在極權主義道路上，人類於絕境中摧毀人性、侵犯人性、殘害人性的表現。所以，漢娜·阿倫特在她撰寫的《極權主義之源》一書的序言裏，這樣寫道：「它（指極權統治）的勝利，就是人類的毀滅。無論在哪裏實行，它都在摧毀人的本質。」這位傑出的政治哲學家一再強調：由於人殘忍地對待他人，才使一部國家機器、一個政黨意志（包括它的科技手段、秘密警察、層層官員、級級組織），得以大規模地迫害公民。制度之惡吞沒了所有的人，而被吞沒者所表現出來的惡，漢娜·阿倫特稱之為「平庸之惡」，則更具普遍性、更可怕。舉個例子吧，一九五七年五月二十一日，正值整風鳴放高潮，北京大學物理系四年級學生劉奇弟貼出一張題為《胡風絕不是反革命》的大字報，公開為胡風招魂（劉以為胡風死了）。很快運動從鳴放轉入反右，北大同學對劉奇弟的圍攻，從一開始就異常猛烈，強迫低頭彎腰，直呼其為「反革命分子」。劉奇弟不服氣，即招來更嚴厲的懲罰。只要他開始講話，便有同學上去搧他的嘴巴。這個痛心的例子，足以說明順從者的作用了——說明「在極權制度下，不必是惡魔，任何一個平常的人都可以成為劊子手。……任何人都可能無端地成為暴

九　漢娜·阿倫特《「耶路撒冷的艾希曼」：倫理的現代困境》。

力殘害的對象，任何人也都可能成為兇殘狠毒的打手。誰在極權制度中『盡忠職守』，誰就註定不再能分辨對錯，不再能察覺自己行為的邪惡」[一〇]。受害者跟着加害者走，一步一步地喪失人性，每次運動都是這樣，豈止一個反右。後果是整個社會與中華民族的道德淪喪，且延續下去。

面對某種強大的存在力量，個人情感與需求無論多麼重要、多麼真實，似乎都無須獲得尊重，連人的生命也都變得如草芥一般，輕飄飄的。難怪任何一次災難發生，傳媒都不怎麼報導死難者的情況，五星紅旗也從不為哀悼死難者下降半寸。還記得嗎？一九九四年十二月八日，新疆克拉瑪依發生了那場震驚中外的大火，三百二十五條生命瞬間喪身火海。其中，二百八十八位是成績優異且多才多藝的孩子。就在那令所有的人悲痛不已的日子裏，天安門廣場的五星紅旗仍然高高飄揚。我和同事們氣憤得真想搭個梯子，把它扯下三尺。真的，快別給咱的孩子上什麼充斥着意識形態內容的政治課了，也快別在中央電視台給咱老百姓灌大碗「心靈雞湯」了。要緊的是恢復人性，恢復人的常態！現在，哪一級政府、哪位官員能明確告訴我們：在專制制度下，人性和良知當來於何處？家庭？學校？還是政黨？他們恐怕無法回答這個嚴峻又急迫的問題。良知的獲得是非常需要有自省意識

一〇　徐賁《卡茲納與艾希曼：往事與爭議》，《南方週末》二〇〇六年十一月十六日。

的，即「捫心自問」。遇事「捫心自問」，比啥事都「心安理得」、能更多地健全人性。儘管今天的神州大地處處高喊「以人為本」的口號，但當下的各級政府和官員缺的就是人性。更糟糕的是，我們制度本身就缺乏人性，才導致各種聞所未聞、屢禁不止的醜態、醜行、醜聞。這不是搞自律自查，或讓官員有高學歷，或上黨校所能解決問題的。父親（章伯鈞）很早就告訴我：二戰時期，德國納粹黨衛軍裏就有許多博士，而反動的排猶運動也非希特勒一人所為，它還是遍及歐洲的普遍情緒與思潮。

面對共同記憶，面對過去的創傷性記憶，是需要全民族來共同承擔的。反右運動的歷史不是五十五萬右派和他們的親屬子女的私產和包袱，也不是中國大陸知識分子的私產和包袱。我們既要從政治體制上追究歷史的罪責，同時還要從人性的深層拷問民族、群體及個人的責任。北京大學教授錢理群先生把反右運動研究定為「一九五七年學」，自有深刻的道理和用意。因為「五七」史，就是人禍史。反右運動從政黨性質、意義上消滅了民主黨派，但更重要的是它消滅了人格。讓人不把自己當人，也不把別人當人。澌滅人性，摧毀人倫，將每個人潛藏很深的動物性、獸性都開掘出來，氾濫於社會。「五七」史，是背叛史。中共公開背叛盟友，公開背叛聯合政府的誓言，公開背叛憲法和國民。當然，中共也是徹底背叛了當初的自己。就像當年聶紺弩滿懷悲憤對準備入黨的戴浩所言：「這個黨你想進去，我正想出來呢！當年，我要是知道共產黨是今天這個樣子，我決不會參加的，它簡直比國民黨還糟糕。幾十年來，共產黨一直以改造世界為己任，其實最需要改造的恰恰就是共產黨自己。因為所有的錯事、壞事、骯髒事，都是它以革命的名義和『正確』的姿態做出來的，可憐中國的小老百姓！」[一一]「五七」史，還是獨裁史。毛澤東通過反右，兩手掀翻聯合政府，一腳踢開國家憲法，在一個被稱之為「人民共和國」的國度裏，全面復辟封建專制。從最初標榜的人民民主專政，退到無產階級專政，再退到「一個人說了算」的個人獨裁統治，只經過了七年。咋才用七年？毛澤東靠的就是一系列運動。因為「能夠使大眾政治化的，不是政黨而是運動」。令人萬萬沒有想到的是：這種獨裁竟然像一份珍貴遺產，被以後幾代中共領導人和決策層保留繼承下來。毫不過份地說，今天我們這個社會所有的黑暗都與「這份珍貴遺產」相關、相連、相通。為什麼許多事情要最高領導人批示才管用？難道龐大的行政機構和上千萬的公務員全是窩囊廢？不，原因就是我們的政權性質。

我們紀念反右，向加害者索賠是應該的，為什麼不賠？而且應該從中共的黨產裏拿出錢來賠償！道歉更是起碼的事了。賠償之前，起碼要搞清楚——共產黨到底劃了多少右派分子？我在《一片青山了此身》一文裏曾有講述——一九五八年，父親劃為右派，戴上帽

一一　拙作《最後的貴族．斯人寂寞》牛津大學出版社，二〇〇四年。

子。作為國務院總理的周恩來在中南海接見了三個被撤職的內閣部長（章伯鈞、羅隆基、章乃器）。氣氛凝重，談話簡短。

接見臨近收尾，父親問：這個運動劃了多少右派？

周恩來答：大概有二十二、三萬吧。

父親後半輩子一直在念叨這個數字，像背十字架一樣背着它，走進墳墓。父親哪裏知道：上個世紀八十年代，官方披露出新的右派數字是五十五萬，受難者翻了一倍多。二十一世紀又有了更新的數字，是一百萬以上。每個劃為右派的人，他們的姓名、他們的命運、他們的家庭、他們的結局呢？還有整個政治事件的前因、後果、性質……所有的一切，因真相被嚴密封鎖，因死守「反右擴大化」的結論，而至今不清不楚、不明不白。我們不能像對待日軍的南京大屠殺那樣，自己說被殺者三十萬，那麼請出示三十萬人的名冊，我們卻拿不出來了。「南京大屠殺」的紀實影片，也是外國人拍攝的。一位姓陳的先生看過影片，在網上寫道：「有錢的沒錢的，有車的沒車的，工作了結的沒了結的，都該掏錢買票去電影院，領回屬於自己的那份恥辱。」——這是多麼痛苦的呼籲啊！所以，我始終堅持一個觀點：對反右運動，共產黨必須交代清楚。我們自己也要搞清楚，用法求得必須的清算與必要的懲處，在此前提下，求得合情合法合理的「和解」。結束「以暴易暴」的歷史傳統和政治循環。所以，我要說：紀念五十年前的反右，其根本意義是為了五十年後、百年後。不過，這是事情的第一步。中國人對二十世紀血淚歷史的梳理、反思、歸納、研究、總結，才剛剛開始。重要的是——開始了！我們決不後退，誰也無法禁止。

我們不僅要為「五十年無祭而祭」，還要追述和追究「土改」、「肅反」、「三反五反」、「肅胡」、「反右傾」、「三年大饑荒」、「十年文革」和「六四」。幾十年無數的事件、無數條命債，都「無可奈何」地畫上潦草的句號。現在，我們要重新述說、重新書寫。只能這樣，也必須這樣，況且時間已經不多了。

過份的樂觀，只存在於想像之中。要知道，中國是有悲哀傳統的。

二〇〇七年六—八月於北京守愚齋，二〇一六年十一月修訂

一半煙遮　一半雲埋

——周紹昌《行行重行行》序

由於第二次婚姻，我得以結識許多畢業於上個世紀五十年代初期的北大人。如今他們都在七十開外，不少人已為黃泉客，其中包括我的丈夫馬克郁。人走了，人情在，我與他的同學始終保持着聯繫。

有人說：一九四九年後的北大中文系最有出息的一撥，是（一九）五五屆的學生。我的先生恰恰就畢業於一九五五年。他們這一班分別來自北大、清華和燕京。一九四九年後，大陸政權為建立自己的意識形態體系，從教育下手的第一招就是所謂的院系調整。於是，他們一齊來到了北大。

在這個班裏，我的先生算得上最沒出息。沒出息到把自己的生活徹底變成一個玩兒。玩法也別致：能把《離騷》從第一句背到最末一句。能唱京戲，既演金玉奴，又扮趙高。婚後，我倆去逛河北承德。到了外八廟，我第一次聽說「密宗」，啥也不懂，就一個勁兒追問講解員。他朝我使個眼色，意思是叫我「閉嘴」。回到「避暑山莊」的招待所，他沏上一杯花茶，就開講了。他講解的「密宗」，聽得我一愣一愣的。他的沒出息，還表現在不能「與時俱進」的行為態度上。上個世紀八十年代，市場經濟如狂潮一般吞沒了整個社會，到處流傳着「十億人民九億商，還有一億要開張」的民諺。北大校方也積極投入了商海，把學校漂亮的圍牆拆了開店鋪。我的先生得知後，氣得呼哧呼哧的，在電話裏對同學說：「聘請侯寶林為客座教授、推倒南牆開商鋪酒樓，是咱北大兩大恥辱。」為了解氣，他寫了好幾首打油詩。

我的先生就是這樣的沒出息，可見那有出息的，是何等樣人。程毅中、傅璇琮、白化文、李思敬、金開誠、劉世德、沈仁康、沈玉成等，都是他的同學。職稱、職務均堪稱一流——學者，教授，作家，中華書局總編，商務印書館總編，某民主黨派中央副主席，可說是個個身手不凡。成材是要有條件的。他們的先天條件來自一九四九年前。這些人家境富裕，出身良好，自幼接受較為全面的傳統教育，像大學長程毅中先生四歲啟蒙，《四部叢刊》是一部一部讀完了的。他與我先生同宿一室。程毅中為四人宿舍寫了副楹聯。上聯是「四號鬚眉屬我老」，下聯是「五陵秋馬看誰肥」。沒貼幾天就受到批評，楹聯取了下來，我先生忿忿地說：「乾脆改成『學習政治，政治學習』吧！」

為什麼最沒出息的學生能把《離騷》倒背如流，把個「密宗」說得頭頭是道呢？這就是名師的厲害了。系統地接受名師培養和指點，是他們成材的後天條件。講楚辭的是游國恩先生，講語言學的是羅常培先生，開中國文學史的是浦江清先生。現在北大文科學生是百分百地知道比爾·蓋茨；肯定百分之九十九地不知道浦先生。可上個世紀三四十年代清華園裏的「雙清」，卻是無人不知的有名教授。一「清」是朱自清，另一「清」便是浦江清。浦江清畢業後就被吳宓推薦到清華研究院國學門，做陳寅恪的助教。工作期間的他，居然自學了梵文、天文學，不可思議吧！開中國語文概論的是魏建功先生。擔任五五屆學生的助教，則是後來大名鼎鼎的周祖謨、吳小如。因為老師講課的正題，講義上都寫得清清楚楚。於是，課堂上的「神聊」與「胡侃」，便成為學生聽課的主要內容。老師的許多真知灼見，是從「聊」與「侃」中傾瀉出來的。北大提倡的獨立性和獨創性，在教授們身上有着鮮明又獨特的表現。一九五〇年夏季，抗美援朝戰爭爆發。當時一篇最紅的文章，叫《誰是最可愛的人》；一本最紅的書，叫《三千里江山》。它們被官方定為範文，列入中學語文課本。清晨，我在家裏捧着課本，大聲背誦這些紅色名篇。父親聽了，皺着眉頭說：「不背《古文觀止》，背這些東西！」在北大中文系課堂，吳組緗教授對學生們說：「這些作品的『好』，是好在了政治，而非文學。」

老師有個性，學生也有特點，師生關係亦非同尋常。浦江清先生身體不好，早上起不來。學校把他的課特意安排在上午的後兩節，即使這樣，浦先生也起不來。到了鐘點兒，見老師沒來，就由兩位同學到燕東園浦宅，伺候老師穿衣戴帽，再用一輛女自行車前推後擁，把老師載到課堂。浦江清會崑曲，講到元明戲曲一段，則喜吟唱。他授課認真，遲到的時間是一定要補上的。於是，到了下課的時候，他還在那裏「咿呀咿呀」的，沒完沒了。學生們早就惦記着去大食堂，早去吃肉，晚去喝湯，誰個不急？怎地不慌？當時的課代表白化文便謅出一詩打油：「教室樓前日影西，霖雨一曲尚低迷；唱到明皇聲咽處，迴腸盪氣腹中啼。」[一] 北大學生的課外生活，也極其豐富。我的先生與周紹昌同系不同級，因為都來自天津，都愛唱京戲，後來又都是中國民主同盟盟員，便湊到了一塊兒，保持了一生的友誼。

這一屆學生是一九四九年後入學的，由於他們接受太多的傳統，由於他們出身大多非工非農亦非軍（指解放軍），由於他們崇尚學術而鄙視政治，由於他們不是中共一手培養長大的，有了這麼幾個「由於」，這些學生在紅色政權及其政工幹部的眼裏，基本上都不屬於無產階級知識分子。特別是那些學習成績優秀的，就更不受「待見」了。這一點，充分表現在畢業分配工作和繼之而來的反右運動裏。比如成績極其優異的程毅中，畢業後分配到陝西省西安石油學校當一名語文教師。一九五六年北大招收研究生，他想考浦江清先生的研究生，托人去問。浦江清知道後，向系裏說：「程毅中不用考了，從西安回來就是了。」但「教授說了算」的情況很快發生了變化，沒兩年，教授的話不管用了，管用的是

一　白化文《退士閑文》，遼寧教育出版社，二〇〇四年，第四二頁。

黨政幹部和既是教授也是黨政幹部的人。到了一九五七年的反右運動，北大中文系劃右的師生比歷史系的要多許多，為什麼？因為歷史系的翦伯贊和中文系的楊晦同為中共黨員，儘管同為系主任，但在「劃右」的態度與掌握上，卻十分不同。三十多年後，楊晦先生去世，在校方準備追悼會之際，中文系學友當中竟傳遞着一張條子，上寫：「誰也不准去。」何以如此絕情寡義於老師？因為當年的老師曾寡義絕情於學生。真可謂一報還一報。

五十年來政治形勢的變幻無常與激烈殘酷，使學生們也有着不同的政治傾向，差異甚至是非常突出的。有人成為左派，其中最典型的一個，做到了某民主黨派的中央副主席。一九八九年夏季，他居然擁護戒嚴部隊。我的先生在《光明日報》上讀到他的表態擁護戒嚴的文章，氣得在家中破口大罵，並告訴我當年其人在北大作學生時就屬於「狗黨」。他們中的絕大部分人是中性的，其特徵是不黨不派，只想做一生的學問，做一世的本份人。不趕時髦，文化上的時髦不趕，政治上的時髦就更不屑了。他們也追懷昔日時光，但不像我去寫什麼惹禍的《往事》，遭禁的《伶人》。他們頂多寫兩句詩，詩句褪盡火氣，詠歎古今相通的人之常情。即使茗邊小聚，說的也都是學問。就真的對現實沒有一點看法嗎？功底扎實、治學嚴謹的他們，回想起大半輩子充滿失落和挫折的經歷，內心無不充塞着難以言說的慨歎與傷感。同一個人生，可以有多少種過法，可誰也沒有想到人生過成這個樣子：小心翼翼，碌碌無為，還有畏縮恐懼。早知如此，自己幹嘛考北大、讀清華、上燕大呢？這畢竟不是「不給乾飯，咱吃稀飯」的事，它是直指生命的意義。

一九五七年就讀於北大的年輕學生中有不少是右派，結局是被開除，被下放，被押送去勞教、勞改。有名的像譚天榮，無名的像周紹昌。一個人的好時光，就那麼幾年。像周紹昌這樣——剛畢業或還沒來及畢業的，勞動改造長達二十餘載的大學生，並不在少數。一九七九年，右派問題雖然獲得「改正」，可事業、健康、愛情、家庭都空空如也。熬到八十年代中後期，社會終於有了學術空間，這些被名師栽培調教出來的「五〇後」，在五十來歲的年紀，才浮出了水面。可沒幹幾年，管你成就有多大，都被一刀切下，打發回家，去過「退士（即退休之士）」生活。難怪程毅中曾對我的先生歎道：「讀一輩子書，真正從事專業只有幾年，有的同學一輩子都沒派上用場。我們是被拋棄的一代。」儘管謹慎、內斂的程先生沒點明是誰拋棄了他們。

從痛苦與慘烈中一旦清醒過來，襲上心頭的是受騙的感覺。接着，就會不停地問自己：這不是「新」社會嗎？「新」社會的人生之路，為什麼這樣難走？我們不是被「解放」了嗎？「解放」後的日子，為什麼這樣難活？中華人民共和國的憲法，先後搞了四部。一九五四年一部，一九七五年一部，一九七八年一部，一九八二年一部，一部接一部，世界罕見，絕無僅有。每一部憲法都標榜公民的權利，可我們真正享有了嗎？從譚嗣同的砍頭到林昭的處決，以及周紹昌們的忍辱負重，用百年的血淚，換來的就是這麼個國家？人生再苦，也需要面對。其實，不少經歷過苦難的人，包括畢業於北大、清華的知識分子，並沒有足夠的勇氣去面對，而是響應了官方的號召——向前看。除了私下裏發發牢騷，平素更多關心的是學問、保健、子女和退休金。我很奇怪，他們的功底好，文字好，記性也好，為什麼都不寫寫過去五十年，寫寫自己的大半生呢？

周紹昌是個例外，他拿起了筆。

他給我看的第一篇作品是詩《禮贊落葉》——二〇〇二年春，為悼念他的同學、我的亡夫去世一周年而作。在另一首詩中，描寫了一個跪在海灘揀拾貝殼的小女孩，貝殼在太陽下閃着光。

我不懂詩，便打電話去問：「那個揀貝女孩是誰？」

「是你。」不等他往下說，我慌忙掛了電話。

大哭，無所顧忌地哭，好在沒人聽見哭聲，也無人看到哭相。以後每年的五月，周紹昌都有題為《悼克郁》詩寄給我，信封還沒來得及拆，眼眶就先濕潤起來。怎不傷感？就像我平素常說的——如今誰還惦記誰呀。到了二〇〇六年的五月，周紹昌把詩的題目改為《憶克郁》，並解釋道：今天來看他，祭奠故人；面對人生，改「悼」為「憶」。

一次聚餐，閒聊中周紹昌對我說：「我要寫點東西了。」我知道，他說要寫點東西，決不是一種打算，而是決定。

我沒猜錯。不久，他拿出了題為《旻姑》的一篇散文，文章的篇幅不長，在恬淡的敘述中，寫出了一個有文化修養、性格開朗的女人怎樣被環境窒息而亡，最後的情節是患有高血壓症的旻姑在「文革」挖防空洞的勞動中一頭倒地，再也沒有爬起來。但我堅持認為，她決非死於疾病，而是死於中國酷烈的政治環境。文字乾淨，情感也極有節制。讀罷，我把它推薦給辦期刊雜誌的馮克力先生。他一眼相中，說「好」。經過一段時間，馮先生在電話裏告訴我：《旻姑》已刊於二〇〇六年廣西師範大學出版社出版的《溫故》第七期。同期刊登的文章，還有陳丹青的《笑談大先生》，何方的《在外交部工作的日子》，汪修榮的《沈從文——寂寞的教授生涯》，邵建的《重勘「三一八」》，徐宗懋的《第一次國共合作期間的幾通信札》，以及拙作《可萌綠，亦可枯黃——言慧珠往事》等篇。捧着這一期《溫故》，自己着實高興，為周紹昌高興。

過了些日子，我突然接到馮克力先生的電話，說：「《溫故》被出版署封了。」

我急衝衝問：「封？是因為我的文章吧。」

「不是。」

「不因為我，那又是因為什麼？」

「我也不知道。」馮先生這樣回答。

對話結束了，我卻一整天都在琢磨《溫故》被封的緣由。肯定是因為我——這是我得出的最後結論。只不過馮克力怕我難過，不肯說穿罷了。我把這個消息立即轉告周紹昌，他非常震驚。說：「好好的一本書，招惹誰了？」於是，他更加勤奮了。

其實我早知道：從《往事並不如煙》一書遭禁，我所有的文章都被「盯」上了，連人也「盯」上了。有例為證：某上海報紙刊登的一篇散文裏面有「章詒和大姐」五個字。送審後，總編把這五個字用紅筆勾掉，說：上面打了招呼，任何傳媒不許出現「章詒和」。看來，我就是個瘟神，走到哪裏，哪裏就「油燈打翻，店鋪關門」。最近聽說，官府列出了一張「敏感人物」大名單，依據敏感程度分一、二、三個級別。我是第一級裏的第一名。每隔一段時間，上邊就向傳媒出版單位電話宣讀一遍名單，像點名一樣。是呀，大權在人家手裏，想點你就點你，想禁你就禁你，隨時可以侵犯你。但是，我會繼續寫下去，會在內心保持那不滅的火焰。

在我們這塊土地上，只要政治上不幸了，你便無路可走。經過了「無路可走」的絕境，周紹昌踏上了精神救贖之途。

在不長的時間裏，他寫出了長篇回憶錄《行行重行行》，全書記錄下自己劃右勞教的放逐生涯。我拿到複印稿，一天就讀完了，並且知道他早在一九九九年就動筆了。應該說，書中沒有深刻的哲理，沒有眩目的文采，沒有聳動的情節，一切都是那樣的淺顯、淺淡、淺近。他只寫人的命運如何在生命的慾望中延伸，他只寫經歷過許多事以後，如何把冷的熱的一起放進心裏掩藏好。一九五八年一月二十六日，章伯鈞、羅隆基、曾昭掄、錢端升、費孝通等人在民盟中央大會議室，由胡愈之主持並代表官方宣佈為右派分子的時候，宣佈章、羅等人受到降職降薪處理，仍保留部分職務（即保留勤雜、廚師與四合院）的時候，（一月二十八日）周紹昌作為外文出版社的右派分子提着自己的行李卷，離開不滿六個月的女兒，登上一輛麵包車，被警察押送到北京自新路半步橋的收容所。上車前，他用心環顧了那熟悉的機關大樓。而下車後，迎接他的則是一排排的鐵欄桿。進得通道，見一個人雙手把住欄桿，向新來的人高喊：「歡迎，歡迎！」那是強為歡聲的悲號，那是令人驚悚的奇特音顫。伴隨着關閉鐵門的金屬巨響，監獄的含義，全然無須法學家的詮釋了。從那一刻起，周紹昌的心突然緊縮在一起，重重地、重重地沉落下去。

幾天後，周紹昌再次提着的行李捲，被押送到河北清河（茶淀）勞改農場。所謂農場，原來就是一片荒地。他在書中這樣寫道：「興許是荒地的景色過於單一，望不到頭，更走不到頭。三十里路，彷佛就是古人說的『無涯』了。地球是圓的，而我們就像蹬地球的狗熊，腳下踩着的球在轉，而自家卻總是踏在球頂的一個點上，老也走不到頭。」是的，很多人沒走到頭，因為性命到了頭。周紹昌是走到頭的，但用了二十一年。勞教隊並非清一色的右派，是雜牌軍。盲流，慣竊，壞分子，成員五花八門；年齡也從五六十到十五六。氣質、素養、年齡、背景相差懸殊的勞教人員的混雜，對於管教是最為有利的。

大家來頭不一，相互鄙夷，抱有非我族類的天生戒心，小有磨擦就密告檢舉。但周紹昌還是能從中感覺到一種人類共同的悲哀，看到每一個人其實都想從對方的眼裏，搜索到友情。到了深夜，透過窩棚上蘆席窄窄的縫隙，能看到一絲星光。周紹昌伴着星光入睡，每個夢都是隨着星光去追逐失去的歡樂與溫暖。有誰知道右派分子前途怎樣，今後如何？就像元人趙禹圭《折桂令》裏所言：「醉眼睜開，遙望蓬萊，一半煙遮，一半雲埋。」

勞教期屆滿，就打入留場就業隊，繼續勞動改造。隊裏有個右派分子姓徐名淦，原是人民美術出版社的資深編輯，對中國連環畫的編輯出版有開創性貢獻。一次，徐的夫人來探視。勞教就業人員全體動員起來，收拾出一間土房，用被單當門簾，拿草袋堵了窗戶，從伙房打了開水，凡是當時能辦到的，都盡力辦了。幾天後夫人離去，徐淦先生寫下一首詩。其中的兩句是：「毫無慍色嫌泥腿，猶有柔情憐白頭。」詩句被周紹昌牢記在心，每次吟誦，都感慨萬端。我曾經也是囚徒，故書中極平靜的描述，在我讀來也是慘目驚心。

「改正」後的周紹昌曾這樣說：「想到祖國的河山，不知怎麼總有淡淡的一絲哀傷的憂鬱。」是這樣的！從這裏走出去的人，大概要背負着一生一世的饑寒。

今年（二〇〇七）的五月四日，他寄來題為《詛咒》的詩，全詩八行。如下：

那陰影老是糾纏不休
因為它們呵至今還在
不休地搖動巫的魂幡
用唱着的歌跺着的腳
一心想扼住春的喉嚨
捂住你的嘴蒙他的眼
卻推拂不開心的詛咒

每個人的內心都蘊涵着精神需求，這是天性。地之興衰，人之顯晦，在生存需要獲得基本滿足以後，這種精神需求就會覺醒、壯大起來，並成為人生主要追求目標。林昭在《種籽——革命先烈李大釗殉難三十年祭》一文裏，這樣寫道：「真正的解放，不是央求人家，『網開一面』地把我們解放出來，是要靠自己的力量，抗拒衝決，是他們不得不任我們自己解放自己。」我認為，這當是真正的北大精神！

行行重行行，人生是走不完的旅途。當黑暗不再是內心陰影，生命不再畏懼死亡，即使太陽快要落山，明知前面就是墳墓，那又有什麼要緊！

二〇〇七年七——九月於北京守愚齋

很後悔，沒爲他寫一個字

——張超英《宮前町九十番地》讀後

二〇〇六年秋天，台灣「時報」的朋友帶給我一本書，書名叫《宮前町九十番地》，很別致。作者叫張超英，很生疏。

我問：「好看嗎？」

答：「非常好看。」

把書帶回家放置了一段時間，才從書櫃裏取出。本打算翻翻，瞟幾眼，不想拿起就看了個通宵。

這是一本回憶錄，李昂認為：是一本比小說還要精彩的回憶錄。看後，我覺得這個評價一點不過份。全書找不到多少華麗辭藻，它的精彩靠的不是文采。全書找不到什麼離奇情節，它的精彩也不靠結構編排。我覺得，全書的精彩之處來自張超英本人——一個非常獨特的角色。

張超英出身富豪之家。現在的人們知道台灣的富翁王永慶，其實，他的祖父（張聰明）在二十世紀之初，就是大名鼎鼎的實業家。在日據時期，他以經濟支援的方式致力於反日運動。二戰後，蔣介石敗退下來，情報頭子毛人鳳的落腳地就是張家。張超英是個獨苗，生在日本，求學香港，還住過上海，接受了非常完善的教育。其父張月澄是台灣精英分子，「二二八」慘案被判處死刑。張家花了大錢，雖把人救出，但從此夢碎，心也碎。張超英本人親歷豪華排場，也目睹都市窮人凍死街頭的慘景。十三歲那年，在家中與當時的首富林熊徵吃午飯，每人一碗擔仔麵。不想，第二天，傳出林老闆去世的消息。驟然巨變，對這個「含着金湯匙長大」的青年，產生了終身的影響。「生命竟能像點火柴一樣，才剛劃過燃燒，瞬間就火滅人寂。」他感到人生的無常，錢財的虛無。於是，這個多愁善感的青年，開始思考生活的真正意義是什麼。

張超英靠自己的能力進入台灣新聞處，做了三十一年公務員，卻始終沒有參加國民黨，也拒絕當什麼「眼線」。在工作中力圖以超然的態度對待周圍發生的一切事物。無論誰當政，張超英一心所想的是台灣人的莊嚴和地位。有人罵他是「漢奸」，又有人罵他是「台奸」，他都一笑了之。沒有修養和信念的人，是根本做不到的。張超英晚年口述的這本回憶錄（執筆者陳柔縉用了十二年的時間完成）與政壇人物撰寫的東西有極大的差異。後者不是往自己臉上貼金，就是惦記如何把這輩子幹的事說得周周正正，起碼能自圓其說。張超英則不同了，由於推崇自由、獨立人格並身體力行，所以他講述往事的時候，能淡化意識形態色彩，擺脱官方樣式和國家框架，也不計較現實的利害，像說家常一樣娓娓道來，像大雁盤旋天空一樣，隨意自在。而一些很有見地的話，都是親歷後的獨立判斷，讀來既有親切感又具說服力。比如，他說：「在蔣介石活着的時期，整個社會都神經兮兮地反共。海外和台灣的知識分子，不論主張台獨或親共，基本上都是被國民黨的專權腐敗逼出來的思想出路。」這就屬於真知灼見，不經過思考是講不出來的。所以，他關心的不是哪個黨的執政利益，覺得自己是台灣人，要盡可能為台灣做點事，而不是為國民黨或其他哪個黨賣命。總之，張超英在自己搭建的舞台上，盡情表演，一切都是活靈活現的！事情像老故事，人物如老相識。

這裏，我舉他筆下的宋楚瑜來說明這書是如何的有趣。一九七八年，張超英回國述職，第一次見到宋，當時他三十五歲，任新聞局副局長。張超英發現這位副局長講話扼要清楚，沒有廢話。談起新聞局業務，有種「聞一知十的感覺，和他談話很輕鬆」。蔣經國要宋楚瑜多到日本看看，好好學學。宋幾次赴日，每去一地都認真聽取解說，通過觀察提問題，令人印象深刻。「而一般大官考查不外哼哼哈哈，抱着到此一遊的隨便心情，急着趕赴旅館，坐下來吃一頓大餐而已。」一次，宋一行數人抵達仙台。進了宋楚瑜下榻的房間，大家嚇得瞠目結舌，其豪華讓人產生總統房間的錯覺，大小共三間，還有一間密室，是用來藏姨太太的。宋楚瑜一看，就急了，問：「超英，到底多少錢？」宋是工作狂，晚上回到旅館也是九點多。但他還是要找張超英聊天或看材料，以致於李登輝很吃驚地問宋：「你怎麼懂日本這麼多？」」張超英最得意的一筆就是通過私人渠道安排了日本內閣首相中曾根康弘與宋楚瑜的私人會晤。雖是在高爾夫球場的「巧遇」，談話也不足半個小時，內容也與政治無關。但在那個非常特殊的年月，卻是要冒極大風險。當時，日本首相毫不知情，完全是依照幕後導演張超英一節一拍地「表演」下去。諸如此類的細節，書中比比皆是。我常想，要等什麼時候，我們的官員寫回憶錄不再板起面孔，也能像《宮前町九十番地》那樣好看，有趣呢！

日本的櫻花最美，盛開時節，春風一吹，便散落如雨。張超英在頂峰時離職，那年他五十二歲。如綻放之花，悄然離去。

台灣「時報」的朋友知道我很喜歡這本書，便建議我寫一篇書評，我未置可否，總覺得對張超英的瞭解太少，也膚淺。

後來，他患癌症去世，我很後悔，沒給他寫一個字。

二〇〇八年寫於北京守愚齋

他那支筆是怎麼練的？

——讀李長聲

一到東京，就認識了李長聲，那是二〇〇八年的春季。我們一路走，一路看，一路聊，很快成為朋友，似乎是認識很久的朋友。你問日本的歷史，他能告訴你；你問日本的風習，他能回答你；你問日本的文學，他能說出個子午卯酉來；連點雞毛蒜皮的問題，也能給你個完滿答案。單這個本事，我就佩服得不行。用父輩的老話形容，叫「日本通」，今天則稱之為「知日派」。

去東京的淺草寺，離廟門尚遠，已然人流如織，熙熙攘攘。很敗興！看看旁邊的李長聲，走得精神抖擻，講話興致勃勃。我不禁問道：「你陪國內的朋友來過多少次了？」

他淡淡一句：「無數次。」

在販售紀念品的商店裏，我拿起一個銅製菊花工藝品擺弄。他雙手接過來，自言自語道：「菊花，皇家紋章，十六瓣……」

聽了，頓生感動：他的自語，實則為我。既讓我知道這非同小可的日本菊，也意在保全「章大姐」的體面。

我們一起到日本現代美術館，參觀《紀念東山魁夷百年誕辰畫展》。觀後出來，早過了午餐時間，人又渴又餓。路上碰到一家紙店，我興致陡起，不管不顧地一頭鑽進去。東挑西揀，搞了半日。李長聲默默陪我，靜靜等我。出得商店，我突然想起：他有糖尿病，是需要及時進食的。

返京的日子到了，李長聲開着漂亮的Lexus送我去機場。分手時真有些捨不得，希望他的話匣子老開着。由於帶的書太多，超重了！日本小姐二話不說，隨手在一張A4複印紙畫了幾筆，舉到我的眼前。一看：一萬七千！心想，這肯定是「罰金」了。回到北京，用「伊妹兒」告訴李長聲。他在郵件裏回覆道：「不貴，大姐，一切都值得。」

以細節識人，大抵無誤。從此，「長聲兄！」我叫得爽爽的。

李長聲待人好，書也寫得好。筆下，頗有苦雨齋的派頭和味道。一副閒適沖淡的神態，寥寥幾筆卻言之有物，清爽簡約的文字是極其考究的。寫春色，如嫩竹；話秋色，似晨霜。舉個例子吧，那麼多的人描寫日本櫻花，說它如何之美麗，怎樣的清雅。不承想我們的長聲兄將它比做潑婦，「嘩地」開了，又「嘩地」落了，神了！

李長聲所寫，涉及範圍極廣。像個萬花筒，拿起輕輕一搖，就是一幅日本社會圖景。五色繽紛的，煞是好看。而他所寫，又無一不是日本現實中的人、事、物、景，結結實實的。筆觸始終落在「實」的社會生活的層面上，這使得他的文章有着非常執著和強悍的內容。不像某些東渡客，給我們送來洋洋灑灑的日本觀感和色彩極佳的圖片，看着總不免輕飄浮蕩。依我淺見：再宏偉的敘事，再華麗的文采，「文學」的大廈都需要一個「實」字碑做基石。李長聲的作品很實在，不易被時間和時尚淘洗，即使再短的小文，你也會有所得。是啊，文學比戰場更慘烈——被剽竊，被查禁，被金錢收買，被政治打壓，以及整體「邊緣化」。但是，並非所有的春花，惟有到了秋日，才能確認它的存在。

現實生活中的人、事、物、景牽引出李長聲的喜怒哀樂。這些具體又真摯的感情以一種灑脱的態度，將文思推入到「性靈」的層面。文壇上常說的「獨抒性靈」，簡單說來，不就是指作者能對「人」有所認識，且不斷深入嗎？換言之，也就是作家能以個體生命去體驗人類生存途中所共有基本狀態，包括各種心緒、心理。李長聲善於思考，文筆上佳，許多人還記得他上個世紀八十年代在《讀書》雜誌上發表的好文章。我想，堅持真實的、自由的「個性」筆墨，當是他成功的奧秘。

李長聲另一特點是在「實」的基礎上各種文化成份的匯合。他的寫作能夠融入自己的長期觀察與潛心思考，融入相關的歷史的、社會的、文化的、民俗的、心理的、地理的各種因素，彼此交叉、演化、滲透、合力推進，最終完成一個文學主題。日本藝伎是令人感興趣的話題，也多少與我的專業相關。對這個延綿數百年的事物，李長聲寫得縱橫馳騁，自與別人不同。從藝伎歷史淵源、名稱演變到職業規範，仔細道來，並澄清了國人的許多誤解。他在《風來坊閒話》一書裏，告訴我們：藝伎集中住地叫「花街」，又稱「花柳巷」。但花街不是娼妓館，藝伎賣藝不賣身，「以歌舞彈唱為能事。客人談事則默然斟酒，客人取樂就陪着談笑遊戲。」她們的服務「現在以兩小時算賬，而在江戶時代則以燃盡一根香計算時間」。李長聲又說，藝伎從少女時受訓，「像日本庭園一樣，看似自然，其實是極盡人工」。連她們穿怎樣的木屐，哪只手提和服的下擺等瑣細之處，在他的書裏均有所交代，其專業化程度，真的不亞於戲曲服飾、穿戴制度研究。李長聲非但有很好的社會洞察力，且視線廣泛。他能從藝伎與政治家、文學家的往來關係方面，開掘出更深的文化內涵。前者有伊藤博文、田中角榮、小泉純一郎。後者如谷崎潤一郎、川端康成、渡邊淳一。政治家包養藝伎的傳統風習，使藝伎日後有了寫作的本錢；而文學家則用生花妙筆，將她們寫成了國色。難怪李長聲歎道：大和魂實質不是好戰，是好色。

筆走到此，準備「收官」，不想台灣「遠流」出版社給我寄來他的新作《東京灣閒話》。翻開目錄，立即看到「搞笑藝伎」的篇目。花街女子是日本歷史的一抹餘輝，它既是人們樂此不疲的談資，也是作家反復咀嚼的素材。但像李長聲寫得如此出色的，畢竟不多。

李長聲筆下涉獵極廣，寫飲酒，寫捕鯨，寫街景，寫書店，寫浮世繪，寫辭世歌，都是精彩、精緻又精闢。敘事，娓娓動聽；狀物，不厭其煩；寫人，道地白描功夫。不明白了：他那支筆是怎麼練的？

平淡瑣細之中有真知灼見，酣暢淋漓之中見深厚質樸——沒有歲月的洗禮，沒有生活的磨礪，沒有嫻熟的寫作技巧，這個文學境界是達不到的。

二〇〇九年一月寫於守愚齋

唐德剛

先天稟賦　後天學養
——讀唐德剛

我第一次讀唐德剛的書，是刪節版的《晚清七十年》（湖南嶽麓書社出版）。幾頁讀下來，激動得難以克制。毫不過份地說，就像遭遇七級地震，全身血脈如翻江倒海，連續幾天衝動得不能睡下。別樣的見地，別樣的敘述，別樣的文風，是我從來沒有見到過的。我又去書店買了幾本，分送朋友。他們和我一樣，都驚呆了，其衝擊力與踩雷沒什麼兩樣。唐德剛提出的「歷史三峽」論如池塘漣漪，一波一波推得越來越遠。至今每與朋友聚會，唐氏關於時代變遷的主題，仍是我們津津樂道的話題，聯繫到眼下的社會現象，也越發地引人深思。有人形容他是「一人敵一國」，從這個意義上講，並不誇張。

唐德剛的作品還原了歷史，這個歷史包括了人和事件，還有人與環境的關係，人與時代的關係，以及人與自身（即內心）的關係。人物是真實的，環境是實在的，時代是準確的，內心是可視的。他的語言是個人化的，充滿文學的魅力，也充滿了真知灼見。他說（張）大千之作是「宋元之下，明清之上」，是略帶「現代新意」的「傳統國畫」，基本上和梅蘭芳的京戲一樣，都是「傳統藝術」的「收山大師」。這話即使專搞藝術研究的人，恐怕未必能概括得這樣好。

唐德剛的一篇《梅蘭芳傳稿》，我都翻爛了。後來，方知是人家的處女作，況且還不認識梅蘭芳，怎麼寫得這麼好？神了！從此，我把唐德剛確立為自己效仿的楷模。學不好，也要學。於是，在動筆前和寫作過程中，我開始比較注意研究人與人、人與環境、人與內心之間的關係了。比如寫翦伯贊，我就好好地想想政治與學術的關係。上個世紀五十年代翦伯贊還能化解政治需要和學術良心之間的矛盾，但是到了六十年代，他受不了了，畢竟是讀了些書的。翦伯贊是主張教育為無產階級政治服務的，但他不能容忍教育如此低級地伺候於政治；翦伯贊是主張學術要運用馬克思主義觀點、立場的，但他不能容忍學術如此卑賤地跪拜於權力。對於那時的教育革命和史學革命的種種做法，他有投入，有參與，有調適，但也有不滿，有抵制，有排拒。其思想衝突非常激烈，內心變化也十分複雜。畢竟政治難以取代常識，環境無法窒息心靈。可以說「文革」前夕的翦伯贊，思想上有了極其明顯的轉折。對吳晗也是需要審慎研究之後，方能下筆的。他以學術起家，未以學術為業；他成於政治，又死於政治。但我以為吳晗的意義，遠遠超出了單純的政治範疇。他是中國政治文化的一個符咒，是對中國的學術和學者的一個戒語。吳晗的不幸是中國知識分子的不幸，更是時代的不幸、民族的不幸。千年遺傳下來的根性，使很多文人、知識分子對權勢抱有敬畏，也懷有期待，期待自己也能進入權勢。關於人與內心的關係，主要指心態、心理、心緒、心情等。羅隆基一生，身邊的女人沒中斷過，即使成為右派也如此。反右運動結束沒幾年，就有漂亮年輕的女性表示願意嫁他。羅隆基從上個世紀四十年代就一直獨身，但一直背着「流氓」的罵名。拙作《無家可歸——羅隆基情感世界》，有意集中筆墨來寫他的情感世界，以其日記、年譜為依憑，把他從小到老的私生活做了梳理。我有意識地涉及他的性心理，從形成到表現都做了點滴分析或歸納。也許說對了，也許錯了，但我覺得這個工作是有意義的。

別以為「口述歷史」就是「你說我記」，口述史的優劣與高下，很大程度上取決於採訪者，取決於他的史學知識、社會積累和考證功夫。唐德剛一方面善於提問，逼得傳主「說」出一切；另一方面，他能發現和糾正傳主的記憶疏漏，加以考證和補充。眾所周知，他給胡適寫口述史，胡的口述部分佔一半左右，另一半內容則靠他找到相關材料加以充實（《李宗仁回憶錄》屬於傳主本人的口述僅佔百分之十五）。拿《胡適口述自傳》與此前的《四十自述》對照，正如唐氏所言胡氏「並未提出什麼新材料」，但是，唐德剛的注釋確為不可不讀的好文章！難怪台灣學界認為，就學術意義和史料價值而言，注釋部分恐怕還在傳文之上，說「先看德剛，後看胡適」，並不過份，也非過譽。

讀唐德剛的作品之所以「拿起就放不下」的原因，還在於他的一支筆，能把歷史寫得非常好看，即用文學來寫歷史。史書有無價值，在於史料的真實；史書能否流傳，則在於文學的功力。唐德剛曾這樣講：「胡適用十多年時間研究《水經注》，電腦十幾秒就出來了……但是，我們史學研究還有一部分可以與科技相對抗的，那就是在史學之中，還有文學。」實踐證明，他是對的。

有人說唐德剛的路子有點野。野，是指他研究和表述歷史不夠嚴格，也不夠夠正統。的確，不夠嚴格，不夠正統。因為在他筆下，不但「文史不分」，且性情張揚。需要說明的是唐德剛的張揚，決非肆意妄為，而是源於其畢生對歷史的親歷和對社會的感受，風瀟瀟，血淋淋！有了親歷和感受，就自有言說的慾望和衝動。閱盡天下炎涼，曆遍世道滄桑，唐德剛是最懂人心與人情的！一落筆，人物就有血色，時間自會倒流。那些遠去的靈魂，遺忘的歷史，都被他的筆掃到了眼前，格外生動，也格外分明。讀他的《梅蘭芳傳稿》，你能感受到濃濃的哀婉之情和淡淡的舊日夢痕。那既是梅蘭芳的內在氣質，也是唐德剛的海外孤魂！洋洋灑灑的文字背後是人的情懷和胸襟！

據說，在離別二十五載之後，一九七二年他首次歸來。當從飛機舷窗眺望到家鄉山水時，激動不已的唐德剛躲進洗手間，失聲痛哭。

「臨去且行且止，回頭難收難拾」。這是他的詩，也是他的心。

二〇〇九年秋寫於北京守愚齋

陳姑娘，伱的柔情我永遠不懂

二〇〇九年十月三十一日，我剛由烏魯木齊返回北京，便得知歌手陳琳自殺的噩耗。不敢相信！也不願相信她就是我認識的「陳姑娘」。看到報紙刊出的照片，無可迴避了，亡者就是陳琳，就是我的陳姑娘。

除了陳琳的前夫沈先生，幾乎沒有人知道我認識她，且是朋友。幾天後沈先生發來短信説，希望我能在她的追思會上講幾句話，讓它隨着歌聲飄入天堂。我回覆道：我會以文字的方式來表達。

從死訊傳來至今，我的心一直不平靜，很想寫兩句。是悼亡，也是寫給自己。因為死是所有人一致的歸宿，早晚而已。

記不清是哪一年，我到望京社區看望由重慶來的民間學者王康。客人太多了，多到誰也不認識誰。夜幕降臨，大家圍坐在幾乎望不到盡頭的長桌吃飯。突然，一個年輕女士把眾人排開，一定要擠到我的旁邊。

她坐下了，微笑着自我介紹：「我叫陳琳。」這個名字太平淡了，平淡到和她身上那件白布襯衫一樣。

旁邊的主人黃珂做補充：「陳琳是流行歌手，挺有名氣的，我們重慶人。」

「我叫章詒和。在中國藝術研究院工作。」

「章老師，我知道你。讀過《往事並不如煙》，多好的書哦！」

吃驚不小，一個流行歌手能讀羅隆基，看史良，琢磨儲安平：「真的嗎？我非常感謝。」說罷，埋頭吃飯。只顧和王康説話，也不怎麼注意她。

沒幾分鐘，我發現陳琳的位置空了，人呢？畢竟和劇團、戲班打過多年交道，知道演員的情感狀態。我放下筷子，跑到衛生間。果然她在那裏，把臉埋在盆池，用手不斷撩着自來水，沖洗自己的眼睛。她在流淚，在哭泣……

「陳姑娘！」我輕輕地叫着。

她抬頭轉身，眼裏掛着淚，臉上全是水，非常可愛。她說：「啊，陳姑娘，多好聽！章老師，你以後就叫這樣我吧。」接着，她向我解釋，自己喜歡哭。高興，要哭；難過，也要哭。現在哭，是高興，因為意外認識了我。

我說：「你太年輕。成熟的藝人，都不這樣。」

「我不年輕，都三十多歲了。」

我們一起回到了餐桌。重慶的菜，太辣。我能吃的只有放在眼前的油炸花生米。不一會兒，手機響了，臨時有事。只得匆匆告辭。

等電梯的時候，陳琳跑來，說：「章老師，能把你的手機號碼給我嗎？」

就這樣，我們手機短信頻繁。她一天能發送十幾條，每一條的落款都是：陳姑娘。

一天，陳琳來電話，說：要送我一件小東西，而且是我最喜歡的，還是她親手做的。一下子懵了——自失去親人，在這個世界上還有什麼是我最喜歡的？我們約定在建外大街友誼商店的咖啡廳碰面。陳姑娘來了：旅遊鞋，運動服，布挎包，墨鏡，素面，短髮，任誰也猜不出她是個有些名氣的歌手。

她說，自己早到了，不過是坐在小汽車裏等我。我要了一杯美式咖啡，她只喝礦泉水。話沒說上兩句，隨即從挎包裏取出一個塑料口袋，打開口袋，取出一個日式小陶碗。雙手遞到我的眼前，說：「章老師，你打開看看吧。」

揭開碗蓋：五香花生米，裝得滿滿的。頓時，我聯想起在望京社區餐桌上，只吃花生米的情景。「陳姑娘，你這樣用心，我該如何謝你？」

後來，我拿一條英式圖案的絲巾以為回贈。她鬧起來，說禮物太貴重，自己所贈不過是一碗花生米罷了。因為不公平，是絕對不能收的。不容分說，我把丁香紫顏色的圍巾繞在她的脖子上，讓她自己去照鏡子。說：「不好看，管保退貨。」

她乖乖地去了，笑嘻嘻回來。紅着臉說：「真好看呢。」

我很感動，她性情率真，稱她為姑娘，是叫對了。

我們多次在咖啡廳碰面。陳琳送我的光碟，裏面是她的演唱專輯。她還告訴我，在學習英文，幻想着能去美國學習流行音樂。

自打聽說我是一個人生活，陳姑娘就一百個不放心了。天天短信問我，早餐吃了嗎？午餐吃的是啥？晚餐準備好了嗎？我被盤問得像個罪犯，一日三審。一天，她打來電話。說，馬上開車來接我，家裏燉了一鍋雞湯，鮮死了。

她把丈夫介紹給我。沈先生很客氣，把華麗敞亮的客廳讓給我倆聊天，自己則躲進書房去了。家中的擺設，簡單卻不失精緻，角落裏有高爾夫球桿、網球拍。我覺得，陳琳的生活過得已經很爽了。不久，在無意中得知我的腳「崴」了。這下子，她比我急。非拉着我上她家去住幾天。說，有個好按摩師等着呢！

一次，我們談到子女對待父母的問題。她講出自己多年的苦惱。我說：「任何父母都是有缺點的，甚至是過失。但他們畢竟是你的父母，而孝敬老人則是一個人的道德底線。所謂孝敬也很簡單，比如，你看到重慶明天的氣溫是四十度，能不能打個電話問候家人；碰見大風大雨，能不能打個電話，提醒關好窗戶。其實父母要求子女的並不多，一聲問候，就足以讓他們眼淚汪汪。」陳琳很快做到了，而且做得很好。讓我啼笑皆非的是她同樣也關心我，只要北京颳風、下雨、高溫，陳姑娘的短信就來啦：關上窗戶沒有？衣服穿暖了嗎？煮綠豆湯沒有？一日，陳琳打來電話，讓我猜她在幹什麼。我說：「你太難為人了。」

她不無得意地說：「母親病了，我在醫院陪伴呢！」

二〇〇六年，我送給陳琳剛出版的《伶人往事》。讀後，她對我說：「和過去的藝人相比，我很知足了。但是在技藝方面與老前輩相比，那差得太遠、太遠了。我今後會努力，要把歌唱得更好。」

我問：「怎麼才算好，標準是什麼？票賣得好，就算好？上了央視，也算好？還是獲了獎，就是真的好了？」

一連幾問，她沉默了，表情變得很複雜，困惑又茫然。我知道陳琳有四川清音和揚琴的功底，於是鼓勵她走自己的路。我說：「戲曲段子，你就是再不會唱，也比半男不女的李某強三分。」她說，自己現在也有點喜歡京劇了。我建議她先學梅派。沒幾天，她就在電話裏給我唱《貴妃醉酒》，畢竟受過專業訓練，一出手，就像那麼回事。她不時尚，既趕不上選秀的「超女」，也拼不過陰陽「怪胎」（注：不是指專業男旦）。人生的痛苦，有時候不一定是自己遭遇的失敗，而是他人無端的成功。我甚至覺得鼓勵陳姑娘上進，乃是絕大的錯誤。因為一個非頂級的歌手，越是有雄心，就越艱難，並潛伏着覆沒的危險。今天也不同於「萬惡的舊社會」了，從前的戲班子，演員按頭牌、二路、三路順序排列。現在，管你是大姐大，還是黃毛丫頭，都要站在第一排，競爭殘酷，甚至不擇手段，施展台下功夫。

我也有對不住陳姑娘的地方。一次，她打來電話，正逢我與別人商談事情。有些不耐煩的我，對她說：「你能不能先說到這裏？」

旁邊的朋友插話：「什麼人？」

「一個歌手。」

「你還認識歌手?!」對方驚呼。

大概忘記關手機，陳姑娘肯定聽見了，因為好幾個月沒理我。她該生氣！

陳琳的熱情如滾開的水，纖弱如紛飛的絮，溫柔如纏繞的藤。一旦迎面撲來，叫你猝不及防。她急切地需要把愛分送給朋友，也急迫地需要被愛。在今天這樣只講利益的社會，陳琳的多情就非常令我擔憂。

我們從來不談婚姻愛情問題，恰恰她的危機就發生在這裏。陳姑娘匆忙再婚，我吃驚不小，覺得她不是在重拾愛情，而是在尋找依賴。離異後的陳琳，害怕孤獨寂寞。於是，尋找新的愛情，便成為她自我逃避的方式。應該說：因害怕孤寂而去戀愛、通過別人以求得慰藉是當下青年的一種十分常見的心理。沒想到出道多年的陳姑娘也這樣做了，把自己的幸福和未來都裝進了婚姻。而依賴，很可能就是被利用或彼此利用。這是最危險的！難怪有人說：愛可以拯救，也可以毀滅。問題是當陷入愛情的時候，狂熱中的你能分得清是拯救還是毀滅？果然，婚後沒幾天，陳琳與丈夫就產生尖銳的衝突。激情消退，大夢方醒，她贈房、贈車的種種慷慨，都成為證明自己愚蠢的注腳。草率又失敗的再婚，使她感到無比的悲憤和羞恥，這段時間，她幾乎中斷了與好友的一切往來。

再有名氣的演員，任你高居星空，光耀塵世，其內心都極其脆弱，不堪一擊。婚姻的破裂和事業的艱難，使陳琳不能自拔。何況，藝人從來都是掩蓋真實的自我，而把笑臉、身段、歌喉，以及所謂的光鮮、輕鬆、快樂，抖擻出來。他們被別人觀賞追捧，卻並非被人痛惜關懷。他們那種無法向外人道來的涼薄、困頓、苦情和無奈，從某種程度上講並不下於打工仔。加之，陳琳性格內向又倔強，苦撐門面，苦水自咽的生活，就使得她格外痛苦了。一切都有限度，超過了限度，陳琳決定撒手。

事情終於發生了！

一個初冬的夜晚，陳琳做了自我了斷，從九層高樓縱身跳下。陳姑娘把歌唱到黃泉路上，把愛弄到血肉橫飛。離世的時候，她結婚剛剛三個月，這也使她的生命永遠停留在年青的歲月。「你的柔情我永遠不懂，我等待着那最後的孤獨。」萬不想，陳琳成名曲中的兩句歌詞，像讖語一樣應驗了。

死亡是她最後的歌唱，也是最後的綻放，像蒲公英，貌凡而內秀，色素而至純。花謝成絮，隨風而逝，便再無蹤影了。

此刻，外面飄着雪，路燈幽暗，我的心特別淒涼。

寫於二〇〇九年十一月北京守愚齋，二〇一六年十一月修訂

汪精衛

啣石成癡絕　滄波萬里愁

——《雙照樓詩詞稿》有感

讀小學的時候，就知道中國有個大漢奸，叫汪精衛。中日戰爭期間，全國人民都在共產黨的領導下抗戰，唯獨他投靠日本，出賣國家。蔣介石也是假抗戰，真反共。那時的教科書都是這樣寫的，也是這樣宣傳的。回到家中講給父親聽，他哈哈大笑，說：「書本上寫錯了，實際情況不是這樣。」

「怎麼錯了？」我頗為驚異。

「錯了。」父親點點頭，語氣頗為肯定，「蔣介石反共，但他是抗日的，還是領導抗日的領袖。」

我說：「領導抗日的，不是毛主席嗎？」

「那時沒有毛主席，只有蔣委員長。在重慶談判期間，毛澤東還高呼蔣委員長萬歲呢。這不是造謠，我在場。」

父親的話，我聽得發怵又發呆。

提及汪精衛，父親是一講再講，儘管每次說的很零星。他稱汪精衛為汪兆銘，說這才是他的姓名。對他的看法，父親歸納為三點：漂亮，才情，人品。首先，汪兆銘是美男子，最美的是那帶着俠氣的一雙眼睛。男人看着也動情，不是連胡適都說自己若是男人就一定要嫁他嗎？

其次，是汪精衛的才情，寫得一手好詩文。

「好到什麼程度？」我問。

父親說：「汪兆銘詩文可以選入教科書！台上是領袖，提筆是文人。」父親多次向我背誦他獄中所作《被逮口占》：「慷慨歌燕市，從容作楚囚。引刀成一快，不負少年頭。」汪精衛在決定親赴北京行刺清朝攝政王載灃前，曾寫有一封《致南洋同志書》。書中慨然道：「此行無論事之成敗，皆無生還之望。即流血於菜市街頭，猶張目以望革命軍之入都門也。」父親說：「那時的汪兆銘和戊戌變法的譚嗣同相比，毫不遜色，一樣的壯懷激烈。」父親又告訴我，那篇人人熟讀的孫中山《總理遺囑》：「余致力國民革命凡四十年，其目的在求中國之自由平等……」實則由汪兆銘代筆，孫中山未寫一字。

說汪精衛有人品，我有些不解：「漢奸有什麼人品？」

父親說：「政治上從慷慨赴死，到涕淚登場，到客死異國，汪兆銘是一路下坡。但人品上，可以說他一輩子無可挑剔。不貪錢財，不近女色，不抽不嫖不賭。他有政治慾望，若和老蔣、老毛相比，是個沒有太大政治野心的人。」

後來，我還知道了「人心思漢」的典故。抗戰勝利後，蔣介石向全國派遣接收人員，大家管他們叫「劫收」大員，個個「五子登科」。所謂「五子」就是指他們所「劫收」的房子、票子、金子、車子和女子。國民黨的接收，弄得民怨沸騰，當時的報紙就載有「人心思漢」之說，成語本意是想念家國，但這裏的「人心思漢」，是暗指人心思念漢奸汪精衛，思念他的人品。

我再次發呆。

父親從書房裏，拿出一本可能是香港刊印的《雙照樓詩詞稿》，翻到《金縷曲》一頁。說：「這是汪兆銘在獄中寫給陳璧君的情詩，你讀讀。和你學的那些散曲相比，我看也是不差的。」

汪精衛入獄後，陳璧君直奔京城設法營救，並以密函向汪示愛，願以終身相托。汪精衛看後萬分感動，遂改清初顧梁汾寄吳兆騫之《金縷曲》「季子平安否」舊作而成。

> 別後平安否？便相逢、淒涼萬事，不堪回首。
> 國破家亡無窮恨，禁得此生消受。又添了離愁萬斗。
> 眼底心頭如昨日，訴心期夜夜常攜手。
> 一腔血，為君剖。

淚痕料漬雲箋透。倚寒衾循環細讀，殘燈如豆。
留此餘生成底事，空令故人僝僽。愧戴卻頭顱如舊。
跋涉關河知不易，願孤魂繚護車前後。
腸已斷，歌難又。

《金縷曲》中有報國之志，亦有男女之情，都寫得至純至性，令人感動。我才明白所謂的漢奸，絕非我們印象中的白鼻粱小丑。在《金縷曲》後面，汪精衛又用血寫了五個字「勿留京賈禍」，叫陳璧君趕快離京。幾天後，汪收到陳璧君的一封信，信中再次向汪示好，建議「兩人從現在起，在心中宣誓結為夫婦」。汪精衛被陳璧君的真情打動：自己被判無期徒刑，毫無出獄的希望。即使有相見之日，彼此已為垂暮之人，遂咬破手指，用血寫下一個「諾」字。陳璧君接到汪的血字，痛哭了三日。

汪精衛從政一生，詩詞也伴隨了一生。據說，他病重時曾表示：不要留存文章，可留的只有詩詞稿。他的詩篇詠山河，哀民生，痛名節，瀰漫着悲苦淒涼，縈繞着憂國情思。詞學大家龍榆生稱汪詩為哀國之音。學者葉嘉瑩認為，汪詩中蘊涵着一個「精衛情結」，所謂「情結」，即指一個人的內心始終存有一個追求和執著的理念。汪精衛的名字緣自《山海經》「精衛填海」的典故。他有「啣石成癡絕，滄波萬里愁」的詩句。「啣石」指的就是填海的精衛鳥。一個小鳥，想啣着小石子去填那破敗中國的滄海，填得了嗎？出於「曲線救國」的政治路線與「主和」思想，在民族危亡時刻，汪精衛希望能保全淪陷區一部分民眾和土地，他就是這樣想的，也是這樣做了。為達到這個理想，他跟日本談判。日本人把條件說得很好，一旦邁出腳步，條件馬上變了。加上老蔣的打擊排擠，上了船的汪兆銘無可奈何了，也永難回頭了。葉嘉瑩說，精衛填海填得了填不了是一回事情，有沒有這種理念又是一回事。汪精衛所做，正是這種根本不可能做到的事，於是才有一生的「啣石成癡絕」，才有一世的「滄波萬里愁」。縱觀汪詩，從壯懷激烈到一腔愁苦，這個「精衛情結」貫穿了始終。

二〇〇四年，汪氏幼子文悌內弟根據舊日「民信」「澤存」「永泰」諸本細加審定並附補遺重行刊印，成為目前最完善的版本。二〇〇五年九月，在美國工作的高伐林先生，受汪氏長女文惺之夫何文傑老人之托，攜若干新本酌量贈予國內歷史、文藝部門以供研究。高先生拿了兩冊，一冊給我，一冊贈我所供職的中國藝術研究院。

捧讀新本，感慨萬千。負罪人帶着他的心魂走了，不知他進了天堂還是下了地獄？一往淒清，同訴飄零。無論靈魂停留於何處，我想，在夜的清幽裏，他的雙照樓詩詞稿也會顯示出屬於自己的魅力來。

「掃葉吞花足勝情，鉅公難得此才清。」這是錢鍾書的詩句。顯然，他很感歎汪精衛——一個政壇人物有那麼多的詩人的感情與才華。

附：雙照樓詩詞稿補遺

努兒哈赤墓上作——墓在瀋陽城東稱東陵

百年終一死，所餘但枯骨。可憐秦始皇，于此致情切。
生營阿房宮，死葬驪山穴。刑徒七十萬，汗盡繼以血。
後來帝王陵，奢麗如一轍。珠襦與玉匣，留與赤眉髮。
淒涼冬青樹，遺黎淚空咽。靺鞨起黑水，人事至簡率。
一朝得薦食，摹擬惟恐失。瀋陽城之東，岡巒若並列。
周遭四十里，松柏青鬱鬱。墓門與隧道，初日煥丹漆。
取材自昌平，規模信弘闊。昔日遼東戰，千里血渠決。
髑髏築京觀，高於此陵埒。自從入關來，中原苦蕭瑟。
揚州與嘉定，屠城輒十日。城闕爾何物，朽骨驚突兀。

丹青爾何物，血肉慘凝結。歷史如我詔，悲慨腸內熱。
禍階自玄鳥，朱果孕梟傑。長林與豐草，世世作巢窟。
老汗真封狼，所至縱弛突。持校阿骨打，嗜殺差髣髴。
持校鐵木真，戰伐遜功烈。長城適自壞，戎馬不能遏。
生貙復生羆，九州竟囊括。黨人起革命，危苦經百折。
所蘄但平等，志事昭若揭。三户秦遂亡，九世讎已雪。
於今一家內，不復辨胡越。君看原上樹，樵斧不容伐。
當春綠盈枝，行人弄清樾。山川自輝媚，雲物足怡悅。
村歌雜婦孺，燕雀鳴相聒。南望黃花岡，毅魄如可活。
真成抵黃龍，痛飲不能節。

由巴黎返羅痕郊行

蛙迎歸客互喧呼，無限歡聲漸滿糊。
幾處蘆根知水落，一時風雨令花疏。
好山重對逢知己，熟徑追尋溫舊書。

入夜誰驅幽澗月，伴人耿耿到庭除。

重九登白雲山

累棋直上眾峰頭，回首坡坨紫翠稠。
南國魚龍方靜夜，中原鴻雁又驚秋。
名山浪作終身計，佳節聊為盡日遊。
歸路漸知人事近，尚聞澗水入幽林。

舟出巫峽過巫山縣城俯江流山翠欲活與十二峰嶄巖氣象迥不侔矣為作一絕句

峽開江水接天流，一抹修眉翠黛浮。
若把風姿喻神女，矜嚴消盡見溫柔。

過巫峽

奇峰十二貫蒼穹，鐵骨松顏古今同。
一掃荒唐雲雨夢，披襟飽領大王風。

聞之舟子三峽猿啼近來已成絕響為作一絕句

不盡人間殺伐心，老猿從此入山林。
風清日烈瞿塘峽，惟有秋蟬自在吟。

春暮

又是鶯飛草長時，劫餘髡柳亦成絲。
可憐春色窮妍麗，不似人間有亂離。
死未歸魂虛上塚，生仍枵腹強扶犁。
幽禽枉作丁寧語，為問提壺欲勸誰。

題吳道鄰繪木蘭夜策圖

風四號，月半吐，此時攬轡騖長路。
風與馬，同蕭蕭。月與人，同踽踽。
拼將熱血保山河，欲憑赤手迴天地。
戈可揮，劍可倚。
一干一城從此始，雖千萬人吾往矣。

艾未未是一個有創造性的藝術家[一]

一九五七年夏季，高瑛女士懷孕了，她準備墮胎，因為自己與詩人艾青的事實婚姻，已受了許多批評和嚴重處分。但艾青堅持要這個孩子。他說：「這是我們兩個人的作品，也許是一個傑作。」[二]

孩子出生了！起名艾未未，也真的是個傑作——我們有充分的理由說：艾未未是個有創造性的藝術家，而且還是有愛心、良知和社會責任感的藝術策展人和社會活動家。

初知艾未未是在一九八〇年的「星星」美展，看到他畫的幾幅水鄉油畫。畫面是常見的水鄉風景、民居和河道，用很輕鬆的線條勾勒出，尤其色彩處理，不是常規的寫生路數，倒象傳統中國文人畫先勾線然後染色的方法，但也不「隨類賦彩」，更無視畫面物象的結構，而直接使用大筆觸隨意塗抹了數道淡淡的藍色。他的膽大和隨性，以及尋求中國

一　本文由栗憲庭、章詒和二〇一一年五月合寫。在二〇一一年四月，發生了震驚國內外政界和傳媒的「艾未未事件」，我和栗憲庭聽到了對他的各種攻擊，其中很多涉及到對藝術和藝術家的認識與評判，深感有必要合寫一篇有關艾未未的文章，以澄清事實並闡釋有關現代藝術的基本特質。該文無法在國內發表，刊於台北、香港、新加坡、紐約等華文報紙。

二　《我和艾青》，北京十月文藝出版社，第二十九頁。

繪畫元素的轉換，給我們留下了深刻的印象。

後來，艾未未去了美國，便不再知道他的消息。直到九十年代初、中期，由於與「東村」的藝術家來往密切，才知道他給予了那些艱難的藝術家很多幫助。他還自費出過黑、灰、白三本有關東村和其他藝術家的作品介紹，尤其是東村的那些行為藝術，都是最早刊載於這三本畫冊的。實際上，當時的整個中國藝術形式還處在嚴冬時期，馬六明、朱冥就是那時因行為藝術而被抓捕的。艾未未那幾本小冊子，無疑起到大家相互交流和鼓勵的作用。同時，九十年初中期的行為藝術信息，也是通過這幾本畫冊，最早免費散發到很多西方美術館和批評家手中的。「才智透天機，論豪俠誰與齊，低頭常有千般計。」此後的艾未未涉獵廣泛，並以藝術策展人、藝術推廣人、社會活動家、建築師和藝術家的多重身份，一直活躍在中國和國際藝術界。

艾未未與瑞士藝術收藏家西克創辦的年度新銳藝術家獎項，廣邀國際和國內藝術批評家評選，雖然我們不認為它對中國當代藝術發展有多廣泛的影響。但是，起碼對中國當代藝術更廣泛地走向國際，以及擴展對中國當代藝術評判的視野，都起到了參考的作用。特別是他與荷蘭已故策展人漢斯合作創辦的藝術文件倉庫，推介了不少當代中國新銳藝術家，在近十餘年中國當代藝術的發展上，起到不可忽視的推動作用。與此同時，他創立的藝術空間，連同他為藝術家設計的工作室，都成為草場地藝術區最早的拓荒之作。如今草場地成為京城最活躍的藝術區域之一，無可否認：是他起到了一種旗幟性作用。另外，他還在海外做過不少中國當代藝術的推介工作。二〇〇七年，他在瑞士國家藝術博物館策劃的中國當代藝術展覽《麻將》，是中國近十餘年當代藝術在海外較全面的呈現。這對歐洲藝術界瞭解中國當代藝術的階段性狀況，無疑起到了架橋鋪路的作用。

艾未未設計過不少建築，當然大家都知道：艾未未是奧運會場館鳥巢的藝術顧問。值得強調的是，他憑藉最直接對材料的認識，把中國傳統建築材質的灰磚和紅磚，以傳統極繁的砌法與現代水泥混澆的方式相結合，營造出一種明確的傳統極繁肌理和現代極簡造型的視覺氣氛。此後作為一種艾未未式的建築風格，讓他在國際和國內建築界享有不小的名聲。尤其是艾未未設計的《金華駐京辦事處食堂》的餐廳，先用水泥壓力板和玻璃裁成牆的厚度，然後把這些裁好的水泥壓力板和玻璃，組合成不規則的外牆體，直接解決了採光等功能問題。內部的隔牆和傢具等，也都採用了同種材料的不同方式的組合。艾未未這種尋求廉價材料和簡便的建造方式，在瘋狂和奢華的城市化進程中既是獨特的，且帶有啟發性。

艾未未作為藝術家，深受杜尚和博伊斯的影響。放眼望去，二十世紀初中葉以來，世界現代藝術的發展，幾乎沒有人不受惠於這兩位藝術導師。作為當代藝術與傳統藝術的最大區別，就是這兩位導師徹底改變了藝術家的手藝人角色，而讓藝術家成為公共知識分子。具體而言，智慧、思想性，文化和社會事件的針對性，方式上的揶揄、刺激、反諷模仿，以及日常生活中現成品的挪用和演繹等等，都是直接來源於日常生活本身的啟發，站在公共生活中人的生存狀態立場上，表達一個藝術家的感受、愛心和自由意志，而非沉湎於傳統文人的孤芳自賞，更不是作為一個手藝人津津樂道細枝末節的技巧。無論藝術的社會立場和愛心，還是視野和方式，近一百多年當代藝術積累的新經驗，都是對傳統藝術語言極大的拓展與挑戰。所以，如果離開當代藝術在近一百多年建立的這種基本準則，就根本無從評價和瞭解艾未未及其所有當代藝術的革命性發展。

在艾未未最招致一些非議的作品中，是那些「戲仿」西方美術史名作形態的作品。如他的《噴泉燈》（*Fountain of Light*，首次展出在英國的Tate Liverpool）。戲仿的作品是蘇聯藝術家Tatlin的《第三國際紀念塔》，Tatlin分別在一九二〇年、一九二四年、一九二五年做過三個《第三國際紀念塔》的模型，高五或者六米。其中心結構體是由玻璃製成的一個立方體和一個圓柱體組成的核心，建築內部還有很多功能性的設計。建成後將比當時世界最高三一八米的紐約帝國大廈還高出一倍。這個紀念塔最終沒有建成，但其方案及模型給人留下了深刻的印象。這個建築方案實際成了共產主義運動的雕塑，並成為現代藝術運動中結構主義和功利主義精神的標誌。艾未未「戲仿」的作品《噴泉燈》，做成了一個由鋼結構和水晶玻璃構成的大型彩燈，高七米，底座直徑六米，比《第三國際紀念塔》模型還高大，幽默而發人深省。對艾未未這件作品的意義和解讀，首先需要借用對Tatlin《第三國際紀念塔》的解讀，或者說艾未未的《噴泉燈》，與Tatlin的《第三國際紀念塔》，由於它們在美術史和國際共運史中構成了一種上下文關係，所以，讓人看到的是這兩件作品以及與這兩件作品相關聯的社會含義。艾未未的《噴泉燈》彩燈和噴泉的形態，令我們直接聯想的是中國城市化進程中諸如「燈光工程」「廣場噴泉」的一種映射；或者說，兩件作品讓人看到的是對國際共運一前一後浮誇的諷刺。

使用不同的材質和不同的體量，在不同的環境裏，戲仿或者叫滑稽模仿、反諷模仿藝術史上的名作，利用美術史及其相關聯的社會情境的上下文關係，在新的語境中以構成新的含義，早已成為近百年現代和當代藝術的一種語言模式。諸如杜尚在蒙娜麗莎嘴上畫兩撇鬍子的作品，就是首先模仿蒙娜麗莎這件名畫作為藍本，這件作品所演繹的含義才能成立。六十年代美國波普藝術中此類作品更是數不勝數，諸如羅伊·里奇滕斯坦的《傑作》，就是選擇上世紀五十年代流行於美國的漫畫形象作為仿照對象。安迪·華荷的三十二幅仿照Campbell's濃湯罐頭和仿照夢露照片的系列絲網版畫，更是家喻戶曉。到了本世紀八九十年代，國際藝術和攝影界形成一股擺拍風潮，而在這個風潮中，把藝術史名作作為戲仿物件的作品比比皆是，中外藝術家多有涉足。在艾未未的作品中有不少此類作品被指為抄襲，實在是一種對美術史的無知。艾未未的《一頓茶》（展出於日本MORI）的戲仿對象，是Johannes Stüttgen等人用一百公斤蜂蜜做成的立方體的《不是藝術品／商

艾未未作品《10.1 中指》

品！》。其實，那一百公斤蜂蜜的立方體，用來紀念博伊斯，誰都知道這本身就是來自博伊斯著名的《工作場中的抽蜂蜜泵》和《油脂椅子》。油脂和蜂蜜挽救了在戰爭中負傷的博伊斯，所以博伊斯用蜂蜜和油脂做了《工作場中的抽蜂蜜泵》和《油脂椅子》，尤其是《油脂椅子》作為一個帶斜面的立體造型，才啟發了Stüttgen等人用一百公斤蜂蜜做了一個立方體以紀念博伊斯，所以，兩者之間在造型和材質方面才能夠形成一種上下文的關係。艾未未的《一頓茶》，玩的也是材料和體量的置換，只是，茶的材質和一噸重形成的大體量，給觀眾帶來的含義就發生了變化。就如同一百公斤蜂蜜象徵的博伊斯精神，而一頓茶對於中國人的含義是什麼？兩者之間一定會形成一種對比和新的聯想。

事實上，艾未未一直期望從中國傳統材質和中國傳統結構的轉換中尋求新的意義，他尤其迷戀中國傳統傢具的紅木材質和榫卯結構的感覺。他做的紅木足球模型《預言》（Divina，大的直徑兩米五十公分，小的直徑一米七十公分，展出地點日本Mori和慕尼克Haus De Kunst），該作品以紅木為材質，以極其精細的製作，超大於真實足球直徑十倍或數倍的體量，給人一種既荒謬又有某種真切的感覺：中國人對足球的超級迷戀，以及對中國足球的極端失望，心理上有種把足球這項體育運動與國家是否強大掛鉤的傾向。但艾未未的「足球」，由於類似中國傳統傢具的精工細作和超大的框架，卻給出一種足球的力量感與紅木傢具的精巧感覺之間的鉅大反差。艾未未同類作品還有那個著名的紅木中國地圖，以及戲仿極簡主義藝術家Sol LeWitt 1991年那件像廊子的作品等等，與極簡主義同樣，艾未未在這些作品裏，在乎的就是材質和結構，只是他通過戲仿，讓人集中觀看的是中國傳統材質與獨特榫卯結構的美感。

最近，在美國大都會展出的《生肖獸頭》（Zodiac Heads）戲仿的是圓明園西洋建築海晏堂十二生肖的噴水雕塑。圓明園這組西洋建築被毀，以及獸首的丟失的故事已經家喻戶曉，尤其是由中國公司耗費鉅資從西方買回後，儘管幾乎所有文物專家都認為該獸首買的物非所值，但是所造成的超級愛國新聞，實際成為這家公司最好的廣告。正是基於此，艾未未戲仿了這組獸首，而且所有獸首全部採用鑄銅和鎏金的奢華製作，並以三米多高即超出原獸首十倍左右的尺寸面世。當鉅大的金燦燦的十二個獸首矗立在人們面前時，給人的感覺是：以奢華的製作，給獸首的「愛國買賣」開了一個玩笑。有趣的是這個故事尚未完結，如果美國著名的大都會博物館收藏這組作品的話，艾未未等於把本來不是按照中國審美系統雕刻的生肖獸頭，複製一套賣給老外，而且他們還得花大價錢。那麼，中國公司耗費鉅資買回被掠奪去的獸頭，與艾未未戲仿獸頭賣給老外贏得鉅資，哪個更愛國？哪個更有智慧？

當然，艾未未最讓一些人惱火的是他一系列行動，其實，在我們看來艾未未壓根兒就不是一個政治家，儘管他的行為包含政治因素，但那是藝術、行為藝術或者事件藝術。況且行為藝術本質就是自由的生命活動，行為藝術的創作也往往超過人們對常態生活的一般理解和感官承受。這樣就會很自然地與國家意識形態生出一定程度的疏離感和緊張性，甚至帶有詆毀、反叛、對立色彩。所以，我們在這裏要鄭重地說：政治是有綱領、目標和有組織的活動，但艾未未的行為或者他策劃的事件不是政治活動，而是基於表達一個個人的情緒和感覺為目的。艾未未的行為或者事件所具有的公共性質，使他的這類作品具有了一種創造性。說清楚這點，我們有必要簡單梳理一下中國的行為藝術發展脈絡。中國的行為藝術發展大致經歷了四個階段，第一個階段是一九八五－一九八七年，文化批判熱是當時社會的整體氣氛。那時的行為藝術多採取在長城、十三陵等具有文化標誌的地方，採用包裹自己的方式來表達文化對個人的束縛。第二個階段是一九九〇年代初期，以事件性和波普性質為特徵，和當時的消費文化、商業文化相關聯，包括搖滾、流行歌曲、繪畫都有這種波普性質，帶有一種政治反諷性。諸如藝術家扮演雷鋒做好事，以及給礦工送毛巾等模仿毛澤東時期社會行為作為特點。第三個階段是一九九〇年代中期，一些藝術家聚集在北京長城飯店東邊麥子店的地方，大家稱它為東村。東村的藝術家以行為藝術知名，作品特別強調使用自身的肢體語言，多以自虐為特色，來表達生存的艱難。第四個階段則以艾未未的行為和事件藝術作為標誌。這個時期鮮明的特點，與此前僅僅在藝術小圈子裏探索截然不同的，是它的社會公共事件性質，強調與特定的社會語境相關聯，強調愛心與社會責任感和對社會的批判性，強調與公眾的交流。所以是艾未未把中國當代藝術的內部探索真正推向社會，推向公眾，讓公眾理解並參與他的——也是與當下人的生活密切關聯的當代藝術。這也同時使他的行為或事件藝術，形成了自己的語言特色。他還深知中國社會空間的變化——網絡世界的出現，並善於利用公共媒體尤其是網絡世界，這使得他的行為或者事件藝術，具有了創造性的標誌——「網絡標題黨」的特色。每一個行為或事件都有響亮和容易記憶、流傳的特徵：《公民調查》——汶川地震死亡學生的調查名單。《七一罷網》——二〇一〇年七一號召網友罷網一天。《老媽蹄花》——用手機及時記錄自己被別有用心的人暴力傷害等等。總之，他的作品通過對社會事件的關注，通過表達自己的愛心和憤怒，以及反抗的態度和無畏的精神，並與廣大網友達到了共識、共憤和共愛。

毫無疑義，艾未未近幾年的言論、作品尤其是行為，不但顯示出其特有的語言特徵和力量感，而且通過他的作品，也向社會和公眾昭告了當代藝術對人當下生存狀態關注的基本姿態。

為什麼要這樣做？艾未未寫於一九七八年一月四日的一封信裏，做了最好的詮釋。他寫道：「（過去的）回憶是無窮盡的，它像毒蛇一般侵蝕了我們幼小的靈魂。但我們並沒有因之而死亡。相反，我則要求自己活得更好一些！二十年來，愚蠢，無能，無知，軟弱……如今略有清醒。活着，要自己主宰自己，要有目的的生活，要走自己的路。」

說這話，他二十一歲。

將軍空老玉門關　讀書人一聲長歎

——白先勇《父親與民國》讀後

在台灣的圖書館，白先勇的書屬於「核心收藏」，因為從他的作品裏，能看到近百年中華文化的時空流轉和社會延遷。故爾在海那邊，人們管他叫「永遠的白先勇」。

白先勇的筆，是以小說為開端的。你翻開《台北人》，首先看到的是一行獻詞：「紀念先父母以及他們那個憂患重重的時代。」書中的許多人物雖然生活在台北的公館，但其靈魂和情感或儲存、或消失在了從前。繼而，他又在另一本小說《孽子》裏對台灣新生代寫道：「寫給那一群在最深最深的黑夜裏，獨自彷徨街頭，無所歸依的孩子們。」從《台北人》到《孽子》再到後來的《紐約客》，白先勇的文字都是在歷史主軸上的不斷延伸，滄桑又悠長。由個人延及家國，無不是以文學形式的歷史想像，呈現的情景是——人在台北，心懷大陸，活在當下，回望過去且尋問未來。若看台版的《台北人》，細心人則可發現，十四篇文章裏的每個篇首，均寫有劉禹錫的七言絕句《烏衣巷》：「朱雀橋邊野草花，烏衣巷口夕陽斜。舊時王謝堂前燕，飛入尋常百姓家。」為何無數次地引用？這是個人偏好，而在這個「偏好」裏，承載着白先勇心靈的重負。千年前，西晉王朝從洛陽東

白崇禧

遷至金陵；幾十年前，民國政府從金陵（即南京）東遷至台北，世代交替，歷史輪迴，思之，怎不傷懷？故事哀戚，文字虔誠，白氏作品裏無不貫穿着傷逝之情、身世之痛和一份不忍不捨。若問：這種心情是什麼？我說：這是濃重的歷史關懷，他把父輩的滄桑、家國的命運和對人類的悲憫，一齊都融匯進去，漫延開來，貫穿下去。

當一個人已經或即將進入「老，病，死」的人生階段，該如何度過自己的最後時光？這是很殘酷的一問，可答亦可不答；不答，也照樣樂呵呵打發餘生。早已跨過中年的白先勇，覺得這不僅僅是性命或壽命的問題。二〇〇〇年夏天，他在住所的庭院裏澆灌花草，突感不適。因送醫院及時手術，才撿回一條性命。康復後的白先勇覺得是上蒼有意挽留，尚有未竟的志業需他完成。其志有二，一是搬演崑曲《牡丹亭》；二是撰寫白崇禧傳記。

白先勇從小對世界就有一種無常感，覺得世上一切東西，有一天都會凋零。一曲歌，一齣戲，於他都會生出莫名的感動和許多思緒來。「美到極致，都有些淒涼。」這是他的一句名言。正是這種天生的性靈，使白先勇從水利系的高材生轉向了文學、戲劇和電影。「二三更，千萬聲，搗碎離情。不管愁人聽。」這是元人張可久的一曲《秋夜》，它寫出古代閨婦日夜縈繞之離愁，不堪其聽。我想，白先勇在夜半時分翻閱父親千張舊照的時候，他的愁，他的痛，他的苦，當也是「不堪其聽」吧？理由也簡單，白崇禧與白先勇雖為父子，實則是兩個不可分割的生命，從這本《父親與民國》圖冊，你看到的是一位將軍的生平，敘述的是一個動亂的故事。對詮釋者來說，第一需要的是誠實，最後需要的也是誠實。明明是流血，你說是流淚；明明是崩潰，你說在撤退——別人能這麼幹，白先勇不會。我於無意中發現了他的誠實。很多年前的一個晚上，我把電視頻道轉到香港鳳凰中文台，正巧在播出採訪白先勇的專題節目——

漂亮的女記者說：「我們知道，您的父親是抗日的。」

白先勇搖搖頭，平靜地回了一句：「不，他首先是反共的。」

女記者又問及「四一二事變」。

白先勇說：「是蔣介石下的命令，是父親動手的。」

事實的確如此。一九二七年春，蔣介石策劃「清黨」（即清除中共），他找到白崇禧，問：「你需要多少時間？」白答：「三天差不多，至多不會超過一個星期。」果然，「四一二事變」他幹得果斷、徹底。後來上海舉行大遊行。據說，在「反對白色恐怖」橫標下面，還注明了「白」就是白崇禧。正是具備了驚人的坦誠，白先勇能夠比較準確地闡釋那些圖片所呈現的具體化場景。他告訴我：很多圖注雖然只有短短幾句，可自己花了幾天時間才寫成。我信，因為他對每張照片的詮釋，無一不是調動了自己的全部記憶、社會閱歷和生活經驗，盡可能地做到準確。因為唯有準確，才有可能感人，也才可能進入別人的內心。白崇禧做的事，有的偉大，有的不偉大。不偉大，也沒關係，因為人們需要的是真實。在崑曲《牡丹亭》「幽媾」一折裏，杜麗娘是鬼，柳夢梅是人，敷衍的是人鬼之間的戀情。舞台上有一盞小小紅紗燈，靠它照亮了空蕩蕩的舞台。真實就是一盞燈，它照亮了厚厚的《父親與民國》。

白崇禧（一八九三—一九六六）字健生，廣西臨桂人，回族，伊斯蘭教。中華民國革命軍一級上將，軍事家。因用兵機巧，謀略超人，素有「小諸葛」之稱。李宗仁與他並稱「李白」，屬國民黨桂系核心。他性好讀書，五歲就讀於私塾。每日晨間，須向先生背誦前日所習功課。每月初一、十五，則須背誦所有教過之功課。夜間溫習，母親必定陪伴，使一個年幼的孩子用功讀書而不覺孤寂。即使他後來成為將軍，也有人形容他雍容儒雅，如果換套便服，倒很像一位教授。

白崇禧十四歲考入陸軍小學，在保定軍校第三期畢業，時年二十三歲。後進入廣西陸軍模範營。在模範營裏，白崇禧嶄露頭角，如「刀刃之新發於硎，意氣豪邁」。他成名在北伐，以副參謀總長名義，實際負參謀總長全責。自一九二六年始，運籌帷幄，指揮督戰，歷經兩年的輾轉周折。「從廣州打到山海關」，堪稱「完成北伐第一人」。唐山官民舉的橫標上寫「歡迎最後完成北伐的白總指揮」的照片，就是證明了。戰爭乃順息萬變之事，也就是說，勝負往往決定在一念之間，「為將之道，決心而已」。白崇禧之所以能取得勝利，有人認為主要原因就在於他有決心，與三軍用命。一九二八年的八月一日，白崇禧遊故宮，忽見宮裏居然有座「崇禧門」，暗合本名，不勝欣喜，便在崇禧門前留影。白先勇在這張照片的旁邊寫了一行字：「父親當年三十五歲，此時應是他前期軍旅生涯意氣風發的一刻。」讀來，頗有韻味。

一九二九年的蔣桂大戰，是一場最不該發生的戰爭，蔣桂戰爭引發中原大戰（一九三〇年），國民黨失去北伐後統一的機會，中國形成四分五裂局面，遂讓日本有可乘之機。——白崇禧敗走麥城，他與李宗仁一度流亡安南河內。當我看到那張流亡安南入境證件的頭像，幾乎不相信自己的眼睛：那騎在「回頭望月」戰馬上的勃勃英姿哪兒去了？

我說：「你父親怎麼看都像個逃犯啊！」

白先勇答：「是逃犯，蔣桂大戰打完，他就受到通緝。」

原來一個人由勝轉敗，不需要走多久，也無需等多久。白崇禧一生數次「倒蔣」，均以失敗告終。最後一次「倒蔣」是發生在一九三六年。李、白二人聯合廣東的陳濟棠以「抗日救國軍」名義出兵，史稱「兩廣事變」。他們六月一日起事，很快失敗，李、白二人致電馮玉祥，願聽命中央。九月，蔣介石親筆函到達南寧，終於使他們放棄了「倒蔣」的政治意圖。應該說，「反共，反蔣」是貫穿了白崇禧大半生的行為。

在廣西，白崇禧是個受人崇敬的人物。崇敬的原因除了武功，還有文治。一九三〇年冬至一九三七年七月的七年間，他回廣西主持建設。在黃旭初輔助下，以其出色的政治才幹，勵精圖治的精神，按照制定的實業計劃領導廣西各界積極苦幹，終於獲得了「模範省」的榮譽。這個榮譽稱號絕非虛名，廣西確實在礦產、交通、農林、墾荒、市政、航政等方面，都有着相當的成就。這也是當時去過廣西的人士所發出的較為一致的好評。其中，以胡適的《廣西印象》為代表。另一位美國人（艾迪博士）還這樣說：「中國各省之中，只有廣西一省，可以稱為近於模範省，凡愛國而有國家的眼光的中國人，必能感覺廣西是他們的光榮。」

一九三七年「七七」盧溝橋事變，中日戰爭爆發，八月四日，蔣介石派專機至桂林，將白崇禧接往南京。北伐期間，他任國民革命軍參謀長，如今再度出任蔣介石委員長最高軍事幕僚長，「兄弟鬩于牆，外禦其侮」，蔣桂戰爭的恩怨，因對外抗日而暫時勾銷。

抗戰期間的重要戰役，白崇禧策馬揚鞭，無不參與，如「八一三」淞滬會戰、台兒莊大戰、武漢保衛戰、三次長沙會戰、昆侖關之役。一九三八年三月二十四日，台兒莊大戰前夕，蔣介石攜白崇禧飛抵徐州，與第五戰區司令官李宗仁視察隴海前線。每個人心裏都清楚：明天就是惡戰！在鏡頭面前，三人站到了一起。蔣介石當天離開，留下白崇禧，令其協助李宗仁。白先勇久久望着這張相片，慨然道：「多有歷史意義啊，三個國軍領導人一齊站在中日戰史的轉捩點上。」

白崇禧的軍事才能為國共名家所看重，不僅是戰功，還有他的頭腦以及驚人的記憶力，到老還能整段整段地背《史記》、《漢書》。一九三八年，白崇禧在武漢軍事會議中提出：「積小勝為大勝，以空間換時間，以遊擊戰輔助正規戰，與日本人作長期抗戰。」會議上提出的這個建議，也是蔣百里等軍事專家的看法。很快得到軍事委員會最高領袖蔣介石的採納，遂成為抗日最高戰略指導方針，對抗戰全盤策略影響至深、至廣。時間過去了七十餘載，重讀這段講話，仍為其軍事才幹與遠見卓識而折服。徐悲鴻揮毫寫就一幅楹聯：「雷霆走精銳；行止關興衰。」並題：「健生上將於廿六年八月飛寧，遂定攻倭之局，舉國振奮，爭先效死。國之懦夫，倭之頑夫，突然失色，國魂既張，復興有望，喜躍忭舞，聊抒豪情，抑天下之公言也。」尺寸極大，用筆奔放，酣暢地表達了對這位戰將的敬意與期盼。

一九五〇年，白崇禧接見美國僑領周錦朝，談及第三次世界大戰問題。他表示：「假如第三次大戰真的發生，我想和第二次世界大戰又有顯然不同的地方。第二次世界大戰是要爭取最後五分鐘，看誰的力量支持到最後五分鐘，誰便得到勝利；第三次世界大戰如爆發，那就要爭取最先的五分鐘，看誰能爭取得到最先五分鐘，或癱瘓對方，或毀滅對方，誰便取得勝利。」讀到這樣的話，不禁使我聯想起後來的伊拉克戰爭等戰事，現代化戰爭可不就是這樣嘛！寥寥數語，道出戰略思想的精義來。白崇禧的軍事智慧，的確非一般人能及。

進入國共內戰，白崇禧和林彪成了生死冤家。先有白崇禧於東北四平街視察，力主追殺林彪餘部，後有林彪用數倍兵力包圍，在廣西徹底擊潰白崇禧，不剩一兵一卒，結束了他的軍旅生涯。圖謀「劃江而治」的失敗和新桂系兵力的潰散，如寒風撲面，有限風光，無端消息，白崇禧獨自漫步在海口的沙灘，做出最後一次的人生抉擇——登上了飛往台灣的飛機。

「將軍空老玉門關，讀書人一聲長歎。」[一] 闔上圖冊，我問白先勇一句：「戰事結束，勝負分明。令尊大人既反共，也反蔣。在毛與蔣之間，最後還是選擇了蔣。」北京東方君悦酒店客房裏，柔和的燈光照着白先勇略顯疲憊的面容。聽了我的問，他激動起來：「他沒有選擇毛，也沒有選擇蔣，他選擇的是國。」

「國？」

「國！中華民國。」

回到家中。燈下，我在書桌前端詳這個驍勇戰將的照片。仔細想來，白崇禧不可能到別的地方，因為忠於最初的選擇，才能說是完成了最後的命運，也才保全了尊嚴及體面。何況他深信自己戎馬一生，功在黨國，地位不可撼動。儘管心底清楚到了台灣，會受到蔣

一　張可久《中呂．買花聲．懷古》：美人自刎烏江岸，戰火曾燒赤壁山，將軍空老玉門關。傷心秦漢，生民塗炭，讀書人一聲長歎。

介石什麼樣「待遇」，他還是隻身去了，去了。

「孤臣秉孤忠五馬奔江留取汗青垂宇宙，正人扶正義七鯤拓土莫將成敗論英雄。」這是白崇禧於一九四七年在台南手書鄭成功的楹聯，它很能表達一員武將的心志。其實，不止是白崇禧需要選擇，面對一個鉅大的社會變局，中國知識分子的去從，也是需要掂量和選擇的。陳寅恪為什麼會寫《柳如是傳》？無非是在敗亡下，內心難以抑制的弔古傷今之情。然而，事情的結尾和愛情的結局又極其相似，最後都是無可奈何的徒然。即使徒然，也讓後人獲得珍貴的感悟：因為我們看到了曾經付出的沉重力量和深厚感情。

到了台灣，蔣介石對白崇禧的恩怨開始了總清算，白崇禧則開始了孤寂落寞的日子。原來，手下百萬雄兵，而今，聽他講話的只有孩子了，仔細打量三十盆素心蘭，成為他的安慰與快樂。從前，白先勇與父親離多聚少。來到台北，已是中學生的他，有了觀察社會事物的能力。對父親的政治處境及複雜心境，也有所體會。儘管宅前有警察監視，身後有便衣跟蹤，但白崇禧舉止坦然，安之若素。此時，兒子看到的是一個孤獨者在逼仄窘困中的持守與從容。白先勇覺得父親像歷史上的李廣——一個落難英雄。是啊，中國人有自己的生命之途，中華民族既偉大，也可悲。

一九六二年十二月，夫人馬佩璋去世。六十九歲的白崇禧在四十天內，每日必躬率子女準時親往墓場念經（回教之規），風雨無阻，從不間斷。彷彿心缺一塊，天塌一方，此後人們發現他一下子老了，精神也大不如前，常常是尋尋覓覓的神情，茫然若有所失。不久，白先勇赴美留學。父親身穿雙排扣棉衣，頭戴毛線帽，親自到松山機場送行。秉性剛毅、不輕易流露情感的白崇禧立於舷梯下，在寒風中，老淚縱橫。不想，送行竟成永訣。生離死別，一時嘗盡，那年白先勇二十五歲。他說自己感到了脫胎換骨，心裏增加了許多歲月。

一九六五年七月，即在李宗仁夫婦投奔大陸後，滿腹心事的白崇禧寫了一封親筆長函，托人交給旅居香港的黃旭初。原來，大陸淪亡一直是他痛中之痛，念茲在茲的，仍是反攻大陸與恢復民國之事。信中，無一字談及私誼，通篇都在分析時局和反攻大陸的可能性。結尾處寫道：「弟待罪台灣，十有七年矣！日夜焦思國軍何時反攻大陸，解救大陸同胞。」——這就是白崇禧！兒子如實地在「序」裏寫了出來。

「回報時代，回報父母，為父母那個時代譜一曲輓歌。」這話是白先勇說的，他兌現了承諾。白崇禧一向要求子女「做事一定要做到底」。白先勇從一九六〇年創辦《現代文學》刊物，到寫小說散文，到搬演青春版《牡丹亭》，再到《父親與民國》、《仰不愧天——白崇禧傳》，五十年來，他把每一件事都做成了，也都做到了底。為此，自己付出了一切。比如，當初辦《現代文學》需要的創辦資金，完全是由白先勇向家中友人籌募而來。這份刊物始終沒有接受任何外資的援助。後來則是靠他的薪水，還把父親留下的一棟房子全部貼了進去。為此挨罵，也無怨無悔。如一部傳記[二]所言，母親的離去，留給兒子的是一個愛的世界；父親的去世，帶給白先勇的是有關尊嚴的歷史記憶。「新亭泣罷又蘭亭，觴詠流傳草尚馨。」年復一年，父親的嚴格、自尊、智慧，母親的開朗、樂觀、仁愛，都成為思想感情的豐富養分和力量，積澱並內化為白先勇的人格品質。

作家應具備多種能力，如觀察能力、想像能力和表達能力。在《父親與民國》圖冊裏，我覺得白先勇還有一種能力，即詮釋能力。而這種能力又幾乎是無法模仿的。他的圖注有一個特點是不做過多詮釋，把每一行字，都視為步步危棋，下筆克制謹慎。這個時代，算來已有百年，但其中的許多事的對與錯，至今也難判定。時間是個極其強大又極其可怕的力量。即使很大的事件，從更高遠的角度去看的話，並非現在判定是對的，以後就永遠對下去。

「憂樂歌哭於斯者四十餘年」，這是台靜農在《龍坡雜文》序言裏的一句話。它讓我們感受到讀書人經歷飛揚與挫折後的傷感。沒有閱盡興衰，沒有人生體驗，這話是說不出來的。我想，白先勇也是這樣，否則我們不會看到《父親與民國》。

寫於北京守愚齋，二〇一一年十二月—二〇一二年三月

二　劉俊《情與美——白先勇傳》台灣時報出版公司，二〇〇七年，頁一六六。

水深水淺　雲去雲來

——說林青霞

水深水淺東西澗，雲去雲來遠近山——取自元代徐再思的《中呂・喜春來・皇亭晚泊》。元人散曲多寫個人情懷，寫景詠史常流露出點點哀傷。我以此為題，是覺得它與林青霞筆下情致有些貼近。

上個世紀八十年代，國門初開，大陸人第一次看到了大陸之外的「那頭」，外面的事物也湧入了「這頭」。別的不說，單講寶島台灣，一下子就擠進來三個女人：鄧麗君，瓊瑤，林青霞。街頭聽鄧麗君，燈下讀瓊瑤，電影裏看林青霞。她們如尖利之風，似細密之雨，風靡大陸。人們一夜之間開了竅：藝術不是意識形態的宣傳品和教科書，原來它是可以娛樂的！我也是在這個時候，欣賞到電影裏的林青霞。最初是在專門放映「內部參考片」的中國電影資料館看她的電影；之後，在政府機關禮堂看；之後，在電影院看；之後，在電視裏看；再後，我們成為朋友。

今年（二〇一四年）十一月，林青霞六十歲，一個甲子，這讓我有些難以置信。一次在香港，董橋約幾個朋友吃飯。她來得最晚，董太太說：「我在街上看見她了，人家還在

林青霞十八歲

買衣服。」

等啊等，等來一陣風。林青霞穿一件綠色連衣裙，雙手扯着裙子，跳着舞步，轉着圈兒進來。然後，舉着三根手指，得意道：「三百塊，打折的！」

董橋瞥了她一眼，說：「誰能信，這個人快六十了。」

吃飯時，她又催快吃。說：「我要帶愚姐逛街。」

啥味道都沒吃出來，就跟着她跑了。到了一家成衣店，我看中一件白布衫，又見到出售的襪子不錯，有各種質地、各種款式。我揀了兩雙黑的，她挑了紅的和綠的，我接過來一看，這不正是「慘綠愁紅」嘛。這襪子，咋穿？她穿。

端詳她那張幾乎找不到皺紋的臉，想起董橋說的那句：「誰能信，這個人快六十了。」

說起林青霞，恐怕首先要說的是電影。四十餘年間，她演了百部電影，成為年輕人的偶像，並製造出一個「林青霞時代」。影片品質有高有低，但於她而言，卻是始終如一的「美」：穿上女裝是美女，換上男裝是帥男，沒治了。搞得天上也有顆星與之同名。那是二〇〇〇年的八月，天文學家發現了一顆小行星，遂命名為「林青霞星」，二〇〇六年獲得批准。編號：三八八二一。

我長期從事戲曲研究。戲曲（特別是崑曲、京劇）是高度程式化的表演藝術，唱念做打，四功五法，都有一定之規。台上所有的動作都來自程式，戲曲的創作方法，也是遠離生活形態的。也就是說，一切「原生態」東西都無法直接搬上戲曲舞台，一定要經過程式化處理。但電影的情況恰恰相反，電影表演可以說是程式化程度最低，乃至無程式，這是電影的重要藝術特性。它追求的是動作的真實過程，要求演員的情緒、表情和行為方式是人的自然狀態和自然呈現，尤其側重於人的氣質與天性，其創作方法是貼近生活，甚至希望能達到藝術與生活之間的某種模糊。這是戲曲和電影的基本差異。林青霞馳騁於銀幕，能適應各種角色且長盛不衰，探究其因，我以為她是贏在了「氣質與天性」這個基本點上。

舉個例子吧——

拍攝於一九九三年的《新龍門客棧》，是中國當代武俠電影中的經典。劇中，張曼玉扮演的金鑲玉被人稱為是一隻靈貓，詭異，恣肆，張揚，表演大膽而精絕。林青霞女扮男裝飾演邱莫言，則是氣度不凡，含而不露，舉手投足無不在深沉典雅之中。戲演到了最後一刻，邱莫言即將沒入流沙且終現女兒身，林青霞也僅僅是用一雙眼睛，抓住抬頭的瞬間，讓目光穿透靈魂，傾瀉出內心的千言萬語。在這部電影裏，無論是凝望遠山，還是眼角落淚，林青霞的眼神運用頗似京劇，好像都能用戲曲鑼鼓敲擊出心理節奏來！所以，我對朋友說：「林青霞是崑曲的正旦，京戲裏的大青衣。」這篇「序」剛脱稿，我得到一本由日本記者撰寫的《永遠的林青霞》。翻開一看，有段文字談《笑傲江湖之東方不敗》。

其中，記者稱讚她扮演的非男非女的東方不敗，有着「致命的眼神」。記者問，「為什麼會有這樣的眼神？」林青霞答：「這部戲開拍前，我請了一個老師教我京戲。」

果然不錯！

紅花還須綠葉扶持。梅蘭芳、程硯秋有綠葉扶持，林青霞、張曼玉也有綠葉扶持，這是兩種完全不同方式和方法的「扶持」。對梅、程等京劇名伶的「扶持」，姑且不論。那電影呢？可以說電影演員的藝術形象，從來就是由導演、攝影、編劇、美工、特技師、造型師、燈光師共同打造出來的。這種「共同打造」，太厲害了，它能使演員的相貌、表情、動作、姿態乃至肌膚，獲得連自己都意想不到的結果和意義。其中，導演對演員的指導，甚至成為表演藝術的主要手段。某些電影明星，彷彿就是街上的路人，根本不需要什麼「台上三分鐘，台下十年功」。

林青霞是個美人，穿着講究，言行得體，有着一貫的綺麗優雅。白先勇說她是「慧心美人」。又說：「她本性善良，在演藝圈沉浮那麼多年，能出污泥而不染；寫文章能出口不傷人，非常難得。」的確如此，林青霞不說是非，但心裏是有是非的！我們議論電影導演，她對兩位享有盛名的電影導演做過這樣的對比：「××與×××有相似之處，都是大器晚成，性格中有壓抑成份，對電影狂熱。但是分道揚鑣了。一個心無旁騖，沉浸在自己的情感世界做電影夢；一個過份的野心和名利追求，消磨了他並不多的藝術感覺，以致像焦雄屏（按：台灣資深電影批評家）所言——迷失精神方向。現在更是官方寵物。」這段話，恐怕已經不能用簡單的「說是非」來概括，它顯示出林青霞的藝術見地和價值判斷。

今年四月下旬，她來發來郵件，說：「能不能拿一篇新作給我看看？」正好手頭有一篇我為大律師張思之先生私人回憶錄《行者思之》寫的序言：「成也不須矜，敗也不須爭。」全文五千字，發給了她。

兩天後，林青霞回信，說：「愚姐，愚姐，我對你的文字，熱情，正義感和勇氣太太佩服了。看完你的文章，我感到自己的卑微，無地自容。我一定努力努力，向你看齊。」讀罷，很有些激動。我並非為她的讚語而興奮，是震驚於毫無遮飾的赤誠。我又想：林青霞有善良，有熱情，有慧心，就足夠了，她還需要勇氣嗎？面對這個問題，不由得讓我想起另一個大明星，他叫趙丹。

趙丹是上個世紀的著名電影演員，又是左翼文藝工作者。一九四九年前，演過《馬路天使》、《十字街頭》等極為出色的影片；一九四九年後，演過《林則徐》、《聶耳》等非常革命的電影。一方面，趙丹真誠地接受共產黨領導，終極願望是能扮演周恩來、聞一多和魯迅。另一方面，趙丹諳熟藝術，懂得藝術內部規律和基本特性。這兩個方面，有時是可以調和，但更多的時候是矛盾的。趙丹為此而苦惱，也為此而思考。後期的趙丹像一隻投林的倦鳥，用更多的時間畫畫、寫字。到了一九八〇年，身患癌症且到晚期的他，知道自己來日無多。於是，就這個文藝界普遍關心的問題，道出了肺腑之言。他說：黨大可不必領導怎麼寫文章，演員怎麼演戲，文藝，是文藝家自己的事。如果黨管文藝管得太具體，文藝就沒有希望，就完蛋了。——談話於十月八日由《人民日報》刊出全文，得知這個消息，已經不能說話的他，「眼珠轉了一下」。十月十日趙丹去世。這是他最後的話，被稱為「趙丹遺言」。「遺言」流傳廣遠，反響強烈。巴金在《隨想錄》一書中寫道：「趙丹說了我們一些人心裏的話，想說而說不出的話。可能他講得晚了些，但他仍是第一個講話的人……他在病榻上樹立了榜樣。」作為意識形態總管的胡喬木，也講了話。他說：「趙丹臨死還放了個屁。」足見，在這個圈子裏混，即使享有盛名，說話也是需要勇氣的。

三十年後（二〇一〇年），姜文針對那些「跪着賺錢」的導演，說了句：「站着把錢賺了。」這裏的「站着」，是指：「政治上不苟且，藝術上不媚俗。」其實，「不苟且，不媚俗」不是什麼高標準，但電影同行認為說出這樣的話，也是擔着風險的。

面對這樣的環境（哪怕是在的香港），出於私心，我希望林青霞平靜地生活。焦雄屏說：「林青霞膽小。」藝人一般都有些膽小。長期以來，這個群體很風光，很傲氣，但內心脆弱，有卑微感。然而遇到大事，很多藝人是有立場、有選擇的。比如膽小的梅蘭芳，日本人打來，他說不唱戲，就不唱。和孟小冬分手，梅老闆也是很有決斷的。林青霞不宜和梅蘭芳放在一起做比較，但遇到大事，也是不含糊。每逢台灣選舉，她一定要回到台北，不放棄自己的選票，不放棄支持國民黨。

近幾年，林青霞拿起筆，開始寫作，在董橋等朋友的鼓勵下一步一步上了路，直至在香港報刊上開設專欄。

演員在舞台上和銀幕裏，千姿百態，盡情宣洩。一旦回到生活中，他們往往要緊緊包裹住自己，用距離感維護、封閉自己和自己的形象。用她的話來說，就是「整個人很緊繃，防禦心很重」。當然，也有一些明星在生活中盡量享受其銀幕形象的影響，把自己的精力和肉體奉獻給玩樂、聚會、時尚、嬉戲、麻將、閒聊、社交、賭博、奢侈品，靠消遣和揮霍來填充時間。女演員還希望能擁有大量的愛（包括一個收入豐厚丈夫），境況富裕地過好後面的日子。一般來說，銀幕背後、電影之外的明星，我們這些普通人是不瞭解的。傳媒、娛記們儘管每天追蹤明星的行跡，但也是難以真正瞭解他們，進入他們的生活世界、特別是內心世界。外面承受壓力，裏面忍受孤獨，這是藝人的常態。藝人越有名，壓力就越大，人就越孤獨。別看前呼後擁，沒有安全感的正是這些紅得發紫、熱得燙手的名藝人。所以，我在二〇一二年修訂版《伶人往事》的序言裏，感歎道：「浮雲太遠，心事太近。梅蘭芳或熱情或寧靜，他距離這個世界都是遙遠的。」林青霞原本也如此，但是自從她拿起了筆，情況就有所變化。寫散文，就要把自己擺進去，因此她必須寫自己。

在她的書裏，有一篇叫《憶》的文章。林青霞筆下涉及到張國榮。她寫自己來到香港文華酒店二樓，踏進長廊後想起從這裏跳樓而亡的張國榮。但寫過兩段，她就把筆鋒轉向了自己，這樣寫來：「我搬進一座新世界公寓，打開房門，望着窗外的無敵海景，好美啊，東方之珠，香港。我應該開心的欣賞它。可是，我一點也開心不起來。這樣美麗燦爛的夜景，讓我覺得更加孤單。心裏一陣酸楚。突然之間嚎啕大哭起來……從一九八四年，林嶺東請我到香港拍《君子好逑》到一九九四年拍《東邪西毒》，這十年，我孤身在港工作。每天不是在公寓裏睡覺，就是在片場裏編織他人的世界。」於是，林青霞打電話向別人傾訴自己的寂寞，電話掛斷，寂寞又來。過去多少年，已為人母的林青霞路過此地，還指着這棟公寓對女兒講述曾經的寂寞。《憶》的篇幅不長，但沉甸甸的，它的份量來自真實而細膩的情感。

書中，提到的另一個明星是鄧麗君。林青霞細緻地寫出和鄧麗君在一九九〇年的巴黎相遇。由於沒有名氣的包袱，彼此都很自在地顯出真性情。倆人在路邊喝咖啡，看來往的行人，欣賞巴黎夜景，餐廳服務生突見「兩顆星」而緊張得刀叉落地，還有鄧麗君在巴黎的時尚公寓……結束了法國之旅，兩人一同飛回港。在機上，林青霞問：「你孤身在外，不感到寂寞嗎？」鄧麗君答：「算命的說自己命中註定要離鄉別井。這樣比較好！」《鄧麗君印象》一文還有個「紅寶石首飾」細節。林青霞新婚不久，鄧麗君打來電話，說：

「我在清邁，有一套紅寶石首飾要送給你。」這是兩人最後的通話。清邁，清邁！鄧麗君夜半猝死的地方。獲知死訊，林青霞完全不敢相信。那一年，鄧麗君四十二歲。

總之，林青霞對寂寞有着極端的敏感和感受。我知道，第一次見面，她就背着我偷偷對別人說：「章詒和太寂寞了，她應該結婚。」

後來，我們熟了。她就當着我的面說：「愚姐，你要有男朋友啊！」

我很感動。

電影是夢工廠，製造夢幻，由此而開發出高額利潤，並成批推出美女帥男。這些明星讓觀眾如醉如癡的同時，也獲得名氣和金錢。美貌、財富、知識以及（性）魅力，構築了一個女明星的強大吸引力，林青霞可謂四者集於一身。這是一個人的本錢，也是一個人的負擔。如此半生，有遺憾嗎？有。她說：「有一件事一直令我懊悔，那就是我的從影生涯沒有什麼代表作。」她還說：「鞏俐非常幸運。」而我以為：有遺憾，才是人生。

進入到中年，息影多年，林青霞性格中增添了沉穩、仁厚以及理性。如今，她用文字做出對自己一生的回顧，瑣瑣細細，實實在在。而這一切於她，十分珍貴，也十分不易。

水深水淺，雲去雲來，林青霞才六十，小呢。

二〇一四年八—九月，寫於北京守愚齋

問病記

今年春節過去很久了，親戚、朋友、同事、學生，該見的都見了，見不到的也都收到了郵件、短信或電話，唯獨缺了浩子（陳浩，台灣資深傳媒人）來自台北的音訊。怪了，自結識以來，每逢春節，我們都相互祝福，彼此問候。今年咋啦？是太忙還是搞忘了？似乎都不大像。人老了，遇事總不往好處想，心裏犯嘀咕，覺得他情況一定不大妙。

二月底發去郵件，口氣嚴厲，逼問他到底怎麼了。

三月三日，收到回覆。如下：

小愚姐，過年好，拜個晚年！

我一直沒敢跟您說，甲午到乙未，一直不好。先是親哥哥去世，然後兩位好友王宣一、韓良露先後走了，都不到六十歲。我自己肝硬化，必須換肝。還好兩個女兒都願意捐肝給老爸。大概三月中下旬動手術，高雄長庚醫院有世界最強的換肝手術團隊。

你不要擔心！也不要來，等手術恢復後，我赴京看你！

人生什麼時候都是「一瀉千里」，先頭是奮鬥，成功，擁有，忽地就是傷痛，殘敗，末路。我邊讀邊落淚，隨即給旅日學者李長聲去信，轉述浩子的近況。我說：「他一再叮囑我不要去探視，我一定要去！否則一輩子不安心，已經哭了好幾場。我不能想像他躺在床上的樣子，更怕意外。即使肝移植成功，也要終身服藥以克服排異現象。長聲，我明天就去辦理入台（灣）簽注。」

三月四日，趕到北京朝陽區出入境管理處。從上午耽擱到下午，咖啡喝了一杯又一杯，總算把「簽注」拿下，餓着肚子回家。

然後就是掃描身份證，複印戶口本，複印退休證，拍攝合乎規格的照片，去銀行凍結人民幣五萬元個人存款並取得有銀行蓋章的「凍結」證明，下載赴台申請表格且仔細填寫等等，待材料齊備，便趕快跑到攜程旅行社辦理「入台證」。年輕的小姐收下我遞交的材料，微笑着說：「阿姨，二十七天之後來取。」

「什麼？二十七天！」

「對，也就是四月二十號。」

我急了：「我不是去旅遊，是看一個危重病人。」

對方不答，保持微笑。

「多交一些錢，辦個『加急』行嗎？」

「不行。」小姐依然微笑着。

行走在歸途，心想：難怪各界明星、各檔富翁都要移民國外，哪怕是香港澳門也行，圖的就是一張可以拔腿就走的護照。如今都說台灣不如大陸，香港不比從前。大陸經濟空前發展，文化蓬勃向上，教育普及興旺，醫療所有保障，前方還有「夢」在召喚。是的，別國萬萬不及我們，但人家能「拔腿就走」。

既然「入台證」四月二十日可得，我立馬買了四月二十一日赴台機票。回到家中，打開電腦就看到李長聲的覆信，寫道：「大姐，我陪你去！還有同行者四人，都是浩子在日本的朋友。」大為感動！人心總還是可以撫慰的，世事本當如此，才合乎倫常。

因我領證的時間拖得太長，東京友人先去了。在漫長的等候中，接到台灣作家、出版人傅月庵先生來函，說：浩子已經轉到高雄的長庚醫院，術前尚需一段時間的準備和調養。信看完，人就傻了。這就是說——我（台北）下了飛機，要換火車（現在叫高鐵）；下了火車，要換汽車；下了汽車再步行。況且那段時間，因頸椎病復發而終日眩暈。特別是清晨一起、晚上一臥，沒有十幾分鐘的掙扎，簡直就不行。心情沮喪的我對李長聲說：「真的很悲哀，覺得自己也快不行了，想哭。」

總算熬到四月二十一日。航班是八點半起飛，我不到五點就爬起來收拾，其實行囊早已收拾停當。除了一件精心選購的「鹿王牌」藍紫色男式羊絨背心，其他都不重要。

六點出發，之後安檢，出境，之後入關，安檢。接機的人有傅月庵和時報出版人李采洪女士。一路上，換乘各種交通工具；一路上，想像着陳浩可怕的病情。下午三點半整，三人來到了他的病房。

門開了，坐在沙發上的浩子起身。我一頭撲過去，大叫「浩子，浩子！」

待我睜大眼睛，打量他的時候，不禁大吃一驚：人家滿面春風，頭髮黑黑亮亮的，皮膚白白淨淨的，嘴唇紅紅潤潤的，說話底氣足足的，身上一件新嶄嶄藍白條紋的海魂衫，足蹬一雙法國進口草綠色拖鞋。這是病人陳浩嗎？這是馬上就去要換肝了嗎？不！他應該躺在病床，插滿管子，穿一身皺巴巴的病號服。反差太大，太大，實在接受不了。

我瞪着他，後退兩步，正色道：「你是這樣好！我何必跑來看你？」

浩子大笑，很開心，還很得意！好像我中了他的什麼計謀。原來，他昨天還躺在床上，插着管子，穿着病號服。為了接待「小愚姐」，特意調換病房，拔掉管子，脱去病號服，穿上新衣裳。這番話，讓我激動無語。

我們逗留僅半個小時。告辭前，我非要他穿上羊絨背心，還說那顏色很性感，很適合他。他非但送出大門，還要繞道長庚醫院服務區，理由是必須請我們吃點東西。

流雲遮天，林蔭蓋地，櫥窗裏琳琅滿目，夕陽的光芒咄咄逼人，便道上人來人往，時不時有輕柔的樂曲飄來，一派世俗景象。在飲料店，我要了一大杯蜂蜜檸檬水。然後，雙手捧着蜂蜜水踏上返程。一路上心情大好，頭也不暈了，還喋喋不休地講起老故事。傅月庵把我輕鬆無比的狀態，用微信轉告李長聲。人家馬上有了一句話的回覆：「大姐的文字，原來是虛構。」

晚上八點半，我拖着行李箱來到台北的賓館，辦好入住手續，人頓覺疲憊。進了房間倒頭就睡。半夜醒來再脫衣，洗臉，刷牙，洗澡，洗頭髮。

第三天飛回北京。

不敢和陳浩聯絡，時時提心吊膽，唯恐生出變數 。五月十二號，他做了手術，一切順利。後來得知，陳浩一度鬧着要放棄，為的是怕捐肝的二女兒受苦，但院方覺得病情已不可再拖，正在僵持中，他收到了二丫寫來的一封信。如下：

把鼻　你乖乖哦　心情也調試的很好　就是我們一起進去睡一覺　起來痛痛的而已　我們就能健康　你千萬不要擔心我　也不要有罪惡感　我真的很值得　能當得你女兒真的很幸福　這只是一點點的付出　能讓你更健康就是最好的結果了

我很愛很愛你哦　你要乖乖　我們都要很勇很堅強　我會很想你　雖然不太能見

面　但我們心會很近　安安心心地去開刀吧　我們一定會很順利的　你是我這輩子最愛的人哦

讀罷，陳浩流着眼淚進了手術室。術後，他全身關節劇痛，雙手抖得拿不住東西，胸部塌陷，喉部潰瘍，脾氣壞得不行……其實人進入兇險的絕境，一切都好了。恐懼、慾望以及愛，使得他「倖存」下來。性命正懸於此。進而我也悟到：並非面臨死亡，才弄清楚自己真的需要活着。

「你要好好的，浩子。」

二〇一五年六月寫於北京守愚齋，二〇一六年十月修訂

悲回風

——追記我的老師

高中畢業了。

就讀於北京師大女附中的我，自以為能考上北大歷史系，誰知成績行，政審不行。父親是大右派，本人表現又差，屬於「等外品」。我被轉來轉去，最後轉到了中國戲曲研究院改稱的中國戲曲學院戲曲文學系（注：這個戲曲學院後來撤銷，恢復中國戲曲研究院）。都知道有個梅蘭芳，可沒人知道有這麼個學院。於是乎，我學起了戲曲，白天哼哼「一輪明月照窗前」，晚上泡在「長安」、「吉祥」、「廣和樓」，怎麼看自己，都覺得不像大學生。因為出身和表現都不咋樣，在班上很孤立，索性搬回家住。父親用鄉音給我吟誦古文，看母親寫毛筆字，周日到張伯駒先生家裏去玩，跟着潘（素）阿姨畫兩筆。系裏有課，才跑到學校。往往是授課老師走在前，我一溜兒小跑跟在後。

最討厭每個月一次的生活會，內容是弘揚三大革命法寶之一的「批評與自我批評」。我在班上是挨批的主要對象，因為自己寫的習作和日常閒聊，基本都不合乎要求。一個同學曾在班會上瞪着眼睛，厲聲喝道：「我以前不知道什麼叫資產階級小姐，現在知道了，章詒和就是。」負責管理我們的老師有兩個，一個老「訓」人，一個不怎麼「訓」人。這個不愛訓人的老師，姓簡，名慧。女性，中年，江蘇吳江人，長得秀氣，說話秀氣。

學習的科目不多，以「戲劇概論」和「劇作教程」為主，其他的課程有如配菜。其中的一門課，叫「話劇選」，授課人就是簡老師。她穿着雅致，她上課就和她的穿着一樣，非常精細。一部《雷雨》能說上個把月，什麼周樸園的髮型，魯媽的眼神，周沖腳下的球鞋，都在她的講解範圍之內。手裏好像捏着一把手術刀，把人物形象的每根神經、每塊肌肉、每條血管，都「剔」出來給我們看。我很有些納悶：猜想她一定和曹禺認識，要不然怎麼知道這麼多，講得這樣細？除了講義上的內容，簡老師還融入自己的藝術感覺和人生見地。有一節課是專門講繁漪的。談到繁漪的年齡，她說：「婚後兩三年是一個女人最美的時候，而繁漪自出場就已不再那麼美了。」不知怎地，淡淡一句我竟記住幾十年。她私下裏也批評我，說：「你是很驕傲的，這樣下去對自己很不利。像我們這些剝削階級出身的人，真的沒什麼可驕傲的。」這是她發自內心的規勸，希望我好，畢業後能走得平順。

很不爭氣，我走得很不平順，沒幾年就進了監獄。

一晃，多少年過去。

一九七八年秋冬，我從四川省第四監獄平反獲釋，先在四川省文化廳工作，隨即申請返京，要求回家。承蒙先父的同鄉、老友黃鎮先生（時任中央文化部部長）關照，把我調回北京，又分配到中國藝術研究院。中國藝術研究院其實是借中國戲曲研究院的招牌，擴充提升而來，內設的戲曲研究所是研究院第一大所，其成員基本來自從前的中國戲曲研究院。所以，我跨進前海西街恭王府大門，見到的同事多為熟人。他們頗為吃驚：章詒和怎麼會從監獄出來就直奔中央研究機關？我則以為大家都會歡迎我「返京歸隊」，誰知「同志們」客氣兩句，就躲開了。受到冷淡後，才恍然大悟：原來平反歸平反，成見歸成見。知識分子成堆的地方壓根兒就是「高寒地帶」，個個都「整」怕了。再説，膽小世故也算不得什麼毛病和缺點。

黨的書記板着面孔、嚴肅地接待了我。談了半個小時，句句都是空話，沒給我分配具體工作，也沒有辦公桌。一個擔任支委、又曾教過我的老師，笑眯眯地給我搬來一張中學生用的舊課桌，放在《戲曲研究》編輯部門口，別人瞧着還以為我是個「把門」的。跟着，那位老師拿出自己的一大摞手稿，讓我謄寫一份。趕緊抄好送上，他撇了一眼，説：「你的字，不錯嘛。」

我的心情自然十分壓抑。一天，中宣部一位副部長來研究院做有關文藝思想和文藝政策的報告，幾天前，院部就下達通知，要求每個人都必須去聽。我沒去，不一會兒所長派人來叫，傳喚我的人站在院子裏大叫：「章詒和，去聽報告！」

不知怎地，一口惡氣從胸口湧出，我對來人也大叫：「我就不去聽，聽了，文藝是這個德行！不聽，文藝也是這個德行！」一時間，歹毒之語傳遍恭王府。

每天來上班，覺得跟沒上班一樣，無非呆坐，看別人進進出出、説説笑笑。有時自己不識好歹，捺不住插上一句話，人家連看都不看你。這一刻，我恨不得鑽進地縫裏。隨即想起跟着母親在聶紺弩家閒聊時，他對我説的一句話：「小愚，監獄好，我想回監獄。」

秋天的一個中午，太陽很溫暖，大家準備去食堂吃飯。我獨自走在大院裏，簡老師從後面快步攆上，低聲説：「章詒和，現在請你到我家裏吃個午飯，咱們吃碗麵吧。」聲音彷彿來自天上，我停下腳步，疑惑地打量她。

簡老師笑了，説：「你沒聽明白嗎？」

「是不是讓我現在就去你家吃麵？」

「對。我家離這裏很近，就在什刹海後海，步行十分鐘就到了。」

我們一前一後地走着。這條路我太熟了，因為張伯駒、潘素夫婦就住在後海。在離張先生寓所不遠的地方，簡老師停下腳步，説：「到了。」

這是一座四合院，大門寬寬的，門前台階高高的，很有氣勢，一看就是個有來歷的宅院。進去之後的感覺卻不大好，難覓舊日格局，像個大雜院。簡老師住在前院，前院不大，院子裏站着一個長者——這不是吳甲豐先生嗎？他不認識我，我認識他，一位知名的西方美術史家。

簡老師迎了上去，問吳先生：「吃了沒有？」

吳先生答，剛吃過午飯，正在曬太陽。他瞧了我一眼，說：「你還帶了個客人。」

我插了一句：「不是客人，是學生。」

簡老師湊到他跟前，說：「吳老，她叫章詒和，她的父親叫章伯鈞。」

吳先生叫了起來：「哦！公主，從前的公主。」

三個人都笑了。

進了狹小的客廳，簡老師讓我隨便翻翻報紙雜誌，自己跑到簡易廚房煮麵。我要幫忙，她不讓，說：「一碗掛麵，有什麼可幫的？」

說的也是，我就等着吃現成的吧。不一會兒，午飯來了：一碗素湯麵，一個煎雞蛋。湯麵上裏撒着綠綠的葱花，煎蛋上澆着淡淡的醬油，一切都很簡單，好似秋陽，明亮又溫暖。

「好吃。」我大口大口地吃着，香氣從麵條與麵條之間的縫隙裏飄溢出來。

簡老師不說話，臉上掛着笑。她不必說話，也無需說話——她接納了我，不以政治明晦判斷人的高下，不以思想傾向決定人的親疏。

吃飯的時候，還見到串門的鍾靈先生。我挺納悶：在這個四合院裏，怎麼淨是些美術家？簡老師告訴我，這所宅院原來是座私家花園，從五十年代開始就成為中國美術家協會宿舍，她的丈夫在全國美協機關工作。難怪！

從一九七八年之後的許多年，我的主要工作就是提着個錄音機，給大大小小的會議做記錄。重要的全國戲曲劇目工作會議和中國戲曲學術會議，我都是和簡老師一起幹活兒，白天聽會，晚上寫簡報，有時還同宿一室。簡報是一種比報紙的壽命還要短、比雜誌的價值還要低的「東西」，簡老師絕不因其短命低質而草率敷衍。革命要求奉獻，也要求激情。在我的印象中，只要是交代下來的工作，她一律「奉獻＋激情」，全身心投入，從不想這項任務有多大的意義，也不問自己從中能獲得什麼？記得有一天，輪到她整理簡報，剛好當晚在中國電影資料館放映兩部「參考片」，所謂「參考片」，就是歐美電影。在那個尚未真正「改革、開放」的階段，看「參考片」是最大的誘惑與享受。同事之間可以為一張入場券打破頭。

我勸簡老師：「你先看電影，回來再寫也不遲，不會誤事的，充其量熬個夜唄。」

她搖搖頭，說工作要緊，不去看了。等我返回招待所，已是子夜時分。推開房門，見她坐在寫字台前，雙眉緊蹙。一手持煙，一手握筆，而稿紙上沒寫幾行。

我輕輕地叫了聲：「簡老師。」

她抬起頭，一邊把煙掐滅，一邊說：「詒和，你快睡吧，就別管我了。」

我說：「幹嘛這樣認真！選摘幾個人發言，用簡單幾句話『串』起來就行了，又不是做文章。」

面帶倦色的她，苦笑道：「看來我的名字改壞了（一九四九年前她叫盛德），簡慧，簡慧，幹的就是簡報會議，命中註定。」

我大笑。如此自嘲，讓我生出敬重：她很清楚自己在幹什麼，是用近乎偉大的精神做近乎無用的工作，且不問得失。這就是由社會主義時代規範出來的「中國牌」知識分子。

不承想，看「參考片」也讓簡老師遭遇難堪。在一次國際性的戲曲學術研討會議上，她是簡報組組長，我和另一個畢業沒多久的女碩士生是組員。有一天在電影資料館放映兩部非常有名的美國電影，拿到票後，個個欣喜若狂。而那天負責寫簡報是女碩士。晚飯後，女碩士換好衣服準備去小西天（中國電影資料館所在），簡老師一旁輕言道：「小×，今天該你寫簡報，就別去看電影了。」

小×聽了，不說一句，面孔因憤怒而通紅，像一頭關押在鐵籠的獅子，在房間裏轉來轉去。簡老師見狀，為避免難堪，趕忙說了聲要上廁所，扯了節衛生紙，出了房間。

前腳剛走，後腳就是罵聲：「你是我的老師嗎！你管得着我嗎？他媽的，什麼東西！」說着，一把將簡老師床鋪上的被子扯到地下。也不知是有意還是無意，有一隻腳還踩在了被子上。之後，揚長而去。

簡老師進了門，眼眶充塞着淚水，手裏攥着衛生紙。顯然，她沒有去衛生間，而是躲在門外聽那一陣叫罵。我懷裏抱着被子，說不出一句，只恨自己笨嘴拙舌，無法安慰和消解簡老師的悲傷。牛馬般工作，土地般奉獻，到她這一代終止了。下一茬兒、再下一茬兒，他們的生活目標很明確：只為自己而活，只為自己的利益工作，為此可以不惜一切，老師算「什麼東西」！統統「她（他）媽的」。

現在研究戲曲，聽點課，看點戲，再讀些專業書，就算「出師」了，也能大塊文章，也能口若懸河，但是說的寫的往往是名詞去、概念來，或堆砌材料或引經據典，大多從理論到理論，還美其名曰：「從文化角度總體把握」。其實，從事戲曲研究，瞭解藝人、掌握劇種、熟悉聲腔、懂得舞台，是第一位的，絕對是第一位的！哪怕你是研究戲曲史的，「曲牌聯套」都不大懂，怎能讀透《牡丹亭》？記得當年張庚先生對我們這些學生不止一次地說過：「想研究戲曲嗎？建議你們從瞭解藝人開始。」道理很簡單，因為研究藝人，勢必要涉及劇種、劇目、表演、聲腔、音韻、舞台、服飾，只有懂得「這一套」，才算是進入了中國戲曲藝術的本體。要不然，你就永遠是個門外漢。即使成了碩士博士專家教授，著作等身，頭銜多多，那也是外行。

簡老師從一九七八年起，一直到一九八四年，一趟一趟地去上海採訪滬劇頭牌女演員丁是娥女士，又用很長的時間寫出一本《展開藝術想像的翅膀》。書是二人的合作，它全面記述了滬劇藝人創作、表演以及滬劇的發展衍變。書中最出色的部分是對丁是娥舞台形象的闡釋，記錄了她在幾個經典劇目中的藝術經驗和表演特徵。有分析，有歸結。單是

《蘆蕩火種．鬥智》一折裏對「草帽與茶壺」細節的解析，就有數千字之多。這讓我打心眼兒裏佩服，如今沒人幹這種「蠢事」了。戲劇家吳祖光先生看了文稿，很欣賞，讚道：「書中談論創作典型人物的體會是具有高水平的學術論文。」

現在搞戲曲理論的，首先是看不起老藝人，況且，任你怎麼「鉚勁」地寫，不就是個「口述記錄整理者」嘛！書出版了，藝人名字在前，自己在後；版稅下來了，你只拿二分之一或三分之一。誰幹？傻子才幹。說到這裏，不由得讓我想到《梅蘭芳舞台生活四十年》（三卷本），這套書是上個世紀五十年代梅先生與許姬傳先生的合作產物。一位是頂級藝術大師，一個是超級行家裏手，二人旗鼓相當又高度默契。書中把梅蘭芳大半輩子的舞台生活都扎扎實實寫下來了，貌似平淡，內裏深厚。中國戲曲藝術的基本特性，表演藝術的原則規範，劇目創作的得與失，盡在其內。「四十年」一書從出版到今天，過去了半個多世紀，現在它已成為研究梅蘭芳、研究京劇、研究戲曲、研究東方藝術的經典。現在有不少人寫梅蘭芳，演繹梅蘭芳，真的要瞭解梅先生，瞭解他的成就、經驗、經歷、為人及見地，就是這本「四十年」！其他的書大多是它的衍生物，有的還是瞎扯。

商品大潮襲來！

驟然間，所有的人與事都歸結到利益權衡和金錢法則上。對此毫無思想準備的簡老師環顧四周，對現狀流露出許多的憂思與不解，對未來也深感茫然。她私下裏對我說：

「你有才氣，好好寫作吧。有關路線、方向問題，什麼都別過問，你十年大牢的教訓還不夠？」儘管這樣勸我，而她自己對時政卻是異常關心，尤其是對文藝界發生的事，都持有明確的是非傾向。

對她的不解和茫然，我是理解的。簡老師出身於一個富有的家庭，幼時上街看中一束鮮花，鬧着要下車去買。身旁的父親即令男傭將一條街的鮮花全都買下，統統送給女兒。然而，年輕的她捨棄了富有，投奔了革命，把自己的整個生命都獻給革命。幾十年過去，忽然，革命的目標成了「讓一部分人先富起來」，而其中某些人的「富」，又不是靠本事、靠流汗掙來的。她當然不解！彷彿人生旅途在快要臨近終點的時候，又轉回到原點！如果「讓一部分人先富起來」是目標的話，那麼簡老師一出世就「達標」了，這輩子呆家裏就好。換句話說，她以往所作所為都白費了，人也白活了。簡老師感到悲哀，一種人生的悲哀，她把愁緒壓縮在額頭上的皺紋裏，很快顯出了老態。我覺得這個時代對不住她，對不住她的悲哀。她又是個堅韌的女性，認為自己的信念沒有錯：一個人除了吃飽喝足之外，還應有超脱物質層面的追求。一個女人從為家庭盤算轉變為投身社會、為他人服務——在人生價值取向方面，她心甘情願且始終不悔。

一個星期五的下午，因為是週末，同事都早早下班了。簡老師見我收拾提包，遂道：「詒和，我能跟你說幾句話嗎？心裏憋得快受不了了。」

「好哇。」

我們坐在恭王府「九十九間半」的石階上，人剛坐定，即發現她神態異常，我一下子慌了：「簡老師，你有什麼事說出來，我一定幫忙。」

她滿臉悲苦，用手捂着雙眼，一滴淚從指縫間落下，喃喃道：「你幫不了我，是我的家出了問題。他背叛了我，已經很久了，我也知道很久了——」

我哭起來，叫着：「簡老師，簡老師！」一把抱住她的肩頭，二人相擁。

夕陽西下，王府庭院寂靜蒼涼，人工培植的各色月季，以傲慢之姿炫耀着最後的斑斕。我們默默地坐着，不說一句。見天色暗下來，簡老師才慢慢地把自己一肚子的苦與痛倒了出來……說到最後，已然泣不成聲。我遞上紙巾，她擦乾眼淚，說：「詒和，最痛苦的是——我至今對他一往情深。」這句話，於她於我都是錐心刺骨，刺骨錐心！從此，無論在什麼地方，只要見到「一往情深」四個字，就一定會想起我的簡老師。

因熱烈的愛情而嚮往婚姻，在漫長的婚姻中感受痛苦，這也許不只是某一個人的遭遇。我們或是主動、或是被動地奔走在匆忙的現實中，也許能為一些莫名其妙的事情感動得稀里嘩啦，但內心的情感卻如塵埃一樣吹到遠處，人倫、親情、故土、亡靈等等許多值得珍視和珍藏的，都變得無足輕重、無關緊要。

沒過多久，她退休了。不少老幹部（包括德高望重者）臨退前不僅把自己安排妥帖，連孫子的事都辦好了。如果用這樣尺度衡量簡老師，她實在是划不來，甚至是很划不來。

簡老師原本是該離休的：一九四九年九月下旬，她從上海棄學北上，投奔革命，來到大連旅順。她的上級領導羅烽同志好心地說：「大連旅順值得看的地方很多，你先看看吧，不忙報到。」她很聽話，四處看看，過了十月一日才去報到。誰知一九四九年十月一日是個「硬杠杠」加「死杠杠」，此前參加革命的幹部是離休幹部，此後參加革命則為退休人員。僅一天之隔，她卻無法獲得「離休」待遇。在研究單位工作對一個人評價坐標就是職稱。直到退休，她的職稱問題也沒能解決，退休之後，才補評為研究員。她笑呵呵說：「我是安慰獎。」至於出國訪問等美差，從來也沒輪上一回。簡老師曾經是一個民間學術團體的理事，卻也讓她的一個學生要個小手腕就給擠掉了。有的人只知道佔有，而她總是捨棄，捨棄了很多實實在在的東西。我覺得簡老師的一生曲折又平淡，所有的轉捩點都充滿意味，時代的意味，很深刻，很沉重。

沒過多久，她病倒了，肝區總是疼痛的她查出癌症。「悲回風之搖蕙兮，心冤結而內傷。」我去醫院探視，子女說：母親終日劇痛，難得剛剛入睡，不便叫醒。我們隔着玻璃窗戶，做了最後的會晤和訣別。簡老師於一九九四年病逝，時年六十四歲。

二〇〇四年，她的丈夫為簡老師出了紀念集。家裏的客廳擺放着亡者遺像，還有花。

二〇一五年七—九月寫於北京守愚齋

二

我們有「價值中立的文化空間」嗎？[一]

其實，文學藝術是最不自由的，也最難找到中立空間的。一種現實總是配上另一種對立的現實。矛盾永遠存在。你可以站在任意一方，也可以站在任意一方的邊緣，盡量擺脫國家意志的約束，盡量不受意識形態的干預，以創作實踐表明對兩種現實的看法和評判。但因為現實本來就是矛盾和對立的，所以你的作品勢必帶有指向性。我反對作家、藝術家作為精英而自我孤立，聖潔得好像來自天外的仙女，與任何政治、思想、思潮、主義、黨派都無牽扯、無瓜葛。有的人即使當上政協委員，也認為是靠了自己的業務，還用許多謊言來掩蓋與社會各種勢力的交往。不管誰上台，他們都紅，都有背景。中國人歷來就生活在嚴格的等級與界限之中——好壞、上下、左右、高低、貴賤、貧富等等。絕大多數的老百姓一輩子就夾在這當中討活：不好不壞，不左不右，不高不低，不貴不賤……能立於其中，已屬不易。左右逢源的、左右開弓的是少數，很多人的命運是左右夾擊。假如你處在一個人權狀況不太好，老百姓還不怎麼富裕的社會，我覺得作家、藝術家就有義務和責

一　本文是香港《明報月刊》與浸會大學文學院關於「價值中立的文化空間」討論的發言。

任與普通公民一道，為爭取人權的普遍改善、為民眾擺脱貧窮而努力。這是不可推卸的責任，並且也牽涉到自身的利益。

文學，需要情感，需要想像，需要思想，還需要形式。也正如唐弢先生所言：「需要一點事實，一點掌故，一點觀點，一點抒情。」我以為更需要真實。對社會而言，有一部真的歷史比有一部好的文學更為重要。如果我們所看到的歷史敘述存在許多的遮蔽、歪曲、假像和謊言的話，我們的文學多少就要有一些「擔待」，擔待起一點表達、表現真實的義務和責任。文學藝術作品得以世代相傳，正如英國作家毛姆所言——蓋因「它是人類經受種種苦難艱辛和絕望掙扎的最後證明。只要米開朗基羅在西斯廷教堂天頂上畫出那些人像，只要莎士比亞寫出了那些台詞，以及濟慈唱出了他的頌歌，數以百萬計的人便沒有白活，白白受苦，也沒有白死」。可見，真實是文學藝術的終極價值，而非一般價值。何況中國歷來就有於「正史」之外，寫「野史」、「筆記」、「掌故」的傳統。它們因未受到主流意識形態的「修理」，而有可能更加接近於本體的真實。人心是肉長的，文字也該是血肉做的。

現在一些人的寫作或是有意地、或是無奈地犧牲了許多的實在性和現實性，對生存的本質和生存的批判變得軟弱、曖昧。在金錢、利潤、市場的操弄下，把中國當代史、民族苦難史變成了床上史、狂歡史。作家也並不比普通百姓高貴多少，同樣膽怯、市儈、苟且、無聊。有些人的寫作，說穿了，是為了能生活得更好，自己也願意被權勢利用。人之處世，無論是強硬的反抗，還是柔軟的妥協，還是介乎強硬與柔軟之間的活着，都是姿態，也是常態。但在精神表達上當是實在的，很實在的。因為在人的生存意志面對現實的時候，無一不是本色、本質、本真的自我呈現。

文學是不直接表達思想的，特別是政治思想。大陸關於文學與政治之關係，可能永遠難以理清。自二十世紀八九十年代以來，大概是對過去強調思想性的反撥，我們的文學是以遠離思想為高潔，以維護其審美純粹性為至尊的。實際上作為表現當代中國社會的作家要抹去政治意識、思想意識在民族文化心理深層的滲透作用和控制作用，幾乎是不可能的。如果我們刻意地迴避它、抹掉它，肯定會削弱文學作品的文化意義和歷史價值，至少在大陸是這樣的。當下一些人基本摒棄了人類、歷史、民族、國家等厚重觀念，把感官的享受、情感慾求以及實惠的物質生活等世俗性社會事物，統統納入作家審美的新視野，且作為唯一目標。這當然無可厚非。因為它具有個人生存的正當性。要不我那麼喜歡馬連良，沉醉於他的泡澡、遛彎、修腳、下館子、擺弄翡翠鼻煙壺。什麼時候想起他來，總好像背上挨了一記黯然銷魂掌。但是我們過度釋放這樣一些世俗的、慾望的、屬於人之本能的東西，是否會產生返祖現象呢？一個資深編輯告訴我：現在看小說，無論中篇還是長篇，三頁之後一定要上床。我說：「太好了！以後學校的文學課與生物課合併來上，有描述，有圖片，效果絕佳。」我不知這是文學墮入生物境地，還是生物提升到文學天空。不過話又說回來，你要把慾望下面掩蓋的利益關係合理開掘出來，對人與人、人與環境、人與社會、人與內心的關係，做出既符合現實也符合歷史邏輯的解釋，那麼，就會有另一番意義。總之，作家要有多維視角，除了世俗視角，恐怕還要有別的視角。越是世俗的生活，越是要有理性的認同。這種理性，不就是思辨、歷史、道德、哲學嗎？有了理性認同，才談得上人文關懷。

在一個專制社會，要麼是老實的臣民，要麼是造反的土匪，沒有什麼「中立空間」可言。記得是上個世紀的八十年代初，中國京劇院重排現代京劇《蝶戀花》，戲的主角是毛澤東的夫人楊開慧。該劇作者為了修改好這個劇本，特地去了楊開慧的家鄉——湖南的板倉。恰逢對楊開慧故居做整修，翻修過程中工作人員從廁所的夾壁裏，意外地發現了楊開慧手稿。劇作者與我相識，她告訴我，在這些文稿裏楊開慧敘述了對毛澤東的認識，其中包括對毛澤東的「性」的認識。讀楊開慧這些非常直白的文字，非常震動。她說：原來我們的領袖的內心除了政治目標，還有着人的慾望。

新版京劇《蝶戀花》公演後，在北京護國寺人民劇場的貴賓室裏舉行了一次小規模座談會。會上，我做了一個簡短的發言。事情雖過了近三十年，但我仍記得發言的主要內容。我說，楊開慧形象塑造的成敗，不在於寫她怎樣發動當地群眾鬧革命，不在於寫她怎樣照料丈夫的日常生活，也不在於寫她一個人留守板倉時對毛澤東的思念。塑造楊開慧的關鍵是她價值取向的轉變。這個轉變具體說來就是——如何從北大名教授的千金變為土匪頭子的老婆。要知道在當時政府的眼裏，毛澤東、朱德都是造反的土匪。若寫不出這個，就寫不出楊開慧。事情就這麼簡單。

時間過去了幾十年，在這個「中立價值取向」的問題上，內陸似乎沒有太大的變化。由「土匪頭子」而英明領袖的毛澤東，也不怎麼容得中間立場——誰要是站在中間，誰就是持反對立場。當年他對張申府先生如此，對梁漱溟先生亦如此。毛澤東在感到自己的力量還比較弱的時候，可能對中間立場的人還拉一拉，如對一九四九年前的民主黨派；到了自己力量強了，強到主持朝政了，那就不是拉，而是打了。如對一九五七年的中國民主同盟和中國農工民主黨。打的主要方式就是掌控、排斥、批判、壓制，直至取締。如今的社會已經很現代化了，但竊以為：現代性不等於進步性，不知這個看法對也不對？儘管我們國家都有「神六」（即神州六號）了，但對中立空間的包容與認可方面，似乎連「神一」都還沒看到。

何謂中立價值？中立價值就在於它的客觀和理性。有了客觀和理性，也就有可能揭示真實和接近真理。那麼，現實情況又是什麼樣的呢？最近大陸學者描述二十世紀的平型關大戰的論文和幾篇議論十九世紀八國聯軍、義和團事件的文章，均受到來自官方的指責。

我想，即使他們真的描述錯了，議論錯了，那也應該是可以自由討論的，而非批判作者，查禁報紙，處分編輯。要不然，怎麼讓人家「鑽」了空子，龍應台寫了篇既是文章又是公開信的東西。題目就犀利——《請用文明回答我》，直接叫板中南海。中立顯然是針對左、右而言，即為一種超政治、超黨派的態度。在由一個唯一的政黨淩駕於一切之上的社會裏，你可能做到嗎？

二〇〇六年二月二十五日於香港浸會大學，二〇一六年冬修訂

還原文人、藝人的生命狀態[一]

可以想像，那些兩會代表聽溫家寶總理的一席「談心話」時，內心當有怎樣的感動。[二]因為很久很久以來，我們國家的領導人極少有這樣無拘無束的促膝長談了，大家比較習慣的是聆聽教誨和指示。我只是想談談自己的閱讀感受。這個感受涉及到關於文人和藝人的問題。

啥叫「文人」？有人説：文人就是舞文弄墨者。我同意這個看法。那些有大學文憑，那些碩士、博士，那些官員、教師、工程師、科學家、經濟師等等，他們也都會寫文章，有的還有作品。但他們不是本質上的文人。那什麼人才是文人？我以為：文人原本就是地處邊緣、可有可無的一群；自由是其底色，追求自由是其特性。他們可以放浪不羈，可以胡言亂語，可以傲視權貴，可以縱情酒色，可以一擲千金，某些頹唐行為當然為正人君子

一　本文是二〇〇六年十二月六日《炎黃春秋》雜誌社座談溫家寶總理在文代會與作代會講話的書面發言。

二　二〇〇六年十一月二十八日，溫家寶在中國文聯第八次全國代表大會、中國作家協會第七次代表大會上同文學家藝術家談心時表示，繁榮文學藝術要貫徹雙百方針；要在憲法規定的範圍內保障學術自由和創作自由；要為文學藝術家營造良好的社會氛圍和學術土壤。

所不齒，但並非墮落。只要你接觸的文人、藝人多了，就會知道：在其放浪形骸的內裏、也有着傳統道德的支撐。像張伯駒的收藏，葉盛蘭的脾氣，馬連良的擺弄小玩意，言慧珠的鑽戒和一百多件的毛皮大衣。他們當中有的還「抽」、還「賭」，可謂「台上風流，台下也風流」。但是一生至死，都是「公開展示的存在」。

這種生活狀態、風姿樣式、人生觀與價值觀，無不自然而然地反映在他們的文字裏、歌詠裏、表演裏、畫作裏。梅蘭芳一生崇尚的是「美」。你去梅宅，任何時候見到他，都是皮鞋鋥亮，頭髮鋥亮，一副雍容華貴相。他演的楊玉環即使受了冷落，備覺苦悶，那也是貴妃。張伯駒說是金融家，其實遠沒有現在的人會理財，成天價遊東逛西，應酬唱和，戲院堂會。愛玩也會玩，是個名副其實的公子、名士。就這麼個「不務正業」的散淡之人，卻在文物、收藏、戲曲、書法、詩詞、棋藝等諸多領域搞出了大名堂，為國家和民族做出了大貢獻。在此，本人不打算講他的愛國情懷。只想談談與他多年交往及觀察的一點感受罷了。我很同意這樣的看法：一個人的能力大小，決定着這個人能走多遠，能登多高，能負多重。而能力有思維方面的能力，還有一個技能方面的能力，即解決處理具體問題的技術技巧。張伯駒在文化領域為什麼有諸多成就與貢獻？這當然要有錢，要有閑，要有心，但非常重要的是要有能——與之相匹配的能。所謂技能，從前就叫「手藝」。所謂手藝，其實就是你對那個物件的認識程度、掌握程度、熟練程度，以及精確度、精準度。

不客氣地說，人世間所有問題的解決，到了最後常常就體現在「技」上，包括政治問題。說政治智慧，說白了不就是政治技巧嘛！張伯駒的詩詞做得好，我跟潘先生在畫室學畫，他一個人背着手站在客廳，瞅瞅窗外景色，剎那間一首詩就有了，簡直「絕」了，「神」了。我問他怎麼學寫詩，他始終就是那兩句：一精通韻律，二熟諳典故。而這兩點就是技能。張伯駒的技能精湛又高超，我們則懂得太多，會得太少。

去也，民國舊事！它們很無聊，毫無積極意義可言。奇怪的是——這些舊事、瑣事、無聊的事，今天竟成為當下我們反復咀嚼、反復書寫的話題與素材。學者孫郁寫民國「狂士」的文章很多很多。為什麼要寫這些舊人？他對我說：因為他們更耐人尋味！的確如此，張愛玲就比丁玲有着更多的「味道」。五四以後，特別是一九四九年以後，以上所說的陳年往事，大多為紅色政權所不容，也為革命文藝所不齒。文人是落後的，戲班是封建的，科班是反動的，生活是腐朽的。於是，清算，批判，下放，鬥爭，戴帽，勞教。在被強制化、規範化、馴化的同時，文人、藝人自己也開始不得不學着「自查」、「自律」，直至「自覺」。比如：程硯秋先生在一九五七年九月二十日的入黨申請書裏對自己一輩子扮演女性角色，居然覺得是在裝模作樣、扭揑作態；竟然覺得從事戲曲表演藝術是毫無意義，向共產黨要求「去做些有意義的事情。」；又覺得用血汗錢掙的家產（住宅、田園、土地、債券等）不合法，表示要無償奉獻給政府。——讀着這樣的內心獨白（見《程硯秋日記》），我非常痛心。而老舍先生的創作，則從另一個角度說明同樣的道理。一九四九年後，他積極創作了《龍鬚溝》、《春華秋實》、《青年突擊隊》、《女店員》和許多曲藝作品。這些作品分明表現出一種主動尋找「新時代」的自覺性。十幾年後，老舍仍在繼續「尋找」，不過，他轉換了方向，是向後「尋找」了！向後找什麼？他要找回自己，找回人性、人情和自己熟悉的人物。於是，晚年的他寫出了經典之作，也是收官之作的《茶館》。《茶館》的本質意義，是一個飽經社會滄桑、熟諳人情世故的作家對孩提時代的「文化反芻」。毫不過份地說，《茶館》挽救了老舍，也成就了老舍。

上個世紀五六十年代，我們國家的文化行政領導，也有例外，比如彭真。他擔任北京市市長、中共北京市第一書記。他的工作業績當如何判定，我不清楚。但彭真對北京的幾個京劇名角卻能網開一面，批准北京京劇團的幾大頭牌，如馬連良、譚富英、裘盛戎繼續可以「抽」，但嚴格控制。據我所知，在二十世紀八十年代，著名京劇演員關肅霜從雲南來北京開全國人民代表大會期間，「煙癮」發作，弄得大會工作人員驚駭不已、手足無措。身為委員長的彭真得知情況後，立刻叫人拿着他的特批條子，到北京醫院領取「杜冷丁」給她注射。一九五八年大躍進，所有的戲曲演員無一例外下放到郊區幹農活。彭真知道後，讓他們陸續回城。並說：「把手指弄壞了，今後還怎麼演戲？」北京市文化局和宣傳部向他彙報馬連良愛錢。他在一九五五年一月的北京市第二次宣傳工作會議上講話，說：「快過年了，大家要看戲，再講講看戲。管文藝工作的死命罵馬連良，市委有個資料，也罵馬連良，演一場戲九百多萬元（舊幣，折今幣九百元）不幹，非要一千多萬（舊幣，折今幣一千多元）不可，好像馬連良的思想問題不解決，社會主義革命就完不成。從這裏也可看出同志們的思想。其實，馬連良既不是黨員、團員，據說已經六十多歲了，大概也不是少年先鋒隊員，就是唱戲的。就是『我唱戲，唱得好，你給我錢』。所以，對馬連良的要求不要那麼高，這是一。第二馬連良戲唱得好，賣座，群眾多花幾個錢，也願意看他的戲，我們管這個幹什麼……宣傳部管戲劇就是管思想，只要思想上不反動、沒有害就准演。至於說（對人民）無利，打撲克有什麼利？只要娛樂就有利了。你老人家又不給人家創作，又不許人家演這個、演那個。我們要去管大的思想，管政策。很多事不去管，非去改造馬連良的思想不可，這有點興趣主義，抓到哪裏就搞到哪裏。馬連良思想能否改造，我有點懷疑……馬連良的思想最好是共產主義，但落點後也不很重要；只要他演戲、賣座，大家喜歡看，看了解悶就行了。」——以上材料，我在《伶人》一書裏已有介紹，之所以不厭其煩地再次講述，是因為我覺得當年的彭真對文藝和文化人的瞭解，比我們現在意識形態總管和各級宣傳文化部門的領導幹部要深刻得多，其政策水平也高得多。所以從上個世紀五十年代到文革爆發，在彭真的領導下，北京市京劇團演出和創作了一批很不錯的戲，從《群英會》《趙氏孤兒》到《鍘美案》《望江亭》。張君秋也在這個時候形成了自己的流派——張派。這也是一九四九年後，唯一形成的京劇流派！

半個世紀以來，我們管理文人藝人的方法是納入「單位」，由「組織」管着。每一個人的頭上有中宣部、文化部、省委、省委宣傳部、省文化廳、劇院、院長、黨委書記等，層層疊疊且相互關聯的各級官員領導着。你的思想，你的待遇，你的創作，你怎麼寫，能否出版，你演什麼，能否公演，怎麼演，誰站（舞台）當中，誰站旁邊，誰給你拉琴……都由領導研究，請示批准。這樣管理的結果，首先是人文氣息、藝術氣息的喪失，是文學家、藝術家身上天生的自然、悠然、超然的文化狀態的喪失。搞得人家左右不是，上下不能。自由不是想幹什麼就幹什麼，而是想不幹什麼就有能力不幹什麼——這話好像是康德説的，現在真的需要仔細琢磨這句話了。

什麼叫文化狀態？就是一個人的生命狀態，所以，我們應該盡可能去還原文人、藝人的生命狀態。想把中國的文學藝術搞得有點樣子，恐怕不是出什麼「經典」。因為所有的經典藝術，都不是因為服從了領導，而是聽從了心靈。

二〇〇六年十二月寫於北京守愚齋，二〇一六年十二月修訂

淚往下滴　血朝上湧[一]

我從上個世紀八十年代初開始，一邊從事戲曲研究，一邊為文學而準備。寫的第一篇文章是《憶羅隆基》。寫畢，急急忙忙又恭恭敬敬地拿給丈夫（馬克郁）審讀。他一九五五年畢業於北京大學中文系，專攻戲曲小說。就文學言，他是內行，我是外行。

我塞給他一支削好的中華牌鉛筆，在耳邊細語，道：「你看到有什麼段落或句子寫得還算好的話，就請在旁邊給我畫個圈圈，以資鼓勵嘛！」他笑笑。一笑之間，我們的關係頓時從夫妻轉變為師生。

近三萬字的篇幅，他坐着，我站着。他一頁一頁地看，我一刻一刻地捱。只見老公手裏的筆一動不動，我心裏涼了半截。看到最後一頁的最後一段，他畫了一連串的圈圈。我知道，這是專為「以資鼓勵」才畫的。瞅着這最後的圓圈，我都快哭了。

丈夫讓我坐下，嚴肅地對我說：「小愚，你有豐富的經歷和記憶。平時聊天，聽你形容個人兒或說件事兒，都活靈活現的，可到了紙上，你怎麼就乾巴啦……」說話的口氣，像訓孫子一樣。

一　此為胡發雲小說《如焉》（香港版）序言。

「你知道自己缺少什麼嗎?」

「缺少語彙唄!」我說。

「不是缺少語彙,是缺乏文學訓練。」

哦,原來我缺的是文學訓練!於是乎,我開始了馬拉松式的訓練。每天讀古詩古文古小說,又翻閱當代讀物。為此訂了許多期刊,包括《小說選刊》、《小說月報》。自認為比較好的作品,讀後還拿給老公鑒定。他有時像法官一樣,盯着我問:「你說說,這東西好在哪兒?」

一聽這口氣,便知自己又看走眼了。幾年下來,也還真閱讀了一些當下作家的文學作品,特別是中篇小說。其中一個中篇叫《死於合唱》,看得我興奮不已,忙打聽這個叫「胡發雲」的作者是誰?書中描述的費普是個民國時期的遺老遺少,從一九四九年起,他的日子從英租界移到了紅旗下。由少到老,一輩子都在努力改造舊思想,努力適應新環境。結果呢?家庭、職業、身份、地位、財產等等,一切都變了,可就是那份兒遺傳下來的精神狀態無法改變。正是這個文化的頑固性,讓費普歷盡坎坷,也讓我讀得熱淚滾滾。我自掏腰包複印了許多份《死於合唱》,送給那些自幼家境甚好,就讀於教會學校並精通合唱的女友們。她們也是一樣的感受。只要我們湊在一起,就要說那篇「合唱」。

幾年後,我與胡發雲先生會面了。但我們的話題,不是《死於合唱》,而是死於癌症。我喪夫數載，他喪妻也近兩年。由於親人死於同樣的絕症，我們的第一個話題便是病痛與死亡，這也是一個反復的話題。

中年是最灰色的，如悠長的冬日，似飄落的雪花。胡先生比我堅強，他很快給亡妻寫了長長的悼文，以寄託濃濃的哀思。悼文是用「伊妹兒」傳過來的。我邊讀邊哭，字裏行間我聽到他的心碎聲。文中一段給病重妻子洗澡的細節，深深震動了我——

妻子説想洗個澡。胡先生跑了大半個武漢市，買來一個橢圓型的輕巧小浴缸，剛好可以放在病房裏。他灌滿熱水，把妻子抱起來放進小浴缸，先用毛巾把鎖骨處的輸液介面裹嚴實，再一處一處給她輕輕擦洗。妻子自嘲一句：「我變得這麼難看了。」胡先生笑着説：「我覺得不難看，那就是不難看。」然後又背誦了法國女作家杜拉斯那一句撼天動地的話——「與你年輕時相比，我更愛你現在備受摧殘的容顏」。洗完後，他用了幾乎整整一瓶護膚霜給妻子全身上下輕輕塗抹了一遍，肌膚立時就滋潤鮮亮起來……

寫到這裏，胡發雲感歎道：「五十一年的生命。三十年的相識。二十六年的夫妻。像一株自己種下的花兒，眼見了一個女人一生的美。這種美，只有種花人自己才真正看見的……哪怕凋萎，也看得見其中綿延不絕的風韻。就像家裏那幾束早已老去的山菊花和勿忘我。」淚落染樹，血流染枝。這篇悼文，讓我看到一種以生命的執著去完成的宿命式的神聖愛情。

窗外，太陽冷冷地照着，我心裏一片悲哀。世間最堅韌、最脆弱的關係莫過於夫妻了。夫妻？有誰懂得什麼是夫妻？小時候，父親談及羅隆基的私人生活，曾說過這樣一句：「在中國，懂得女人的男人不多；懂得男人的女人也不多。」我沒見過胡先生的妻子，但我覺得他是懂得自己的妻子的，他是懂得女人的男人。

我是第二次婚姻了。二次婚姻的特點是婚前雙方要把所有問題提前談好，權衡的份量大於情感的砝碼。所以，婚後我和丈夫的關係平淡得像「獨聯體」——鬆散的聯盟。一人一間屋，各幹各的事，各看各的書，經濟獨立，社交獨立。日子再平淡不過了。可是一旦他倒下，那平淡後面的東西突然顯露出來，血淋淋的！我恍然大悟：他不是我的丈夫，他是我生命的全部。我哭泣着不斷哀求醫生：「救救他，用我的命換他的命！」兩次昏死在他的病房。我第一次倒地，他大叫：「這兒不是醫院，這是虎口。我倆不能都掉進來，你要逃出去！從明天起，不許你來看我。」第二次，他就只能用無比憂傷的眼睛望着我，望着我。

丈夫的病越來越重了，那時我剛好寫完《憶張伯駒夫婦》的草稿。他掙扎着一天看一兩頁，還在稿子上面做記號。並吃力地說：「小愚，你寫得比以前好多了。也還有很多問題，等我的病好了，我來給你改。」過了一個多月，丈夫大概知道已經沒有為我修改文章的可能了。他把稿子從枕頭底下抽出來還給我。說：「寫吧，寫吧。等我死了，你就成功了。」

一天，丈夫的氣色還好。他坐起來拉着我的手說：「生老病死，是人生的四段。後三段都是苦，前面的生，也未必是樂。古人把立德、立功、立言視為人生的標準。小愚，對你來說，這些都不重要。最重要的是你要活下去！這是你父親當年的叮囑，也是我的叮囑。我不擔心你的工作，只擔心你的生活。你什麼都不會呀。我死後，誰給你領工資？馬桶壞了，誰給你修？燈繩斷了，誰給你接？你一個人實在過不下去了，就再找一個男人吧！」我撲在他胸前，放聲大哭。

「死」是結束；「老病」是處在生死之間；而半生半死，最是痛苦。我和他都是半生半死人。此後，丈夫連說話的氣力都沒有了，靠輸液和「杜冷丁」活着。一個周日，他的兩個孩子都來探視。預感到來日無多的他，流着眼淚要求孩子：「你們今後要照顧好章姨！答應我，答應我。」其聲嘶啞，其情悽愴。——死神來臨之際，夫妻訣別之時，我臨近花甲之年，懂得了愛情，也懂得了男人。清理他的遺物，我發現˙個紙夾。那上面的每一張紙，丈夫用鉛筆寫着同樣的一句話：今後最苦是小愚，今後最苦是小愚。

丈夫死在位於通州的北京胸科醫院，算來去世已有六載。六年來，我雙腳不過四惠橋，兩眼不看東方紅。以往夫妻的共同節目如看大片、看球賽、寫對聯、下棋、聽戲，我全戒了。我一直以為人生只有兩件東西是屬於自己的，一是健康，二是情感。丈夫一步一回頭地離去，使我猛然醒悟：這個世界原來是什麼也抓不住的！內心那份絕望的寂寞，從此與生命同在。只要活一天，它就在一日，很深，很細。

這幾年，我與胡先生常通電話，一聊就是十幾分鐘乃至幾十分鐘。聊天中，我才知道他正式退出了武漢、湖北、中國三級作家協會，奉還他從來沒有接受過、也從未使用過的各類頭銜——他認為，這種無聊的頭銜有辱於一個作家的情商和智商。此後的他，成為一個體制內生存、體制外思考的作家。在武漢，他有兩套房子，都不算大。一套房子自住，一套養着收容來的殘疾貓和流浪狗。

電話裏我問：「你為什麼要收留它們？」

他說：「在街頭看見它們，單是那眼神就足夠打動你了。」有時，他把話筒拎得老高老高，讓我聽聽貓叫和犬吠。

夏季，我常勸他：「武漢太熱，來北京住住吧！」他的回答，就是簡單的一句：「我習慣了。」

冬季，輪到他叮囑我了：窗戶關好沒有哇？穿暖和沒有？吃得如何呀？我們的交往稀鬆散淡，卻又像隔壁鄰居密切瑣細。我對未來一向悲觀，消沉又絕望。我在給他的信中寫道：「等我把所有的故事寫完，就去了斷自己：或向東行，沉沒於大海；或向西去，消失於沙漠。」——他急得直勸我，說：現實並不怎麼好，但我們還應該抱有某些溫暖的期望。

他的長篇小說《如焉》，我是通過朋友的推薦在網上看到的。很興奮！很久了，沒有讀到這樣一本直面現實的文學作品。全篇情緒飽滿，文字清淡，平靜的後面是思想的波瀾。我是用「兩晉無文，唯陶淵明《歸去來辭》而已，當代無文，唯胡發雲《如焉》而已」的話來評價的。有人說，評價過高。可無獨有偶，一位網友也發出了類似的評價，說：自己根本不知道湖北有這樣一個作家，讀了《如焉》，大有「孤篇壓全唐」之感。只要細心，你就都能從書裏隱約地找到「非典（Sars）」、蔣彥永、李慎之的影子。這是多麼敏感的事件和人物呀。

有記者問他：「害怕不？能承擔嗎？」

他說：「我盡可能承擔到我內心真實表達所需要的程度。不管它會給我帶來榮譽還是災難、順利還是坎坷。我非常深切地體會到了『你想寫什麼就寫什麼』的快樂。公眾會在心靈上引起震撼或疼痛的事件，一個作家也應該天經地義在內心有所反映，而不會因為恐懼而放棄。」

書中，有三個智者形象（衛老師、達摩及如焉的母親），寓意深刻。苦難與享受，征服與馴化，反抗與愚鈍，大都通過智者的對話及行為，來獲得歷史的解密和精神的驗證。作者以此寄託對理想主義和理性世界的充分想像。我們這個國家不缺乏說教者，缺少的正是能夠思想的思想者。所以他說，這本書「就是尋找歷史上失蹤的思想者」。而愛情線索的精緻鋪排和智者的悲劇收場，則顯示了出這部長篇小說的審美價值和文學魅力。

《如焉》剛上市是很熱銷的。突然，烏雲翻滾。國家新聞出版署一位副署長在二〇〇七年一月十一日全國出版社負責人的「通風會」上，公佈的八本「二〇〇六違規出版書目」裏，除了有我的《伶人》，還有他的《如焉》。

有記者問胡發雲：「《如焉》被禁，你的第一感覺是什麼？」

他答：「我的第一個感覺就是荒謬可笑，像一個頑童的惡作劇，這孩子不知天高地厚，也不知道自己在幹什麼。今天是E世紀的互聯網時代，這種動作除了挑戰大量讀者、媒體、評論家的智商與尊嚴外，一點正面意義都沒有。不講法理也不講學理的禁書方式，有點像暗夜在人身後打悶棍……我在《如焉》中說過——『當他們不讓你說的時候，就已經證實了你說的是實事』。這是一條屢試不爽的定律。可能他們汲取了以前做的那些見不得人的事，怕被白紙黑字記錄下來的一種教訓。我與朋友們開玩笑說，共產黨當年許多指示總是口耳相傳，或者把文件內容看清楚了，即刻把它燒掉或塞進嘴裏吃了。那時你是地下黨，現在你是執政黨，怎麼還搞地下黨那一套呢？」

怪吧，查禁後《如焉》的銷量反而飆升，用胡先生自己的話來形容就是：這部小說其實已經完成了它的使命，沒想到在正要謝幕之時，又讓它得到了一次美麗轉身的機會。

胡發雲的下一部作品是寫「文革」的，或者說是與「文革」相關的作品。我勸他暫時放放，題材太敏感了，官方通不過的。他卻說：「十幾億人在十年間付出這麼慘痛代價的歷史事件，早就該有一百部一千部的作品了，可直到今天還沒有人真實地寫它，而這種荒謬性甚至都沒有人去質疑。我就要寫！」《如焉》的封底上摘選了普希金的詩：「假如生活欺騙了你，不要憂鬱，也不要憤慨。」這句話，他常用來勸慰我。而他本人其實是有憂鬱，也有憤慨的。

我的《伶人》也在查禁之列，官員還不點名地說：「這個人的思想有問題。我們已經反復打過招呼，她的書不能出……」由此，我聯想到自己第一本書（《往事並不如煙》）的被禁遭遇，完全是因為中央統戰部一個副部長把它定性為「反黨宣言」，而告狀且要求查禁的竟是民主黨派元老的子女。事情再明白不過了：從一九五七年到今天的五十年間，我就是被黨內外左派認定為的一個右派。右派就右派——別人覺得可恥，我備感光榮，終於能和父母站在一起了。但誰也不能以此為由而剝奪我的公民基本權利。我決定拿出性命來討回屬於自己的東西。

我發表聲明：誓言要以生命維護自己的文字。胡先生在網上看到了。他支持我，只是勸我別真的生氣，說：「你現在吃要吃好，喝要喝好，睡要睡好。」許許多多的朋友都對我這樣說，素不相識者也通過各種方式帶來真摯的問候。人心如水，恩義如山。一本書的命運跌宕起伏，而世間至戚關懷，更令我戴德難安。我不是沒見過世面，也不是沒有經歷過風浪，那些無數顫慄不安的夢幻和萬念俱灰的破滅，卻始終沒能給我胸膛裏安上一顆平常心。淚往下滴，血朝上湧，為了起碼的尊嚴和良知，我拼了。

寫作是自語。從前的文人和今天的作家，都是語言文字的囚徒。他們提筆都是有話要說，有興趣去說，還有人愛聽他們說。對我這樣一個「生非容易死非甘」的人而言，唯有寫作才能進入我的骨肉，啟動生命。身處孤獨無援之地，燈下展卷時的一點點溫暖，便真的感到了富足。幾十年來，我們不是把文學綁在革命戰車的車輪上，就是把寫作搭在改革飛機的翅膀上，期待借助於文學的力量讓車輪轉得更快，叫飛機飛得更高。對於這樣的責任感，我承擔不了，也承受不起。昔日的歲月籠罩了我一生的路，我只能做到舊夢重溫，重溫舊夢。用心靈呼喚已死的心靈。「畫船兒載將春去也，空留下半江明月。」從這個意義上講，我是極度缺乏現實責任感的，是個時代的落伍者。我想——大隊人馬迎着朝陽高唱進行曲的同時，偌大的社會能否容許像我這樣一個可有可無的人，坐在路邊低吟詠歎調呢？

當然，也應該讓胡發雲先生寫他的「文革」長篇。

在被無視和被傷害的歷史裏繁衍不息，人們真實地活着比獲得成功更為重要。

二〇〇七年二月十三日於北京守愚齋，二〇一六年十月修訂

弦管誰家奏太平

——野夫《塵世·輓歌》序

二〇〇八的年初，一個從事出版業的朋友向我推薦一本書。我們相約在建國門友誼商店裏的星巴克咖啡店碰面。寒暄幾句，她便從手提袋裏拿出了野夫的《塵世·輓歌》。接過一看：無出版社，無書號，無定價，白封面，白封底。

我說：「這不是白皮書嗎？」

我們會心一笑，彼此心裏清楚：所謂的白皮書，即官府取締的「掃黃打非」中的「非」類讀物。嚴厲打擊的，就是「非」類。

朋友說：「愚姐，建議你看看。這是散文集，看幾篇就行。你肯定喜歡。」

各自喝完飲料，聊了幾句，隨即分手。

翌日下午，我打去電話。說：「你推薦的書，讓我一夜無睡，讓我痛哭流涕……我要認識那個叫野夫的人。」

五月中旬，發生四川大地震。下旬，我在北京見到了野夫。他個子中等，歲數中年，相貌中平，舉止介乎文人、工人之間。不顧在座的其他朋友，我一把將拉他到自己身邊，高聲道：「我是你的粉絲！」他不好意思地低下了頭。

見茶几上擺放着四川受災的圖片，我問：「你去四川抗震救災了？」

答：「是的。我這次到北京是為募集救災款。」

原來這年春天，野夫去四川德陽市羅江縣的農村搞社會調查，恰遇地震。見損失慘重，決定留下來參與救災。圖片是他拍的，圖片上的文字是他寫的。從幾句簡單的介紹裏，我知道了他的辛苦和能力、仁慈與悲憫。野夫不同於我，他不僅是寫者，他還是行者。

果然，他主持了一個幾百人的演講會，介紹災區的真實境況。之後，為羅江募集了近二百萬現金，成立了一個羅江縣精神重建基金會。再後，組織災區農民開展精神重建活動，搞基層民主建設實驗。野夫還培訓當地農民自編、自演、自導電視短劇。片子完成，拿到縣電視台播出，百姓們高興；拿到外面，即在（二〇〇八杭州）國際傳媒大會上獲得抗震救災紀實片一等獎。最近，他告訴我：自己之所以去農村深入調研，做些實際工作，是準備寫一部書《大地生民——中國基層政權運作現狀的觀察與憂思》。他一直想弄清楚我們這個後極權政府的穩定秘密，而要弄清楚這個問題，就只有從基層政府入手，發現並研究其內部運作方式及內幕。他又説，這是一部社會學意義上的田野調查報告，而非報告文學之類的玩意兒。野夫不同於我，他不僅是行者，他還是思想者。能做他的粉絲，我很得意。

野夫，土家人，重感情，硬漢子。九個字的概括，註定其人生艱辛且曲折。十六歲年紀，給女同學寫情書被告發，天天檢查，學校罰站，父母責打，野夫以死相拼。自殺未遂，醒來後寫下血書：不考上武大（武漢大學）此生誓不為人。他是鄂西土生土長，視武漢大學為教育聖地。一九八六年，因「地下寫作」的名份，令武人中文系系主任青眼相加，正式入學。大學畢業後，野夫來到海南省海口市公安局政治處工作。本可以科員、科長、副處地拾階而上，過點好日子。偏偏他明大理、重大義。於是，人生拐點發生在了一九八九年。「六四」當夜，得悉北京血腥鎮壓的情況，血性的野大聽從良心的召喚，當即寫下抗議書和辭職報告。辭職報告裏說，絕不做獨裁政府的鷹犬和劊子手。在給公安局局長的信函裏寫道：「這個內心善良清醒的人已經去世，謹此哀悼。」次日上午，到局裏留下報告和警用配置，遂即離開海南，千里單騎，向北漂泊。不久，在大追捕中為營救掩護舊日兄弟出海逃亡，他自己成為了追捕對象，也開始了逃亡。

一九九〇年落入圈套，脫下警服的人穿上了囚衣，以「反革命洩密罪」判處六年徒刑。

一九九五年出獄。服刑期間，父親癌症去世；出獄之後，母親投江自盡。

一九九六年正月，野夫獨自來到北京打工。十餘年間，給別人編書無數，而只有《塵世·輓歌》是屬於他的。

幾十年了，那場帶血的風波對一些人是心結，對更多的人是淡忘。開槍的軍隊與無辜的學生，於記憶中是一樣的模糊。下開槍令的鄧小平和走下舞台的趙紫陽，在心目中是等量的偉人。偶爾小聚，談及「八九」，自己都覺得是個白頭宮女。現在已無人為重大的歷史挫折而焦憂，眼下最揪心的事是掙錢、買房、買車、就業、就醫、留學，直至移民。這能怪誰呢？我們一起浮躁，一起世故，一起健忘，一起實用。這個民族已然入睡，誰來喚醒？政府嗎？就是它唯恐大眾不愚不蠢。富人嗎？與權勢合謀撈錢唯恐不多不快。那麼，知識分子呢？請問，我們還有知識分子嗎？當年「八九」風雲人物，也幾乎百分百地自我淘汰了。去年有一封公開信流傳甚廣，信裏說：我們在等候，等候中國出個葉利欽；出不了的話，時代會製造一個葉利欽來！這話，我不信。因為中國專制文化的長久與全面，已徹底泯滅了中國人的靈魂，徹底泯滅了中華民族之精神。「山川何處走豪傑，弦管誰家奏太平。」（引自野夫詩《八九無題三章》）我是很悲觀的！所幸在悲觀中我認識了野夫，所幸還有像野夫這樣的人，在社會底層默默做事，苦苦尋覓。他這樣的人也許象徵着未來，寄託着希望。

今天，當我們的文人藝術家都爭作「聖潔天使」的時候，野夫的文字卻來扮演魔鬼，發出淩厲的聲和另類的光。這是當今塵世中的輓歌。我不覺得他是在寫作，他在跟我說話，也是獨自沉吟。筆下那些砍斷骨頭連着筋的血親，是怎樣被一節一寸地攪碎榨乾；那些美妙溫軟的情感，是怎樣被一陣一陣的風雨沖光颳淨——我讀到的是他的心，看到的是他的淚。那獨立之姿，清正之氣，令我心生莊嚴。

如果說詩歌是面對天空的話，那麼散文就是面對大地了。野夫的作品正是由哭泣的大地孕育出來的。微風漾水，淡靄淒林，有着很豐富的人生意味。他的寫法，很傳統。我說的傳統是指他的意緒、文思，以及相對應的句式、佈局和節奏。每一篇都像塊狀物那般結實，情感濃烈，但有控制。對人的描寫採用線性白描法，對事物的思考也是東方式的，圍繞着主脈一路探究、追述下去。作品是簡單裏有複雜；文字是平實中有華彩。中國文學傳統深厚，而非落後。能繼承下來，真是要下些死功夫的。我以為作品達到什麼檔次，就要看作者心靈是個啥檔次了，因為心靈就在文字的後面！社會禁錮，思想箝制，要靠個人的堅持！堅持了，你就可以免於庸常，免於沉淪。

這幾年，有了名氣的野夫忙碌起來，南方北方，國內國外，城裏鄉下，事情多，朋友也多。他在體制外生存，不易，後來成為多面手：散文，詩歌，長篇小說，電視劇，電影，書法……十八般武藝，件件提得起，而我看來看去，覺得還是「塵世」好。自己一向固執地認為，文學家藝術家沒有必要熱衷於「跨界」，除非你真的多才多藝；同時也沒有必要追求一輩子的創作「一部比一部好」，似乎也不大可能。現在不少人說曹禺，指責他一九四九年以後沒寫出好東西來。對這樣的議論，我不太認同。曹禺從二十四歲起，還在清華讀書的他，就一口寫出了話劇《雷雨》、《日出》，接着《北京人》、《原野》。還要他怎麼樣？此生足矣！這四部作品在中國文學史、藝術史和戲劇史上都站住了腳，至今穩穩當當。所以，我常對同事和學生說：「罵老曹的人和不罵老曹的，都沒超過老曹。」

野夫能堅持寫作，就好。二〇一六年，《塵世》一書再版了，我的序文被取下，換成了別人的序，我不介意。祝賀他！

二〇〇九年二月寫於北京守愚齋，二〇一六年十二月修訂

一草一木皆春秋
——說張思之[一]

大律師張思之是個漂亮的人。官司打得漂亮，儘管老輸，屢戰屢敗；人的樣子漂亮，儘管八十有七，夏天小尖領緊身T恤衫，冬季白色羽絨短夾克；文章寫得漂亮，單看他寫的辯詞，你就知道了：是者是之，非者非之，冤枉者為之辯護，作偽者為之揭露。一位台灣知名律師形容其風範是「一朵含露的白玫瑰」。如此修辭，酷似形容美女，疑有不妥。後得知這話是他本人說的，意思是今生行走在泥濘路上，要始終「帶着晶瑩露珠」，「露出直挺尖刺」。

五年前，受台北中研院近代史所朋友的推薦，我買了《王鼎鈞回憶錄四部曲》帶回北京。從第一部《昨天的雲》開始，拿起就放不下，越看越興奮。第三部《關山奪路》是我最喜歡的，流的眼淚也最多，傳主寫的是於國共內戰期間，奔馳六千七百公里的坎坷。「國共好比兩座山，我好比一條小河，關山奪路，曲曲折折走出來，這就是精彩的人

一　此文原為《行者思之》序文。

張思之

生。」——王鼎鈞後記裏說的這段話，不由得讓我聯想起張思之，他不是也有着「曲曲折折走出來」的精彩人生嗎？無論從哪個角度講，他也該有像王鼎鈞那樣的私人回憶錄。何況我們這裏一些不怎麼精彩的人，都在一本接一本地寫自己的光榮經歷，他幹嘛不寫？

我認真地對他說了。

他認真地對我說：「會寫的。」

於是，我托人從台灣帶了一套，鄭重其事送給他。我熱心建議：「你不要具體談案子了，也別太專業化，就寫自己的經歷和感受。你也不要只寫自己，我希望能從你的筆下看到社會變遷，看到一代眾生，看中國人的集體經驗和因果糾結。」

我一個勁兒說。

他一個勁兒地點頭。

之後，就是長達四年的催逼！我甚至拿出數萬元，在他居住的太華公寓租了一間屋，以便實行「零距離」催逼。每次見面，寒暄幾句，便是一連串地問：「寫了嗎？」「寫到哪兒啦？」「什麼時候寫完呀？」

每次他都是微微一笑，幽幽一句：「寫呢。」

到了年關，我就是穆仁智，他就是楊白勞，上演二人轉。最後總會收到他的一封親筆信，以道歉收場。

我的脾氣來了！索性直言：「你以後別再插手什麼案子了。對你來說，多一個案子，不為多；少一個案子，不為少；你不幹，其他律師也能幹。可是，你的回憶錄只有靠自己。」

他還是幽幽一句，微微一笑：「寫呢。」

老說寫，老沒見他寫。我向邵燕祥先生抱怨：「宋士傑是油條，他（指張思之）也是油條，都八十了，還不抓緊寫！萬一有個三長兩短，多可惜呀。」

不想，邵先生回敬道：「張思之家族有長壽基因，指不定誰走在誰前頭呢。」我聽了，半晌回不過神。

二〇一一年底，我照例收到他寫的道歉信。信中最後一段，說：自己因為視力不濟，讀書寫作受到很大影響。我長歎一口氣，把信收好，從此不再催逼，而他從提筆寫作也變為口述實錄，記錄者為《律師文摘》主編孫國棟先生，二人合作融洽。

表面說不「催逼」，其實心裏是惦記的。二〇一二年，我忍不住對他說：「能把你口述文稿裏的幾個章節拿出來讓我過過眼嗎？」

張思之一口答應，隨即請孫國棟把「家世」、「王軍濤案」、「鮑彤案」等章節的初稿拿了過來。我是從「鮑彤案——幸無虧所守」一文開始看的。先是躺着看，很快就躺不住了，坐起，心跳，出汗，太刺激！好比嚼了一口大麻葉，持續興奮。可真是乾貨加好貨啊——

一九八九年五月的一天，京城有兩個人被關押：一個關在家裏，他叫趙紫陽；一個關進秦城，他叫鮑彤。「幸無虧所守」一文，就是從五月二十八日鮑彤失去人身自由的那個夜晚敷衍開來。一樁政治要案，政治大人物的瓜葛糾結，複雜又微妙，往往只能點到，而無法說透。張思之以曲筆寫出，用故事性細節道出原委，品出神韻。如某夫人脖子上的那條項鍊，任你是誰，看罷是再也不會忘記的。張思之的特點是老辣，為人老辣，官司老辣，下筆也老辣。筆輕而色重，淡然一抹，抹出個「常委」，輕鬆一勾，勾出個「總理」，但凡涉及案子的核心內容，則毫不放鬆，亦毫無遮掩。法庭辯論後，張思之這樣歸納鮑彤，他說：「法庭辯論並不如想像中的激烈。我對鮑彤的表現非常滿意，此公頭腦清楚極了，講得有條有理，有重點又全面，具體地說明了觀點，還頗有點慷慨陳詞的味道。一句廢話也沒有。有朝一日如真能與李鵬對庭，李哪裏會是對手？我針對公訴人的演說，圍繞證據問題講了四條意見，屬即席發言，從中略能看出我對鮑案的法律見解。核心內容是，從法理上闡明反對政府首腦並不等於反對政府；反對政府，也並不等於推翻政權，並且舉出當年以批『兩個凡是』為名反對華國鋒的這位『政府首腦』，無人認為是反革命的例子做了實證。」當然，有理也是輸。這不要緊！「成也不須矜，敗也不須爭，蒼天有眼睛。」

文字體現着一個人的思維能力和相應的表達能力。這兩個能力，張思之都具備，也都出色。「鮑案」結尾處，說的是鮑彤「刑滿回家」。一個簡單的「回家」竟被政治「特例」拖累了八年。張思之受託的「依法回家」的法律事務，也足足搞了八年。自一九九六年始，為踏上回家的路，鮑彤寫信向他求救，說：「我深望通過您對有關法律事務的處理，使我得以擁有憲法賦予我的人身自由。我相信法律。我向法律求援。」面對這樣一件古今僅見的「法律事務」，張思之說自己是「茫然不知所措，不知該於何處、找何人着手工作？」百思難解，情出無奈，他上書全國人大常委會，懇請最高權力機關指點。得到的答覆倒也明確：「已轉報委員長」，據說喬石看了，但再無下文。

鮑彤終於回家了，仍被二十四小時全天候監視。未獲真正自由，可以說是中國最安全的人。

「此身何所有，好是香依舊」（鮑彤詩句）。張思之成為鮑彤的朋友，不管身邊有多少人監視，他們每年都見面。

二十五年前的春夏，北京的大學生以天安門為觸發地，以悼念胡耀邦為事發點的廣場行為，最終演化為波及全國的一個「風波」、一場「民運」。學生、幹部、市民、知識分子、大眾傳媒一齊向天安門靠攏彙聚。人靠攏，心彙聚，一致要求政治改革，要求反貪污、反官倒，要求報紙電視說真話，他們還要求結束老人政治。結果，老人用槍聲結束了「他們」。付出了生命，而所有的要求一條都沒實現。民運頭頭兒，走的走，逃的逃，此後大家努力向錢看，至於政治改革嘛，沒幾個敢玩這個「西方玩意兒」。剩下的，還有書生的紙上談兵。

「六四」成為一樁心事，成為一個話題，心事不了，話題不衰。在這個話題裏，迴避不了的一個人，就是張思之。對「六四」案件的辯護，北京市組織了一個班子，實行集中辦案，採用的大體上是當年辦理林（彪）、江（青）「兩案」的辦法。張思之接手的是王軍濤案。翻開厚厚的卷宗，張思之特別留意幾個主要的學生領袖。他一定要知道他們都說了些什麼，當時是怎麼講的，給控方提供了什麼東西。其中一份證詞讓他大為震驚，這，出自一個極為知名的學運領袖。他在證詞裏說道：「我在天安門廣場的一切行為，我在指揮部的一切作為都受王軍濤指揮。」繼而，又給出一個定性結論，說：「王軍濤是我的教唆犯。」事關重大！震驚的張思之不理解他，也不能諒解他——自己「坦白」可以，不能拉別人「墊背」！走到哪兒，也是這個理兒。

那場風波，也是我和張思之常常議論的話題。談及民運人物、學生領袖，我曾說：「不少人、也包括我在內，都認為八九學生領袖是中國歷屆學運裏素質最差的。」張思之點點頭，沒有反駁。他告訴我：「在這些人裏，王軍濤是不錯的。他對公安人員講：『有關別人的問題，你們已經問了我幾十次了。我明確告訴你們，今天談這個問題，這是最後一次，今後不再談了。我可以說的是：凡是涉及別人的問題，統統以對方講的為準，我承擔責任，不必再問我。』」

對王軍濤這番話，我這個法盲還有些搞不大懂。張思之做了解釋，又說：「他能這樣講難能可貴，算得光明磊落。在被關押的學運領袖裏，有和盤托出的，有出賣他人的，有落井下石的，像他這樣的證詞少之又少。」

判了！判處王軍濤有期徒刑十三年。張思之按捺不住憤怒：律師提出的所有證據，統統置之不理；辯護理由也沒有一個字反映在判決書裏，一律隻字不提。

閉庭！張思之回到租住的那個小旅館，把門一關，放聲大哭，為自己，為律師職業，為偉大祖國！

宣判後的除夕之夜，張思之收到王軍濤的一封信，信裏有這樣一段：「我不希望中國背（一九）八九年這個包袱，我對曉天（即王軍濤夫人侯曉天）講過，不要只看到人的恩怨，這個國家，稍有波動，在社會的底層，上流社會看不到的地方，會有成千上萬的人傾家蕩產，餓死病死。我腳下這片土地，早就超負荷了。當我們追求自己的正義時，一定要考慮老百姓。雖然我只三十二歲，但早已超脱個人之外看待事物了，判決結果，對我來説，是一種良心的解脱和安慰，我又一次問心無愧。當然，想到死者，我還是慚愧的。」

為王軍濤的「顛覆罪」辯護，張思之總覺得自己的辯詞儘管長達七千字，卻無精彩之處。讀了這封信，他備感自己的辯詞的微弱和貧乏。

大陸朋友以及新聞媒體都極為看重張思之被官方指定為林彪、江青兩大要案辯護律師組組長的頭銜。那是一種顯赫的身份，更是一件顯赫的「官司」。之後的張思之多以無用的熱情和無效的勞動，為王軍濤、鮑彤、高瑜、魏京生等眾多敏感分子作無罪辯護。這些案子，非「大」即「要」，無論輸贏，都能成就一個律師的大名。張思之在很大程度上因此而紅，其他律師只有羡慕和嫉妒的「份兒」了。當然，也有律師從專業角度表示對政治性案件的不屑。沒法子吔，就像梅蘭芳唱戲趕上了京劇發軔期，張思之趕上了在毛澤東取消律師職業後的二十年重新啟動律師辯護制度的恢復期。一個好時機！好時機是給好律師準備的，張思之不紅，誰紅？

才子型律師斯偉江先生為張思之八十壽誕寫過一篇文章，叫《我們需要仰望張思之嗎？》。這篇文章在眾多讚語壽詞裏，因低調而扎眼。細細讀來，其中的一些看法我是認同的。比如，他認為張思之所以能夠長期堅持工作，與其智慧和保守直接相關，「熟知世事人情，看慣秋月春風。」律師本就是個實踐性行業，需要專業知識；但單憑知識不行，需要深入調查案情；但單憑調查也不行，它還要一種東西，這就是由專業素養、社會經驗與個人才智融合而成的真知灼見，恰恰張思之就是一個極富真知灼見的人。和張思之閒聊，尤喜聽他對案子、對時政、對某個具體的人所做的分析評判，往往不是一語中的，就是一語道破。對年輕律師的指導和批評就很能說明問題。山東的一個案子鬧得大，對它的性質認定，張思之主張限定在「暴力計生」而不是「計生」，故對插手其間的律師頻頻招呼：對外媒需謹慎，此案若戴上一頂政治帽子，反而不利於問題的解決。結果不幸而言中。案子轟動海內外，當事人備受折磨，氣得張思之大罵「混賬」。都說張思之充滿激情，我認為比激情重要的是他的清醒。他知道自己在做什麼，又能做什麼；懂得選擇時機，言其所應言，辯其所當辯；止其不得不止或不能不止。他，既是知者，又是行者，做到了「知行合一」。當下，這樣的人，實在是不多了。

進入老齡，張思之越來越像個教父。愛批評人，愛訓人，特別是批評知名律師，態度往往還很嚴厲。這一點，讓一些人心裏彆扭。典型的例子就是對李莊案中李莊的批評。他以《玩弄證據，背離正義》為題寫了一篇《讀李莊案一審判詞有感》。公開對李莊在二審法庭的異常表演，表示「不能接受，且極度反感」。他說：「我覺得作為一個律師，不能夠用流氓的手段對付流氓，不可以！暫時可能正不壓邪，也不能以邪對邪。」李莊釋放後，擺慶功宴，搞討論會，他都沒有出席。嚴格與苛求，是與自己恪守的觀念聯繫在一起的。張思之認為：「律師應當通過實務體現律師對社會有所擔當，對歷史有所交代。」在這裏，他特別強調：作為一個律師敢於遇事有所擔待，而李莊就是在「遇事」時出問題。在法庭上做那樣醜陋的表演，張思之不諒解。在我看來，也無需諒解。

張思之喜歡喝好酒，喜歡穿漂亮合體的衣服，還喜歡和女士開兩句玩笑，不時獻點小殷勤。總之，很「範兒」。日常生活如此，工作中也如此。張思之提出法庭禮儀，並且把它上升到素質的高度予以考量。為此，他檢查自己，說：「我在法庭上有時候做的也不好，表現為常常得理不讓人，有時甚至是得理不饒人，過於小家子氣，沒有一個律師人家應有的風度。不過我也注意事後挽回，閉庭之後，立即奔赴公訴人席，鞠躬致意，熱烈握手，還注意向書記員致意。我認為應該這樣。」

有人評價張思之，說他的個人經歷就是中國律師的榮辱史，也是中國法治的興衰史。我不知道這樣的說法是否精確，但我知道，張思之的律師生涯和個人生活，始終伴隨着中國變化莫測的時代風雲，伴隨着劇烈搖擺的政治路線，伴隨着長期惡劣的社會環境。他也像王鼎鈞——在國共兩座山峰形成的峽谷裏穿行，前有十六歲棄學從戎，進入印緬，參加青年遠征軍；後有長達二十二年的右派生涯。很多人看重並讚賞他接手的一連串大案，我則更欣賞他為社會底層民眾的奔走呼號。在權力面前，他有傲骨；在弱者面前，他有熱淚。一場一場的官司在他的生命旅途中發生，又消失。這是他的樂，也是他的苦。任你殫精竭慮，中國的法治卻始終遙遠而朦朧。想來心驚！

也不知從什麼時候開始，大陸流行一種「不喜歡河南人」的說法。不幸，張思之乃河南鄭州人氏。但，這個河南人有很多人喜歡，其中包括同行，包括傳媒，包括官員，也包括圈外人，如我。我和張思之是好友，這與法律無關，也和工作無關。

二〇一四年張思之口述、孫國棟整理的書由香港牛津出版了，它有個貼切又別致的名字，叫《行者思之》。我一塊石頭落了地，他興奮得上了天。不久，即接受《亞洲週刊》的邀請，參加當年的香港書展。演講，座談，接受採訪，聚會，飯局，還抽空逛了商店，給自己買了件價格不菲且十分講究的玄色風衣。返京後，又馬不停蹄地去了德國、俄國，依舊是講演，座談，參觀，飯局……淋漓快意中，他忘記了自己的年齡以及暗藏的疾病。

數月後，我在德國朋友做東的飯局上見到張思之，雖然情緒昂揚，但臉色灰黑。看了，非常不安，覺得他快病了。果然病了，倒在「便宜坊」的包間裏。所幸搶救治療及時，恢復得不錯。現在能吃，能睡，也能說些話，也能走點路，但已不復往昔，大半時間靜坐於客廳，於優雅之中從頂級律師變為藹然老者。

二〇一六年是他九十壽誕，由孫國棟為其編輯一冊紀念集。徵集書名時，電話問我。答：張思之無需裁雲為裳，織花為榮，一草一木皆春秋也。

二〇一四年春寫於北京守愚齋　二〇一六年秋修訂

女囚與性[一]

我在監獄和女犯們日出而作，日落而息，從二十六歲到三十六歲——比某些夫妻的婚齡長，比很多小兩口還親。那裏，外表平靜如鏡，其實終日翻江倒海。每個犯人都有經歷，經歷就是故事。不少女囚進了監獄，又有了新的故事。《劉氏女》是其中之一。一九八〇年，我把劉氏女的故事講給吳祖光先生聽。聽後，他在客廳走來走去，激動地對我說：「詒和，把你剛才說的，落到紙上，就是中篇。趕快寫吧！」三十年後，我把她「落到紙上」了。但吳先生已去世多年，生活中的「劉氏女」原型大概也走了。

色與性，是文學藝術中的永恆題材。在女囚中，婚姻犯罪、性犯罪幾乎又是第一位的。我所講述的四個女囚，基本都屬於這個範圍——是一群向男人施展魔力的美麗女人，淫蕩，放肆，輕佻和兇殘，像嫉妒的妖精、復仇的狐狸、纏人的蛇蠍，還有受人排斥的同性戀等，最後又多是不堪收拾的下場。在正經人眼裏，我寫的都屬於鬼怪類人物。日本作家谷崎潤一郎，用正經的文字寫「不正經」的日本女性，用傳統風格寫很不「傳統」的

一　此文為四篇小說的序言、後記、筆談之綜合。

日本女人，以極端方式揭示出女性「美」「醜」、「善」「惡」集於一身且互為表裏的情狀，並把原始人性釋放出來，真是令人嘆服！中國作家大約缺少這樣獨異的手筆吧。

《劉氏女》——她把丈夫「醃」了

《劉氏女》是我第一次嘗試寫小說。很吃力，也很賣力，用盡氣力也未必好，但我會繼續下去。其實，《劉氏女》是我第一次正式寫中篇小說，此前有過一次「非正式」寫作。那是在上個世紀八十年代，我在中國藝術研究院戲曲研究所上班，用業餘時間寫出一篇小說，題目叫《殉葬品》，約六萬字左右，女主人公是個女囚。寫時，就沒打算發表；寫後，一直放在抽屜裏。寫的理由則很簡單——牢獄生活對我精神傷害太大、太深。監獄十年，出獄後噩夢十載。夢中被人追逐，醒後大汗淋漓，吃再多的安眠藥也是無濟於事。那時母親健在，我不敢講。她的心早已破碎。

怎樣才可結束內心的恐怖？想來想去，唯一的出口就是傾訴，傾訴的方式就是用筆寫出來。寫作，是我的精神釋放，也是心理平復。我開列了十個女囚名單，打算以她們為原型，寫十個故事。至今她們可能活着，也可能已自殺或老死。所以，我只能寫成小說。打開抽屜，拿出了以前為寫小說準備的材料和片段。但是，真到了提筆的時候，就覺得難了。首先遇到的就是人稱問題；接着就是人物關係的設置；散文裏自己想說什麼就說什麼，小說則主觀情感不可投入過多。深感轉換文體，着實不易。一切都不熟悉，均需從頭學起。

都說寫小說靠編，小說的好壞就看作者的編功如何。但我絕對是個例外，《劉氏女》從人物外貌到情節細節，皆有所本。特別是犯罪過程，我再有想像力，也編不出於無意中「告發」她的一歲多男孩和那個「醃肉」的罎子。別說是我，就是勞改幹部看了劉氏女的檔案，也是倒吸涼氣，覺得離奇到不可思議。所以《劉氏女》講述的是個真實的犯罪故事，框架，起始，過程，收場，都是現實版。我還曾把劉氏女殺夫的故事，講給「臥底」馮亦代聽。他聽罷回家，三日後打來電話，說，「兩晚沒睡好，小愚，你寫出來吧！多麼好的小說，也是一部電影。」我說自己會說，不會寫。他說：「你會寫好的，如有不足，我來幫你。」足見，其中劉氏女原型的真實性、生動性以及刺激性就擺在那裏。

有了基本情節，不等於有全部情節；有了基本框架，不等於有了整個結構；特別是細節方面，更需要精心編織和設置。貫穿全篇的一個細節是納鞋底和鞋墊，這是犯人打發時間的針線活兒。監規不許犯人彼此接觸，更不許過密交往。所以她們的感情表達往往是無言的，對你好，就偷偷塞過來一塊窩頭片或在山上多幫你割幾把草。她們很少寫家信，對親人的一腔思念以及對未來的嚮往，大多傾注於千針萬線。星期天的監舍，簡直就是紮鞋墊、納鞋底的一片風景。我後來也學着做，做了一雙灰色的鞋墊寄給母親，左腳鞋墊的腳心部位，繡了一個「女」字；右腳腳心部位，繡了一個「馬」字；兩隻併攏來看，就是「媽」了。母親接到它，流下了眼淚。劉月影納鞋底的動作貫穿了始終，其實，她本人很少做針線活兒。她的刑期是坐滿的，一天不少，從未減刑。書中有關減刑的一節，以及監獄大火等情節，也都發生在其他女囚身上，我做了「移花接木」。

說到我對劉氏女的感情態度，不禁想起自己坐牢的十年，如在夢裏一般。大體講來，我和犯人相處得還好。究其原因，可能是這麼兩個：一個是我有些文化。要知道在中國的普通監獄所關押的，絕大多數是農村犯法分子。即使有文化，也是初小、高小，上過中學的很少，至於受過高等教育的，那更是「稀缺物品」。就像民國時期的鄉村，農人村婦都比較尊敬私塾老師一樣，她們對我多少有些敬佩。越是文化低的，越對我好。反倒是幾個文化高的，彼此鈎心鬥角。一天勞動下來，人都快累死了，還不好好歇着。你看她們在床上躺一會兒，喝幾口水，接着就拿出紙筆，寫檢舉信，密告誰在勞動工地上說什麼了，誰對過往的男犯搭訕了。我愛說笑，故經常成為她們揭發檢舉的對象。說起密告，相比較而言，教育程度低的比教育程度高的要少得多；刑事犯比政治犯也好得多，我也喜歡她們。我連續寫出的四個女囚故事，都是刑事犯罪——通姦殺人。再一個原因就是我在生活方面不大自私，不和別人爭飯菜，爭衣物。所謂爭飯菜，無非一片肉；所謂爭衣物，無非是一塊布。處久了，她們覺得章詒和不錯，有什麼話想說，想寫封家信，或丈夫提出離婚需要寫協議書，她們大多會想到我。你只要為她們辦了一件事，以後的關係自是不同。我和劉月影密切起來，學殺豬還在其次，主要是通過寫「年終小結」建立起來的。

一個讀過《劉氏女》的朋友對我提出批評，說：「你只寫出了犯罪過程，沒寫出犯罪動機來。這樣殘忍的犯罪，一定有複雜的動機。」我聽了，很委屈，一晚沒睡好。想不通啊！接觸那些刑事罪犯，個個貌美，人人兇殘，問起「動機」來，有的人居然沒有太多的動機，果真如此的話，又當作何解釋？我對那朋友說：「劉月影的原型親口講，動了殺機就緣於那一場電影。如果五一節那天，不拉老魏（她的丈夫）去看電影，啥事也沒有了！不離（婚），跟他過日子；離了，跟別人過日子。」足見，瞬間之念即可殺人。之後，我請教了法學家蕭瀚。他告訴我：有一種犯罪動機，叫無動機。

我對劉月影有一定程度的同情，包括她入獄後的情感挫折。她熱愛生活，熱愛生命。她強烈地愛着兒子，兒子拋棄了她；她強烈地愛着老覃，老覃捨棄了她。女性的「愛」，因含有獻身因素而特別悲苦。接觸劉月影，你就會感到這種悲苦。政治犯入獄，一般是有親人理解的，也多有守候。而殺人的刑事犯，特別是通姦殺人，入獄後原有的家庭迅速瓦解，她們的情感失去依憑，未來失去歸宿。所以到了監獄，她們特別渴望情感，渴望溫情。這是來自我長期監獄生活的觀察，其中也包括自身的感受。獄中女性除了每天勞動，生命慾望是她們的精神中心、情感中心。她們需要每時每刻抑制自己，抑制內心的慾望和衝動。其中，性衝動是最重要的組成部分，而在中國的監獄，這是必須根除和驅散的。無論在生理方面，還是在心理方面，實際上又是根本無法根除和驅趕的。這樣一來，就使得她們處在一個不斷自我壓抑，不斷反復掙扎和越來越焦躁的過程中。為什麼監獄語言百分之九十九都是性？為什麼私下裏的談話內容都離不開性？為什麼年輕女囚違反監規的「醜事」絕大部分是性事？為什麼劉月影等人刑滿就業後的第一件大事，就是馬上找個男人？為什麼女囚易風珠終日罵道：「騷貨，臭婆娘，下身是不是又癢了？癢了，我帶你去找棵花椒樹過癮。」剛聽到這些髒話，我非常氣憤。後來，我不再為「髒話」而氣憤。原來它是一種畸形的表達方式，以此表達出女性心中壓抑很深的性慾衝動。這也是人的本能和天性在完全禁錮的環境裏的曲折表現，即人的自發性受到壓抑後的一種自發性表達。在監獄這樣的嚴酷環境裏，不許談思想，不許談政治，不許談社會，也不許談論他人，剩下的就是色與性了！

《楊氏女》——愛就是懲罰

寫完第二篇小說《楊氏女》，身心疲憊到了極點，我跑到海邊住了三天。晴空萬里，海天之間一片偉麗寧靜。細密的波浪，緩緩地沖刷着傾斜的沙岸。黃昏觀看落日，海面皆放金光，似乎自己是沐浴在靈光之中……我願永遠在此站立，感受那永恆的神聖。落日漸沉，變成一彎，一彎變成一線，再猛地一沉，沒有了太陽，光明隨之而去。深夜，從遠處傳來大海的濤聲，彷彿是透着絕望的呼聲，不停不斷。看着黑色的海，從心底生出幻滅感，雲水蒼茫，萬物憂戚，一切都化為烏有了。腦海裏，揮之不去的是《楊氏女》中的人物何無極與楊芬芳。他們不正是這樣麼？剛剛還是霞光萬道，之後化成地上一堆骨骸，化成了眼中的一滴淚。

許地山說：「愛就是懲罰。」對其涵義以前從未細想，現在懂了。我以為這五個個字，就是《楊氏女》故事的主題。故事裏的「地主子女」何無極原本平淡無奇，只因一場鮮血飛濺的情愛，使其短暫一生過得像夜晚的焰火，「嗖」地飛升到天空，瞬間金光四射，很快墜地，歸於死滅。女主人公楊芬芳與他的相戀、偷情，亦如櫻花般美豔燦爛。也因一夜血雨腥風，蕩盡所有的芳香甜蜜。楊芬芳在以身相許的同時，又名正言順地嫁給了一個陌生的男人、一個現役軍人。故事就在苦情和軍婚之間，在熾熱與冷澀之間的衝突中滾動、糾纏，最終釀成一樁通姦殺人的血案。在楊芬芳身上，愛情和婚姻是悖理的，也是敵對的。她既是追求性愛的少女，又是怯懦被動的妻子；既有毫無顧忌地對性的渴望，也有屈從物慾權勢的自欺。自己始終在真偽之間搖擺掙扎，「看無主花枝可嗟，一任他東風相嫁」。最可悲可憐的是楊芬芳每次的選擇，幾乎都是錯的，包括最後拒絕趙勇海。無奈啊，太無奈了。《楊氏女》是以真實情節作基礎的，表現出世俗社會的複雜人性。這個並非百邪不侵的玉女，成為屢屢受害的罪犯，就很可理解了。善與惡、罪與罰、天道與人倫貫通全篇，我真不知該如何歸結她的命運。應該説，《楊氏女》多多少少蘊含着我們民族文化痼疾的某些印記。

在與劉氏女、楊氏女以及鄒氏女（同性戀者）等女囚的長期接觸中，我對女性的性別特徵有了一些認識。女人，除了吃飽穿暖和傳宗接代以外，她們需要情愛，需要性快樂。當然，那時我們對性材料、性實踐及其看法、玩法，遠沒有像今天這樣達到現代社會的水平。的確，「西方的性實踐，對於大多數中國人來説完全像外星人的事一樣遙遠」[二]。這一點，被獄中生活反復驗證。是啊，《楊氏女》中農村青年何無極哪裏知道激起自己舉刀砍殺的那個動作，叫「口交」呢？竟是個性玩法。而劉慶生性行為中的強迫性、暴力性，徹底掃除了夫妻之樂，而成為一種主人與奴隸、統治與屈從的關係。對劉慶生的「異常」性實踐，我也理解——它無非是植根於男性的基本本能，它還存在於性關係中男女之間「征服與順從」的普遍傾向裏。在這裏，一個極其重要的原則就是自願，這是一切「稀奇

二　李銀河《虐戀亞文化》，內蒙古大學出版社，二〇〇九年，第四頁。

古怪」性行為、性關係中的核心概念。男女交往，無論哪一方如果不是自願，那麼對方面對的就是地獄和災難。楊氏女和指導員孫志新之所以能長期偷情，且甘冒風險，就是因為在野合的時候，暫時擺脫了看守和女囚關係。第一次發生性關係時，孫志新就要求楊芬芳不要叫自己「指導員」，是一個不容忽視的細節。

楊氏女是真正的性犯罪。性，一向具有多種意義：生殖，色情，浪漫，罪惡，娛樂，精神等。性，是一種機制，即維繫生命的機制。而我本人則比較欣賞李銀河的說法：「性，是一種需要和慾望的交易；是一種被人喜愛，需要，嚮往，成為他人生活最重要的事的需要；是對另一人吸引力的標準；是建立親密關係的途徑。」[三] 故爾，最為明顯的一個特徵是它與肉體快感有關。為此，李博士還把性的意義概括歸為七種，從為了繁衍後代，到為了表達權力關係。在當代生活中，生殖目的的確不再是目的，甚至愛的目的也無絕對之必要。它可以是一種遊戲，一種單純享受，可長期可短暫，可多次性也可一次性。性，成為單純感官快樂的世界。

在對性不必那麼嚴肅的今天，無論是窮人還是富人，無論是看守還是囚犯，性無疑是共同的快樂和極大的享受。它足以使人忘記一切危險和所有煩惱。確認了這樣的前提，楊

三　李銀河《性的問題》，內蒙古大學出版社版，第四頁。

芬芳與發小何無極的交歡，與軍官劉慶生的婚姻，與監獄指導員孫志新的苟合，都在情理之中，甚至是順理成章。有理由嗎？有——因為在性領域，一切行為都可以接受和理解。於我而言，我深深地接受楊芬芳、何無極帶着血色以致付出生命的短暫性愛。儘管楊氏女先後被三個男性佔有，但她在我的眼裏依舊美麗；儘管何無極舉着菜刀朝着情敵狠狠砍下，但他手腕上纏着的繡有小紅花的手帕，依舊讓我內心沸騰。有理由嗎？有——因為他們的性愛是雙方對靈魂與肉體的渴望與追求。其動人處就在那短暫的無私和浪漫。他們是罪犯，罪不可赦。但我喜歡他們，我也是罪犯。

故事糾結在劉慶生的身上。他與楊芬芳的婚姻帶有欺騙性，當然，楊芬芳的姐姐、姐夫也參與其內。不錯，楊芬芳本人也有責任。在社員（農民）普遍處在饑餓形勢之下，她還是半推半就地接受了當軍官的劉慶生。原因極其簡單而實在：因為她無力抵擋「吃頓飽飯，穿件燈芯絨」的誘惑。面對上海外灘的動人美景，她終於和劉慶生像情侶一樣地擁抱了。在她的內心，何無極是第一位的；在她的眼前，吃飯穿衣是第一位的。因此在愛情面前，楊芬芳屬於何無極；在現實面前，楊芬芳委身劉慶生。如此尖銳的矛盾，使她無法得到平靜，一個隱秘的情郎時時纏繞，徘徊不去。這樣，她與劉慶生單獨在一起的時候就很彆扭，一旦上了床，做愛就很冷漠、僵硬。是啊，女人身體不會說謊，一邊是丈夫，另一邊情人，楊芬芳開始了婚外性活動。這屬於違規性活動。每個國家對它的懲罰標準不同，懲罰程度的輕重不一，從罰款到入獄。當然，對它也隨着時間推移而變化。在改革開放以前，我國對婚外性行為的態度及懲罰是非常嚴厲的。如果再做細緻一些的分類，楊芬芳與何無極的通姦，可歸於有愛婚外性行為，這比無愛的性行為能獲得更多的容忍度。但是丈夫與情人的儼然不同的社會身份，徹底否定了「容忍度」。在大講「階級和階級鬥爭」的年代，這個並不怎麼複雜的通姦殺人案，毫無疑義地上升為反革命階級報復案。結果可想而知——儘管身為軍官的劉慶生沒死，身為地主之子的何無極則是死定了。

令我感歎的是何無極的刑前表現，刀都架在脖子上了，他依舊癡情。說句實話，假如有這樣男人愛自己，我也知足了。令我痛惜的，還有他的母親何老太。在整個事件中，她最清醒。問題是清醒又如何？只有結束自己！在寫這個老人的時候，常因想起我的母親而潸然淚下。

幾年後，我來到曾經勞改十年的監獄舊址，很想找到生活中的楊氏女。引路人指着一間簡陋的農舍，說：「喏，她住在這裏。」

《鄒氏女》——需要愛，也需要被愛

在那樣一個把公園樹林裏男女相擁的場景都視為流氓行為的年代，我是比較早地知道什麼是同性戀的人。

一方面是因為學醫的母親。她像講隔壁鄰居日常生活瑣事那樣，向我講述過同性戀。事件的女主人是有名的湖南軍閥的千金小姐，丈夫是個上海商人，夫妻也有了孩子。後來一個女人深度介入她的生活，成為新伴侶。一日，兩個女人在浴室的親昵動作被丈夫發現，瞬間演變為兩個女人砍殺一個男人的「兇殺」場面。那個上海商人在一九四九年前後，還是我家常客。這個真實的故事比小說生動，聽得我頓時傻掉。

同性戀知識的另一個來源，則是我所學習的戲曲專業。中國戲曲史裏一個不能迴避的事物就是「堂子」。最初的堂子叫「下處」，即伶人的集體宿舍。伶人「歌侑酒」、「以曲伺人」，故叫歌郎，這行有猥褻傾向。逛「堂子」的消費有不同種類：有吃茶聊天的，有點歌遊戲的，有擺酒設宴的，還有留宿的。因檔次不一，價格也各異。由於歌郎是陪酒，陪聊，陪笑，也就善歌，善酒，善談。他們特別能體味男人的心理，迎合男人愛好，多有女性化傾向。歌郎要能賺錢，就必須習藝，有色，有藝，有一副好性情，還要接受一系列嚴格又殘酷的訓練。越到後來，堂子業主就越發重視歌郎演藝技術的提高。這樣，堂子作為科班的職能隨之上升，成為培養名伶的主要渠道。能出身在名堂是非常榮耀的事，用今天的話來說就是明星學校。研究戲曲，這類事無法迴避。我大學畢業，前腳進劇團，後腳進監獄，這兩個地方都是同性戀的熱土。長達十幾年的朝夕相處，使我有了進一步的瞭解和認識。

有人說，由於同性戀沒有生殖動機，所以更多地把他們的性行為視為「娛樂」，或者乾脆就叫「玩」。我不否認這個觀點，但是很不全面，甚至不準確。其實，很多同性戀者並不把性行為看得那麼重。她（他）們很注重情感！真的。白先勇有不少小說和散文涉及這方面的題材，在長篇小說《孽子》裏，集中許多筆墨展示了同性戀者的感情世界和日常生活，呈現他們「正常的」「人」的一面。而且，同性戀之間的確存在着非常強烈的激情，「竟如同天雷勾動的地火，一發而不可收拾起來」。我在《鄒氏女》裏，之所以設計了讓張雨荷舉起利刃朝自己的手臂砍去的驚駭之舉，也是想告訴人們——同性戀世界有着「以情索命」的慘烈感情。白先勇畢竟是大家，在長篇小說《孽子》裏他所期待的「父（傅崇山）子（傅衛）」之間從對抗走向相互理解，分明隱喻着主流社會對同性戀者的包容與接納！他作為一個同性戀作家，率先以小說的形態完成了對自己性取向的坦誠和認同，並「向社會發出了公平對待同性戀者的呼籲，表現了一個作家寬闊的人道主義的胸懷」[四]。

女性同性的社交之間，是有情慾表現的。若用徹底的「去性慾化」處理，那就不符合

四　劉俊《情與美——白先勇傳》，時報出版公司版，第二〇六頁。

事實了。但就個人而言，我不想採用徹底的性交描述：摸來舔去，手腳並用，前庭後院，輔以工具等等，似乎唯有以女女性交為坐標，方可取得女同志的身份認同。我不是女同志理論的研究者，對這個問題認識淺薄。但我知道：在實際生活中，女女間的親密，從牽手、到接吻、到撫摸、到上床的「女性情誼」，是非常漫長而曲折的，要到哪個階段才算是身份確認？我想自己若寫出女女之間曖昧流動、纏綿繁複的情誼，或許更符合中國文學中「無需言明」的浪漫傳統。

我固執地偏向於文字的乾淨、含蓄。「兩個女人死死扭纏交錯，彼此吞噬。鄒今圖款款引導，輕淺得像一條溪流。張雨荷全身顫動，好像掉進了溪水，漫過了乾枯的堤岸。乳房因撫摸而紅漲，腿間因摩擦而濕潤，密吻的間歇，張雨荷張着嘴大口大口地喘氣，自己甚至都聽到了血脈賁張的聲音。」這是我在《鄒氏女》裏寫下的女女交歡的一段，僅此一段。的確，它比較模糊且不刺激。我正是希望用這種「曖昧」態度來開啟讀者的想像。有了想像，女女間交歡時的親熱動作，就都可以揣測出更豐富的場景來。張愛玲在《流言》裏有這樣一段：「有天晚上，在月亮底下，我和一個同學在宿舍的走廊上散步，我十三歲，她比我大幾歲。她說：『我是同你很好的，可是不知你怎麼樣？』因為有月亮，因為我生來是一個寫小說的人。我鄭重地低低說道：『我是……除了我的母親，就只有你了。』她當時很感動，連我也被自己感動了。」台灣學者張小虹認為正是這段一直讀不懂的片段，展現了瑰麗浪漫的色彩，並認為女女之間確有「情境式的女同性戀」，充滿着「從年少到白首的與汝偕老的意願與想像」。我喜歡這樣的描述，帶着一點點詩意。

《鄒氏女》中的留玖是我用墨較多的人物，她是個什麼樣人？是男人的靈魂鎖在女人的身體，是男與女的整合體——這是我對她的概括，也是我對她的迷戀。留玖對鄒開遠有恩，對金氏有情，對鄒今圖有恩又有情。在一個以「出賣他人，背叛情感」為家常便飯的國度裏，留玖有如天外來客。在她身上，我傾注了敬佩和愛意。她也是有原型的。生活原型的「留玖」能從廚房操起菜刀，追趕她的情敵。如今環顧四周，儘管人才濟濟，卻已很難看到「血性」之人和「捨命」之舉。《鄒氏女》的結尾，我設計了一個疑問——出獄的鄒今圖意外發現母親的遺骸安葬在父親的旁邊，這是誰做的？其實，在我心裏早有回應：留玖沒有死，是她安葬了金氏。老邁的她頑強地活着，等她的「今今」刑滿歸來。

鄒今圖成為同性戀者，是先天帶來的，還是後天的薰陶？這幾乎是無法說清。在一個禁絕任何私人情感的環境裏，她保留着個人感情的正常需求，懂得人與人之間的情感交流與經驗。她不漂亮，但吸引人，她也精於吸引。所以，當張雨荷初次割草，割得眼淚長流的時候，鄒今圖把鋒利的刀從空中拋了過來。當張雨荷初次到縣城胡吃海塞，快要撐破肚皮的時候，鄒今圖半夜鑽進她的蚊帳，施展十指功夫。當張雨荷在工地被人家揍得扒光了衣服的時候，鄒今圖讓她回監舍遮羞。張雨荷驟然面臨死亡，她絕望地倒入鄒今圖的懷裏，二人擁吻，相互觸摸，自是「水到渠成」之事。文稿寫畢，曾給台灣一位資深編輯過目。他來信說，不是同性戀的張雨荷同鄒今圖搞到一起，他深感突然，難以接受。讀了這封信，我有點傷心！問題不在於小說寫得如何，而在於因大陸與台灣的環境不同，又因各自的經歷不同，彼此的感受、感覺、判斷竟可以如此對立。

牢獄生涯，使我重新認識了我：自己的情感世界並非因為沒有異性的存在而退化，反而愈發強烈。強烈需要愛，也強烈需要被愛，而且不管你是異性還是同性。到了坐牢後期，連做夢都是「黃色」的，清晨起來，我曾為這樣的「夢」而羞恥。後來我想通了——我「黃」了，因為我是「人」。記得有一次，在陳樂民先生遺作展覽開幕之前，我和陳丹青站在會場外閒聊，說起監獄的同性戀問題。我說：「握手是個再普通不過的動作，可以握到麻木不仁。但是你到了監獄，感覺就徹底變了，突然有個人的指尖無意碰到你的肌膚，儘管她也是個女的，但自己可以激動得渾身顫抖，徹夜回想。希望她再撫摸你！」他聽了，瞪大眼睛說：「寫出來，你要寫出來！」

現在，我們可以看到描寫同性戀的電影、繪畫和小說，但在現實生活中，很多人仍不能接受同性戀事實。家長如果發現自己的兒子是個同性戀，大多會從愕然到忿然，腦子裏想到的是躲在陰暗角落「胡搞」的一群。這與監獄裏用「鴛鴦綁」懲罰鄒今圖、黃君樹，在本質上沒有什麼不同。大家究竟應該如何認識它？這裏，我想引用李銀河說過一段話：

「倘若生活中存在着完全不能解釋的事，那很可能是因為有我們不知道的事實；而不知道的原因卻是我們並不真正想知道。比如我們以前不知道同性戀的存在，是因為我們是異性戀；我們不知道農民為什麼非生很多小孩不可，是因為我們是城裏人。人類學和社會學告訴我們的是——假如我們真想知道，是可以知道的。」[五]

《錢氏女》——青春，勇敢地向下墜落

「冬季又臨，枯萎的樹葉勇敢地向下墜落，天地間一片虛空。」——這是小說《錢氏女》煞尾的最後一句。寫完這句，我長出一口氣，關上電腦，閉上眼睛。

小說的情節再簡單不過，就是少男少女因出身不對稱而發生的　場愛情悲劇。但我寫得辛苦，不足六萬字，足足拖了一年多（期間患病）。換上年輕作者或網絡寫手，一天碼一萬，一周就「齊活兒」了。

寫錢、洪的戀情，融入了自己的許多感受和感情，常常眼裏湧出淚水，覺得自己又回到從前。我的出身極壞，本人表現又極差。在階級陣線分明、階級鬥爭激烈的時期，你想

五　李銀河《同性戀亞文化》，內蒙古大學出版社版，第四六三頁。

找個朋友？還想找個男朋友？做夢去吧！根本沒人搭理你。我實在太臭了，任何一個男人也不會找個臭女人。可能有讀者從我所寫的「往事」裏，看出我與父母的感情很深。沒錯，全社會都在嫌棄我們，整個政權都在壓迫我們，一家人還不緊緊相擁在一起嗎？之所以寫得苦，是因為有痛。數十年的經歷，讓我深刻體會到：人生之大哀、大苦，是心無所駐，情無所傾。現在的人要啥有啥，這種「無所駐、無所傾」的哀傷，恐怕很難體會了。

錢茵茵因為階級成份和父輩政治歷史問題，放棄了原本屬於自己的生活內容，一再退避。而那時極其強硬的政治路線和國家政策，絕不會因為你的退避而手軟。一旦遇到某個事件，政治風浪與社會勢力迅速糾集，立即會以殘酷的方式對你進行致命傷害和打擊。它的慘烈程度，往往因其平靜的外表而愈顯其烈度。錢茵茵遭遇到的一場人生意外，就是與洪曉軍的炙熱愛情。這一回，她不準備讓步了。不讓步的結果就是自取滅亡，直至以「滿門抄斬」收場。這個真實的故事拿到今天來講述，的確讓人感到有些老套、陳舊。當下，階級出身不再是愛情的障礙，貧富差距上升為情場「第一殺手」。事實表明：無論是從前的「政治分野」，還是如今的「金錢溝壑」，都在以千姿百態和千奇百怪的方式，生動演繹着中國式的戀愛婚姻和兩性之間的故事。現代婚姻不比古代家庭問題少，自由戀愛要比包辦婚姻麻煩多——這是我的看法，也許錯了。

小說裏，我兩次描寫了洪曉軍與錢茵茵的性行為，多少有些「色」。之所以如此，無非是想告訴人們：性是愛情與婚姻的重要理由。性事是生理的需要，更是本能的宣洩，男女間的性愛的強烈和持久程度極其驚人！「僅僅為了彼此結合，雙方甘願冒很大的危險，直至拿出生命孤注一擲。」[六]所以從人本角度來看，人類的性與愛不僅不低俗，而且是很崇高的。過去，我們一直認為只有政治事件、經濟發展、文化建設才是重要的、美好的社會事物。其實，個人的慾望、性行為的快樂也是同樣重要和美好的。

歸結

四個故事，一個歸結。從《劉氏女》到《錢氏女》，四篇小說裏屬於虛構的部分極少，幾乎沒有虛構。理由很簡單——曲折的人生經歷和複雜的社會關係，讓我的腦子裏裝滿了人與事，這輩子都寫不完，何須挖空心思去杜撰？關鍵僅僅在於如何把生活中的人與事，以文學方式呈現出來。《錢氏女》裏的主要人物和基本情節都是有原型的，有的犯罪事實原本就很激烈、生動。即使那個給台灣的前夫寫信而被捕的翟翠娥，也是確有其人。她本姓周，刑期十二年。她刑滿出獄，我還在服刑。出獄的前一天，周女士徹夜無眠，熱

六　恩格斯語，引自《馬克思恩格斯選集》第四卷，人民出版社版，第七三頁。

烈憧憬刑滿後的新生活。回到社會才猛然發現：所有人都不歡迎她的「歸來」！其中包括至愛親朋。無處不在的戒備、敵視、嫌棄，讓她痛苦不堪，覺得活在這樣的社會，與坐牢無異。最受不了的是親生女兒，根本不正眼看自己，眼睛裏充斥着冷漠和鄙薄。左思右想，她選擇了自縊。消息傳到監獄，女囚都哭了，算來她出獄剛滿一年。

生命是一個故事，還是一個事故？年輕的時候，總以為一個問題只能有一個答案。經歷了許多之後才明白：其實生活中每個問題都有無數個解，而其中沒有一個是絕對正確的。請問《楊氏女》中，誰正確？什麼叫命運？那些你不知道的，就是命運！我的小說，就是寫你不知道的事情。

此文脱稿已是初冬，七十多歲的我已然感到生命的蕭索。該靜的，都已安靜；該走的，盡已消退。從窗口望去，暮色四合，浮雲漸暗，手裏的一杯紅茶，也由熱而涼。

「花自飄零鳥自呼，可惜顏非故。」

寫於二〇一一—二〇一四，修訂於二〇一六，北京守愚齋

屠狗功名，雕龍文卷，豈是平生意？

——懷想儲安平[一]

一九五七年六月八日的夜晚，心情煩悶的章伯鈞獨自一人到史良家中做客，為的是表達對當天《人民日報》社論《這是為什麼》的不滿。他說了很多，最後說了一句：「將來胡風、儲安平要成為歷史人物。所謂歷史人物是幾百年後才有定評……」

儲安平真的成了歷史人物。一是因為他在二十世紀四十年代末，發表了「國共民主多少與有無」的看法。（原話為「老實說，在國民黨統治下，這個自由還是一個『多』與『少』的問題，假如共產黨執政了，這個自由就變成了『有』『無』的問題了。」）二是一九五七年六月一日，他在中共整風座談會上，提出了震驚朝野的「黨天下」的觀點。這在一九五七年短暫的春季是中國知識分子「飆」出的最高音，到了二十一世紀的今天仍是最高音。

六月十一日，章伯鈞來到剛遞上辭呈的儲安平家中。兩個人都是岌岌可危，他們談到

一　本文為二〇一五年五月十八日江蘇宜興儲安平衣冠塚落成而作。

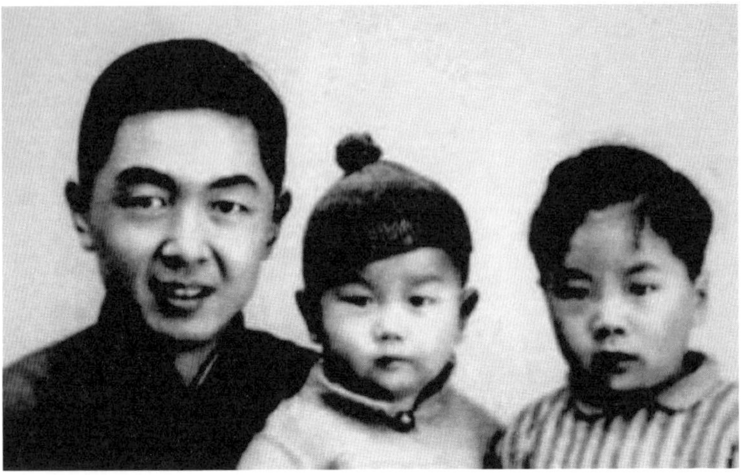

儲安平和孩子

未來。章伯鈞說：「老儲，你年齡不大，又有學問和眼量，可以多研究些中國的思想問題。依我看，今天能夠看到五十年以後的事的人還沒有。」

時間已然過去六十載，回顧往事，可謂百感交集——

一方面，深感儲安平果真是個歷史人物。自民國以來，特別是自一九四九年以來，從大陸範圍來看，能站得住、又讓人記得住的文人，有幾個？陳寅恪是一個，儲安平是一個，還有呢？有的人還是很不錯的，但出於各種情況，或被淹沒，或被淡忘。而儲安平和他說過的話，連同他的《觀察》以及他的死亡，像雲一樣在天空飄散，如河一般在大地流轉，被越來越多的人咀嚼、記憶和懷想。我在「往事」一書裏形容儲安平：面白，身修，美豐儀。萬不想這七個字在網上也是千百萬次轉發，不可思議的神奇和美妙！並非是我寫得好，儲先生就是這個樣子。有樣子的人，歷來不多。另一方面，深感中國的諸多問題依舊，有的好像還更嚴重了。這裏只引用資中筠大姐的一句話：「一百年了，沒有長進，上面還是慈禧，下面還是義和團。」[二] 話說得讓一些人很反感，但說對了。

要讓人生開花結果，最需要的是有敢於與眾不同的勇氣。儲安平充滿政治激情又敢言敢行，這個性格特點不僅僅凸顯於舊《觀察》和一九五七年。其實是貫穿於他從年輕到年

二　見資中筠《余欲無言》，二〇一二年十一月十六日在「共識」座談會上的發言。

老的一生。一九三二年夏季，東北事變、淞滬抗戰相繼發生，舉國民心鼎沸，上海學生組織請願團到南京請願，督促政府出兵收復失地。在一千多人的行進隊伍中，有一個光華大學的學生，叫儲安平。

請願學生到了南京，集中在中央軍校大禮堂。蔣委員長蒞臨訓話，要學生或返校讀書或去孝陵衛當兵，不得再生事端。眼看事情就要告一段落，這時突然有個學生跑到講壇，指手畫腳地講了一通，抨擊政府不抗日……沒人知道他是誰，只有光華的學生認出來了，他叫儲安平。

儲安平不是政治家，不是思想家，他乃報人，是真正意義的報人。儲安平一輩子的生活和命運都與報刊、出版、新聞、言論相聯繫。朝于斯，夕于斯。因它而聲名鵲起，因它而「一敗塗地」。這裏，有必要對其從業履歷做一個簡要介紹——

一九三二年七月光華大學畢業。

一九三三年七月進入《中央日報》副刊「中央公園」，從事編輯工作三年。繼「中央公園」之後，開闢「文學週刊」。

一九三六年編輯出版文學期刊《文學時代》。

一九三八年一月從英國歸來，六月重回《中央日報》創辦「平民」副刊。

中日戰爭爆發，在國立師範學院（湖南安化縣藍田鎮）任教。一九四三年與夫人端木露西創辦袖珍書店。

經歷婚變，奔赴桂林。一九四三年冬進入《力報》，任主筆。

一九四五年七月在湖南辰溪縣受聘於《中國晨報》，任主筆。兩月後離任，赴重慶。

一九四五年十月在重慶創辦《客觀》。

一九四六年在上海創辦《觀察》，至一九四八年十二月被查封。

一九四九年十一月《觀察》在北京復刊，一九五二年停止經營。

一九五二年四月任新華書店總店第二副總經理、出版總署發行事業管理局副局長。

一九五七年四月任《光明日報》總編輯，六月被撤職。

這裏，我先問一句：何謂報業？報界前輩戈公振先生在《中國報學史》一書中，有精闢的闡釋。戈氏認為：它是社會公共輿論機關，就是以揭載新聞為主，反對報紙的黨派性，除軍事上有時必須保守秘密，其他一切消息皆可開誠佈公地宣佈於民眾之前，使多數人「能瞭解政治問題，能自下而上的判斷，進而監督報紙，強制政治家，使自覺其責任的重大」。它於國家的進步，自是有非常重大關係。也正是基於報業的這個本質，當年的傅斯年才對胡適説：「一入政府即全無辦法。與其入政府，不如組黨，與其組黨，不如辦報。」儲安平非但深諳此理，且為終身之志，通過公共論壇干政。國民黨執政他無情揭露國民黨，共產黨執政他尖銳批評共產黨，恪守報業「中立、客觀、理性」的宗旨和「獨家、獨特、獨到」的本性，以及報人必須具備的魄力、眼光、擔當等職業精神和素養。這是一個很高又極嚴的從業標準，遠遠超過加入某黨、某派的條件。

「屠狗功名，雕龍文卷，豈是平生意？」[三] 儲安平始終游離在國共兩黨之間，別看他先後加入了民主同盟和九三學社，其實他也游離在民主黨派之外。無涉軍政，不黨不派，他的心只守着一個「社會公共」空間，並在此安身立命。胡愈之搞報紙、搞出版，他是（黨的）新聞工作者，不是報人。儲安平搞報紙、搞出版，他是報人，不是新聞工作者。說句大不敬的話，任何黨派（包括強大的黨派）對儲安平自由主義靈魂和報人的天職本性來說，都太窄，也太矮。說他有政治野心，那才是活天冤枉！他自己曾這樣說過：「滔滔今日，有多少人能一往直前地為理想而生活，有多少人能咬緊牙關從事這樣一種清寒艱苦的事業。」儲安平是把一張報紙、一份期刊，當作清寒艱苦的事業幹的，以此啟迪民智，以此振興國運，以此實現人生理想。這就是儲安平。

辦報，要有辦報的頭腦、胸襟、能力及手段。儲安平樣樣具備，要啥有啥。遠的不講，就拿擔任《光明日報》總編輯來說，自跨進北京西單石駙馬大街的第一步，便毅然決然地按照自己的路數、理念，真刀真槍地幹起來。半是癡狂，半乃性情。他

三 引自清人龔自珍詞《湘月》。

宣佈《光明日報》不能機關化，要報館化；黨報工作經驗已經過時，當回到從前舊報傳統；年輕記者更要以一九四九年前的老報人為榜樣；撤銷了編輯室，所有稿子直送總編室，自己都要一一看過。他明確新聞記者的首要任務是寫新聞，新聞就是要搶先，要獨家；社論少寫，那種歌功頌德、教條主義的社論不要再寫。正值「大鳴大放」，儲安平立即派八批記者，分三路到全國各地調查。得知清華大學在研究改變黨委制的問題，他第一時間派人去採訪。從五月七日到六月二日，《光明日報》均在頭版刊發民主黨派和高校關於取消黨委制的報導，重量級的東西，一個接一個地甩了出來……這是啥做派？這叫報人辦報。要麼不做事，要做就做成一流，儲安平就在這短短八十天之內，讓這張民主黨派機關報發生了天翻地覆的變化。他才氣過人，也傲氣凌人；嚴於律己，也苛於待人。拙作「往事」出版後，我和《光明日報》的幾位老編輯有些交往。吃飯，聊天，幾乎所有的話題都圍繞着儲安平。

他們告訴我：儲安平太能幹，大家都佩服他，也都怕他。

我問：為什麼？

答：頭天佈置任務，第二天就被叫去詢問——做得怎麼樣了？

儲安平管得太細，太嚴，手下人跟不上，也受不了。所以到「反右」階段，儲安平在《光明日報》的會議室被鬥得要死。手下人恨他，當然，有的是假恨，有的是真恨。這讓我不由得想起老舍說的話：一個人愛什麼，就死在什麼上。

我還想特別強調儲安平是個作家，極為欣賞他寫的《英國採風錄》。自從國門大開，到英國留學、旅遊、經商、訪問，乃至移民定居的人無數。幾十年間，男男女女、老老少少寫下數以萬計的訪英散記、遊記、札記、日記、筆記，這些文章或多或少、或深或淺都是在議論和描述英國和英國人。這樣說，那樣講，寫來寫去，比來比去，依我看它們都不及儲安平在抗戰逃難歲月，用五個月的時間（一九四四年十一月—一九四五年四月），於僻遠的湖南漵浦縣寫下的《英國採風錄》。書中，對英國王權的更迭，自由傳統的特徵，議會政治的源流，種族的歷史以及貴族的形成，都做了詳盡又風趣的介紹。對於研究者，它是極有價值的參考；對於讀者，它則是愛不釋手的佳作。儲安平文字功夫了得！尤喜末尾幾章，英人的性格、氣質、習慣、性情，乃至雨傘、茶壺套，無不寫得準確凝煉，但又是在娓娓道來，彷彿感受到從遠洋飄來的微風與水氣，讓你獲得滿足和感動，這與我們那些渾濁僵硬的東西完全不同。顯然，儲安平被英國的經濟發達、民主政治和良好社會風尚所深深吸引。那時的他對中國的落後與黑暗已然是痛心疾首，但他能把憤世嫉俗的情緒掩藏起來，而採用理性的剖析和平靜的講述，太成功了！冷峻的美麗比洶湧的強悍，更令人過目不忘。時隔七十年，重讀《採風錄》仍能產生強烈的共鳴。

由於命運，由於個性，儲安平的個人生活也很不幸，妻子已分手，子女多疏離。我曾反復端詳儲先生的結婚照，一個多好的男人，面白，身修，美豐儀。他的夫人端木露西也是一位出色的女子，聰穎，優雅，有才情。為什麼就合不到一起呢？望華認為，這是由於父母的個性都太強，誰也容不得誰。特別是母親總覺得是父親限制了她。其實，儲安平多少也有責任。他太熱心工作，太淡漠家庭。別說對妻子，就是後來他獨自撫養四個子女，也是立足於孩子們的自立，而感情投入不多。望華說，一九五〇年，為送大哥望英參軍，父親帶一家人外出吃飯，他算是生平第一次吃北京烤鴨。儲安平也太簡單，太樸素，乃至有些「摳門」。從小清貧日子過慣了，「一塊豆腐乳要分幾天吃」。就是以後當了主編，每天晚上回家，也是讓保姆單為自己炒一碟小菜，也無非是肉絲炒蒜苗之類。物質上不奢華是儲安平一生的特點，也是難得的優點。但面對妻子，這樣的習性還是優點嗎？恐怕就很難講了。湯顯祖在《牡丹亭》裏詠「如花美眷」，唱「似水流年」，殊不知如花美眷最怕那似水流年。任何婚姻，哪怕再和美，都可能潛藏着變數與危機。

儲先生與親人的分離在文革，最後一個探視他的親人是女兒儲望瑞的丈夫熊榮光。一九六六年「文革」爆發，紅色恐怖掃蕩北京城。八月下旬的一天，這個在北郊農場工作的青年摘了兩個農場培育的新品種——無籽小西瓜[四]，騎上自行車悄悄進城看望岳父——

四　原文寫的是水蜜桃，熊榮光先生閱後說：不是桃子，是無籽小西瓜，乃農場新品，特此更正。

所有門窗都是敞開的，任人出入。儲安平靜坐床邊，室內空蕩無物。見熊榮光來，他說的第一句是：「你坐哪兒呀！」女婿把小西瓜放在他的手心，儲安平說的第二句話是：「你真好，你比他們都好。」此後不再講話，熊榮光也不敢久留。

出門回望，見儲安平一手捧着一個瓜，仍然靜坐床邊……

我已是「坐七望八」的年齡，愈發懷念珍視時光。不知怎麼搞的，一切深刻的感受竟都與過去的事物相關，儘管我很清楚沉溺於往事是進入暮年的重要標誌。我寫的儲安平（包括康同璧、張伯駒、馬連良等），僅僅是記憶中（包括所能搜集到的材料）勾畫出一個簡單的輪廓。他們的豐富性、複雜性、深刻性，遠遠未挖掘出來。今天的年青人閱讀他們，有着面對遺跡一般的陌生，但無論如何，眼下已經再難找到與之相近的氣息。每一個都是奪目的，都是慘傷的。這是一種宿命，誰也無法藏匿或逃避。他們像瑰麗卻肅殺的秋景，攪碎了人生如夢的愁腸。連我自己都沒有重讀的勇氣，怕老淚湧出。人們習慣地說：「淚盡，繼之以血。」如果，血也盡了呢？

儲安平江蘇宜興人氏，五十七載斯文遂絕，英雄獻祭在國，魂兮歸來在鄉。於今唯留衣冠，何其悲也！

二〇一五年五月寫於北京守愚齋，二〇一六年十二月修訂

他是不倦的風，始終呼嘯
——說邵燕祥

一九八〇年，右派身份獲得徹底改正的艾青，把他恢復創作後的第一本詩集叫做《歸來的歌》。

歸來！不止艾青歸來，還有許許多多的詩人、作家歸來。不止右派分子歸來，胡風分子也歸來，歷史反革命也歸來，現行反革命也歸來。從聶紺弩到汪曾祺，從公劉到白樺，其中也有邵燕祥。他們「活着從遠方歸來」，他們從消失到復活，他們從地獄返回人間。

我與聶紺弩、邵燕祥多有往來，印象至深。別看他們「改正」後的日子過得簡單，住房簡陋，衣食簡樸，但只要一張嘴就不得了，一提筆更是了不得。不是語驚四座，就是光焰萬丈。最棒的是聶紺弩，也很棒的是汪曾祺。這些「歸來者」是中國當代文學史上最為獨特的一群，且構成中國當代文學史上最重要、最輝煌的篇章。

我與邵燕祥相識於何時何地，已然記不清楚了；但相識後的點點滴滴，卻是再難忘卻。並非因為我的記性好，而是他的氣質、性情、才識總能觸動你的內心。以至於有誰相邀，我總盤問人家：「有沒有邵燕祥和謝大姐（夫人謝文秀）？」這很無禮——人家作

邵燕祥

束，你憑啥挑三揀四？但我克制不住，理由很簡單：有他在，會面是享受，回憶有收穫。

邵燕祥其人，難用三言兩語去概括。他對人，無論親疏遠近，他對事，無論大小輕重，都有着良好的理解力和判斷力。他是把所有的生活挫折和精神磨難，都轉變化一種「體驗」，投到作品中，砸進文字裏。一砸一個坑，鑿實堅硬。毫不猶豫地給我們的偉大時代和光明社會以「致命的一擊」。加之個人的稟賦修養，思想、情感、意志之表達，決非人們所慣用的思路與方式。因出其不意而令人驚歎，驚歎其精神個性何以如此自然地切入到對象世界裏。應該説，這些「歸來者」年齡不同，出身各異（如最年輕的胡風分子林希出身天津大戶，邵燕祥屬於城市平民家庭），而共同的一點，也是重要的一點，即在於他們十幾年或幾十年地沉淪在社會底層，卑賤又漫長。而痛苦窘迫的生存狀態，則促成並強化了他們對歷史、對社會、對人生的認識。身處「另冊」，以及政權與政策所實施的持續打擊和孤立，又製造出這些人與時代、社會的「距離」。它既屬於生活的特殊形態，又是對社會認知的特殊能力。

邵燕祥是有鋒芒的，鋒芒在他的文字裏。學者孫郁在他的文集裏，對邵燕祥是用詩人、戰士兩種顏色來描繪的。書中寫道：「邵燕祥對橫亙於觀念世界的諸種病態理性，毫不客氣地直陳其弊。吳祖光與『國貿大廈』事件，人們三緘其口的時候，他出來講話了；佘樹森不幸早逝，人們木然視之時，他出來講話了；作家被誣告，且法庭判作家敗訴時，他出來講話了。邵燕祥短小的文章，不斷在諸種報紙上冒出其中，把動人的聲音傳遞出來。在他的眼裏，虛假的『聖化』已失去光澤。他用犀利之筆，還原了這個世界的本來面目。」[五]

二○○七年的開年首日（一月一日），邵燕祥在大雪中寫下了辛酸沉重的《新年試筆》。他提醒我們這些快樂人：今年是何年？是反右運動五十周年。但讓我萬萬沒想到的是，面對半個世紀的暴虐歷史，他責問的是自己。他說：「我是不幸中的幸者，比起已死的人，我活了下來，比起破家的人，我尚有枝可依。」面對一個龐大社會群體的慘烈經歷，他寫道：「我能不能代替一直不做聲的中國共產黨，向所有一九四九年後的無辜死難者說一聲『對不起』!?但我深知，沒有哪一級黨組織授權，讓我來履行這一個道歉的義務，並承擔相應的政治責任。我這不又是沒有『擺好自己位置』的嚴重越權嗎？我只能在夜深人靜的時候，默默地向自己的良心念叨。然而，對於受迫害的死者和他們的親人後代，這有什麼意義？我一個個體的再深重的負疚之情，與一個以千百萬人的名義行使生殺予奪之權的群體應有的歷史懺悔比起來，又有多大的份量？」

「三千丈清愁鬢髮，五十年春夢繁華。」邵燕祥是通過一種「自我救贖」，來展現一個現代知識分子的獨立意志與自由精神的。我也是被放逐到底層又重新「復歸」到體制

五　見《百年苦夢——二十世紀中國文人心態掃描》。

內「位置」的人。但為什麼我只把自己看成是歷史犧牲品，而沒有意識到我也是歷史的「合謀者」？為什麼面對過去，我和其他人都很難做到不斷懺悔自身。可見，懺悔不是出於普通人的良心發現，而是來自一個自由主義知識分子的文化立場的歷史自覺。這篇「試筆」給我以極大的精神震動和思想衝擊，一連數日情緒激動，難以入眠。我不由得聯想起一九九五年在西方發生的一件事。那年是二戰勝利五十周年，整個西方社會都在談論一個名字——奧斯維辛。這個納粹屠殺猶太人的記憶到底屬於誰？即誰有資格為奧斯維辛記憶命名？是以猶太人的名義還是以全人類的名義紀念這場大屠殺？結局令人遺憾，各國政要簽署的《奧斯維辛宣言》由於要滿足眾多國家的不同政治訴求，被搞得四平八穩，成了一篇平庸之作。但無論如何人家做了，人家畢竟找到了一種方式、一種語言來描述這場難以名狀的災難和痛苦。與同期以及後來的作家比較，邵氏作品具有以歷史反思和自我反省為核心的思辨性。這恰如他自己說的一句話——睜眼看中國，睜眼看自己。當下，一飽一暖以後，人人都想「躺下」，連大學教授關心的都是房子、車子、票子了。邵燕祥卻堅持重複着「五四」的聲音。在這個失去思想活力的時代，他是不倦的風，始終呼嘯着。

生活是長河，多少歸人、多少過客，來去匆匆。其中，很多人不知緣何而來、緣何而去，人生含義都沒來得及弄明白，就走了。邵燕祥是弄清了自己的來歷，也認準了自己的去處。

聶紺弩充滿智慧，無論是詩文，還是說話；邵燕祥也同樣的充滿智慧，無論是詩文，還是說話。二人都在笑對邪惡的同時，不忘嘲笑自己。所不同的是——聶的智慧帶着某種刻毒，而邵氏智慧則顯示出機巧。也不知我說對沒有？鍾敬文讀聶詩，說：「人間地獄都曆遍，成就人間一鬼才。」我甚至覺得「歸來者」中很多人的文字都帶着「鬼氣」，包括汪曾祺，哪怕一句家常話，也能飛揚至九天，再呆板的事物都被生動化了。即使貌似零星隨意的瑣談，也多為心智理性的感悟。這是為什麼？因為他們身處困境，心靈卻是自由的！現在多少人模仿聶紺弩的打油詩，卻沒有一個學像了的。或許，就是因為我們身上缺少點「鬼氣」。與邵燕祥相識的人，無不佩服他的詭譎幽默。一觴一詠，多睿智調侃之語。他的這個特點，常讓我們大感快意。我管它叫「靈氣兒」。但凡有邵燕祥在場，我便向夫人提出申請：「請謝大姐讓讓，我要坐在邵先生身邊，好沾點靈氣兒。」邵燕祥的特殊敏感，有人說是源於江浙人的稟賦，我則認為這種迅捷的反應能力，與一個人長期身處高壓環境下有着相當緊密的關係，這就好像久行夜路者，對異樣的聲音、微小的動靜和遠處的磷火都能迅速察覺一樣。一次，有個飯局，我和邵燕祥都去了。面對滿桌菜餚，我感慨道：「終日吃喝，若再嫖賭，邵先生，我覺得自己已然墮落。」聽後，他板起面孔對我說：「你這話，跟我說有什麼用？要說，就跟禁你書的人去講。告訴他們，章詒和已經墮落，只惦記吃喝玩樂。這樣一來，上邊就不會管你，也不禁你的書了嘛！」

再舉個例子。二〇〇六年，幾個朋友為大律師張思之先生賀八十大壽。一番爭執後決定：算章詒和請客，由邵燕祥買單。酒杯斟滿，總得有個人代表大家說兩句喜慶話吧。誰都知道張思之先生榮辱半輩，風雨一生，諳熟「紅塵」於外，「天理」魂魄於內。通達憂患兩者調和兼具，謀而能斷，迥別流俗。賓客齊集，大家一腔熾烈，可誰都張不開嘴——這包含着喜悅、誠摯、敬佩的頌壽當如何措辭，真成了一道難題。我說：「誰掏錢，誰開口。」幾推幾讓之後，邵燕祥被眾人推選出來。他起立，莊重地說：「今天聚會於此，我們衷心祝賀張思之先生進入八〇後（『八〇』後為大陸對一九八〇年代生人的流行稱謂）。」言罷，舉杯即飲，之後坐下。全體愕然，遂大笑。而笑得最燦爛的，就是那位「八〇後」。從此，我們對大律師就「八〇後」、「八〇後」地叫着。

世間有千種人，萬般事，百樣情，各有面目與份量。你如何對待？又怎樣處置？這或許最能顯露一個人的心腸。袁水拍——一個二十歲成名的詩人。抗戰時期與吳祖光、黃苗子、丁聰一起，在重慶文化界被稱為「四大神童」。袁水拍與另外三個「神童」不同的是，他很快成為中共地下黨員，追隨革命，忠誠革命。一九四九年後，他進入《人民日報》社工作，負責文藝部。一九五一年受命同江青一起對武訓的歷史作調查，得到毛澤東的接見。後來，調入中宣部文藝處（即文藝局之前身）。處在這樣的位置，勢必捲入一系列的文化批判運動，如批判武訓，批判胡風，批判右派，大小批判文章大多要過他的手。

「文革」爆發，他自然成了當權派，經歷了無數大小批鬥「戰役」。難忍羞辱的他選擇了自殺，所幸未死（未遂）。於寂寞中又不甘寂寞，戰戰兢兢，度日如年，以為只有更加「緊跟」才能倖免於被黨棄置。幾番思量，他終於給「文化旗手」江青寫了「效忠信」，結果在被「解放」後，提拔為文化部副部長，即所謂「上了末班車」。「四人幫」一倒，袁水拍便跟着倒下。一個詩人，一個幹部，一個隨政治風雲起伏跌宕而上下顛簸的人，雖難以評說，卻成為圈子裏笑談。我的同事就管他叫「袁會拍」，又稱「袁十八拍」。一九八二年前後，邵燕祥所在的《詩刊》開座談會，有時也請他去，但無人搭理。世態炎涼、人情冷暖，令邵燕祥非常難過，甚至後悔請他出席。經過「揭批查」的全過程，上邊儘管有了結論，袁水拍仍然得不到人們的諒解，鬱鬱以終。在他簡單的告別式上，有兩個人以個人名義送了花圈，一個是朱子奇，還有一個是邵燕祥。

最後，要說的是邵燕祥對我寫作的幫助。從《一陣風，留下了千古絕唱》一文開始，我便把初稿寄給他，請他批評指正。當我收到他返回的《一陣風》原稿的時候，着實嚇了一跳。凡標點錯誤、用詞不當、提法不妥處，都逐一標示並加以解釋，還附上一信。信中寫道：「此次，你筆下復活了馬連良。我相信，還有多少善良的、也許難免有缺點弱點的亡靈等待着你，等待着你使他們復活……」談到我的寫作，邵燕祥說：「我想，固然有家學淵源為你打底，還多虧中國共產黨給你的特殊鍛煉，多年鐵窗，家破人亡，從體力到精神的摧殘……『玉汝于成』，你也留下了千古絕唱，是你啼血而成。你證明你已對得起這個時代的熔爐和煉獄了……你也對得起死去的父母了。」——邵燕祥字字句句，如夏日夜晚的細雨，每一滴都透進了我的心。望着父母的遺像，淚如雨下。多少年了，我一人獨自面對，獨自行走，前無去路，後失歸程。外表堅硬，內裏空虛。快要坍塌的時候，終於，有像邵燕祥這樣的人走近我，叫我不要再哭泣，要留點氣力，長點精神，明天還要活下去。

百年來，我們這片土地災禍不斷，苦難不絕。時至今日，我們看到了什麼？「瞻天望闕，丹青難把衷腸寫。」我們看到的是「維穩」名義下的集權和被成功馴化的良民。所幸，還有像邵燕祥這樣的人，在喚醒、警示着我們。他長達七十年的寫作，讓我們看到一個中國文人的清正本色，讀到的是一個當代詩人的痛苦靈魂。

二〇一六年九月於北京守愚齋

三

我看到了許多微笑

——國際筆會獨立中文作家筆會頒獎會上的答謝辭

我從少年而青年，從青年而壯年，從壯年而中年，其間貫穿始終的一件事是不間斷地寫檢查，寫交代，寫總結，寫彙報。由中年而鬢髮皆斑，才開始了寫作。如今，因寫作而獲獎。悲耶？喜耶？但無論是喜是悲，我都要感謝國際筆會獨立中文作家筆會授予我的二〇〇四年度自由寫作獎。

這個獎項是給那些獨立自由的寫者和作家。對於知識分子而言，怎樣才能獨立，如何算是自由呢？我想，恐怕首先是要以經濟獨立為前提。唯如此，方可做到不依附於任何體制與權力而發出屬於自己的聲音。在中國，自上個世紀四十年代毛澤東發表了《在延安文藝座談會上的講話》以後，作家、藝術家除了成為革命的「螺絲釘」以外，還必須成為「歌手」、「戰士」。沉默都是不可以的，因為沉默被視為消極對抗、心懷敵意。有人不堪體制的束縛企圖「自我放逐」，其結果是從地球上長期消失或永久消失。前者如蕭軍，後者如王實味。漸漸地，那些很有頭腦和才氣的人，在國家意識形態的強硬統攝下，失去了個人表達的勇氣和社會洞察力。如果有人問：近現代中國最大的災難是什麼？我會回答：是對每個人天性與自由的剝奪。

現在的情況大有變化。知識分子的生活好了，在一定程度上也可以發出自己的聲音。但是，另一種情況隨之出現——很多人對「物」的熱烈追求遠遠超過了對人性之「深」、對生活之「真」的冷靜探究。神州大地，美不勝收。但是任何一個人只要懷着人道情懷和苦難意識，就很容易發現美景背後的災難與幸福底下的不幸。我們似乎正從一種專制中走出，又轉身跌入另一種專橫。

我們這些人究竟應該做些什麼才好？這不禁使我想起了父親的一個朋友——梁漱溟先生。他在中國民主同盟被執政的國民黨取締以後，立即宣稱：「政治問題的根本在文化」，要以思想見解主張貢獻於國人。他是言者，也是行者。他言到行到，寫出了《敬告中國共產黨》一文。文章鄭重請求共產黨，容許一切異己者之存在。否則，將重蹈國民黨的覆轍。梁先生早已去世，卻仍是我的榜樣，我們的榜樣。

中國一向有着「文以載道」的文學傳統，但文學畢竟是人學，寫作是私人的事，是純個體性的精神勞動。它屬於民間，屬於社會，與「官學」無涉，與「官場」無干。官方可以成立宣傳部，大搞宣傳，大搞「五個一」工程，但從本質上是非文學、非藝術活動。而作家的使命就是關注和思考人類的命運及其生存狀態，並以此喚起別人的關注和思考。這也是寫作的原動力。

《往事並不如煙》（香港牛津版更名為《最後的貴族》）說的都是陳年舊事。這些事浸透着父輩的血淚，而我的筆並不出色，只是字字來得辛苦，也痛苦。有朋友問：「你寫作的訣竅，是不是由於記憶力特好？」我說：「我無非是有些經歷，並對經歷有些認識罷了。」日出月落，絮果蘭因。從至大的動靜到至微的氣息，淺薄的我是永遠寫不出的。

獎項是獎勵，於我也是一種戒懼。一者，我不知道自己還有幾年的活頭。命是個定數，誰也難以預料。二者，本人能力水平極其有限，未來的寫作很可能是個虎頭蛇尾的結局，像徐志摩在《「詩刊」弁言》中所言。再者，今天我願意接受這個獎項，也是自己將繼續堅守獨立自由寫作立場的表達。

再次感謝國際筆會獨立中文作家筆會！在答謝辭以外，請容許再說兩句。我今年已年過花甲、六十開外，可以說——我這一輩子了。我這一輩子，除了父母給我以溫暖，命運幾乎對我沒有微笑過。今天，我看到了許多微笑。

謝謝！為了微笑。

二〇〇四年十月八日於北京，十月三十日修訂

附件：國際筆會獨立中文作家筆會二〇〇四年度自由寫作獎頒獎詞

國際筆會獨立雜文作家筆會已決定，將二〇〇四年度自由寫作獎頒發給章詒和女士。獨立中文作家筆會理事會和自由寫作委員會均認為，章詒和以三十年的苦難和血淚凝聚而成的文字，賦予了淪為權力和金錢的奴隸的當代漢語寫作以嶄新的質地——這種寫作不僅僅是對黑暗時代的控訴，更重要的是申明了對不可摧抑的人性尊嚴的肯定和破壞這一尊嚴的所有企圖的否定。

如德國作家黑塞所說：「作家是讀取周圍世界之良心狀態的指標和地震儀」，章詒和的作品顯示了當代中國作家中少有的捍衛人的自由、尊嚴和歷史記憶的勇氣。作為當年「中國第一大右派」章伯鈞的女兒，章詒和與父親一起承擔了歷史的重負。在長達十數年的牢獄生涯中，她曾被迫從事掩埋其他囚徒屍體的可怕工作。有一次，在風雨交加的荒野中，她幾乎決心撲到死去的難友的墓穴裏，以死亡來終結邪惡勢力所給予她的一切凌辱。但她還是堅韌地活了下來，因為她記得父親臨終前的告誡——父親希望女兒成為時代的見證人，父親叮囑女兒把那個時代的光榮與恥辱都記錄下來。

三十多年之後，記憶之流終於迎來了破冰的一刻。二〇〇四年年初，隨着遭到大量刪節的大陸版本《往事並不如煙》和恢復原貌的香港版本《最後的貴族》的先後出版，章詒和在中國大陸和海外華文世界獲得了普遍的聲譽，而這兩個版本的差異又為後世研究二十一世紀初中國大陸新聞出版自由提供了典型的範例。儘管不久之後，中共宣傳部下令禁止《往事並不如煙》的印刷和發行，但該書早已深入千家萬户（包括數十萬冊頗具中國特色的盜版書），並成為二○○四年度最受矚目的文化事件之一。

章詒和的作品是文學，也是歷史，是記憶，也是現實。在當代中國，與專制主義抗爭的重要方式之一便是與官方有意製造的遺忘作鬥爭。章詒和用文字完成了對時間的超越，為讀者展示了毛澤東時代以消滅知識分子為目標的「反右運動」的真相。在她那冷靜而不乏溫情的筆下，那些身處備受屈辱的狀態卻努力保持人格尊嚴的知識分子們獲得了復活。章詒和為我們講述的章伯鈞、羅隆基、儲安平、張伯駒、康同璧、馬連良等舊時人物的故事，讓我們知道在那個最黑暗的時代裏，我們民族依然擁有那麼一些高貴的靈魂，他們雖然受到猛烈而淒美的殘酷打擊、深陷於暴力的陰影下，但他們獨自凝視着生命的姿影，注視着生存的漩渦和死亡的折磨，守望着自由這一天賦的價值。他們的存在，讓暴君的畫像和語錄黯然失色；他們的存在，改變了中國恒久以來「成王敗寇」的歷史觀。

章詒和的寫作根植於中國源遠流長的史官傳統，乃是《史記》作者司馬遷在屈辱中秉筆直書的遙遠回應。章詒和的寫作也得益於她作為一位優秀的戲曲研究者的身份，她從古代沉淪在社會底層卻寫透人情世故的偉大的戲曲家身上獲得了悲情的力量。她的寫作重現了中國知識分子在黑暗時代的心靈劇痛，並清晰地傳達了這樣的信念——儘管毛澤東及其所代表的意識形態竭力羞辱、貶低和蔑視文化和知識的價值，但是文明將如同壓傷的蘆葦那樣永不折斷，人類的良知也必將戰勝那些一度看似無比強大的邪惡力量。

獨立中文作家筆會相信，章詒和女士以她的生命和寫作表明，她是一位嚴肅的歷史見證人和讓人尊敬的自由事業的發言人。她給當代漢語寫作注入了活力，帶來了一種標竿性的尺度。

獨立中文作家筆會以能夠將二〇〇四年度自由寫作獎頒發給這樣一位優秀的作家而感到驕傲。

把心叫醒　將魂找回

——致謝（美國）中國民主教育基金會

丁亥之秋，高耀潔女士和我獲得設立於美國（三藩市）的中國民主教育基金頒發的二〇〇七度傑出民主人士獎。消息傳來，深感意外——對獎項和頒獎者一無所知的我，慌忙打聽：中國民主教育基金是啥來頭，有何背景？沒人告訴我，好在如今有「網」，「網」能告訴我們報紙廣播以外的信息、動態及時尚。我用「谷歌」查到基金設立者黃雨川先生，當知道他是因愛國而回國，在一九五七年被劃右派分子的時候，心理隔閡與情感陌生於瞬間褪去。還用繼續打探嗎？下面的「故事」，我都可以「複製」。他定是歷盡坎坷後再度遠行，一番打拼後獲得成功，最終移民美國。人在異國難忘故土，身處安樂不忘憂患。困心衡慮，鬱積思通，遂立民主教育基金會，以推動中華民族之文明。果如是！

他為什麼要設立基金會？我為什麼要寫作？大家為什麼而活？對此或許要用一生一世或幾生幾世，才能找到答案。吃「肯德雞」，穿「倫敦霧」，看「好萊塢」，玩「自駕遊」，讀《哈里・波特》。外乃眼花繚亂之大千世界，內是層出不窮的各種慾望。活在這個全球化體系，我們和我們的後代到底從哪裏進入，又從哪裏走出呢？是「錢」進「權」

出，還是「權」進「錢」出？果真如此的話，那麼民主、自由、平等、正義等最要緊的事情，由誰來承擔？人的內心是否還能存放良知、悲憫、羞恥和懺悔？人世浮華，寒氣未盡。假如理性和情感雙雙失落在紅塵，那我們這個民族真的就沒了盼頭。假如私人領域受到侵犯也能逆來順受，那作為一個人真的還有什麼尊嚴。一九九七年香港回歸，有些人認為這是一個結束，而另一些人則等待一個開端。十年後，二〇〇八北京奧運會也是這樣了，十三億人期盼它的到來。它的到來是否同時意味着結束和開端呢？結束往往是一種現實的結束，而開端就難說了。五十年來，幾代國家領導人講了無數的「開端」，但多為理想化的開端。在我們這裏只要屬於理想的東西，似乎就模糊不清。就連鄧氏創立的「中國特色」理論，在實踐中不也是模糊不清嗎？否則，幹嘛要咱們都來「摸石頭過河」呢？現在，胡氏「和諧」是開端了。以「和諧」開端，好！但要符合人性才會更好，別光打親民牌、反腐牌。要知道，制度的民主化、科學化和人性化，根本不是什麼對國人夢想的滿足，而是還願——對生者和死者還願。

我一再表白，對政治沒有熱情，酷愛的是文學藝術，記憶是我的一貫主題。有了這個不能忘卻的主題，才引導出「生命戰勝過去」的敘事結構和人物的精神世界。寫作動機始終是明確的——我們這些苟活的人，當為那些在歷史嚴寒中瑟縮的生命留下一口熱氣；從已然消失且一去不返的詩意裏找到一絲甜蜜；講出以往掩藏很深的痛苦，把它交給未來。

也正是記憶使我得以於絕境中復生。一生平庸卻獲此榮譽，方寸之地，何以為安？我深知：生命的延續不等於人生之收穫，故每日都有光陰從指尖前滑落的焦灼。不管成敗得失如何，鐵窗與美酒都同樣可以使人忘卻。我們已經忘卻了許多，忘卻的要找回；找回的避免再次忘卻。即使明天就是死，今天也要把心叫醒，將魂找回。思想無罪，社會永遠需要批判。沒有罪孽也就沒有救贖，沒有記憶也就沒有未來。在人生的舞台上，我不能徒然活着，雖然已是步步皆老的向後光陰。

今歲以來瑣事繁多，頓形勞憊，恐難赴美。此區區苦衷，尚祈基金會及其評委諸君鑒而原之。寸衷銜感，薄紙難宣，而知遇之情，當思竭心力以圖報。

謝謝大家！

二〇〇七年十月二日於北京守愚齋

葉有敗落　花已凋零

——關於寫作以及父輩的話題

唯一的長處就是有點記性

我一無學識，二無才情，既無法和前輩相比，也無力和晚輩較量。道理很簡單，只因長在紅旗下。所幸家庭比較重視教育，我多少得些皮毛。

說起長處，我唯一的長處就是還有點記性，特別是童年記憶、舊日記憶、痛苦記憶。原因有三：第一，一般來講童年時期的記憶是最深刻的，此後的記憶越發的差。童年時期、青少年時期的記憶清晰，此乃生命規律。第二，一九五七年之後，我家是被孤立的。人孤立了，行動受限了，外部壓縮了，內心就強化了，記憶就擴張了。比如我現在都能描述出四十多年前，從成都出發押送到勞改隊一路西行的風景。天空灰暗，雲層低迷。秋風襲來，街道兩側梧桐樹的老葉紛紛飄落。臨街的牆壁，全都是用糨糊貼上去的標語和大字報，新墨壓着舊痕。風再強些，樹枝搖晃，地上的枯葉隨風而走，發出響聲。它們在為我送行。第三，因受到持續的打壓而產生反抗心理，這種心理讓我對壓抑的生活和屈辱的處境感受深刻、印象深刻。

我的寫作特點只有一個，就是說故事

我的寫作特點只有一個：就是說故事。

我從不以為自己在寫歷史，更無資格說自己寫的是文學。還是當初那句話：非文非史。有人說我不懂歷史，不懂民盟史。這裏我要反問一句：什麼時候我說過自己懂歷史了？什麼時候我標榜自己精通盟史了？說到民盟和民盟史，可謂痛心疾首。要求查禁《往事並不如煙》一書的，就是民盟中央兩位老的後代，他們上書中共中央統戰部。統戰部比中宣部積極。

我在《這樣事和誰細講》序言裏寫明——自歎沒有本事寫出一部盟史來。最有權威寫出民盟史來的，當是中央統戰部。因為所有的材料、全部的檔案以及民盟內部（特別是上層）互相檢舉、密告的材料、彙報、書信都集中在那裏，保存至今。當然，民主黨派的政治生命也是被這個部門閹割的。

這裏，我想奉勸正在寫民盟史的人，且慢動筆，即使動筆，也請留有迴旋餘地。一旦真正的東西披露，只怕你的文字，有可能等於零。這不是武斷之語，也非危言聳聽。比如，民盟總部在重慶打算清除黃炎培，民盟總部在香港打算清除章伯鈞，大家知道嗎？人們都說章伯鈞在中共那裏被列為左派。可在中央統戰部的對民主人士政治排隊的材料裏，章伯鈞一直（從四十年代到五十年代）被列為中右，定性為具有政客手段和江湖作風的中間偏右分子。大家知道嗎？章伯鈞的向「左」轉，發生在一九四八年北上之前，在李維漢與他單獨談話之後。這個情況，大家知道嗎？進入中央人民政府之前，周恩來告訴他要承認自己是「七分反蔣，三分反共」，且必須承認。這個情況，大家知道嗎？

私人敘述也是歷史

準確地說，我的寫作屬於私人敘述，屬於細枝末節，微不足道，也無足輕重。任何人都可以將它覆蓋，讓它消失。儘管如此，我還是要把老故事繼續說下去，並維護自己已經寫出的文字。當下，任何個人的講述，都有可能是對官方書寫的糾正。因為官府老是在不斷地製造錯誤的歷史或虛假的歷史，別指望從官方那裏能提供什麼太多的東西。從海外出版的《黨史筆記》、《從延安一路走來的反思》、《墓碑》等一系列個人撰寫的文字和作品來看，這些民間的個人記憶，才有可能成為記錄歷史的主體。私人記憶當然支離破碎、筆拙粗糙。何方先生就有言在先，說自己的寫作是無資料可查，很可能記憶有誤。即使如此，他仍然堅持寫作。

這些私人性質的文字有着一份真實，甚至是驚人的真實。最近，廣東期刊《同舟共濟》（二〇一〇年七月）刊出《江青的親情世界》一文（作者楊銀祿，曾任其秘書），文章裏沒談什麼重要的政治事件，但是它的份量是任何一個關注中共黨史的人，都不可忽略的。從生活看政黨，從情感看政治，我深感震驚！江青和她的親生女李訥的關係十分怪異，乃至難以置信。文革中二人都是患者：李訥（已提升為《解放軍報》總編）有嚴重的失眠症，江青更是嚴重的植物神經紊亂，母女都要服用安眠藥。但母親管着藥，不許女兒服用，甚至明言，誰私自給了，軍法處之。李訥偏要服用，為此母女大失體面。一天（一九七二年四月底）李訥半夜三點闖入釣魚台十號樓，跟江青要兩粒安眠藥。結果，在江青臥室二人大吵。秘書、警衛、護士一齊跑進房間，只見江青坐在床上，大喘大吼道：「你們看，哪像我和主席的女兒，簡直是個潑婦。你給我滾出去，我再也不想見到你。」李訥坐在地毯上，也是大喘大叫：「你哪兒像個媽媽，你心也太狠了，你只知道關心自己。」這個私人敘述是歷史嗎？是真的嗎？你信嗎？我信，太信了。這個細節使我看到中共頂級人物的生活樣態，而這個樣態又使我認識到共產黨政治對人性的毒害與精神毀損。

這些可稱為「國母」與「公主」的人雖囂張，卻也可憐；近看囂張，遠觀可憐。李訥的婚姻也是費盡周折，她生的兒子讀小學了，看着路上的孩子穿皮鞋，拿着冰棒吃，他也想穿皮鞋，吃冰棒。對接他回家的警衛員說：「我不吃冰棒了，省下錢來買皮鞋。」那位警衛員用自己的五分錢給他買了冰棒。他趕緊接過去，連說：「謝謝叔叔。」用舌頭慢慢舔着吃。警衛員覺得孩子真可憐，這可是龍子龍孫！那時他的外公外婆以及母親，正在政治舞台上叱吒風雲、耀武揚威呢，多麼詭異啊。歷史真相往往達到令人難以想像的程度。

這就是中國的當代歷史、中國的當代政治。百姓是想像不出的，作家也想像不出的。

總是對正面宣傳持懷疑態度

聯想到自己的遭遇，往往寢食難安——政權壓迫你，組織管理你，社會歧視你，朋友親戚也疏遠你。時至今日還有「告密」和「臥底」在監視你。從前家裏偶爾來個朋友，父親高興得要命，結果，人家把談話都彙報上去，且不止一個馮亦代。而今，我也在經歷父親曾經的經歷。我在一篇文章裏寫了，在民盟中央參加一個中青年統戰理論座談會。我在會上的發言和會下的聊天內容都及時彙報統戰部，連我坐的位置都有平面圖繪製標出。去年，我去新疆石河子大學看望賀衛方，人還未去，石河子校方就接到了通知。面對如此嚴酷的現實，你不想也得想：這是一個什麼社會？這是一種什麼制度？為什麼會這樣？它迫使你不停地追問下去。所以，我的思考特點總是對正面宣傳持懷疑態度。一方面這是從父親那裏繼承下來的；另一方面，現實的許多荒唐之事也不得不使你心生懷疑。比如對汪精衛，在學校老師說他就是個大漢奸、大壞蛋。回到家中，父親告訴我汪精衛是怎樣的漂亮，連徐志摩、胡適都欣賞。父親還在飯桌上背誦他的詩——「慷慨過燕市，從容做楚囚。引刀成一快，不負少年頭。」詩寫得好，張伯駒也說寫得好。哀蒼生，痛名節，這與政治不是一回事。

父輩及民主黨派

父輩的一生當如何評價？歷史會做最後的歸結。我只是在講父輩的故事。我的故事人物主要是父輩，即章伯鈞、羅隆基、儲安平一代人。

那一代人徹底消逝了，他們走的時候，一句話都沒說，悄悄地死了，無人知曉，官府也不想要大家知道他們。看看大陸現在遍佈全國的教育基地，哪一個教育基地是紀念他們的？我的一個表哥死在渣滓洞，是民盟成員，也很悲壯。沒人提他，提的是江姐。所以，我始終就覺得父輩們在天堂看着我，神色悲哀。既然官府不講，那我就要講講他們，當然講的都是皮毛。我沒想過為中國當代史學做貢獻，也沒有想在中國文壇冒一頭，更沒有考慮利害得失。

父親是個社會活動家，交往的圈子非常大，有國民黨，有共產黨，還有第三黨。我也就跟着他在這個大圈子裏瞎轉悠。我寫的內容基本屬於這個圈子裏的人與事，今後繼續寫作的話，仍然也出不了這個圈兒。香港出版過一本書，書名叫《統戰秘辛》，作者是中央統戰部的一個中層幹部。雖然他接觸的民主人士多是後期人物，但也很能看出些中共統戰的門道。我不寫門道，也不懂門道，我是寫人物，説故事。也許從人物的命運裏，多少也能看出統戰的門道。

別人覺得我的寫作是比較成功的，我心裏清楚，自己無非是沾了父輩的光。一九四九年後人們寫的是國共雙方，幾乎無人涉及中間勢力和民主黨派。以前寫共產黨很香，改革開放以後寫國民黨也很香，但民主黨派仍是空白。這些黨派以知識分子為主體，主張實行西方式的民主憲政，對國共兩黨極端對立的政治立場持批評態度，都不具備軍事實力。

對民主黨派的剿滅是早晚的事。內戰後的共產黨打敗國民黨的大勢確立，今後的政治格局如何？毛澤東與斯大林是有切磋的。一九四七年十一月三十日，毛澤東致電斯大林説，一旦中國革命取得最後勝利，按照蘇聯和南斯拉夫的經驗，除中國共產黨之外，所有政黨都應該退出政治舞台了，這樣將會加強中國革命的勢力。斯大林不贊成毛的意見，他在一九四八年四月二十日的覆電中説，中國各在野政黨，代表着中國居民中的中間階層，並且反對國民黨集團，所以應該長期存在，中國共產黨將不得不同它們合作，反對中國的反動派和帝國主義列強，同時保持自己的領導權，即保持自己的領導地位。可能還需要這些政黨的某些代表參加中國人民民主政府，而政府本身也要宣佈為聯合政府，從而擴大它在居民中的基礎，孤立帝國主義及其國民黨代理人。應當考慮到，中國人民解放軍勝利後建立的中國政府，就其政策而言，還是民族革命的，即民主政府，而不是共產主義政府。目前還難以預料這將持續多長時間，至少在勝利後會是這樣。——斯大林一錘定音，同時也充分暴露了毛澤東對民主黨派的真正態度，以後他搞的一系列針對知識分子的政策和運動，就是個必然。

民主黨派有兩個活躍期，這也是民主黨派歷史上的兩個亮點。一是上個世紀的四十年代（從抗日到內戰），其活躍程度從我寫的幾篇關於羅隆基的文字裏可以看出來，他是那麼的意氣風發。羅隆基在李公樸被害後集會的演講是何等的慷慨與精彩！感動得鄧穎超掉下眼淚，握着手不停地感激、感謝。大名士張伯駒（民盟盟員）為了文物不致落到日本人手裏，拿出大洋、黃金直至變賣房產和地產搶到自己手裏。為了躲避大舉進攻的日本人，他和夫人潘素把字畫縫在被褥裏，一路西行。這不僅僅是張伯駒夫婦的風采，也是民盟的風采。那個時期的民主黨派從事的是真正意義的政治活動。最大成果是一九四六年一月三十一日，國民黨、共產黨、民主同盟、青年黨和社會賢達五個方面參加的政治協商會議，通過了《國民大會案》、《憲法草案》、《政府組織案》、《軍事問題案》、《和平建國綱領》五個決議，確認「政治民主化」、「軍隊國家化」及黨派的平等合法。

另一個亮點是上個世紀的五十年代（至一九五七年），儲安平從九三調到《光明日報》

當總編的幾十天裏，報紙發生了的徹底改觀。共產黨報紙不登的他偏要登，派出許多記者到全國各地搜集信息，他要的就是獨家新聞，還公開説，黨報工作經驗已經過時，當回到從前舊報傳統。章伯鈞在兩個月時間裏，天天請客，也是搜集共產黨執政的失誤。章伯鈞的『政治設計院」，羅隆基的「平反委員會」，儲安平的「黨天下」，代表了民主黨派在一九四九以後發出的要求政治民主的呼聲。這很像在野黨了，難怪鄧小平説，章伯鈞殺氣騰騰。

《統戰秘辛》一書中也曾揭示，毛澤東是早晚要收拾第三勢力的。早在上個世紀五十年代毛澤東就説過：共產黨第一怕人民群眾，第二怕民主黨派。後者也是最令他頭痛的。「頭痛」的原因，大概有三：一、民主黨派是中共同路人，也是「開國元勳」，不可輕易剿滅，歷史上名聲不好。二、聯繫着數百萬知識分子和數百萬工商業者。民眾中信馬列的少，大多數處中間狀態，民主黨派的影響力大。三、有外國勢力的支持，他們當中的實力派都是「海歸」。所以毛澤東執政之初，《共同綱領》裏保留了聯合政府的理念框架，也並未從字面上強調「中國共產黨的領導」和軍隊的掌控。羅隆基還傻呵呵地表態，説民盟隨時可以退出政權，成為在野黨。

時交子夜，月晦星沉。數月後，一九五〇年三月二十一日，中共中央統戰部長李維漢宣佈：各民主黨派已決定不在工人、農民和人民武裝部隊（包括軍事學校和機關）中進行黨派活動，民主黨派只能在知識分子中上層發展成員。一九五二年又提出：在各民主黨派內應當有一部分共產黨員和非黨的革命知識分子，他們與左翼分子結合起來，形成骨幹，共同執行團結中間分子，爭取右翼分子的任務，使各民主黨派能夠成為我黨團結教育和改造上述各階級、階層的助手。——這下子好了！以交叉黨員為骨幹掌控民主黨派的原則，從組織上徹底完成了對它們的改造和瓦解。這個「交叉」幹部的典型形象，就是我在《這樣事和誰細講》一書中描述的李文宜。這個李大姐經常參加開各種會議（很多是秘密的），她什麼都關心，什麼都過問，不分大小輕重，諸如張畢來的孩子問題啦，史良想當副委員長啦，吳晗有多麼自私啦，她把這些東西彙聚起來，統統寫成文字材料，呈交中央統戰部。李文宜等交叉幹部，隔段時間就給民盟中央的重要人物按左中右劃線、排隊，並隨時調整統戰策略。正是從組織入手，民主黨派迅速瓦解了，猶如一個文質彬彬、風韻猶存的婦人，剎那間佈滿了褶皺和壽斑。

現在，各黨派的正副主席都是黨員，都是「交叉」。當然除了「交叉」，還有臥底。人家早在一九四九年就「臥」了。章伯鈞一九四七年在香港的家裏，對中國農工民主黨朋友講：「你們怕和中共抵觸，我說就是要和中共爭天下。」一九四八年，又在一個私人場合講：「毛澤東是中國歷史上第一個大流氓，只許他當流氓，就不許我當流氓？」等等，那時的「臥底」就立即彙報了，可見，馮亦代還算不上第一代「臥底」。

把民主黨派負責人的地位抬得越高，他們講話的聲音就越低，也算得「痛而不言，驚而不亂」。一路後退，只剩下「擁護」和「表態」。民主黨派創建時的民主憲政理想已被淡忘，功利化、機關化、邊緣化的現象十分突出。説的是「長期共存，互相監督」。其實民主黨派在監督方面無所作為，甚至其自身也難以抵禦腐敗。它們已經沒有獨立的政治主張，按照國際流行的政黨概念，政黨應有獨立的政治綱領、組織體系、經費來源、群眾基礎等，而這些都不適用於「中國特色」政黨制度下的民主黨派。在執政黨宣佈自己代表先進生產力、先進文化和最廣大人民根本利益的同時，民主黨派宣稱沒有自己特殊的利益；當越來越多的公共知識分子參與到公民維權行動中時，其中並無民主黨派的身影；當理論界熱烈探討政治體制改革、民主和民主社會主義時，人們幾乎聽不到民主黨派的聲音。這無疑是一種歷史的諷刺。新發展的民主黨派成員對本黨的歷史傳統和理念十分隔膜，更多的是功利上的企盼與訴求。知名人士加入民主黨派，如同坐上「直升飛機」，相比於執政黨內的升遷要快得多。這令很多注重政治身份而不在意實權的人，看到了一條終南捷徑，甘願在黨派大樓裏，把午後明亮的陽光坐成暮色蒼茫。

一晃，就是半個多世紀。葉有敗落，花已凋零。父輩沒能進入春天，但這不妨礙他們曾經有所作為的一生。

初稿為二〇一〇年香港書展的講話，寫於二〇一〇年夏，改於二〇一六年秋

李宗恩和孩子

貌似一樣憐才曲　句句都是斷腸聲

——《李宗恩先生編年》讀後

楔　子

二〇一二年九月二十二日，我應私人邀請參加李宗恩先生（一八九四—一九六二）誕辰一百二十周年座談會。

走進北京東單三條「協和」老樓會議室，我很吃驚：牆上無條幅，桌上無鮮花，室內沒有服務員，室外沒有簽到簿。靜悄悄的，乃至冷清。咋啦？座談會的規格低到無規格。唯一吸引人的地方是與會者，清一色銀髮老人，人人衣冠整潔，個個舉止得體。我掃了一眼，只認得蔣彥永先生。

他見我，即問：「『協和』請你了嗎？」

答：「我是受李家親屬之邀。」

又問：「你認識李宗恩？」

又答：「我不認識，父母認識。李宗恩劃為『右派』，是因為父母的緣故。所以一定要來。」

會議開始，先播放視頻，內容是一位記者的隨機採訪——把當下協和的頭頭腦腦、上上下下，都採訪到了。問的問題只有一個：「你知道李宗恩嗎？」

回答也只有一個：「不知道。」

我看過一本寫協和往事的書，洋洋灑灑數十萬言，涉及李宗恩的文字寥寥數語。顯然，這是一個被時代遺忘的人，也是被協和忽略的人。為什麼「忽略」、「遺忘」？因為他是舊社會協和醫學院第一個握有實權的華人院長[一]，更因為他是一九五七年醫藥界最大的右派分子。

會議的主持人是現任美國洛克菲勒中華醫學基金會（Chinese Medical Board）主席瑪麗·布朗·布拉克女士（Mary Brown Bullock），她從大洋彼岸飛抵北京，就是專程來主持這個紀念會，並做演講[見附件]。盡人皆知，美國洛克菲勒基金會在中國的一個創舉，就是建立協和醫學院及其附屬醫院。一九一六年協和醫學院選址動工，一九二一年落成並正式命名。醫學界人士很清楚：在那個時代，美國約翰·霍普金斯大學醫學院代表着國際醫學最高水平，協和醫學院正是以約翰·霍普金斯大學醫學院為「藍本」，教學、臨床、

一　劉瑞恒（一八九〇—一九六一）公共衛生事業創始人 哈佛醫學博士 一九二九年國民政府教育部規定高等院校的校長必須由華人擔任，遂於是年被任命為協和醫院院首任華人院長。原院長退為副院長。劉一直在國民政府擔任重要職務，實際上協和醫學院行政領導權仍在美國人手中，而李宗恩為協和醫學院史上握實權院長的第一人。

科研三位一體，從總體架構到具體標準，一切向它看齊，模擬仿照過來。北京協和醫學院（及其附屬醫院）是洛氏基金在二十世紀上半葉對華（單項）援助出資最大、時間最長的項目。令人欣慰的是所有的援助與付出，都沒有白費。幾十年間，協和（即北京協和醫學院及其附屬醫院之簡稱）在中國開創了八年制臨床醫學教育、高等護理學教育之先河，在培養醫生、建設醫院以及醫學研究等方面成績斐然，很快成為亞洲醫學和研究方法的最高標準，對日本、印度的高等醫學院也都產生了不小的影響。太平洋戰爭爆發，協和被日軍佔領，受到嚴重破壞。戰爭剛結束，國民政府行政院長宋子文立即致函洛氏基金會要求盡快恢復協和的一切工作和項目。當時的基金會董事長小約翰．洛克菲勒在回函中說：「協和醫學院的工作是我們皇冠上最明亮的鑽石，我們有最強烈的義務繼續支持中國的現代醫學。」

一九四六年，再派考察團赴華，根據需要由中華醫學基金會再撥款一千萬美元。由當時的協和董事長胡適任命李宗恩為協和醫學院院長。

一　家世

光緒二十年（一八九四）中秋（九月十日），一個男嬰降生在江蘇武進縣青果巷內一個士大夫家庭。祖父給剛剛出世的長孫起名「宗恩」。嬰兒的父親叫李祖年，恩科中進士二甲八名。高中後，被欽點翰林院庶吉士。

一九〇二年，李祖年在益都（清州）做知縣，開辦了當地第一所新式小學。為了號召當地士紳把孩子送進新式小學，帶頭把李宗恩放在那裏受業。

一九〇九年，李宗恩入上海震旦大學學法語，那年他十六歲。

一九一一年，李祖年出任山西財政廳廳長。喪偶不久的他，決定讓十八歲的兒子赴英國留學。李宗恩剪了辮子，上了海輪。對於留洋，他沒有一般年輕人的遠大抱負和熱烈憧憬，只是說：「十八歲時，我偶然地出了國。當時並未想到我為何出洋。到了英國，因為官費是指定給學醫的人，我就學了醫。及至學了醫也就安心讀書，安心做事；等到後來想到該回家的時候已經近三十歲了。」[二]

一九一三年，李宗恩進入英國著名格拉斯哥大學醫學院。七年間的學習課程依次為：植物學，動物學，物理，化學，解剖學，生理學，藥物治療、病理學，法醫，公共衛生學，外科，臨床外科，內科，內科實習，產科。保存至今的格拉斯哥大學檔案裏，注明李宗恩就讀期間獲臨床內科二等獎、年級第十三名。之後，他赴倫敦熱帶病學院，在Dr. Leiper的指導下工作，很快獲得熱帶病/公共衛生證書，還幸運地參加了英國皇家絲蟲

二　《我和協和醫學院》，《人民日報》一九五二年一月九日。

病委員會赴西印度的熱帶病考察。

一九二三年，李宗恩在格拉斯哥格西部醫院（the Western Infirmary）做駐院醫生，工作出色。一位醫生（Dr. Cathcart）談及對李宗恩的印象，說：「他非常有人格魅力，所有的人都很喜歡他。他工作上能吃苦而有責任心。」在英國，李宗恩興趣廣泛，和一些中國留學生一起創建了留英同學會。

三十歲的時候，李宗恩覺得自己該回家了。去接他的兩個弟弟覺得大哥果真與眾不同，尤其是那副眼鏡，既無「腳」，也無「框」，鏡片是靠一個金屬夾子夾在鼻樑上的。在其攜帶的書箱裏，除醫學方面的典籍文獻，還有英國文學作品以及探討社會問題的著作。李宗恩此番回國，還與感情問題相關。出國時他與表妹何晉訂婚；留學期間與一個英國女同學相愛。在父親家書「歸國完婚」的催促下，他考慮再三，向異國女子陳述了自己的家庭狀況與尷尬處境，終獲諒解。此後的數十年間，遠隔重洋的情誼並未中斷，始終隨身保留着英國女友的信件。

李宗恩先到達上海，而他要去的地方是北京，因為北京有個協和。他這樣說：「我不願依附家庭，希望脫離家庭而獨立。北京的協和是當時全國設備最充實的一個醫學校，我認為它適合我個人的志願和興趣……」[三]

三　《我和協和醫學院》，《人民日報》一九五二年一月九日。

一九二七年初夏，李祖年突然去世。丟下續弦和三個孩子。李宗恩從北方趕回老家。辦完喪事，他建議繼母帶着三個年幼弟妹去北京與他同住。毅然決然地承擔起長子的責任，這給了新寡的繼母極大的安慰。

他靠一生的品行來擁有自己的朋友與至愛。

二　硝煙

在協和從醫從教，李宗恩各方面表現非凡，專業出眾，且具備良好的管理能力。當時的副院長狄瑞德醫生在備忘錄裏，這樣寫道：「我認為李醫生是內科中國醫生中最有前途的一位。他在臨床和研究方面表現出不同凡響的能力，我相信，他是那種不但在自己的專業上出類拔萃，而且可以影響和帶動其他人的人。我深知，在協和的年輕中國人裏，他是最值得鼓勵和支持的一位。」李宗恩從助教、講師、副教授擢升至襄教授。他以深廣的內科學識、豐富的臨床經驗和誨人不倦的責任感，贏得了學生們的敬佩。一九三七年，李宗恩由於「在臨床、教學和研究方面出色的能力」，被中國醫學基金會任命為講師。

一九三七年七月，日軍炮轟宛平城。也就在七月的第一個星期，國民政府教育部王世杰部長邀請協和醫院的李宗恩、北平護士學校的楊崇瑞校長（協和醫院婦產科專家）、武漢大學的湯佩松教授和在南京工作的朱章賡（教育部醫學教育委員會常務委員兼秘書、公共衛生專家）四人，一起討論，決定在武漢大學成立一個醫學院，並指派他們為籌備人。因華北形勢動盪，會議草草結束，各自回原校分頭籌備。

「八一三」以後，抗戰全面展開。經淞滬血戰，上海淪陷。戰線隨之西移，抗戰形勢趨緊。李宗恩接到通知：教育部決定將正在籌備的武漢大學醫學院改建到更為安全的大西南，成立國立貴陽醫學院，以接納從華北及其他敵佔區退下的醫學院學生。該院的籌建仍由李、湯、楊、朱負責。十一月十九日，李宗恩離開北京。十二月三十一日，教育部下達聘書，聘請這四位醫學專家為貴陽醫學院籌備委員，李宗恩為籌備委員會主任委員。

經過緊張籌備，一九三八年三月一日，國立貴陽醫學院宣告成立，教育部正式聘任李宗恩為院長。校方順利地租賃了別墅、會館以及寺院，經過修繕，六月一日貴陽醫學院正式上課。自籌備委員會成立以來，在漢口、重慶、長沙、西安、貴陽五處設立招生處，共收容戰區退出的失學醫學生及護士助產士學生計三百餘人，他們來自三十餘所院校。學生們年級不同，學業參差不齊，故採取分班教學，實行類似協和的導師制。導師及學生的分配，在每學年開始後二周內由訓導處公佈，導師負責受導學生學習、生活之責。這種導師制十分有效，一直延續到一九四九年。一個學生曾這樣形容在貴醫的讀書生涯：「開辦之初，設備簡陋，沒有甚多的教室，而致解剖學在院子裏上課，把人體骨骼掛在樹枝上講演。一些教室也是臨時搭成的茅屋。下大雨的時候，教室寢室往往變成澤國，沒有自修室，在飯廳裏自修，每人發凳子一張，上實習，上自修，背着凳子到處跑。天晴的時候，還好，一逢下雨，泥濘三尺，真有『行不得也』之苦。一年級宿舍是在山上，離開教室有半公里左右。晚間自修完了回去，不但要摸黑路，而且還怕土匪和野獸（山上常鬧豺狼和土匪）。解剖實習的骨骼不夠分配，學生常常跑到山上，挖取野墳的骨骼。在物質條件如此低劣之下，師長們誨人不倦，同學們埋頭苦學。當時幾乎全國知名的教授，均薈集在此，貴陽醫學院聲譽鵲起，遂有小協和之稱。」[四]

兩年後，貴醫的學生畢業了！一九四〇年二月二日晚首屆畢業典禮在敬思樓舉行，醫科第一屆畢業生二十六人，醫士職業科畢業生第一屆護士十六人、助產士十一人。典禮上，男着中山裝，女着旗袍。畢業生也是穿着整齊，或黑色中山裝，或白色制服。會場佈置莊嚴隆重，校門有松柏彩牌樓聳立，兩側書有楹聯：「畢業即始業，祝諸君鵬程萬里；新生繼舊生，看吾校異彩常留。」與會者有省主席、教育部代表、教育廳長、大夏大學校長、湘雅醫學院院長等。典禮在樂曲中開始，李宗恩致詞。他說——

四　駱炳煌的學生。參見其撰寫的《十年》。

「我熱誠的向諸位道賀。但是從我的職務上，以及對於諸位的私誼上，都感覺彼此相處的日子太短了。我對於諸位有無限的希望，在諸位畢業離校的時候，願意從自己的生活經驗中提出一些重要的心得來貢獻給諸位。

「我們無論求學、辦事，都必須有科學的態度。我對於科學態度的解釋，認為應該是避免主觀，注重客觀。主觀太強，理智容易給感情蒙蔽，會不知不覺的走入錯路。注重客觀就必須有冷靜的頭腦，才可以充分運用他的智慧來求學來辦事，才會有良好的成就，才會有不斷的進步。就是處世方面，也要有科學的態度，才能夠檢討自己，體諒他人。這種心平氣和認真做事的生活風格，實在是受過高等教育者應有的修養。

「求學辦事僅有科學的態度還是不夠，如果沒有一種動力，所謂成就與進步還是沒有把握的。這種動力必須有健全而有意義的精神生活的人才有。在西洋社會宗教信仰是人們健全精神的基礎。有人說，主義信仰也可以成為人們健全精神的基礎。我以為一個人能夠有一種固定的事業慾，也可以使他的精神生活達到健全而有意義的境地，因為有固定的事業慾的人，必然是意志堅定的，必然能夠不惜犧牲為他的事業向前作艱苦的奮鬥，像有宗教信仰或者主義信仰的人一樣。這樣的人，他一定能夠從他的事業中得到滿足，得到他特有的樂趣，他活一天覺得有一天的意義，他的心境永遠是樂觀而且積極的……」

我反復閱讀這篇致辭，感慨良多。與其說他是在勉勵學子，不如講是在歸納自己——「無論求學，無論辦事，都必須有科學的態度。」——李宗恩不正是這樣辦學的嗎？「心平氣和認真做事的生活風格。」——李宗恩不正是這樣生活的嗎？「一個人能夠有一種固定的事業慾，也可以使他的精神生活達到健全而有意義的境地。」——李宗恩不正是達到了這樣的境地嗎？最令我欽佩的是他的這種人生態度貫穿於生命之始終。即使在「反右」之後，「山巔秀木，摧杌為薪」，對一個不懂政治的人來說，內心渺茫惶惑可想而知，但依舊恢恢然君子形貌。我覺得李宗恩的幾十年的醫學教育實踐，有如廣袤高原上的冬雪，綿長細密，無聲無息又盡心盡力。

臨床是醫學院教學的重要組成。一九四一年，為了讓貴醫有臨床教育，李宗恩和楊濟時籌集了部分資金，在貴陽市陽明路兩廣會館，因陋就簡，設置十張病床，成立了貴陽醫學院附屬醫院，由楊濟時任院主任。而在此以前，學生的教學實習和臨床實習都有賴於省立醫院。醫學從來都是嚴謹刻板、乃至冰冷的，加之物質匱乏，生活艱苦，為消解學生日常生活裏的冗繁、乾枯與瑣碎，李宗恩居然組建了一支口琴隊！用節省下來的院長辦公的經費，在香港訂購了各型口琴。經過訓練，沒過多久，什麼《比翼鳥》、《雙鷲進行曲》、《漢宮秋月》等樂曲，都不在話下，還定期在貴陽市內公演和電台播出，且成為貴陽最有名的口琴演奏隊。繼而他又建立了話劇隊、國劇隊。前者，為貴陽市捐獻慰勞籌款公演，自己還參與《叔叔的成功》等劇目的演出。後者，為勞軍、賑災、募捐等義務也演出多次，劇目包括《玉堂春》、《武家坡》等。風流盡顯！舊時代一個受教育充分的知識分子在文化上的深度以及個性之飽滿充盈，令人感佩。幾年下來，在西南邊陲，於荒僻之地，李宗恩等一流教授以血水奔流的方式，培養出合格的醫科學生，由是激發出人們在戰爭中拯救生命的熱望。化育人才，弦歌不輟。這所原本不為人知的貴陽醫學院，在硝煙中越發顯得崇高和厚重，引得燕京大學司徒雷登等人也來貴陽參觀。有如一條緩慢的水流因高壓而成為壯觀的噴泉，在戰爭陰暗縫隙中迸射出一線奪目的光亮！

轉眼到了一九四四年的冬季，日軍節節西進，由廣西逼近黔省，貴陽一夕數驚。省政府命令各機構和市民疏散，貴醫決定遷往重慶歌樂山。沒有汽車等運載工具，長途跋涉只有徒步而行。李宗恩把自己僅有的黃包車，卸下兩隻輪盤，給同學們用來拖運行李。「在動身的那一天早晨（十二月七日），師生齊集附屬醫院門前空地。天氣陰沉，寒峻的北風吹得房屋在戰慄，也吹去心頭的溫暖，大家有說不出來的悲涼與淒清。（李）院長在一個簡單的演說以後，哽咽着喉嚨，流着眼淚，顫抖着聲音說道：『我們來唱——唱一個校歌。』在場的人已是泣不成聲。」五 師生們並不恐懼日本人的兇暴，也不考慮個人的安危，之所以痛哭是惟恐這剛長成的貴醫因經不住狂風暴雨，而枯零凋萎。

在戰火中在遭遇苦難，在苦難中堅持不懈，國立貴陽醫學院以「永遠獨立」的風姿完整地保存下來。李宗恩儘管承受許多周折乃至誤解，但他懂得作為一個院長的第一意義，就是負擔起自己的責任。出色的業績，使他榮獲了中華民國政府頒發的「抗戰勝利勳章」。獲此勳章的，有國民黨數十位高級將領：何應欽、程潛、閻錫山、馮玉祥、李宗仁、白崇禧等。有八路軍三位將軍：朱德、彭德懷、葉劍英。

在此期間，朱家驊、王世杰二人以介紹人身份為李宗恩辦理了國民黨黨員手續。按照當時的規定，學校的校長、教務主任及訓導主任應是國民黨員。為了千辛萬苦辦起來的貴醫，李宗恩接受了這個事實。而萬萬沒有想到的是——此後二十年，在反復的政治歷史審查中，卻不得不一次次地面對這個「事實」。

抗戰結束，恢復協和的事宜立即提到日程上來。經費方面由美國資助；董事會是中美成員的組合；管理方面則明確要求一個全職中國院長，一個美國副院長，皆由協和董事會選出。中國院長候選人有四五位。包括劉瑞恒、林可勝、張孝騫、李宗恩。一九四七年三

五　駱炳煌的學生。參見其撰寫的《十年》。

月十二日協和董事會在上海召開會議，選舉李宗恩為協和醫學院第一任中國院長，Dr. Alan Gregg為副院長。

三月二十三日，李宗恩電告胡適：「I feel unequal to the great task which the PUMC Trustees did me the honor to entrust to me. I beg you to give me one week to enable me to think over the matter carefully and to make arrangements for the Kweiyang Medical College affairs before I can make any final decision.」（譯文：協和董事會的任命以及給予我的榮譽和信任使我感到力所不及。請允許我要求一個星期的時間給你最後答覆，讓我認真考慮如何安排貴陽醫學院的工作。）

三月三十一日，李宗恩給胡適電報，表示接受任命。當時擔任董事會主席的胡適對李宗恩的人品、學識和才幹，深信不疑。他在信中這樣寫道：「在你的領導下，我們相信，新協和將會像過去一樣，對中國的醫學教育做成重要貢獻。對此，你將有我們的信任和支持。」

這個在協和任教十四年的人擔任院長後，便拿出全部精力從事「復校」工作。恢復一所醫學院，錢乃首要之事。美國洛氏基金及時出手，決定繼續採用一年一度的撥款方法。李宗恩最頭疼、最棘手的事就是管理協和的財務。當時匯率極不穩定，為了交涉美元和法幣的兌換率，他與中央銀行總裁張嘉璈打了無數交道。日記裏，李宗恩甚至詳盡地列出匯率的計算方法，而這樣的預算計劃則是他每個月的「作業」。難怪美國方面感歎道：「世界上沒有任何醫學院的預算，像協和醫學院的預算那麼複雜。」

與錢同等重要的是人。恢復後的協和，該怎樣辦學？李宗恩極為明確的想法就是保持「協和標準」——即「教學品質高於一切」。除了聘請國內外醫學家擔任客座教授，協和以自身鉅大的吸引力、影響力，把戰爭時期散落各地的資深醫學教授都「搜索」回來。經歷渺渺程途，跨過滾滾長江，聶毓禪[六]帶着幾十名學生，走過一千九百公里行程，由成都回到北京。婦產科專家林巧稚於一九四八年五月，回到協和婦產科。同年秋天，內科專家張孝騫從「湘雅」返回協和，擔任內科主任。師生踏進協和大門，眼前一片殘缺：設備找不到，病床十五張，唯有綠瓦灰牆保留着舊日景象。來不及休息，大家放下行囊，就着手重新開課。這些一流醫學家表現出「收拾起大地山河一擔裝」的英雄氣概：到庫房查找可用的設施；把拆散的儀器拼接修理起來；把校舍重新打掃刷新；向董事會提交購買新鍋爐計劃；簽訂全年燃煤合同；為講授人體解剖學，跑到北京大學「借」屍體。艱難之中，協和以不可思議的神奇力量，迅速恢復生機。這兩年在協和歷史上被稱為「白銀時代」。

白銀時代，奪目而短促。

六　聶毓禪（一九〇三—一九九七），女，護理教育家，護理管理專家，公共衛生護理家，被稱為中國高等護理教育第一人。

三　去留

常聽人這樣說：「誰讓他們（指老一代高級知識分子）不去台灣！結果呢，戴帽的戴帽，劃右的劃右，下放的下放，慘死的慘死。後悔吧？要是早早去了台灣，一輩子不會倒霉。」一枯魚過河泣，何時悔復及。這個「早早」，是指政權易手的前後，而「你們」為啥不去台灣？則成為大陸一個久久議論的話題，是走還是留？這句話，就像哈姆萊特「生存還是毀滅」的台詞一樣，無休止地提出。

一九四八年，國民政府有個「搶救學人」行動，即胡適、傅斯年親自出面動員一些頂級學者教授離開北平，飛赴台灣。其中被他們動員的人物裏，最有名的一位叫陳寅恪。胡、傅等人多次勸其南下、東渡，陳寅恪夫人還曾一度滯留香港。但最終未赴台，他拒絕了，落腳在廣州。一九四九年後，上面幾次派專人來廣東，恭請陳寅恪赴京，他拒絕了，儘管新政權有多個重要職務和頭銜在虛席以待。

在國民政府開列的名單裏，也有李宗恩。他也回絕了，說自己要留下。他們當時為什麼要留下？此後，許多人不停地追問？包括今天的年輕人。寫李宗恩過程中，我也思索這個問題，還向別人討教。歸納起來，大致有以下幾點：

一、這些學者、科學家絕非一人東渡，獨自飄零。他們要帶上一大家人；要帶上半輩子積累的書籍、資料；要帶上所有的家私；要帶上捨不得丟棄的零零碎碎。一句話，奔赴台灣就意味着連根拔起，永不回頭。而不傷一枝一葉地「移栽」至台灣，需要一大筆錢，需要充沛的精力，需要人力和幫手，需要埋葬許多珍貴的感情，需要扭轉許多習慣，需要割斷許多良好的關係……還有永遠帶不走氏族血脈、鄉土老宅、飲食口味、興趣愛好，以及長滿青草的祖墳。遠非兩張機票、一走了之那麼簡單。這些嚴峻冷酷而又極其現實的問題，是阻止遠行的力量。這種力量之大、之細、之深，可以壓倒一個簡單的政治判斷。

二、這些學者、教授、科學家對問題的思考，大多不屬於政治性思維，也就是說基本上不是從政治上的「左」和「右」，來選擇自己的未來。他們一心牽掛和始終惦記的只是學術、學問、學科、專業和技術。在大陸幾十年、或研究或執教，都累積起相當雄厚的物質基礎和精神資源。如，有較好的研究環境（大學或研究機構），有館藏豐富的圖書館，有設備比較完善的實驗室，有互相信任的同事，有可以取長補短的同行，有十分得力的助手，有成批的學生，有廣泛的社會聯繫。他們在各自的領域，說不上呼風喚雨，也算得如魚得水，而漂泊至孤島，則一切從零開始。兩相對比，孰輕孰重？無須細算，任何一個以專業立足，以學問為本的人，心裏都很清楚。記得台灣中研院近代史所的一位研究員曾對我說，自己看過一些知名專家上個世紀四十年代末的信札，當其得知先期抵達台北的同事幾家人都擠住在大大的倉庫，每家僅以鐵絲布簾相隔的情況，頓時全身涼透。心想：

到了那邊，要熬多少年，才能像在燕京、北大那樣生活和工作？有的教授則擔心一次永不回頭的遠行，自己的身體恐怕就吃不消……諸如此類，切切實實的問題都明明白白地擺在面前，而每一個問題的份量都關乎他們的畢生事業，每一個問題都超過了判斷「左」與「右」。

三、這三嘛，就涉及到對形勢的判斷和對時政、對中共的認識了。馮友蘭、湯用彤等人講過：他們之所以在解放時沒有走，主要是覺得國民黨非常腐敗，跟它走沒有希望；對共產黨則完全不瞭解。說句老實話，在韓戰爆發以前，沒有幾個人認為蔣氏政權在台灣能長久維持。有人推算，充其量存活一年或比一年多一點，毛澤東自會把它幹掉，就連美國白宮亦有所估計和準備。抗戰結束後，很多知識分子並不看好蔣氏統治，已是眾叛親離，行將土崩瓦解。包括儲安平在內，不認同共產黨，但更不滿於國民黨，他說：「七十天是一場小爛污（指幣值改革），二十年是一場大爛污。」儲安平以「拆爛污」心態對待國民黨，這句名言也最終導致《觀察》被查封。潰敗的國民政府並非像現在一些人說的那麼好。

至於對中共的認識，我想引用李宗恩寫給（美國）中華醫學基金會報告裏的一段話，很能說明問題：「不能忽視包括北平在內的中國北方政治格局的改變。如果這種改變成為現實，我們仍有理由相信，教育方面會有不受政治影響的一定自由度，雖然其重點可能有所改變。這個重點可能會在犧牲教育的標準和科學的基礎上轉向社會方面……」（原文：

「the possibility of a major political change in North China involving Peiping cannot be ignored. In that eventuality, it is still reasonable to hope that educational activities will continue to enjoy a large measure of freedom from political interference, though some shift in emphasis is possible. Emphasis may perhaps veer more toward the social aspects of medicine, at the expense of scientific education and standard.」）也就是說，在一九四九年前後，這些接受良好教育、學有專長的知識分子對共產黨執政路線方針和政策有所估計，估計會不同於國民黨，但也僅僅是「有所改變」罷了。誰也沒有意識到隨後到來的是一種翻天覆地的巨變，更想不到登台後的毛澤東會那樣肆無忌憚地胡作非為。說到這裏，不由得想起父親和羅隆基在家裏說的一段話：「我曾經是共產黨，對共產黨、毛澤東是有看法的，也瞭解他們的一套。但無論如何沒有想到這個黨是那樣的差，人是那樣的壞。」這話是說在土改、肅反、肅胡、反右、三年困難時期之後。即使砍了他們的頭，也想不到還有一個「文革」。而在一九四九年前後，大家都在熱烈期待一個不同於國民黨的新政權。所以，陳寅恪選擇了廣州，不奔赴台灣，也不靠近北京。李宗恩選擇了協和，因為台灣沒有協和，協和在北京。

留下，留下，「貌似一樣憐才曲，句句都是斷腸聲」。

四　易主

一九四九年十月，中華人民共和國成立。新政權對李宗恩表示出一定程度的尊重和熱情。政務院總理周恩來心裏明白：共產黨需要好醫院、好醫生。

一九四九年七月十三日，全國首次自然科學會議籌委會全體開會，邀請李宗恩出席。七月十四日，第一次科學會議籌委會會議揭幕，李宗恩為主席團成員，成員共四十一人。七月十七日，《人民日報》刊出中蘇友好協會發起人名單，上面有李宗恩的姓名。九月二十九日，李宗恩當選為中國人民政治協商會議第一屆全體會議代表。受邀參加開國大典，登上觀禮台。

江山易手之初，協和沒有被新政權接管，美國高級職員均回國述職。一九五一年一月二十日，李宗恩給洛克菲勒基金會發去電報，電文只有一句話：一月二十日本院收歸國有。——這是協和向洛氏發出最後的聲音。洛克菲勒基金會與協和的合作歷經三十五年後，驟然而止。也就在這一天，協和醫學院、協和醫院由中華人民共和國中央人民政府教育部和衛生部全面接管。學校和醫院改為：「中國協和醫學院」和「北京協和醫院」，並宣佈：院長李宗恩；學校和醫院的規章制度不變；經費由教育部撥款；教職員工原職原薪。

一月二十一日《人民日報》刊出接收北京協和醫學院的消息，全院師生員工歡欣慶祝。李宗恩表示堅決擁護，於二十六日發表談話，對未來的協和抱有信心。他說：「我們希望今後在教育方針上應有明確重點，或着重教育，或着重業務，或着重訓練。我相信在政府領導下，協和一定可以辦得更好。」意想不到的是，大洋彼岸的小洛克菲勒的朋友也寫下類似的話：「我們不應認為這將意味着，這所學校的用武之地提前終止了。其實不過是換了一種管理而已……讓我們希望、祈禱和相信，所有一切必將有最完美的結果。」

結果呢？

結果是於一九五二年的元旦，中國協和醫學院劃歸中國人民革命軍事委員會建制，即移交軍委。協和高級護校停止招生。與此同時，在全國範圍開展「三五反運動」，在知識分子當中開展「思想改造運動」。

一月九日《人民日報》在「用批評和自我批評的方法開展思想改造運動」的專欄裏，刊登了李宗恩文章《我和協和醫學院》。這是一個知名科學家、教育家響應號召，在政治運動中「自我反省」的開始。

一九五三年，協和醫學院停止招生，改為為全軍培養高級師資和提高部隊醫務幹部水平，向幹部進修學院過渡。對這樣「完美的結果」，李宗恩無話可說。

也有讓人興奮的事，那就是一九五四年《中華人民共和國憲法（草案）》的公佈。李宗恩為此而撰文，寫道：「在舊社會裏，我是一個不懂政治也不大過問政治的人，反動統治政府也不要我們這樣的人過問政治，這次我有機會參加了全國政協委員會所領導的學習和討論，我感到這是我生平最大的光榮，我深深認識到了一個公民的光榮權利。討論的過程中，充分地發揚了民主的精神，例如我們提到了科學研究工作的問題，這次公佈的憲法草案中第九十五條就明確地規定了國家對科學研究工作的保護和鼓勵。這次公佈了以後，還要展開全國的民主討論，這種充分發揚民主的精神，正代表了我們憲法的本質，它是為廣大人民的利益而服務的，是人民的憲法，這是和資本主義性質的憲法根本不相同的。」[七] 李宗恩之所以興奮，有這樣兩個原因：一是以為中國終於有了民主和法制精神；二是認定國家將對科學研究給予保護鼓勵。——這是一九五四年的事，那陣子，非但「不懂政治也不大過問政治的人」高興，懂政治的章伯鈞、羅隆基，儲安平也高興。因為都相信了那部憲法。

同年十二月十一日，《人民日報》以整版篇幅刊登中國人民政治協商會議第二屆全國委員會委員名單。與上一屆有所區別的是，李宗恩從科學技術界調整到醫藥衛生界。這個「移位」，更符合李宗恩的專業，也更符合需要。需要什麼？需要他出來講話，以協和院長的現身說法，在抗美援朝的政治形勢下批判美帝，批判知識分子的親美、崇美、恐美的思想傾向。

七 一九五四年六月十八日《健康報》。

十二月二十五日，他登上政協大會的講壇，他說——

「……經過五年來在黨的關懷和不斷教育下，我在思想認識上有了基本轉變，使我從美帝國主義文化侵略影響下解放出來。現在回想過去，我清楚地看到自己確是美帝國主義文化侵略政策所培養出了的典型人物。過去的協和醫院可以說是執行美帝國主義文化侵略政策的典型機構。美帝國主義就是這樣處心積慮地培養我這樣的一群人來散佈崇美親美的思想，以達其侵略的目的。

「我很早就到英國去讀書，長期接受資本主義的教育和薰陶。回國後，一九二三年我就鑽進了美國壟斷資本家煤油大王所創辦的協和醫院，在十餘年的過程中，我就被培養成為一個親美崇美、敵我不分、忘掉祖國、忠實為帝國主義文化侵略服務的代理人……從北京解放一直到一九五一年初接管以前這一階段中，我一方面堅持美國『標準』和『醫學教育制度』，一方面對政府的一些措施採取應付、拖延、抗拒的態度。當朝鮮戰爭爆發，美帝國主義文化特務婁克斯之流撤退後，我還向協和美國董事會彙報協和情況，並一再表示努力維持這樣據點，甚至在一九五〇年秋，軍委衛生部都為志願軍傷病員向協和商借病床時，我在思想上還很抗拒，唯恐摧毀美國的『標準』和『制度』，怕喪失這塊陣地。在一九五一年政府接管後，協和同美國的關係雖然斷絕了，但我在思想上還是反動的。處處還留戀着美國的『標準』和『制度』。

「接管後，在黨和上級的領導教育下，在群眾的督促下，經過一系列的政治運動，特別在思想改造的運動中所揭露的美帝國主義文化侵略的具體事實，我受到了深刻的教育，更由於黨對我的關懷和信任，讓我在原崗位上繼續工作學習，我得到了進一步改造的機會。我的頭腦逐漸清醒過來，認識到實質上我是在幫助美帝國主義執行其侵略政策。我痛下決心，徹底清除我親美崇美的反動思想，堅決同美帝國主義劃清界限，永遠站在人民方面，全心全意為人民衛生事業服務。」

這個發言，既是研究李宗恩的重要資料，也是研究當代知識分子心路歷程的重要材料。他作為某個領域的代表人物，不得不站出來表態，就像後來批判胡風，中國的名作家無不撰文表態一樣，誰都擺脱不了的時代語境。在一個談不上現代意義的國度，許多學科本不具備「獨立」、「自主」的意義，五四運動所形成的中國知識分子，又有「過度深入政治性」的嚴重傾向，以及「學而優則仕」的傳統觀念的作用，致使很多專業之士停留在「工具性」層面，始終不能上升到靈魂主體的高度，而中共意識形態在集權制度下的無孔不入，迅速成為主宰人的強迫性力量。於是，專業領域的「高大」與在政治上的

「卑微」，神奇般地融入同一個人的身軀。這一切，意味着中國知識分子心靈的波濤，將不再壯麗地飛濺起來。所遭之變，所遇之時，他們既是被逼的，也是自覺地走上「俯首帖耳」、「唾面自乾」的可悲道路，且註定要經歷大致相同的厄運。

五　劃右

一九五六年五月二日，毛澤東在最高國務會議上說：「春天來了，一百種花都要叫它開放，不要只讓幾種花開放，還有幾種花不讓它開放，這叫百花齊放。百家爭鳴是諸子百家，春秋戰國時代，有許多學說，大家自由爭論，現在也需要這個……在憲法範圍內，各種學術的思想讓他們去說，在刊物上，報紙上，可以說各種意見。」

章伯鈞現場聽完講話，興奮異常。跨進家門，西服都沒顧得上脱，就和家裏人講起毛澤東的「百花齊放，百家爭鳴」以及對民主黨派提出的「互相監督，長期共存」方針。不止是他，民主黨派和知識分子絕大部分都聽進去了，也都信了。費孝通撰文稱頌這是中國知識分子的「早春天氣」，儘管有人於此前的運動中受到審查或批判，但天真的文人總覺得未來多多少少還是可以期待的。

在中共直接推動下，各個民主黨派都放手大幹，招兵買馬，發展組織。按章伯鈞的計劃，希望農工民主黨在兩年之內發展，擴充到一萬五千人至兩萬人。每個民主黨派的組織發展方向是按界別劃分的，民革是國民黨前軍政人員及子女，民盟是高校，九三是科技人員，民進是中小學教師，民建是工商業者，農工黨是醫藥衛生界。在吸收人員方面，都注重吸收各個領域的頭面人物，和重要機構的組織建設。在農工民主黨，章伯鈞特別注意著名中醫施今墨、著名西醫李宗恩，特別注意中醫研究院、中醫醫院、協和醫院、中華醫學會等幾個大單位的支部設立。在這個政治背景下，李宗恩於一九五六年參加了農工民主黨，那時醫學界人士參加「農工」的為數不少，而毛澤東提出的「長期共存，互相監督，肝膽相照，榮辱與共」的十六字方針，對愛國知識分子而言的確具有吸引力。從一九五六年開始，李宗恩和章伯鈞夫婦開始了為期一年半的往來。往來的形式從開會、座談，到拜訪、吃飯。往來的前期內容是發展醫藥界人士參加農工黨；後期內容則是「幫助黨整風，大鳴大放」。

這是他們的交往，也是他們的罪行。比如，一九五七年五月在北京飯店，章伯鈞請李宗恩等五位醫學專家出面，做召集人，請醫藥衛生界高級人士座談「黨群關係」以及「有職無權」等問題。在會上李宗恩說：「協和以往是黨委領導，『黨委領導』四字對我很抽象，連黨委是誰我也不知道。」又說：「如說『牆』，協和有二道牆，一是黨群之間的牆，一是軍人與非軍人之間的牆。」這個座談會後來成為有名的「黑會」，僅次於民盟中央六月六日六教授座談會。李宗恩的這兩段話，即成為他定性為右派的證據。在「大鳴大放」階段，許多高級知識分子認為是一九四九年後政治上最寬鬆的時候。自然，李宗恩的話也就多了一些。他的話大多與醫科教育相關，大多與現代醫院的管理相關，這也是他久存於心的基本觀點，無非借鳴放的機會說了出來。

李宗恩說得最多的是建議把個別有基礎的醫學院恢復為八年學制，他堅持認為沒有質就沒有量，只有在提高的基礎上才能搞好普及。對於派來協和的進修人員，李宗恩總要強調標準，認為一些初級的培訓班之類，用不着交給協和，以免分散科研人員的精力。來協和進修的人，一定要有扎實的自然科學基礎知識和醫療衛生實踐經驗，對把因軍功而獲得較高軍銜的解放軍衛生員送來協和進修的做法，他持保留態度，他認為至少應該只培養那些可能成材的人，軍銜在這一點上不該起作用。——這是他的右派言論。

當時官方倡導西醫向中醫學習，認定中西醫結合是中國醫學發展的走向。李宗恩對傳統醫學的態度還是比較客觀的，對於中藥麻黃素提煉的成功，讚不絕口。對於針灸的效果，他從不輕視。但從他的科學主義原則出發，認為傳統醫學缺乏檢測手段，缺少科學的資料，應用時沒有太大的把握，所以對於西醫療效已經肯定的疾病，他就反對中醫介入。——這是他的右派言論。

對幾年來協和的工作評估，他認為「整天忙亂，成績不大；工作沒有制度，抓不住重點」。——這是他的右派言論。

當然，還有經章伯鈞的推薦，李宗恩擔任了中國人民支援埃及委員會委員、國務院科學規劃委員會委員；章伯鈞還準備推薦他擔任中央衛生部（非中共人士）副部長。——這更是他的右派罪行了。

到了一九五七年初夏，李宗恩何曾意識到事情正在發生變化，地下暗流湧動，天上烏雲聚集。那時，他住在協和老宿舍區（即一九一三年洛克菲勒基金會為外籍醫生修建的別墅），一棟兩層歐式小樓，四周有草坪，綠樹可遮陰。長子夫婦帶着小孫子與之同住，全家人正在等待另一個孩子的出生。李宗恩對從外地出差來京的大哥李宗蕖說：「我希望有一個孫女，等她長大了，就能挽着爺爺的胳臂一起上街。會有很多小伙子回頭看我的孫女，那時候我會很得意。」

不久，李宗恩得到了一個可愛的孫女；與此同時得到了一頂右派帽子。他的「協和」生涯戛然而止，一個國家政體的懲治力量迎面撲來。

中國知識分子生命的萎縮，不是從皺紋開始的……

六　拆遷

一九五八年二月四日，李宗恩接到中國農工民主黨中央委員會傳達關於處理右派分子決議的會議通知，開會地點是和平賓館。章伯鈞也接到通知，但是沒去，因為人家已經把農工黨中央一級的「劃右」名單送到住所，用意明確：希望他不去。名單上章伯鈞列在第一，李宗恩位列前十。李宗恩去了，儘管他已經知道自己是右派。

一周後（二月十日下午三點），他被農工黨北京市委主任委員王人璿約談。地點是地安門辛寺胡同，中國農工民主黨機關所在。從談話中李宗恩得知：經過詳細討論和上級批准，全國民主人士最後確認了九十六名右派「標兵」。章伯鈞是一個，自己也在其內。對他的處理意見與章伯鈞基本相同，屬於：戴帽，降職，降薪。右派也有「標兵」？原以為只有榜樣才是「標兵」。

對右派的所有處置意見，李宗恩只能接受，也必須接受。

三個月後（六月三日上午），協和幹部處李子和處長和他談話，告訴他：家要遷出北京，人要離開協和，去昆明醫學院教學。遭受同樣對待的，不止他一人，還有護理管理專家、教育家聶毓禪，戴上右派帽子的她也要離開協和，去安徽醫學院。想當初，抗戰剛結束她就帶着學生，行程數千里，由成都回到北京。

此前，李宗恩在協和的職務已經免除，放在協和的所有物品從院長辦公室挪到「院辦」寄存。對一個人、一個家的處置盡在須臾之間，這讓他心緒不寧。東單牌樓的夕陽，協和醫院的走廊，居民漫步胡同的悠然……有如自己的掌紋那般溫暖而清晰。原本屬於自己的東西行將失去，李宗恩無法言說，人家就是要你悲傷到無言為止。

驪歌一曲，垂柳依依，告別協和，告別親友，告別一木一石，告別一家一計，告別生活方式，告別曾經習慣的一切，從英文書寫到抽水馬桶。多少事，太匆匆，來不及喟歎和傷感，談話完畢的當天下午，他就到協和的牙科補牙，又在離協和不遠的「清華園」修腳。

八月八日上午去協和，幹部處李子和處長拿出一紙行政介紹信，把李宗恩「介紹」到昆明醫學院。李宗恩明白這不僅是個人的放逐，而且是全家的遷徙。他必須像快刀斬亂麻一樣地處置這個家的裏裏外外。下午，他同妻子去銀行商談如何出售家藏的銀器。哪裏還有討價還價的心思，很快談妥。

八月九日上午，早飯後夫妻二人看望弟弟李宗津，是看望，也是告別。接着到托運公司詢問傢具行李托運事宜。下午辦理銀器出售手續。

八月十日上午，去琉璃廠，接洽出售字畫；下午收拾家中物品，

八月十一日上午，去市場買東西；下午琉璃廠來人看字畫。李宗津來家談天。

八月十二日上午，外出修血壓表；下午上街修理皮包。

八月十三日上午，收拾書籍及鞋子。下午取鋼筆、血壓表。跟着，又拿着沒有修好的血壓表，去八面槽醫藥公司實驗工廠繼續修理，說好十九日可取。下午榮寶齋張有光先生來家看字畫。

八月十四日，全天收拾照片。

八月十五日下午，到人民市場接洽字畫出售。

八月十六日上午外出買繩子，收拾行李；下午繼續收拾行李。

八月十七日清理字畫。下午張有光（榮寶齋）來談字畫出售事宜。

八月十八至二十日連續三天收拾字畫和瓷器。期間，去人民市場接洽字畫出售事宜，又去琉璃廠榮寶齋。

八月二十一日收拾文件、資料。

八月二十二日上午理髮；從下午開始至二十五日收拾、包裝書籍。

八月二十六日上下午：到朝陽門外廢品收購站，賣廢品；到協和管理科訂機票。

八月二十七日上午，到中國銀行換去港幣；下午榮寶齋張有光來取字畫、墨硯等物。

八月二十九日上午，去中國銀行換美元。

八月三十一日去廊坊二條十號榮寶齋珠寶門市部；下午到孝順胡同木器修理部。

九月一日上午，中國銀行金垣同志來談保險費；下午收拾行李。

九月二日收拾行李。

九月三日上午，第一批書籍寄出，收拾行李；下午管理科通知飛機定於十五日。

九月四日上午，寄書，看牙；下午到地安門辛寺胡同與中國農工民主黨王人璿第二次談話。

九月五日至十三日，每天收拾和托運行李。

……

在這裏，我不厭其煩地寫出李宗恩是如何動手把家打散拆光、清除乾淨，其實家中的每個物件，都有舉足輕重的意義，它非常細，細到一針一線；又非常深，深到人的心靈。一幅畫，一本書，一件瓷器，一對耳環，不僅蘊涵着人的情感元素和精神養分，維繫着家族的命脈與衍化，更是構築一個家庭的全部物質基礎，還在很大成份上支撐着社會成員的複雜的精神活動。把家拆了，人無藏身之處，情無依託之物，變得只有當下，而無永恆。拆散一個家，後來成為當局懲治異類的常用之策。整個夏季，李宗恩從出售字畫到兑換美元，家裏家外地跑，樓上樓下地搬。日記裏的文字寫得簡單，也無多少感情色彩，但我能深深體味出藏於背後的複雜心情和感受。表達的節制源於自我行為的節制，當然，這也取決於人的修養和性情。

任何一個人在外感到壓力，一旦回到了家，一切因家的安穩而心靜，因親情而溫暖，因私密而鬆弛。住着多年老宅，摩挲珍愛的物件，覺得歲月依舊安好。李宗恩一向認為新政權的好歹僅僅是個自由度的問題，老的生活和生活方式還會根深蒂固地繼續下去。誰承想是這個德行！老物件，老親友，老嗜好，老做派，在日久天長與不知不覺中，構成了他個性的通達飽滿，乃至取得生命的某種平衡。現在自己動手對家做徹底拆除，其內心感情是很強烈的。他知道：以傳統文化材料構成的精神性的安詳世界以後不復存在。那些飽含手澤的舊之氣息，亦隨之而去。

讓我意想不到的是，在發配邊陲的前夕，李宗恩還做了另外一些事——

八月一日晚，去人民劇場看劇《林海雪原》；

八月五日和家人去文化宮散步；

八月十七日帶着孩子（蘇蘇）到吉祥戲院看戲；

八月二十三日和夫人觀賞寬銀幕電影《兩姐妹》，之後在大同酒家晚餐；

八月二十七日晚，去南河沿文化俱樂部參加晚會；

九月上旬，李宗恩夫婦最後一次參觀故宮。

九月十五日離京，十四日晚李氏家族在和平賓館聚餐。

……

這又是什麼？是北京人所說的「找樂」嗎？當然不是。自身經歷告訴我：身處亂世或遭遇不測，人真的需要幹點別的，如逛公園、下圍棋、看展覽、聽音樂、去餐館……藉以暫時擺脱某種社會角色所引起的心理負擔和精神重壓。一九五八年以後，我跟着張伯駒夫人學畫。故宮如有畫展，同樣戴着右派帽子的張伯駒先生和夫人一定帶我去參觀。可到了故宮，張先生並不怎麼看展品，甚至根本不看，而是抄着手站立一側，樣子悠閒，神情散淡，極有耐性地等着我把展品看完。出了神武門，他還非要夫人找個餐館一起午餐。人在政治狂亂中所維護與堅持的一點點「趣味」，多麼珍貴！

拆一個家，帶走了一分命。

七　遠行

一九五八年，對右派分子的處理基本完畢，章伯鈞、羅隆基、儲安平都是「又劃又戴」，但都留住在京城。「戴帽」的李宗恩則被狂風吹至遠處，「北走燕，南走楚，東走齊，西走蜀」。他走得最遠，由蜀而滇，於九月十五日，攜夫人來到昆明，暫住昆明旅館。抵達後的第一件事就是去中共雲南省委報導。九月十七日，昆明醫學院派車將李宗恩夫婦接到附屬醫院，在指定醫學院教職員宿舍住宿，在附屬醫院食堂用膳。北京的家，已經「一鍋端」。供職幾十載的協和，已於己無干。難道還有什麼徘徊不去的事嗎？沒有了。他面對的只是一種必須接受的現實，準備過一種被迫的生活。

李宗恩開始着手「過日子」——第二天，他到南坪街理髮；

之後，上街買日常用品；

之後，買點水果；

之後，和夫人打掃房間；

之後，到食堂買飯票；

之後，他到醫院掛號請醫生開安眠藥處方；

之後，到圖書館，借一本阿英的小說；

之後……

對昆醫的安排，唯一不能適應的是家中的廁所，他能適應頭上的「帽子」，卻怎麼也適應不了胯下的「蹲坑」。想來想去，還是硬着頭皮到昆醫找到負責後勤的某科長，請代做一個「大便凳」。

夫妻相對，行坐相憐，真的切斷了對過去的所有聯繫了嗎？沒有。我在李氏日記裏吃驚地看到，李宗恩尚未完全安頓下來，就給中國農工民主黨中央寫去一封信，並親自上街到郵局將信寄出。我鬧不明白：他為什麼要給農工黨寫信？

十月三號上午，李宗恩見到黨委書記和院長，囑其翌日在內科門診上班。要工作了！興奮的他下午就跑到市內購物，買了一個聽診器。我也納悶：一個省級醫院的門診部，難道不給醫生配備聽診器嗎？哪怕是右派，不也是醫生嗎？興許李宗恩要買一個更新的或更好的吧？

每天在門診部忙碌，有時晚間值班。自己是右派分子，需時時謹慎，刻刻小心，數月間也很少寫日記。用他的話來解釋，就是「無特殊情況可記錄」。說是「無特殊情況」，但當地衛生界人士都知道有個從北京來的大大夫到昆明的醫院看門診了。街巷深深，依然識得春風面。

一九六〇年，中央有人來視察，說了一句：「李宗恩年老體弱，不宜看門診。」昆醫立即做出調整，四月二十六日突然通知六十七歲的李宗恩，調到圖書館去整理外文期刊資料。服從調動的李宗恩，無論走到哪裏、也無論幹什麼，都是兢兢業業。由於英文超好和專業超強，整理外國醫學期刊自是駕輕就熟，甚至一個人幹三個人的活兒。

一年過去，一九六一年五月八日，他給中國農工民主黨組織部寫的一封信。在寄去全年黨費的同時，寫下這樣的話——

我調來圖書館已一年了，服務一直在期刊組。年初以來，因人事調動，本來三個人的工作現在由我一人負責。

在黨的領導下和同事們的幫助下能夠按期完成任務。以往每週參加園地勞動，身體有了鍛煉。最近因關節常常隱痛，組織又讓我做些室內清潔衛生工作，給我時間練太極拳，很有幫助。

在政治學習方面，除經常參加館內佈置的集體學習，利用業餘時間參閱些有關帝國主義的侵略本質和它的經濟基礎、殖民政策及幾方面的資料；對壟斷資本的認識有所提高。最近對壟斷資本統治下的科學發展方向的被歪曲和技術進步的被阻礙結合自己的思想寫了一個小結彙報給組織。一個月前組織讓我參加醫學院教職員的神仙會學習，我有決心做好我的工作，加緊自己的改造來報答黨對我的關懷耐心的教育和各方面的照顧。

茲隨函匯上人民幣￥17.28作為我的一九六一全年黨費，請查收是可。61.5.8.

李宗恩很想加緊改造自己。在緊接着的一篇日記裏，他又寫下這樣的文字：

對於改造：一方面有迫切願望能夠早日揭掉帽子回到人民的隊伍裏來：(1)年齡不讓我一拖再拖，(2)改善處境，(3)改善家庭關係。另一方面：自己亦承認改造成績不大，對自己要求不夠迫切。

是的，李宗恩心底有一個盼頭，很強烈，很急切，那就是盼着有一天摘掉右派帽子，結束被貶斥的地位和被孤立的處境，重返人民隊伍。「改造」的好壞直接聯繫着「摘帽」，「摘帽」聯繫着政治身份，聯繫着個人處境，聯繫着家庭子女，聯繫着飯碗，聯繫着未來。所以，李宗恩「自覺」改造，何況年齡也不容他一拖再拖。要求「摘帽」是絕大多數右派分子普遍又強烈的願望，並非李宗恩所獨有，羅隆基、儲安平也希望「摘帽」。如果說有誰例外的話，章伯鈞可以算一個。他說了：「反右需要一個標本，我就是標本。」

至於今後的打算，李宗恩的要求不高，無非是想回到從前，回到「隊伍」。這個「從前」不是再去當協和院長，而是當一個享有自由平等權利的老百姓，只為求得社會接納與家庭的融洽。一個以治病救人為業、以人道為本、一心崇尚科學的人從北京貶昆明，從住獨棟洋樓貶到住兩間宿舍，從院士、名醫貶到圖書管理員，從受到尊崇到遭遇冷眼，其內心要經歷怎樣的煎熬和掙扎，才能與這個不公正的時代取得平衡？一切皆有所問，卻無所答。人的榮辱窮通，是否只繫於際遇，並不關乎修行、人品和愚智。李宗恩六十餘年，求學、出國、行醫、教學、奉行人道、服務人類等所有初衷，在新政權掌管下都未能如願，而最後的結果又都是適得其反。「平生百事來心上，經不住細想。」

在圖書館呆了一段時間，經過反復的思考，李宗恩向領導提出希望回到老本行。這樣，人又從圖書館回到門診部。在門診部上班，經驗豐富、技術精湛、服務周到的他，能忘記自己是右派，也能暫時忘記自己的處境。李宗恩不但給患者看病，還就提高改進門診工作效率，提出了改進方法，被採納後，立見成效。當時昆醫的副院長藍瑚是法國留學生，他對「李宗恩整理門診部秩序的成績」評價很高，非但不在意他的右派身份，反而覺得恰恰因其發配西南邊陲，自己才有幸結識這位醫學大家。

八　無望

十月十七日，昆醫召開全院大會。領導在上，員工在下，氣氛嚴肅又有些異樣。李宗恩在一個不顯眼的地方坐下，就像章伯鈞成為右派後，每次去民盟中央開會都會選個「旮旯」坐下，以避免遭遇難堪。

開會了！

會議內容有一項最為重要：宣佈朱錫侯、朱啟照、繆安成三位先生摘去右派分子帽子，回到人民隊伍。宣佈完畢，院領導和他們一一握手表示祝賀。瞬間，他們由敵人成為人民，從「獨木橋」轉入「陽關道」。摘帽的教授們夙願得償，自然是興奮的。但他們的心裏又到底是個什麼狀態？我是在讀到朱錫侯先生的八十自述《昨夜星辰昨夜風》（人民文學出版社，二〇一〇年）才知道的。「自述」裏面說，早在十月二號上午（即國慶日第二天），就得知「摘帽」的喜訊，獲悉之時，自己「幾乎到了崩潰的邊緣」。人逢喜事，怎麼是到了「崩潰的邊緣」？

朱錫侯——留法心理學、生理學雙博士，中國近代心理學創始人，在「肅胡」運動中，因交代不清與好友賈植芳的關係而兩次跳樓、一次觸電。一九五五年僥倖沒有劃為「胡風反動集團」成員，一九五七年，則順理成章地成為「右派」。對此後漫長的「改造」歲月，朱錫侯這樣寫來：「牢記毛澤東說過的一句話——右派分子能回到人民中來的，最多也不過百分之五十，相當多的一部分是回不來的——我時時想着這段話，覺得自己如果回不到人民中來，戴着帽子離開人間，那將是最大的恥辱，是任何人都可以唾棄和不齒的『狗屎堆』。所以，必須徹底打掉自尊心，感到自己罪孽深重，必須把每一次訓斥，每個人對你的監督，每一天的苦役勞動，甚至令人難以忍受的辱罵，都看做是關心你和拯救你；要到了不知道榮和辱，喪失了人的尊嚴，到了像一塊抹布似的，不管人家怎麼用，怎樣揉，怎麼踩，都無所謂的時候，才能脱胎換骨，才有可能回到人民內部來。」（見「自述」第一四九頁）讀到這裏，全身震顫不已，我馬上理解了朱錫侯先生獲悉摘帽消息時所説的「已經到了崩潰邊緣」的全部含義。

心潮洶湧而面如平湖，沒有摘帽李宗恩也到了「崩潰的邊緣」。自控力一向很強的他，力圖做到無喜也無悲，無晴也無陰，但已經難以做到了。問題是今後這個「改造」，教人何處下功夫？以前的事情不能想，以後的事情不敢想，僅憑參加幾個座談會，提出幾條意見，和章伯鈞夫婦的幾次往來，就能劃為資產階級右派？就能成為一個人的罪行？沒有人能夠回答。此前的成就、勞苦，以及快樂，此後都要用孤立、自責和寂寞來償還。左派反感你，同類「右派」也嫌棄你。都說社會主義是個大家庭，其實沒有半點人性，半點人情。

過了一個月，深深的艱窘和屢屢的打擊始終無法平復，只有在隱忍中把傷痛和困惑埋到最深處。李宗恩在十一月十五日的日記裏，寫下了這樣的話：

上月中旬，當朱錫侯、朱啟照、繆安成三位先生被宣佈揭去右派分子帽子，回到人民內部的時候，我很感震動並在思想上出現一些不正確的看法。首先，我以為我之不能歸隊原因恐是我的罪名我以為比較嚴重，影響比較大，危害性又深遠。這一思想當然是不正確的，因為我只認識到問題不在於罪名的輕重，而在對於它認識。我對朱錫侯、繆安成兩位先生的歸隊沒有意見，但朱啟照先生亦能在此次摘去帽子有些不解。我以為我的改造並不比他差，甚至比他強。這一思想當然更成問題。實際上對他的改造情況我卻知道的很少，所見到的不過是些表面現象，怎能據此下結論，這種結論就是對黨不信任。

另一個思想是如果需要我像朱錫侯先生那樣寫數十萬言的書面檢查才能揭帽子的話，我的希望就很少了。

「我的希望就很少了」——末尾一句，道盡李宗恩的沉重與沉痛。俗話說：「鋪路十里，不差最後一簸箕。」李宗恩猛然間發現自己與摘帽的三位同事相比，差的可不只是「一簸箕」。從一九五七年「反右」到五八年「劃右」，每一天的思想改造唯恐不努力，工作唯恐不盡心，說話唯恐不檢點。此番看到別人摘帽，他才算突然明白：原來命運壓根兒就沒掌握在自己手裏，一切的辛苦付出和所有的小心謹慎與上邊對自己的掌控和處置，半點關係也沒有！也就是說：任你殫精竭慮，人家對你依舊。李宗恩的思維邏輯性、條理性，一向被人稱道。但自「劃右」後的三年，他才恍然大悟，別看每日努力學習馬克思主義，積極參加勞動，算得「習文又習武，知子又知午」。其實除了醫學，自己啥也不懂！他在日記中坦陳實在是沒有能力用中文動不動寫出數十萬言思想檢查〔八〕。文字的背後是無法言表的哀傷和劇痛。一個靈魂赤裸在蒼涼的大地，即使選擇堅忍也無法拯救自己。

人落到這一步，什麼都來不及了。

八　李宗恩的英文水平超過中文，在協和習慣英文書寫，日記也全部用英文書寫。

九　死別

修行再好，承受力也是有限。

過了新年（一九六二），李宗恩身體的不適毫無徵兆地出現了：早晨頭昏、頭痛，活動幾下就氣促，總是容易疲乏。之後，兩腿發現腫脹。從二月一日開始，他徹底休息了。二月底，病情毫無改善，醫院建議住院治療。

前路坎坷，後路渺茫，問題是還有「後路」嗎？李宗恩是醫學家，懂得生命的週期，縱有千般不捨，也難抵「離去」的到來。他意識到終點臨近的時刻，日子非但以「天」來計算，且有些事因內容的沉重而意義重大。其間，決定性的責任則落在自己的身上。李宗恩知道：任何一種處置態度與方法，對死者固然重要，但對生者則更為重要，一切都要有所交代。在力所能及的情況下，首先是結束責任，工作的責任、社會的責任、家庭的責任；繼而安頓親人，告別朋友，用最深的情感祝福未來。李宗恩性格中的理性、仁慈、學識與性情等多重因素，使得他比別人更懂得如何書寫人生故事的結局。

二月二十八日，他給中國農工民主黨中央委員會組織部寫了一封信。全文如下——

我在昆明醫學院圖書館服務已將兩年，主要在中西期刊組工作；同時結合醫學院

> 教學和科研需要收集些醫學文獻資料。
>
> 最近身體較前衰弱，血壓高，疲乏，有時腿腫，上了幾歲年紀，血管有些硬化，影響心臟和腎臟功能。組織上給我很多照顧，春節前後讓我休息了一個月；生活方面亦很關懷。我是非常感激和感動的。昆明今年冬季較往年寒冷，並下過……雪，對我是一種考驗。現已春回大地，覺得舒服多了。再有一兩個星期總可以恢復工作了。
>
> 茲寄上最近的思想總結一份，請查收，並一九六二全年黨費¥17.28.

「雪，對我是一種考驗。現已春回大地，覺得舒服多了……」平靜的文字，在我讀來卻是一陣心驚：他的這封信仍是寄給中國農工民主黨的。要知道，就是這個黨及其負責人章伯鈞在一九五七年夏季，給他帶來滅頂之災！對此，李宗恩難道不明白？當然明白。既然明白，為什麼還要和這個黨保持聯繫並堅持到臨終？我不解。對應該詛咒的黨，竟無一點怨恨？我不解。據我所知，很多名醫，不論中醫還是西醫，不管後來是不是右派，自「反右」運動以後（有的還在運動當中）都要求退出民主黨派，或書面提出，或主動疏遠，或不再繳納黨費，如此情況幾乎佔了七八成。一位有名的西醫、「文革」後期與我家同住一棟大樓。即使是鄰居，他也不和我的母親説話，哪怕是電梯裏面對面站着。看得出來，人家是從心裏厭惡章羅聯盟及其家屬，這才是正常的現象。誰搞的「反右」？名醫心中是明確的。但現實條件下的社會壓力，久處政治陰影下的恐懼心理，以及趨利避害等因素的作用，決定了人的選擇取向——從一九四九年至今，靠攏共產黨成為覆蓋全社會的群體靈魂。一頓政治暴洗，把中國知識分子原本就不怎麼硬朗的筋骨壓扁碾碎，幾乎沒有個體靈魂可與之抗衡而單獨存在。

李宗恩是個一個例外！大限在即，他沒給中共的領導寫信，偏偏給農工民主黨組織部寄去一份思想總結，還繳上全年黨費十七塊兩毛八，信裏特別注明：「一九六一年第八期『前進』（中國農工民主黨中央委員會機關刊物）及一九六二第一期學習資料均陸續收到，以後如寄昆明六合村昆明醫學院圖書館李宗恩收更為直接也。」不可思議，即便是發生在今天的二〇一六年也不可思議！我從熱淚湧出到伏案大哭，哭什麼？哭一個違背常情常態常規的例外。李宗恩的人生一路狂跌，從名醫到右派，從京都到邊陲，從中年到暮年，從盛年到衰危，困躓流離，天上地下，他竟守着一份對民主黨派的信賴，偏偏這個政黨最對不住他！這種橫亙歲月的政治抉擇和情感是從哪裏來？何處是因由？我無法回答。也許，是因為他長期接受西方教育所形成的獨立意志；也許，是由於現代醫學所給予他的某種思維定勢；也許，是出於不同凡響的李氏家族的遺傳基因，使他得以抗拒「群體靈魂」對個人靈魂的吞沒與剝奪。是這樣嗎？也許還因為他不懂政治，不懂社會，不知進退，不明利害，僅僅是出於人情人性。

李宗恩最後做的一件事是安頓妻子。夫妻同屬一條命，今後是她替他活着，所以必須為妻子的今後着想。他立即動筆，分別給三個老友孫邦藻[九]、林宗揚[一〇]、胡正祥[一一]寫了內容相近的信函，這是李宗恩唯一可以安頓妻子的方法。信是用英文書寫的，清簡凝重，從每個字的後面飄出淡淡細雨，陣陣寒風。

這裏將其中的一封，抄錄如下——

九　孫邦藻，英國格拉斯哥大學文學碩士，南洋大學教授，英文極佳。李宗恩在協和復校期間任英文秘書，負責協和與洛氏基金會的所有聯絡事宜。後成為中華醫學會雜誌社英文版編輯。

一〇　林宗揚（一八九二—一九四二），協和醫學院細菌科主任。珍珠港事件後協和關閉，在北醫工作，任流行病系教授。

一一　胡正祥（一八九六—一九六八），著名病理學家，於十九世紀三十年代證實了白蛉子傳染利杜氏體的途徑，發現嚴重貧血可在顱骨內板形成局灶性髓外骨髓增生，證明了一種主要由大單核細胞形成的單核細胞腫瘤，提出了病毒性肝炎的病理診斷標準，惡性淋巴瘤的形態學與預後的關係等。在國內外發表論文六十餘篇，於一九五一年合作編寫並出版了我國第一部以國內病理資料為主體的病理學參考書。曾任中國協和醫學院病理學系主任、中國醫學科學院副院長，一九五五年創辦《中華病理學雜誌》並擔任總編輯等職至一九六六年。「文革」中自殺。

My Dear Johnson:

I fully expect to see you in person before very long but that is not to be. By the time this reaches you I shall be in the land of limbo. I shall for my lad on for there are things I do not understand but I do admit that there is a lot to be said for the new regime and I have no complaints.

Jean, my wife, will live long after me. I am asking you, C.H. Hu + C. E. Lin to be her advisers. If any time she has occasion consul to you I am sure will give her your wise counsel.

Adieu, my friend

Yours always

譯文——

親愛的Johnson（注：孫邦藻）

我以為一定會親眼很快見到你，但是已經不可能了。你看到這封信的時候，我應該到了靈魂安息之所。我應該說，有很多事情我不明白，不過我承認新政府做了很多事。我無悔無怨。

我走後，Jean，我的妻子，還將會繼續生活下去。我請求你，胡正祥，和C.E. Lin為她的顧問。如果她有時諮詢你們的意見，我相信你們一定會給她明智的建議的。

再見了，我的朋友。

從容入世，清淡出塵。李宗恩臨終前發出的三封信，讓我們看到一個高貴的靈魂：一方面是至死保持着愛的能力，另一方面是選擇死亡的平靜。

信函寄出不久，李宗恩悄然離世。來則安然，去則泰然，一個氣度磅礴、寬仁恭儉、縝密精緻的人，在榮耀和恥辱中穿行六十八載之後，倒在險惡而乾枯的路上。一場死，無聲無息，不驚不怖。

李宗恩病危之際，昆明方面曾向北京打了報告。中央（據說是周恩來總理）讓李宗恩的長子飛往昆明，並指示：如有可能的話，將其接回北京救治。但兒子接回來的，是父親的一捧骨灰和悲痛欲絕的母親。

李宗恩出生地常州青果巷。這條小巷人才輩出，有名有姓、有頭有臉的，足有一百多人。但是不管你查閱「百度」，還是查閱當地編印的材料，就是沒有李宗恩。

所以，我要寫李宗恩。

拂盡了紅塵黑霧，還他個朗月清風。[一二]

二〇一六年一月—七月 寫於北京守愚齋

一二 「拂盡了紅塵黑霧 還他個朗月清風」一句，摘自清人顏鼎受小令《樱拂》

附件：瑪麗·布朗·布拉克女士講話全文如下——

作為現任中華醫學會會長和一個歷史學家，我很榮幸能參加這次有二十世紀四五十年代PUMC畢業生和教師以及李宗恩親屬參加的李宗恩院長紀念會。

從二十年代至五十年代初，李博士（醫生）的事業與中華醫學基金會密切相關。早在二十年代初，李宗恩是第一位由CMB（China Medical Board, 中華醫學基金會）聘請加入PUMC的以外籍教師為主（faculty）的中國人。他因為擁有英國格拉斯哥大學醫學博士學位，且具有很好的專業背景而備受學校重視。與後來加入的幾位出色中國教員一起，他們為協和醫學院培養了第二代和第三代教師。

他早年從事傳染病特別是黑熱病研究，他對黑熱病利什曼原蟲的生活史進行了從實驗室到野外現場的深入研究，他的研究成果使一九五〇年代黑熱病的根治成為可能。他是黑熱病研究的光輝先驅和典範。

李宗恩是一位愛國者和傑出的學院領導人。抗日戰爭爆發之初，CMB曾希望他能留在北京，以便在美國的庇護下把協和繼續辦下去，但是李宗恩謝絕了這一邀請，他決心接受聘請到西南大後方去創辦貴陽醫學院，為國家、為抗日戰爭做貢獻。

毋庸贅言，在當時條件下創辦一所醫學院有多麼艱鉅，他卻在這一極其艱苦的時期為中國培養了幾千名醫生，獲得這一成功是十分艱難的。從他給CMB寫的信中可以看出，他在貴陽醫學院的這段成功經歷改變了他對PUMC的看法，重新審視了PUMC在中國醫學教育中起的作用，認為PUMC的醫學教育脱離了中國貧苦大眾的需要，應該成為中國的醫學教育的重要一部分。不過，他的這一醫學教育理念成為日後CMB聘請他擔任PUMC真正的首任中國院長的主要原因。雖然劉瑞恒是前任院長，但實際上是美國人掌權。

抗日戰爭結束後，對於PUMC究竟是否應該復校，以及能否復校，在美國和中國都存在着爭論。學校的樓裏空空如也，學生和教師都離開了，政局不穩定，內戰烽火已經燃起，通貨惡性膨脹。據説美國方面聽説，一位有些重要影響的中國領導人説過，中國需要PUMC，CMB從而下決心恢復協和。關鍵是，必須選一位醫學院領導人，他既要有辦好醫學教育的能力和經驗，又要有卓越的醫學科學研究背景，CMB認為，李宗恩是理想人選。

李宗恩不負眾望。協和於一九四七年復校，當時的教員大部分是中國人。他重新構建了協和，保存了協和的教育理念，倡導了協和精神，維持了協和追求卓越的教育標準。在五十年代初，協和經歷了一個困難的政治過渡時間，他和他的家人都也經歷了很多磨難。

我們有幸今天在這裏緬懷他。

白先勇

誰道人生無再少　門前流水尚能西
——說白先勇

一九三七年，「七七事變」之後沒幾天，在廣西桂林的白公館，聽到了一個嬰兒的哭聲，白崇禧將軍的第八個孩子出生了，取名白先勇。

這孩子從出生體質就不好，六七歲的時候，別人都上學去了，他被診斷為肺結核。那時叫肺癆，就和現在的癌症一樣，屬於談虎色變的絕症。當白崇禧看到X光片上的一個洞，臉色沉了下來，遂即叫「老八」徹底在家養病。這一病就是四年多，還是單住在山坡上一所房子裏。一個晚上，白先勇站在山坡望見家裏的燈火、人影，又聽見不斷的笑聲，病前百般寵愛，病中獨自面對，為世人遺棄的悲憤之情使他不禁大哭——這是童年帶給他的心理影響，而童年經歷對一個人的影響是絕對的。所謂絕對，就是影響終生。他自幼形成的敏感、多思、內斂、悲憫、富於想像等氣質，既構成了性格，也影響了文字。

他的第一個啟蒙老師是家裏的廚子老央。每晚他都跑到廚房，要老央給自己「說書」。一老一小共守一個炭火盆，上面烤着紅薯，搪瓷缸裏熱着一杯水，就開講了，講的第一個故事叫《薛仁貴征東》。別小看這個場景，白先勇從小就熟悉了文學敘事，這是極其重要的。

病癒後，好強的他拼命讀書，不分晝夜，國英數理，滾瓜爛熟。我曾問他，你讀書時期的特點是什麼？他淡然一句：「過目不忘。」還珠樓主的五十多本《蜀山劍俠傳》，從頭至尾，看過無數次。小學五年級則開始細讀《紅樓夢》。

抗戰時期，白家幾十口人往來於重慶、上海、南京。一九四八年，定居在香港。一九五二年，移居台灣。一九五六年，畢業於台灣有名的建國中學。說來可笑，那時他的理想是興建三峽大壩工程，於是，以第一名成績考入成功大學水利工程系。一年後他發現自己真正志向是文科，於是打算轉學，更換專業。徵求父親的意見，白崇禧說：「男孩子以理工為主，法商次之，文史屬下乘。」那時他在水利系是第一名，這讓白崇禧特別看重。還是母親說了一句：「隨他去吧，行行出狀元嘛。」第二年，白先勇轉學至台灣大學外文系，改學英國文學。

一九五八年（二十一歲），在《文學雜誌》發表第一篇小說《金大奶奶》。

一九六〇年（二十三歲），與同學陳若曦、歐陽子、王文興等共同創辦《現代文學》雜誌。先後在這個刊物上發表了《玉卿嫂》、《寂寞的十七歲》、《青春》、《遊園驚夢》。《台北人》的首篇《永遠的尹雪豔》（一九六五），《紐約客》的首篇《謫仙記》，長篇小說《孽子》也都是發表在這個刊物上。

對白先勇影響最大的事情是一九六二年母親的去世。「天崩地塌，棟毀樑摧」，出殯那天，入土一刻，他說：「我覺得埋葬的不是母親，也是我自己生命的一部分。」黃庭堅在一首《虞美人》裏寫道：「平生個裏願懷深，去國十年老盡少年心。」有喪母之痛的白先勇說：「不必十年，一年足矣！」經過死別，他還深深認識到人生大限，天命之不可強求，青春也不能永葆，大概只有化成藝術才能長存。懷着這樣的感悟，白先勇的文學創作發生了極大的變化。一九六四年，他發表的《芝加哥之死》被公認是其轉型之作，用夏志清先生的話來說，則是此文「在文體上表現的是兩年中潛心修讀西洋小說後的驚人進步」；「象徵方法的運用，和主題命意的擴大，表示白先勇已進入了成熟境界」。

白先勇寫時代，寫情感，寫人物，筆下的故事色彩斑斕又耐人尋味。

他的作品特點是把傳統融入現代，現實性和歷史感二者兼備。先後生活在大陸、台灣、美國等幾個不同的時代、各異的社會環境，給他的思想情感和創作帶來鉅大的影響。少年時代是在國民黨政要家庭度過的，父輩顯赫的身份、上層社會的氣派是他童年的印象。在台灣，目睹國民黨許多昔日同僚的沒落以及無數大陸人離鄉背井、流落孤島、窘困掙扎，那無盡的思鄉與懷舊傷感是他永恆的記憶，也是他的寫作基調。到了美國，一方面接受了西方先進的物質文明，一方面對文化方面的某些墮落也深感厭惡。漂泊海外的無根的痛苦感覺，加深了他對中國文化傳統的熱愛與執著。——以上這些豐富的社會閱歷和複雜的思想情感構成了今天的白先勇，也貫穿了他的全部作品。

我和白先勇的交往，算來已有十幾年。他舉止謙恭，內心堅忍，這恰恰是很多人做不到的，包括一些成功人士。有一次他來北京看在北大校園演出的《牡丹亭》，散戲後已經很晚了。返回賓館才發現一大堆人等着他——有粉絲，眼巴巴地盼着能與他合影；有記者，拿着錄音機盼着能採訪幾分鐘；有出版人，捧着一摞書要他在每一本書上簽名；也有熟人如我，要和他嘮幾句「家常」；旮旯角兒還站着一個醫生。原來白先勇身患感冒，正發着燒，他年過七十歲，明天還要遠行……碰到這種情況，要是我一定「三下五除二」，統統打發走，不管認識的不認識的、有事來訪還是無事登門的。他不！啞着嗓子、眼淚婆娑地應酬，一一滿足了來者。我在一旁看着，非常感動。

我和白先勇都熱愛家鄉，但和他相比，我熱愛程度遠遜於他。首先人家一口正宗桂林話，我卻一句家鄉話都講不來。他給我印象至深的是吃米粉，而我還不大喜歡徽菜。據他自己說，父親打仗歸來的頭等大事，就是喊隔壁嬸娘過來做米粉。白氏全家後來在南京、到上海，還常常請人到家裏做桂林米粉吃，後來遷至台北就很少吃到了。只要白先勇來到大陸，就要打聽哪裏有米粉店，而且一定要吃桂林冒熱米粉。一次他到北京講學，黃昏時分接到電話，說要請我吃飯。

我忙問：「在哪家賓館？」

他說：「不是賓館，是小店，就在北京人藝劇場旁邊。店面很小，你要仔細找啊！」真的不大好找，還是他帶路。一進門，白先勇滿面笑呵呵地對女店主高聲道：「我們要吃米粉！」我一抬頭，瞧見正面牆壁懸掛着白先勇手書的「桂林米粉」四個大字。顯然，人家是常客！我們每人要了一大碗，他像在家裏一樣放鬆自在，還不忘叮囑我要多放點辣椒。白先勇吃米粉也是一景，一雙木筷左右攪動，上下翻飛，桌面、碗沿、嘴角乾乾淨淨，只有兩頰紅紅的，那才叫本事。其實，他在桂林只生活了七年，十二歲去了台灣，二十五歲去了美國。足見家鄉的力量！他一刻也沒有忘記。

我和白先勇都熱愛崑曲，但是我遠沒有他那樣的癡迷和赤誠。他竟能「糾結」起台灣、香港、大陸的藝術家聯手推出一個青春版《牡丹亭》。沒人敢做這種費力不討好的事，他敢做！這個戲在海內外上演接近三百場，吸引了許多年輕人。我知道這個被人們贊為「中國文化史上一樁盛事」的背後，他付出了多少精力和心力。單是籌款一項，就要人性命！為此，白先勇生了很多悶氣，但他一個字不露，臉上始終掛着笑，只說自己是個崑曲「義工」。所以我老對同事說：「現在只剩一個君子了，他就是白先勇。」通人情、好人緣的白先勇發現我對青春版的《牡丹亭》缺乏熱情，便極少在我面前提及這個戲的搬演情況，更不請我發表意見。對此，我心存感激！他可以創新，我可以頑固，誰也不去說服誰。

白先勇乃天縱之才，能把西方現代文學的寫作技巧融合到中國傳統的文字表達方式之中。他所描述的新舊交替時代的各色人物，他所呈現的民國末期的各種生活場景，生動細緻，充滿人世滄桑感。無論是散文還是小說，無論是短篇還是長篇，他寫出的作品都非常成功。什麼叫成功？那就是受看，好看，耐看。比如短篇小說集《寂寞的十七歲》、《台北人》、《紐約客》，散文集《驀然回首》，長篇小說《孽子》等，也不知道再版了多少次。二〇一二年春，我和白先勇一起去南京先鋒書店參加《父親與民國》一書的座談會。會後是簽名售書活動，持書者排成長隊，那個長隊排得才叫「見首不見尾」。從下午六點簽到晚上九點多，書店負責人請他休息一下，他始終不肯，我在一旁餓得不行。其中，一個三十多歲的女讀者是打「飛的」專程從敦煌趕來的。還有一個讀者，背了一個大麻袋。輪到他了，立即把麻袋打開，無比自豪地說：「白先生，我專門收藏你的書，不同版本的共有一百多！」聽到這句話，白先勇立刻起身，緊緊握住他的手……

態度安安詳詳，說話從從容容，做事精精幹幹。辦雜誌，寫小說，當老師，拍電影，搞崑曲，現在又研究起《紅樓夢》來。讓我佩服的不是他的諸多成就，而是他按內心所求來生活的自在狀態。

二〇一七年，白先勇就要八十歲了，我和幾個台北朋友決定三月份要好好慶祝一下，痛快地熱鬧一場。這於我而言是件大事，心裏老惦記着。在每每的惦念裏，我彷彿覺得他一直徜徉在青春中。

「誰道人生無再少，門前流水尚能西！」

二〇一六年十二月寫於北京守愚齋

李曉斌攝影《上訪者》。1977年11月攝於北京天安門與午門之間的路上，此片數百次發表與評論，1998年中國革命博物館作為革命文物收藏。

他記下了那個夜晚

——閱讀李曉斌

一個偶然的機會，經朋友介紹我認識了李曉斌。

朋友說：「李曉斌是有名攝影家。」

我點點頭，根本沒在意。現在所謂的「家」，比北京街頭的水果攤兒還多。記得吳祖光先生給我介紹過攝影大家陳復禮的做派——那「譜」可大了，外出拍攝的時候，後面的「跟包」，就有幾十人。而眼前這個叫李曉斌的人普通又平淡，像個職員，像個技工，還像個啥都能幹、啥也幹不長的待業人員。就是不像「有名攝影家」。

見我冷淡，朋友忍不住了，補充道：「他的作品非常棒！希望你能看看。」

「好哇。」這一半出於真心，一半出於禮貌的「好哇」，李曉斌真的聽進去了。幾天後，他把厚厚一摞照片扛到我家，說：「請章大姐給我提提意見。」

我慌了：「我能提什麼意見，根本不懂攝影，一個十足的外行。」

捧着照片，坐下。他站着，做講解——講解作品的背景，講解介紹拍攝的經過，講解攝影後的遭遇。我先頭還聽他講，後來，我什麼都聽不到。因為他的照片把我帶到了一九八九年六月初，帶到了天安門廣場。每一張都直達心底，都是令人驚歎的瞬間。我記得那個徹夜無眠的夜晚，坦克隆隆，子彈飛鳴，我和丈夫抱頭痛哭，母親則說：「搞了一輩子民主運動，為能活到今天而羞恥。」這一夜，令北京市民心頭生出一輩子都難以忍受的創痛和悲哀。

李曉斌的作品，讓人們終於窺探到被深深掩埋的真實——被政府、國策和武力深埋的真實。我捧起一張天安門六四之夜的全景照，懇求道：「曉斌，能送給我嗎？」

他同意了，並說：這張照片叫《生命線》。其實，用「生命線」已不能概括它的內容。死亡的酷烈，百姓的血淚，民族的酸痛，人性裏最頑強的東西和廣場上最細小的角落，已盡在其中。我說：「你簡直像是坐在直升飛機裏拍攝。」

「不，我是趴在國家博物館的樓頂上。」

「呆了好久？」

「好多天，白天去，黑天去。」

「你吃啥喝啥？」

「那一個月，根本顧不上吃喝。」

「照片還在嗎？」

「都在，比我的命珍貴。」

我一把握住他的手，眼淚跟着掉了下來。

攝影無非是一按快門，很輕鬆，況且相機靈巧得已薄如蟬翼。李曉斌即使精心選材，日夜守候，最終也還是快門一按。但這一按，他傾注了自己的身家生命和心靈。他還告訴我，有些照片是冒着風險拍的，拍後立馬騎上自行車，猛行數百米，拐進一個旮旯兒去大口大口喘氣，慌亂的心跳自己都能聽見。就這樣，與這個事件相關的照片，他拍了數萬張。我想，再多的照片疊加在一起，與宏大的歷史敘述相比，也許只是碎影或碎片。但正是它們，讓我們觸摸到真相，也保留了真相。

中華民族歷史之燦爛悠久，始終是令國人自豪的。要不然秦皇漢武、唐宗宋祖，怎地寫入領袖的詩作，電視螢幕裏也是永不消歇的長袍馬褂、宮闈秘聞。然而我們牢記歷史的同時，也健忘歷史。現在五十歲的中國人，不知道什麼是「反右」；四十歲的人，不知道什麼是「三年大饑荒」；三十歲的人，不知道什麼是「文革」；二十歲的人，不知道什麼是「六四」。事情何以至此？這還用問嗎？答案就擺在眼前——包括我在內，咱們都已經「一心奔小康」、「和諧穩定」「向前（錢）看」、做「中國夢」了。阿拉伯有一則故事，大意是：一群人在沙漠急行，路途中一位長者請大家停下來，有人問為什麼要停下。長者答：要等等靈魂。故事寓意深刻。李曉斌大量的紀實攝影就是叫我們停頓下來，等等靈魂，以恢復對時間存在的感受，恢復痛覺，恢復焦灼，恢復不安。天安門前早已紅塵萬丈，哪怕「恢復」是暫時的，也好。不知為什麼有人總愛忘記不應該忘記的事情，李曉斌則替我們記住了應該記住的事情。

一九二四年，中國第一本個人攝影集——陳萬里的《大風集》問世。一九二八年，中國第一部紀實攝影集《民十三之故宮》的作者也是他。大家現在能夠看到末代皇帝溥儀被鹿鍾麟部隊驅逐出宮的場景，都源於陳萬里以攝影者身份隨行所做的忠實記錄。他在自己寫的「小言」裏說：「（我）自信其中有多少部分可以留作將來史料的地方。」我想，李曉斌家中二十萬張的紀實攝影作品，其中也是「有多少部分可以留作將來史料的地方。」當然，記憶之後，還需要思考。再拿「八九事件」來說，不知有人想過沒有：坦克開來，那個揮臂擋住去路的青年死了，我們看到的只是一個背影，根本不知道他姓什麼，是從哪裏來。可為什麼那些政治人物都沒死，那些社會精英都沒死，那些學生領袖也一個沒死，死的都是無名之輩，可憐的孩子。有一次看海外電視，螢幕上出現了一些逃到海外定居的屬於人物的人，手持蠟燭在祭奠「八九事件」。我立刻把電視「黑」了，因為感受複雜，承受不了。

李曉斌的紀實類攝影，有着廣闊的涵蓋面。他以普通百姓和社會底層為基點，準確把握並表現了個人與政治情緒、社會精神、生活變遷及民族心理的內在聯繫。因此，我們的欣賞也必須研究很多的中國的社會、歷史、文化背景，才能讀懂這些照片。他有一張攝影作品，叫《上訪者》，流傳最廣，也最具代表性。「文革」初期，我從被關押的小屋破窗翻牆逃出，也加入了上訪大軍——一方面我要看一眼父母，另一方面我要問一句，憑啥抓人？從無限期的等候中，從低谷向權力巔峰的崎嶇攀登中，從風餐露宿、卑微窘困中，我體會到什麼叫喪失自尊，什麼叫感情麻木，什麼叫精神磨損。所以當看到《上訪者》的刹那，真是酸甜苦辣一齊襲上心頭。然而，我們這個以工農聯盟為基礎的人民民主國家，一支數目龐大、遍佈城鄉的上訪大軍和上訪專業戶，至今仍然存在。這就是《上訪者》的意義，不朽的意義。李曉斌對社會生活的記錄，像一束光照，使沉沒於迷茫昏睡狀態中的我們，突然驚醒。

紀實攝影最大的好處是能夠極大限度的反映客觀，避免使我們錯誤地觀察世界，對世界做出錯誤的詮釋。如果視照片為客體對象的話——正如它所呈現的那樣，它的不和諧存在越多，就可能越多地吸引着觀賞者。觀賞者能把拍攝的圖像轉化為另一種畫面，以此尋求屬於自己的解釋，並力圖還原出圖像背後的自然狀態和本來面目。這是一種語言向另一種語言的轉換。攝影是極其快速的。輕輕一按，有時甚至想也來不及想。表面看來「輕輕一按」都帶有偶然性，而對一個攝影者言，這突如其來的、在他人看來可有可無的感覺才是最重要的。那些精緻和經典，恰恰來自這種感覺驅使下的瞬間或片段。圖像所傳遞出的信息，其文化蘊涵又往往是文字描繪難以替代的。我的書櫥裏擺放着一個女人特寫頭像和一個吸煙少年的照片。它們也出自李曉斌之手。那女人很年輕，漂亮的臉蛋有些粗糙，緊閉的雙唇佈滿深淺不一的皺褶；一對金屬網狀耳環，很時髦，也很劣質。時值秋冬，她立於樹下，乾枯凌亂的長髮和凌亂乾枯的柳絲遮蓋了大半張臉，眼神和髮絲、柳絲絞在一起，模糊不清。正是這個「模糊」，給了我們一個故事。儘管內裏的情節任你去想像，也琢磨不定。我反復閱讀她，卻無法用準確的語言來敘述她。不知道這個女人經歷了什麼，裏面啥都有，就是沒有多少幸福；而她似乎在對我們説：讓我來告訴你什麼叫命運！還有那個吸煙少年，年紀之輕和吸煙之樂，令人錯愕不已，喟歎不止。也許容易逝去和暗中變質的東西，才是人生裏面讓人嚮往的部分，並組成了我們這個落滿塵埃的世界，而鏡頭和命運也在此找到了恰當合適的地方。

每個人都有理解歷史的權利！當極權專制對公共空間進行着窒息性控制的時候，個人的直覺良知就成為保存人類普遍價值意識的最後手段，與此同時，普通人也才會主動考慮如何啟動良知，並選擇自己的方式去思考和記錄歷史。這種思考與記錄既展示出老百姓在過去歲月的經歷和他們的歷史觀，也有效地糾正着官方歷史，並向被官方控制的意識形態的絕對權威發出挑戰。半個世紀以來，在高壓和愚民並用的社會治理下，我們習慣於站在一個被指定的位置，用一個固定的角度，用相同的眼光去回望歷史。李曉斌和其他一些獨立攝影人，自覺地終止了這個「習慣」。他們——這些沒有任何名份與地位的普通人，試圖用民間的視角，站在個人的位置上來回望歷史，參與歷史、在回望和參與過程中，不忽略重大的社會事件，更不放過只有他們才能捕捉到的鮮活細節和隱蔽角落。由是，我才理解亞里士多德所言「詩人比歷史學家更真實」的道理。原因再簡單不過了：因為他們比歷史學家更多地看到人性的深處和社會的底部。

受制於現實，攝影的藝術感覺存在於特定的社會文化環境之中。重要的是判斷力，還要一點點勇敢。李曉斌的創作從內心衝動開始到影像完成，自始至終都是一個人。我很欣賞這一點。其實，任何人的生命旅途，到了最後都是一個人。

在歲月的輪迴中我們都變老，但李曉斌用鏡頭述說的故事不會結束。

這篇文章是受栗憲庭的委託而寫。

一天，我們在友誼商店的咖啡廳見面，栗憲庭給我帶了兩盒很好的茶葉，說：「我要在七九八給李曉斌攝影作品策劃一個展覽，想請你寫篇評介文章。」

我二話沒說，一口答應。

等來等去，等到的結果是不許辦李曉斌攝影展。於是，這篇文字也就放在我的電腦裏。為此栗憲庭連連道歉，好像自己做錯了什麼。

不想，這一放就是十年。

花朵在陽光下綻放，也會在黑暗中散發幽香，我等候那黑暗縫隙間透進的光亮。

二〇〇六年十二月於守愚齋，二〇一六年十二月修訂